Die Ketten von Kythera

AF281567

Das letzte Gleichgewicht

Alexander Feichert

Vorwort

„Die Ketten von Kythera: Das letzte Gleichgewicht" ist mehr als eine Geschichte. Es ist eine Reise durch eine Welt, die zwischen Licht und Dunkelheit schwebt, eine Welt, die von uralten Geheimnissen, gefährlichen Prüfungen und dem unerschütterlichen Willen ihrer Bewohner durchdrungen ist.

In diesen Seiten werden Sie durch schimmernde Aetherströme gleiten, schwebende Städte erkunden und den Schatten der Ruinen von Vaelyris begegnen. Doch das eigentliche Abenteuer liegt nicht nur in den Winden, die durch Aerelyn toben, oder in den Gravuren, die Geheimnisse flüstern, sondern in den Figuren, die diese Geschichte tragen.

Kael, ein Kartenmacher mit mehr Träumen als Verstand. Lyria, deren Klinge genauso scharf ist wie ihr Verstand. Theron, ein Mechaniker, dessen Zynismus tiefere Wunden verbirgt. Und Farrik, ein Mann, der das Gleichgewicht der Welt nicht mehr fürchtet, sondern herausfordert. Jeder von ihnen trägt seine eigenen Schatten, seine eigenen Kämpfe – und doch sind sie verbunden durch eine Karte, die mehr ist als ein Wegweiser.

Alexander Feichert hat ein Epos erschaffen, das Leser in seinen Bann zieht, eine Geschichte voller Schönheit und Gefahr, Hoffnung und Verlust. Es ist eine Welt, die ebenso lebendig wie unerbittlich ist. Die Gravuren auf den Seiten dieses Buches atmen und leuchten – sie sind ein Ruf, den nur die Mutigen wagen zu beantworten.

Sind Sie bereit, die Ketten zu schmieden – oder sie endgültig zu zerbrechen?

Alexander Feichert

Inhaltsverzeichnis

Prolog: Die Kette, die uns alle bindet

Der Wanderer in den Ruinen von Vaelyris

Die Ruinen von Vaelyris ruhten in einer Stille, die älter war als die Zeit selbst. Überwucherte Tempel ragten wie geborstene Zähne aus dem Boden, ein Monument des Verfalls unter einem Himmel, der jedes Licht zu verschlucken schien. Gravuren an den zerfallenen Wänden glommen schwach, als ob sie auf ihn warteten – oder ihn verhöhnten.

Der Wanderer zog den Umhang fester um sich, während die feuchte Kälte wie eiserne Finger seine Knochen umklammerte. Die Schatten der Vergangenheit schienen ihn zu verfolgen, mit jedem Schritt schwerer auf seinen Schultern zu lasten. Sein Bruder... Dieser Gedanke war ein Anker und zugleich eine Last. Die Nachricht, dass Aelor vor Monaten in diesen Ruinen verschwunden war, hatte ihn in unruhigen Nächten gequält, die Frage nach dessen Schicksal wie ein Flüstern in seinem Geist: Was, wenn ich ihn retten kann? Und was, wenn ich scheitere?

Seine Hand ruhte auf dem Griff seines Schwertes, die Klinge kalt gegen seine Hüfte. Die moosbedeckten Steine unter seinen Stiefeln schienen ihm den Weg zu verwehren, als ob selbst die Erde ihn vor dem, was vor ihm lag, warnen wollte. Aber er hatte keine Wahl. Wenn er Aelor nicht finden konnte, dann würde er zumindest erfahren, was ihn verschlungen hatte.

Die Dunkelheit um ihn herum war lebendig. Nicht nur Abwesenheit von Licht, sondern eine Präsenz, die lauerte, zischte, als ob sie seinen Namen schmeckte. Mit jedem Schritt wurde sie dichter, bis sie wie ein Schleier um ihn lag, und dann – plötzlich – brachen die Gravuren an den Wänden in einem pulsierenden Licht auf, ein rhythmisches Glimmen, das wie ein Herzschlag durch die Ruinen vibrierte.

Eine Gestalt formte sich im Licht, schimmernd wie flüssiger Sternenstaub. Ihre Konturen flossen, ungreifbar und doch durchdringend, ihre Augen wie geschmolzene Sterne. Als sie sprach, hallte ihre Stimme in der Stille wider, ein Echo aus Hoffnung und Furcht.

„Du hast lange gebraucht," sagte sie, mit einer Sanftheit, die seine Anspannung nicht zu lindern vermochte. „Zu lange."

„Warum bin ich hier?" fragte der Wanderer, während seine Finger sich um den Schwertgriff krampften. Die Frage galt ebenso der Lichtgestalt wie sich selbst.

„Weil du es gewählt hast – auch wenn du es nicht verstehst." Die Lichtgestalt neigte den Kopf, als ob sie ihn bedauerte. „Die Balance wankt. Dein Bruder... war einer von vielen, die sie gesucht haben. Aber die Dunkelheit kennt keinen Mitleid, nur Hunger. Und sie wird jeden verschlingen, der nicht bereit ist."

„Die Balance?" wiederholte er, seine Stimme ein raues Flüstern. „Was ist das für ein Spiel, das ihr spielt? Warum ausgerechnet ich?"

Ihre Augen schienen ihn zu durchdringen, bis zu den tiefsten Rissen seiner Seele. „Die Balance ist kein Spiel. Es ist das Gesetz, das Licht und Dunkelheit in dieser Welt verbindet. Ohne sie... würde alles zerfallen. Aber die Ketten, die dieses Gleichgewicht bewahren, sind schwach geworden. Zerbrochen durch Gier, Ignoranz und Schmerz."

Ein Zittern lief durch seinen Körper. Die Gravuren an den Wänden schienen mit ihrer Stimme zu sprechen, pulsierend, lebendig. „Was für Ketten?" fragte er, seine Stimme lauter, von einer Mischung aus Angst und Frustration getrieben.

„Die Ketten des Lichts und der Dunkelheit. Sie bewahren den Aether vor dem Chaos." Ihre Stimme wurde leiser, eindringlicher. „Aber jede Kette hat ihren Preis. Und jede Wahl, die du triffst, wird etwas kosten."

Der Wanderer starrte in die Augen der Lichtgestalt, suchte nach Antworten, fand aber nur die unendliche Tiefe eines Sternenhimmels. „Und wenn ich scheitere?" fragte er leise. „Was wird dann aus dieser Balance?"

„Die Dunkelheit wird sich ausbreiten," antwortete sie. „Alles, was ist, wird im Chaos vergehen. Doch die Wahl liegt nicht bei der Dunkelheit. Sie liegt bei dir."

Ein Flüstern drang durch die Ruinen, ein leises Zischen, das wie gebrochenes Glas klang. Die Luft schien schwerer zu werden, und der Wanderer spürte, wie etwas nach ihm griff, kalt und gnadenlos. Die Lichtgestalt verblasste, ihre Umrisse zerflossen, doch ihre Worte hallten in der Dunkelheit nach:

„Schmiede die Ketten neu – oder zerschlage sie endgültig."

Der Wanderer stand reglos, während die Gravuren langsam verblassten. Er konnte den Schatten nicht entkommen, die in der Dunkelheit lauerten, doch in ihm wuchs ein Funken – ein Licht, das selbst die Dunkelheit nicht verstand.

Mit einem letzten Blick auf die Ruinen zog er sein Schwert und trat tiefer in die Schatten. Seine Schritte hallten durch die Stille, ein leises Echo, das von einer Entscheidung kündete, die er noch nicht vollständig verstand.

Kapitel 1: Der Ruf des Windes

Kael in Ismae

Die Stadt Ismae war ein Tanz aus Licht und Bewegung. Schwebende Plattformen glitten lautlos auf unsichtbaren Aetherlinien, ihre metallischen Oberflächen schimmerten im letzten Licht der untergehenden Sonne. Über ihnen lagen die oberen Ebenen der Stadt, wo die Händler und Reisenden lebten, deren Geschichten die Gassen unten durchdrangen. Doch hier unten, im Schatten der Plattformen, war die Luft schwer, durchzogen vom Rauch brennender Aetherlampen und dem Geruch von feuchtem Stein.

Kael saß an seinem Stand, die Feder in der Hand, über eine unvollendete Karte gebeugt. Seine Finger folgten den Linien mit präzisen Bewegungen, doch sein Blick wanderte immer wieder zu den Plattformen über ihm. Dort oben bewegte sich das Leben weiter, voller Möglichkeiten, die für jemanden wie ihn unerreichbar schienen. Jeden Morgen die gleichen Karten, die gleichen Gesichter, die gleichen müden Gespräche über Handelsrouten, die niemanden interessierten. Ismae war lebendig – aber für Kael war es ein Käfig aus unsichtbaren Mauern.

„Kael!" Die Stimme von Meryn riss ihn aus seinen Gedanken. Sie stand mit verschränkten Armen vor ihm, ihre Augen funkelten herausfordernd. „Tagträumst du schon wieder?"

Er legte die Feder beiseite und lehnte sich zurück. „Vielleicht. Gibt es etwas Wichtigeres, das ich tun sollte?"

Meryn seufzte und warf einen Blick auf die unvollendete Karte vor ihm. „Du wirst die Plattformen nie erreichen, wenn du nur hier sitzt und träumst. Die Welt oben ist nicht für uns gemacht."

„Vielleicht nicht für dich," entgegnete Kael und richtete sich auf, seine Stimme eine Spur härter, als er es beabsichtigt hatte. „Aber ich bin nicht wie die anderen hier. Ich weiß, dass da draußen mehr ist."

„Mehr?" Meryns Augenbraue hob sich spöttisch. „Mehr als alte Karten und Geschichten? Dein Vater hat sein Leben damit verbracht, Karten zu zeichnen, Kael. Und was hat er davon gehabt? Du sitzt immer noch hier, an genau demselben Stand."

Kael schwieg. Ihre Worte trafen ihn tiefer, als er zugeben wollte. Sein Vater hatte ihm alles beigebracht, was er wusste – die Kunst der Kartografie, die Geheimnisse der Gravuren. Doch das Wissen war ein Vermächtnis, das er zu oft in Frage stellte. Was war es wert, wenn er damit nie aus Ismae entkommen würde?

„Ich hatte auch Träume, weißt du?" Meryns Stimme wurde leiser, fast wie ein Geständnis. „Ich wollte oben sein, in den oberen Ebenen. Aber diese Stadt..." Sie hielt inne und sah hinauf zu den Plattformen, die in der untergehenden Sonne leuchteten. „Diese Stadt bindet uns, wie die Gravuren auf deinen Karten. Sie lässt uns glauben, wir könnten entkommen – aber am Ende bleiben wir doch alle hier unten."

Kael wollte etwas erwidern, doch sie schüttelte nur den Kopf. „Träume sind ein Luxus, den wir uns hier unten nicht leisten können."

Mit diesen Worten drehte sie sich um und verschwand in der Menge, ihre rote Jacke leuchtete wie ein Punkt in einem Meer aus Grau. Kael sah ihr nach, bis sie zwischen den Ständen verschwand, und spürte, wie sich die Wände des Käfigs enger um ihn schlossen. Die Luft schien plötzlich schwerer, als ob die Schatten von Ismae ihn fester umklammerten.

Er ließ den Blick erneut zu den Plattformen schweifen. Sie schwebten so ruhig und perfekt, getragen von Aetherkristallen, deren Licht wie Pulsadern durch die Stadt floss. Ein leises Summen begleitete ihre Bewegungen, ein Geräusch, das für Kael wie ein Versprechen klang – oder wie ein Hohn.

„Genug," murmelte er zu sich selbst und wandte sich der Karte auf seinem Tisch zu. Doch die Linien wirkten plötzlich bedeutungslos, wie verschlungene Pfade, die nirgendwo hinführten.

Kael nahm die Feder wieder in die Hand, doch sein Herz war nicht bei der Arbeit. „Die Welt ist ein Puzzle, Kael", hörte er die Stimme seines Vaters, ein Flüstern aus einer anderen Zeit. „Jeder Punkt, jede Linie hat seinen Platz." Doch was nützte ein Puzzle, wenn die Ränder so fest gesteckt waren, dass man nie das Ganze sehen konnte?

Er legte die Feder weg und betrachtete die Karte erneut. Für einen Herzschlag war da etwas – ein feines Pulsieren in den Gravuren. Kael blinzelte, und es war verschwunden. Doch das Gefühl blieb: Etwas wartete auf ihn. Draußen, jenseits der Plattformen, jenseits von Ismae.

Die mysteriöse Karte

Die Sonne war fast untergegangen, als ein alter Händler an Kaels Stand trat. Sein Gesicht war wettergegerbt, die tiefen Falten darin wie Landkarten vergangener Reisen. Seine Kleidung war abgetragen, eine Mischung aus grobem Stoff und Leder, das die Spuren vieler Jahre trug. Unter seinem Arm hielt er eine lederne Kiste, deren Verschluss schwer und abgenutzt wirkte. Doch es waren seine Augen, die Kael innehalten ließen – ein stumpfes Grau, das alles zu sehen schien und zugleich nichts.

„Kartenmacher," begann der Mann mit heiserer Stimme, als hätte er lange geschwiegen. „Ich habe etwas, das Ihr sehen müsst."

Kael musterte ihn skeptisch. „Wenn es eine weitere schlechte Kopie einer alten Handelsroute ist, können Sie es behalten."

Der Händler ließ ein Lachen hören, trocken und kratzig wie zerbrechendes Holz. „Das hier ist keine Handelsroute. Es ist ein Ruf."

Mit langsamen Bewegungen öffnete er die Kiste und zog eine Rolle hervor, die mit einem brüchigen, verblassten Siegel versehen war. Kael bemerkte, wie die Hände des Mannes zitterten, doch ob vor Alter oder etwas anderem, konnte er nicht sagen. Der Händler hielt ihm die Karte hin, als ob sie schwerer wog, als sie sein sollte.

Zögernd nahm Kael die Rolle und entrollte sie vorsichtig auf seiner Werkbank. In dem schwindenden Licht des Aetherkristalls, der über ihm schwebte, begannen die Gravuren auf der Karte zu leuchten. Es war ein seltsames Schimmern, nicht grell, sondern wie ein sanftes Pulsieren – wie ein Herzschlag. Kael fühlte ein prickelndes Kribbeln in seinen Fingerspitzen, als er mit den Augen den Linien folgte. Die Muster waren präzise und doch fremdartig, flossen wie lebendige Adern in einem komplizierten Geflecht, das unmöglich von Menschenhand geschaffen worden war.

„Was... bist du?" murmelte Kael, seine Stimme kaum mehr als ein Hauch.

Die Gravuren schienen zu antworten. Ein leises Flüstern, zu leise, um es wirklich zu hören, und doch spürte Kael die Worte in seinem Geist. Er beugte sich näher, die Welt um ihn schien sich auf die Karte zu verengen. Ein plötzlicher Ruck ging durch seinen Körper, als sein Finger eine der Gravuren streifte. Es fühlte sich an wie ein elektrischer Schlag, der durch ihn fuhr, und Bilder brachen in seinen Geist – verschwommene Fragmente, wie Splitter eines Traums.

Er sah Ruinen, überwuchert und uralt, ihre Gravuren pulsierend wie Lebewesen. Ein flackerndes Licht, gefangen in einem Käfig aus Schatten. Stimmen, die wie der Wind zischten, und ein Schrei, der im Nichts verhallte. Kael zuckte zurück, sein Atem ging stoßweise, doch die Karte schien ihn weiter anzuziehen, das Licht darin flackerte lebendiger.

„Man sagt, diese Karte wählt ihren Besitzer," erklang die heisere Stimme des Händlers erneut, wie aus einer anderen Welt. „Sie führt die Suchenden. Aber sie verlangt einen Preis."

Kael blinzelte und richtete sich auf, seine Augen immer noch auf die Karte gerichtet. „Was für einen Preis?" fragte er, doch die Worte klangen leer, als ob er die Antwort bereits kannte.

Der Händler trat zurück, seine Augen fixierten Kael mit einer Mischung aus Mitleid und etwas, das wie Resignation wirkte. „Nicht jeder Pfad führt ans Licht, Kartenmacher," sagte er leise. „Und nicht jeder, der sucht, wird finden."

Kael wollte nachhaken, doch der Mann hatte sich bereits umgedreht und verschwand in der Menge, seine Gestalt wurde eins mit den Schatten von Ismae. Zurück blieb nur die Karte, die vor Kael lag – leuchtend, pulsierend, als hätte sie einen eigenen Willen.

Kael schloss die Augen und atmete tief ein. Doch das Flüstern, das in seinem Geist begonnen hatte, verstummte nicht. Etwas wartete auf ihn – etwas, das jenseits der Gravuren lag.

Zweifel und Geheimnisse

Die Werkstatt war still. Das Licht der Aetherlampe ließ die Gravuren auf der Karte in einem schwachen, rhythmischen Pulsieren erstrahlen. Die Linien schienen zu atmen, sich leicht zu bewegen, als ob sie lebendig wären. Das leise Summen des Aetherkompasses vibrierte durch die Stille, wie ein ständiges Flüstern, das ihn in den Wahnsinn treiben wollte – ein unsichtbares Gewicht, das Kael an den Rand seiner Gedanken drängte.

Er fuhr mit den Fingerspitzen über die Gravuren, spürte die glatte Kühle der Oberfläche, und doch war da etwas anderes – eine seltsame, pulsierende Energie, die tief in ihm widerhallte. Die Worte des Fremden kehrten zurück, hallten durch seinen Verstand: *„Gefahren, die jenseits Eurer Vorstellungskraft liegen. Aber auch Antworten.“*

Kael schloss die Augen, als ob er dadurch den Sturm seiner Gedanken dämpfen könnte. Ein Teil von ihm wollte die Karte beiseitelegen, die Warnungen ernst nehmen und das Risiko meiden. Doch ein anderer Teil – ein lauter, drängender Teil – flüsterte ihm zu, dass dies seine Chance war, endlich etwas Bedeutendes zu tun.

Ein leises Klopfen an der Tür durchbrach die Stille. Kael zuckte zusammen, sein Herz setzte für einen Moment aus. *„Herein,“* sagte er, ohne den Blick von der Karte zu nehmen.

Die Tür öffnete sich, und Meryn trat ein. Das Licht der Morgensonne warf ihren Schatten über den Raum, bevor sie mit festen Schritten eintrat. Ihr feuerrotes Haar leuchtete im Licht der Lampe, und ihre grünen Augen musterten ihn mit einer Mischung aus Neugier und Sorge.

„Kael. Natürlich bist du hier." Ihre Stimme war leicht, aber in ihren Augen lag ein Funken, den sie nicht verbergen konnte.

Kael hob den Blick und lehnte sich zurück. „Guten Morgen, Meryn. Was verschafft mir die Ehre?"

Sie verschränkte die Arme und trat näher an den Tisch heran. „Ich habe gehört, dass du wieder etwas gefunden hast. Etwas... Ungewöhnliches." Ihr Blick fiel auf die Karte, und ihre Augen verengten sich leicht. „Aber ich dachte nicht, dass du es gleich so besessen anstarrst."

Kael deutete auf die Karte und verzog den Mund zu einem schmalen Lächeln. „Das hier ist keine gewöhnliche Karte, Meryn. Sieh sie dir an."

Meryn zögerte, bevor sie näher trat. Sie beugte sich über den Tisch, ihre Augen fixierten die Gravuren, ihre Stirn legte sich in Falten. Doch sie rührte die Karte nicht an. „Das ist... anders," sagte sie schließlich, fast flüsternd. „Woher hast du das?"

Kael hielt einen Moment inne. „Ein Fremder hat sie mir gebracht. Er sagte, sie führt zu den Ruinen von Vaelyris."

Meryns Kopf ruckte hoch, ihre Augen weiteten sich, bevor sie sich wieder verschloss. „Vaelyris? Kael, bist du verrückt? Du weißt, was über diese Ruinen gesagt wird. Niemand, der sie betreten hat, ist je zurückgekehrt."

„Ich weiß," antwortete Kael ruhig, doch in seiner Stimme lag eine Entschlossenheit, die selbst ihn überraschte. „Aber diese Karte... sie ist anders. Sie fühlt sich lebendig an, als ob sie etwas von mir will."

Meryn trat einen Schritt zurück, ihr Blick wurde schärfer. „Lebendig? Das klingt, als hättest du zu lange in deinen Büchern gelesen. Was, wenn dieser Fremde genau wusste, dass du darauf anspringst? Was, wenn es eine Falle ist?"

Kael senkte den Blick, schluckte schwer. Ihre Worte trafen ihn, denn er hatte sich dieselbe Frage gestellt. *„Vielleicht hast du recht,"* gab er zu. *„Aber ich kann diese Karte nicht ignorieren. Sie ist mehr als ein Stück Pergament. Sie ist ein Schlüssel – ich spüre es."*

Meryn schüttelte den Kopf, ihre Arme sanken langsam. *„Die Balance ist wie ein brüchiger Faden, Kael. Ziehst du zu stark daran, könnte alles zusammenbrechen."* Ihre Stimme wurde weicher, doch der Ernst blieb. *„Meine Eltern dachten, sie könnten die Balance verstehen – dass sie etwas verändern könnten. Aber die Balance wollte nichts von ihnen. Alles, was sie fanden, war Tod und Asche."*

Kael schwieg, der Schmerz in ihrer Stimme ließ ihn innehalten. *„Meryn, ich verstehe, warum du skeptisch bist. Aber ich kann nicht bleiben. Diese Karte... sie ist mehr als nur ein Weg. Sie könnte der Schlüssel sein – und ich kann nicht so tun, als hätte ich ihn nie gefunden."*

Meryn musterte ihn lange, bevor sie schließlich seufzte. *„Du bist ein Träumer, Kael. Und das bewundere ich. Aber Träumen allein reicht nicht."* Sie trat näher, legte eine Hand auf seine Schulter und sah ihm in die Augen. *„Wenn du gehst, dann versprich mir nur eines: Sei vorsichtig. Und wenn du merkst, dass du dich verrennst, dann kehr zurück. Es ist besser, zu scheitern, als alles zu verlieren."*

Kael nickte langsam. *„Danke, Meryn. Ich werde vorsichtig sein."*

Meryn erwiderte sein Lächeln, doch in ihren Augen lag ein Schatten. *„Vielleicht braucht die Welt dich, Kael. Aber vergiss nicht, dass sie dich auch verlieren könnte."*

Garricks Warnung und die Offenbarung

Die schwere Holztür knarrte, als Garrick sie aufschob. Der alte Mann, dessen breiter Körper den Rahmen fast ausfüllte, trat ein und zog die Luft scharf ein. Seine Augenbrauen zogen sich zusammen, als er das flackernde Licht der Aetherlampe sah, das über die Werkbank und die mystische Karte tanzte.

„Kael", brummte er, seine tiefe Stimme wie ein Rumpeln aus der Erde, „du hast mir nicht gesagt, dass es sich um solch eine Karte handelt."

Kael, der mit verschränkten Armen vor der Werkbank stand, warf ihm einen skeptischen Blick zu. „Du hast sie noch nicht einmal richtig angesehen."

„Ich fühle sie", erwiderte Garrick, seine Schritte langsam, aber bestimmt. „Das reicht aus."

Kael seufzte und schob die Karte näher an den Rand der Werkbank, wo Garrick sie besser sehen konnte. „Du hast mir geholfen, diese Karte zu entschlüsseln. Jetzt erzähl mir, was du weißt."

Garrick beugte sich vor, und seine Finger schwebten über den pulsierenden Gravuren. Er berührte sie nicht, als ob er spürte, dass es besser wäre, sie nicht direkt anzufassen. Sein Gesicht verhärtete sich, und ein Schatten legte sich über seine Züge.

„Vaelyris", murmelte er schließlich. „Die Ruinen des gebrochenen Lichts."

Kael lehnte sich zurück, überrascht von der plötzlichen Ernsthaftigkeit in Garricks Stimme. „Was meinst du damit?"

Garrick richtete sich auf, rieb sich über den Bart und begann zu sprechen, seine Worte langsam und gewichtet, als ob er jeden Satz sorgfältig auswählte.

„Die Ruinen von Vaelyris sind älter als jede Geschichte, die wir kennen. Sie sollen gebaut worden sein, bevor das Gleichgewicht zwischen Licht und Dunkelheit zerbrach. Man sagt, sie waren der Ort, an dem die erste Kette geschmiedet wurde – die Kette, die alles zusammenhält."

Kael runzelte die Stirn. „Die Balance?"

„Ja", bestätigte Garrick und trat einen Schritt zurück. „Die Legende besagt, dass die Kette gebrochen wurde, weil die Dunkelheit zu mächtig wurde. Die Ruinen sind... ein Ort des Scheiterns. Und ein Ort der Warnung."

Kael ließ die Worte auf sich wirken, doch das Flüstern der Karte in seinem Inneren schien immer lauter zu werden. *Was meinte er mit „Ort des Scheiterns"? War das nur eine Legende, oder versteckte sich eine Wahrheit hinter diesen alten Geschichten?*

„Und diese Karte?" Kael deutete auf die Gravuren, die im Licht glühten. „Sie zeigt den Weg dorthin? Warum?"

Garrick schüttelte langsam den Kopf. „Das weiß niemand. Aber ich habe in alten Texten Hinweise darauf gefunden, dass es eine Art Prüfung gibt. Die, die versuchen, die Ruinen zu betreten, müssen... sich beweisen. Und die meisten scheitern."

„Das klingt nach Schauermärchen." Kaels Stimme war ruhig, doch seine Gedanken rasten. *Prüfungen? Warnungen?* Er ballte die Fäuste. *Es gibt nichts, was ich nicht entschlüsseln kann.*

Garrick fixierte ihn, seine dunklen Augen hart und forschend. „Das ist kein Spiel, Junge. Ich war dort, in der Nähe der Ruinen. Ich habe Dinge gesehen, die ich nicht erklären kann. Schatten, die sich bewegen. Geräusche, die aus dem Nichts kommen. Manche sagen, die Ruinen haben ein Bewusstsein – dass sie dich testen, dich brechen. Und die, die scheitern... verschwinden."

Kael suchte in Garricks Gesicht nach Antworten, doch alles, was er fand, war eine unerschütterliche Ernsthaftigkeit. „Was hast du gesehen, Garrick? Was genau ist dort passiert?"

Der alte Mann blickte ihn lange an, bevor er sich abwandte. „Ich habe Männer schreien hören, die mit mir dort waren. Ich habe ihre Stimmen gehört – und dann Stille. Sie waren fort, als ob sie nie existiert hätten. Glaub mir, Kael, manche Rätsel sollten ungelöst bleiben."

Kael schwieg, doch das Flüstern der Karte schien in seinem Kopf lauter zu werden. *Vielleicht liegt die Antwort genau dort, Garrick. Vielleicht liegt dort der Schlüssel, um das Gleichgewicht wiederherzustellen.*

„Oder die Dunkelheit, die alles verschlingt", sagte Garrick düster. „Du bist ein guter Junge, Kael. Aber du bist naiv, wenn du glaubst, dass diese Karte dich führt, ohne einen Preis zu verlangen."

Kael trat einen Schritt näher an Garrick heran, seine Stimme fest. „Vielleicht bin ich naiv. Aber was ist die Alternative? Hier zu sitzen, nichts zu tun, während das Gleichgewicht zerfällt? Ich muss gehen, Garrick."

Der alte Mann musterte ihn lange, bevor er tief seufzte. „Du wirst tun, was du für richtig hältst. Aber wisse dies: Die Ruinen von Vaelyris sind kein Ort für Helden. Sie sind ein Ort für Geister."

Mit diesen Worten drehte sich Garrick um und ging zur Tür. Doch bevor er sie öffnete, hielt er inne und warf Kael einen letzten Blick zu.

„Hör auf die Karte, Junge. Aber vertraue ihr nicht. Sie will etwas von dir. Und wenn du nicht aufpasst, wird sie es nehmen."

Die Tür schloss sich hinter ihm, und die Werkstatt fiel wieder in Stille. Kael stand allein, sein Blick auf die Karte gerichtet, die nun schwächer glühte. Doch er konnte das Gefühl nicht abschütteln, dass sie ihn beobachtete – wartete.

Die Planung der Reise

Kael saß an seinem Arbeitstisch, die Karte vor sich ausgebreitet. Das Licht der Aetherlampe warf zuckende Schatten auf die Wände der Werkstatt, die von Regalen mit Karten, Werkzeugen und Pergamentrollen gesäumt waren. Der Duft von Tinte und altem Papier hing in der Luft, eine beruhigende, vertraute Mischung – doch heute konnte sie ihn nicht trösten.

Die Gravuren der Karte glühten schwach, ihre Linien schienen sich zu bewegen, wie ein tiefer Atemzug. Kaels Augen folgten den feinen Mustern, die sich fast hypnotisch wanden, und er spürte erneut das Kribbeln in seinen Fingerspitzen, das ihn seit Tagen nicht losgelassen hatte.

Was bist du? dachte er und fuhr mit der Hand über das glatte Pergament. Die Berührung löste ein sanftes Vibrieren aus, das sich bis in sein Herz ausbreitete – kühl, pulsierend, fast wie ein leises Flüstern.

Er erinnerte sich an den alten Händler, der ihm die Karte in einer zerfledderten Kiste überreicht hatte. „Man sagt, diese Karte wählt ihre Besitzer selbst," hatte der Mann gemurmelt, seine Augen trüb wie ein Winterhimmel. „Doch Vorsicht, Kartenmacher: Sie nimmt, was sie will."

Kael hatte damals gelächelt, unbeeindruckt von den Worten eines abergläubischen Fremden. Doch jetzt, da er die Gravuren vor sich sah, spürte er die Wahrheit darin. Die Karte war nicht nur ein

Werkzeug. Sie war ein Rätsel, ein Ruf – und er konnte ihn nicht ignorieren.

Ein Klopfen an der Tür riss ihn aus seinen Gedanken. „Herein," sagte er, seine Stimme rau von der Stille.

Meryn trat ein. Ihr leuchtend rotes Haar fiel über ihre Schultern, und ihre grünen Augen suchten Kaels Blick. Sie hielt eine kleine Tasche in der Hand und blieb einen Moment in der Tür stehen, bevor sie sich ihm näherte.

„Du hast also wirklich vor, das durchzuziehen," sagte sie, ihre Stimme eine Mischung aus Sorge und Resignation.

Kael nickte, ohne den Blick von der Karte zu lösen. „Ich habe keine Wahl."

Meryn stellte die Tasche auf den Tisch, verschränkte die Arme und musterte ihn eindringlich. „Natürlich hast du eine Wahl, Kael. Aber du bist so besessen davon, dass du sie nicht sehen willst."

Kael lehnte sich zurück und fuhr sich durch sein zerzaustes Haar. „Und wenn das stimmt? Vielleicht brauche ich das. Vielleicht brauche ich endlich etwas, das... zählt."

Meryns Gesicht wurde weicher, und sie setzte sich ihm gegenüber. Ihre Stimme wurde leiser, beinahe flehend. „Kael, ich verstehe, warum du das tun willst. Aber die Ruinen – sie sind nicht nur ein Ort. Sie sind lebendig. Garrick hat dir erzählt, was er dort gesehen hat. Und ich... ich habe auch Geschichten gehört."

Kael hob den Blick. „Welche Geschichten?"

Meryn zögerte, und für einen Moment schien es, als würde sie nicht antworten. Dann flüsterte sie: „Manche sagen, die Ruinen lesen dich. Sie prüfen dich – deine Absichten, deine Ängste. Und wenn du versagst, nehmen sie dir alles."

„Garrick hat mir auch gesagt, dass die Ruinen Antworten haben,“ erwiderte Kael schließlich, seine Stimme fester. „Und wenn diese Karte mich ruft, dann bedeutet das, dass ich die Antworten finden muss.“

Meryn schüttelte den Kopf, ihre Augen schimmerten vor ungesagten Worten. Schließlich öffnete sie die Tasche und zog mehrere Gegenstände heraus: ein kleines Messer, eine zusammengerollte Decke, eine Wasserflasche.

„Wenn du schon gehst, dann geh wenigstens vorbereitet,“ sagte sie, ihre Stimme rau vor unterdrückter Emotion. „Du bist kein Kämpfer, Kael. Und das hier wird kein einfacher Ausflug.“

Kael griff nach der Decke und hielt sie einen Moment in den Händen. „Danke, Meryn.“

„Ich tue das nicht, weil ich es gutheiße,“ sagte sie und stand auf. „Ich tue es, weil ich dich nicht verlieren will.“

Ihre Hand verweilte auf seiner Schulter, länger als nötig, und Kael spürte die Wärme ihrer Berührung. Doch als sie sich löste, hinterließ sie eine spürbare Kälte.

Noch bevor er etwas erwidern konnte, öffnete sich die Tür erneut. Garrick trat ein, seine Augen gezeichnet von Sorgen, die älter waren als Kael selbst.

„Du gehst wirklich,“ sagte er ohne Frage in der Stimme.

Kael nickte. „Ja. Die Karte hat mich gefunden, Garrick. Ich kann sie nicht ignorieren.“

Garrick trat näher, sein Blick wanderte über die Gravuren, die mit einem schwachen Glühen auf den Tisch projiziert wurden. „Die Ruinen – sie sind kein Ziel, Junge. Sie sind ein Wächter. Sie bewachen etwas, das verborgen bleiben sollte.“

„Und wenn das, was sie bewachen, der Schlüssel zur Balance ist?"
Kaels Stimme war ruhig, doch seine Augen brannten vor
Entschlossenheit.

Garricks Stirn legte sich in tiefe Falten. „Die Balance ist
zerbrechlich. Und wenn du sie störst, könntest du alles zerstören."

Er zog einen kleinen, metallischen Kompass aus seiner Tasche und
reichte ihn Kael. „Ein Aetherkompass. Er hat mir geholfen,
zurückzukehren, als die Ruinen mich fast verschlungen hätten.
Vielleicht wird er dir den Weg zeigen, wenn die Karte dich täuscht."

Kael nahm den Kompass und fühlte die Kälte des Metalls in seiner
Hand. Die Nadel drehte sich langsam, zielte direkt auf die Karte.

„Danke, Garrick."

Der alte Mann hielt inne, sein Blick ruhte schwer auf Kael. „Die
Ruinen geben nichts ohne einen Preis. Sei dir sicher, dass du bereit
bist, ihn zu zahlen."

Kael beobachtete, wie Garrick und Meryn die Werkstatt verließen.
Ihre Schritte verklangen, und die Stille kehrte zurück.

Die Karte lag vor ihm, ihre Gravuren flackerten, als ob sie auf ihn
warteten. Als Kael seine Hand erneut darauf legte, spürte er das
Vibrieren wieder – diesmal stärker. Die Linien leuchteten auf, und
eine Stimme, ruhig und doch unüberhörbar, formte sich in seinem
Geist:

„Du bist bereit."

Kael hielt inne. Er schloss die Augen und atmete tief ein. Es gab
kein Zurück mehr. Der Weg lag vor ihm. Und er würde ihn gehen.

Die Begegnung mit Theron

Die Werkstatt war ein Chaos aus Zahnrädern, Kabeln und unfertigen Apparaturen. Der Geruch von Maschinenöl und heißen Metallspänen hing schwer in der Luft, und kleine Funken sprühten von einem halb auseinandergebauten Gerät auf den ölverschmierten Boden. Über den Arbeitstischen lagen verstreut Werkzeuge, zerknitterte Notizen und seltsame Apparaturen, die wie mechanische Albträume wirkten. Die Wände waren von einer dünnen Schicht Ruß geschwärzt, und ein verwittertes Foto hing schief daneben. Es zeigte Theron, jünger und lächelnd, neben einer gigantischen Maschine, deren Zweck sich Kael nicht erschloss.

Kael stand unsicher inmitten des Chaos und hielt die Karte fest in seiner Hand. Sein Blick wanderte über die Regale voller Konstruktionen, die wie Relikte aus einer anderen Zeit wirkten. Vielleicht war es ein Fehler, hierherzukommen. Theron war unberechenbar, ein Mann, der für niemanden außer sich selbst lebte. Doch die Karte hatte ihn geführt – und Kael wusste, dass er keine Wahl hatte.

„Kael. Kartenmacher."

Therons Stimme schnitt durch den Raum, ein raues Timbre, das in den Schatten hallte. Der Mechaniker trat hervor, sein Gesicht von einer Schicht aus Staub und Öl gezeichnet. Sein dunkles Haar stand wirr ab, und seine Augen funkelten mit einer Mischung aus Zynismus und verschmitzter Neugier.

„Was verschafft mir die Ehre?"

Kael holte tief Luft und bemühte sich, seine Unsicherheit zu verbergen. „Ich brauche deine Hilfe."

Theron hob eine Augenbraue und stützte sich auf einen halb zerlegten Apparat. „Hilfe? Von mir?" Ein leises Lachen folgte, trocken und abfällig. „Junge, du hast die falsche Werkstatt betreten, wenn du Moral oder Altruismus suchst."

Kael ignorierte den Spott und zog die Karte aus seiner Tasche. Vorsichtig legte er sie auf den Tisch. Das schwache Glühen der Gravuren erfüllte den Raum, und für einen Moment wurde es still.

Therons verschmitztes Lächeln verschwand, als seine Augen die Gravuren erfassten. Seine Finger glitten vorsichtig über die Linien, verharrten, und für einen Augenblick schien seine Maske zu fallen. Etwas Dunkles, Unerzähltes schimmerte in seinen Augen – und verschwand so schnell, wie es gekommen war.

Er zog die Hand zurück, als hätte er sich verbrannt, und trat einen Schritt zurück. „Interessant," murmelte er schließlich, seine Stimme ein Hauch leiser. „Sehr interessant. Woher hast du die?"

„Das ist nicht wichtig," sagte Kael, versuchte jedoch vergeblich, die Unsicherheit in seiner Stimme zu verbergen. „Was zählt, ist, dass ich jemanden brauche, der mich begleitet. Die Ruinen von Vaelyris –"

Therons Augenbraue hob sich, und sein Lächeln kehrte zurück, diesmal schärfer, wie die Klinge eines Messers. „Die Ruinen?" Ein leises Lachen folgte. „Junge, du bist entweder mutig oder dumm. Wahrscheinlich beides. Weißt du überhaupt, was dich dort erwartet?"

Kael spürte, wie die Gravuren zu flüstern begannen, leise und eindringlich, als ob sie auf Therons Worte antworteten. „Ich weiß, dass es gefährlich ist," sagte er schließlich, seine Stimme fester, als er sich fühlte. „Aber ich habe keine Wahl. Diese Karte ist der Schlüssel."

Theron lehnte sich zurück, seine Arme verschränkt. „Es gibt keine Balance mehr, Kartenmacher. Nur Chaos. Vielleicht findest du in den Ruinen deine Antworten. Vielleicht findest du deinen Tod. Beides scheint mir gleich wahrscheinlich."

Kael hielt dem Blick des Mechanikers stand, seine Hände um den Rand des Tisches gekrallt. „Ich werde gehen, mit oder ohne dich."

Theron musterte ihn lange, bevor er grinste. „Du hast Mut, das gebe ich zu. Oder einen verdammt guten Grund, dein Leben wegzuwerfen."

Die Gravuren der Karte pulsierten, ihr Licht zuckte wie ein leises Versprechen. Theron schnappte die Karte und legte sie wieder zurück. „Ich denke drüber nach," sagte er schließlich, seine Stimme kälter. „Aber wenn ich mitkomme, dann auf meine Weise. Das hier wird kein Ausflug für Idealisten."

Kael nickte langsam. „Sag mir, was ich tun muss."

Theron schüttelte den Kopf, ein amüsiertes Lächeln umspielte seine Lippen. „Geduld, Kartenmacher. Geduld. Ich mag dich ja fast." Sein Blick wurde dunkler, seine Stimme ein Flüstern. „Aber manche Türen sollten besser geschlossen bleiben."

Mit diesen Worten verschwand er in den Schatten der Werkstatt. Kael blieb zurück, allein mit der Karte.

Die Gravuren glühten erneut auf, stärker als zuvor, und das Flüstern wurde lauter. Es klang wie ein Herzschlag, langsam, gleichmäßig – ein Echo aus einer Welt, die ihn gerufen hatte. Etwas war erwacht. Etwas, das ihn nicht mehr loslassen würde.

Zusammenstellung der Crew

Die Taverne „Zum Fliegenden Anker" lag versteckt in den Schatten des Hafens von Ismae, wo die schwebenden Plattformen am tiefsten und dunkelsten schwebten. Sie war eine Zuflucht für Schmuggler,

Söldner und Seeleute, die mehr Feinde als Freunde hatten. Der Duft von Salz, abgestandenem Bier und Metall lag in der Luft, während gedämpfte Gespräche und das Rollen von Würfeln an Kaels Ohren drangen.

Ein betrunkener Seemann an einem Tisch lachte schallend, während er ein Würfelspiel erklärte, das selbst er offenbar nicht verstand. Eine Frau mit tätowierten Armen schlug die Faust auf den Tresen und verlangte mehr Rum, während in einer dunklen Ecke Stimmen laut wurden – ein Streit, der kurz vor der Eskalation stand.

Kael zog die Kapuze tiefer ins Gesicht und betrat die Taverne, dicht gefolgt von Theron. Die Präsenz des Mechanikers wirkte wie ein Schild – mehrere Blicke richteten sich kurz auf ihn, bevor sie sich schnell abwandten.

„Schöner Laden," murmelte Theron trocken, seine Augen über die Szene schweifend. „Perfekter Ort, um jemanden zu finden, der uns nicht beim ersten Atemzug verrät – oder tötet."

Kael erwiderte nichts und ließ seinen Blick durch den Raum wandern, bis er an einer Gestalt hängen blieb, die allein an einem Tisch in einer Ecke saß. Der Mann hatte einen dichten, schwarzen Bart und einen Ledermantel, der an den Schultern ausgefranst war. Seine Hände ruhten ruhig auf dem Tisch, doch seine Augen scannten die Taverne wie die eines Raubtiers. Mirek.

Kael holte tief Luft. Er wusste, dass er Mirek brauchte, doch die Erinnerung an frühere Begegnungen mit ihm ließ seine Schultern schwer werden. Mirek war gefährlich, unberechenbar – aber er war der Beste im Süden. Und das reichte.

„Mirek?" Theron hob eine Augenbraue. „Du meinst den Mirek? Der Typ, der Ärger anzieht wie ein Magnet? Großartige Wahl."

„*Er kennt den Süden wie niemand sonst,*" entgegnete Kael und ging auf den Mann zu.

Mirek hob den Kopf, als Kael näher kam, und seine Augen verengten sich. „*Kael Fahlryn,*" sagte er, seine Stimme tief und rau. „*Ich hätte nie gedacht, dass du die Eier hast, hier wieder aufzutauchen. Was willst du?*"

„*Ich brauche deine Hilfe,*" begann Kael, doch Mirek lehnte sich zurück und hob abwehrend die Hand. „*Das tust du immer, wenn du auftauchst. Und es endet immer gleich: Ich kriege Ärger, und du bist verschwunden.*"

Kael presste die Lippen aufeinander und setzte sich ohne Einladung auf den Stuhl gegenüber. „*Diesmal ist es anders.*" Er zog die Karte aus seiner Tasche und legte sie auf den Tisch. Die Gravuren begannen schwach zu leuchten, und ein Moment der Stille breitete sich aus.

Mireks Augen verengten sich, und sein Gesicht blieb ausdruckslos, doch ein Glanz der Neugier blitzte in seinen Augen auf. „*Vaelyris,*" murmelte er schließlich. „*Du bist entweder mutig oder dumm, Fahlryn. Wahrscheinlich beides.*"

„*Vielleicht,*" sagte Kael. „*Aber ich brauche jemanden, der den Weg kennt. Und du bist der Beste.*"

Mirek schwieg einen Moment, bevor er sich vorlehnte. „*Wenn ich das tue, will ich die Hälfte von allem, was wir finden.*"

Theron, der sich inzwischen neben Kael gestellt hatte, lachte trocken. „*Hälfte? Du bist ja bescheiden. Soll ich dir auch noch meine Werkstatt überschreiben?*"

„*Hälfte oder kein Deal,*" entgegnete Mirek kühl.

Kael zögerte, das Gewicht seiner Entscheidung lastete auf ihm. Doch er wusste, dass er keine Wahl hatte. *„Einverstanden."*

Ein Grinsen breitete sich auf Mireks Gesicht aus, und er nahm einen langen Schluck aus seinem Becher. *„Gut. Aber wenn das hier schiefgeht, werde ich dafür sorgen, dass du es bereust."*

Kael wollte gerade weiterreden, als sich die Tür der Taverne öffnete. Ein plötzlicher Hauch kalter Luft wehte herein, begleitet von einer Gestalt mit kurzem, silbernem Haar. Sie bewegte sich mit der Präzision einer Jägerin, ihre Augen musterten den Raum, bis sie auf Kael und Theron trafen.

In diesem Moment öffnete sich die Tür der Taverne, und eine Gestalt mit kurzem, silbernem Haar trat ein. Ein kalter Windstoß begleitete sie, brachte den Geruch von Regen und Salz mit sich. Ihre Bewegungen waren geschmeidig wie die einer Raubkatze, und für einen Augenblick verstummten die Gespräche, während sie den Raum mit einem scharfen Blick durchsuchte.

Kael bemerkte, wie ein Seemann in der Nähe versuchte, unauffällig sein Messer zurück in den Gürtel zu stecken, als ihre Augen kurz auf ihm verweilten. Sie hatte eine Haltung, die weder Furcht noch Hast zeigte – eine Mischung aus Gelassenheit und latenter Gefahr.

Ihr Blick blieb an Kael und Theron hängen. Ohne zu zögern, kam sie näher und ließ sich auf einen freien Stuhl fallen, ihre Haltung entspannt, doch ihre Augen wachsam.

„Ihr sucht jemanden, der euch nicht umbringen wird?" Ihre Stimme war ruhig, fast beiläufig, doch ein Hauch von Spott schwang mit.

Theron verschränkte die Arme und musterte sie von Kopf bis Fuß. *„Kommt darauf an, wie hoch deine Preise sind."*

Ein Grinsen blitzte über ihr Gesicht, während sie sich leicht zurücklehnte. Ihre Finger ruhten auf dem Griff einer Klinge an ihrem Gürtel, ihre Augen fixierten Kael. *„Vaelyris. Ihr seid wahnsinnig."*

Kael zog die Karte hervor, das schwache Glühen der Gravuren spiegelte sich in ihren Augen. *„Also, bist du dabei?"*

Lyris schwieg einen Moment, bevor sie nickte. *„Fünfundzwanzig Prozent."*

Theron schnaubte. *„Zwanzig."*

„Fünfundzwanzig," wiederholte sie, ihr Blick fest und unnachgiebig.

Kael nickte schließlich. *„Einverstanden."*

Als sie die Taverne verließen, spürte Kael die Schwere seiner Entscheidungen. Mirek, Lyris, Theron – eine gefährliche Mischung. Aber sie waren seine beste Chance.

Theron schnaubte leise. *„Du sammelst eine hübsche Bande an, Fahlryn. Hoffentlich bringt uns das nicht alle um."*

Kael zog die Karte aus seiner Tasche. Die Gravuren pulsierten schwach, wie ein Herzschlag, und ein Gedanke durchzuckte ihn: *Dies war erst der Anfang – und es gab kein Zurück.*

Der Mechaniker

Die Werkstatt von Farrik lag tief in den verwinkelten Gassen von Ismae, verborgen zwischen dampfenden Rohren und schwebenden Plattformen, deren leichte Vibrationen die Luft durchzogen. Der metallene Geruch von Öl und erhitztem Aether hing schwer in der Atmosphäre und mischte sich mit dem leisen Summen der Maschinen. Kael spürte das Gewicht der Aufgabe, die vor ihm lag, wie eine unsichtbare Last auf seinen Schultern – oder vielleicht war es die Furcht vor dem Mann, den sie treffen sollten.

„Das ist also der berühmte Farrik," sagte Lyria mit einem schiefen Grinsen, während sie sich an einem der dampfenden Rohre vorbeischob. „Er soll genauso exzentrisch wie genial sein."

„Das hoffe ich," murmelte Kael und hielt einen Moment inne, um die schwere Metalltür zu betrachten. *Farrik war kein Mann, den man leichtsinnig um Hilfe bat. Sein Ruf war so scharf wie seine Werkzeuge – und genauso gefährlich.*

Kael drückte die Tür auf, und eine Welle aus Hitze und Lärm schlug ihnen entgegen. Die Werkstatt war ein chaotisches Labyrinth aus schimmernden Aetherleitungen, halb auseinandergebauten Maschinen und Werkzeugen, die scheinbar wahllos auf den Oberflächen verteilt waren. Funkenregen sprühte aus einer Ecke, und inmitten dieses Chaos arbeitete Farrik – eine drahtige Gestalt mit einer Schutzbrille, die seine Augen verbarg, und ölverschmierten Händen, die an einer Maschine hantierten, deren Zweck nur ihm bekannt war.

„Nicht bewegen!" rief Farrik, ohne den Kopf zu heben. „Ihr bringt das Energiefeld durcheinander!"

Kael blieb wie angewurzelt stehen, während Lyria amüsiert die Hände in die Hüften stemmte. „Ich wusste nicht, dass wir uns entschuldigen müssen, bevor wir eintreten."

Farrik richtete sich auf und drehte einen Hebel, der scheinbar nichts bewirkte. Mit einem leisen Brummen schob er seine Schutzbrille auf die Stirn, entblößte zwei scharfe, graue Augen und musterte die Neuankömmlinge.

„Kael Fahlryn," sagte er trocken, seine Stimme voller Spott. „Der Kartenmacher mit mehr Träumen als Verstand. Ich bin überrascht, dass du den Weg zu mir gefunden hast."

„Ich bin nicht hier, um über meinen Verstand zu diskutieren," erwiderte Kael, zog die Karte aus seiner Tasche und hielt sie Farrik hin. Die Gravuren schimmerten im schwachen Licht der Werkstatt, und Farriks Augen blitzten auf. Mit fast kindlicher Begeisterung griff er nach dem Pergament und entrollte es.

„Interessant," murmelte er und beugte sich näher. Seine Finger glitten über die Linien, und für einen Moment schien die Welt um ihn herum zu verschwinden. Der Mechaniker, der eben noch vor Sarkasmus strotzte, wurde still.

„Das ist... faszinierend," sagte er schließlich. „Aber auch gefährlich. Wo hast du das her?"

„Das spielt keine Rolle," sagte Kael fest. „Die Frage ist: Kannst du uns helfen?"

Farrik ließ die Karte sinken und richtete seinen durchdringenden Blick auf Kael. „Die Gravuren sind alt. Sehr alt. Sie basieren auf einem Aethermuster, das ich noch nie gesehen habe. Es könnte eine Karte sein – oder ein Schlüssel. Vielleicht beides."

„Das ist keine Antwort," warf Lyria ein, ihre Arme verschränkt. „Kannst du uns helfen oder nicht?"

Farrik grinste schief. „Natürlich kann ich. Aber das ist nicht die Frage. Die Frage ist, warum ich es tun sollte."

Kael trat einen Schritt näher, seine Stimme wurde fester. „Weil diese Karte uns zu den Ruinen von Vaelyris führt. Und weil du genau der Mann bist, den wir brauchen, um dort lebend anzukommen."

Farriks Lächeln verschwand. „Vaelyris." Er wiederholte das Wort langsam, als ob er es schmecken wollte. „Ihr wisst nicht, was ihr dort finden werdet. Manche sagen, die Ruinen seien lebendig. Und wenn das stimmt, dann beschützen sie ihre Geheimnisse auf eine Weise, die niemand überleben kann."

Kael hielt seinen Blick stand. „Und doch bist du interessiert."

Farrik lachte trocken, drehte einen weiteren scheinbar nutzlosen Hebel und richtete sich auf. „Ich könnte euch helfen. Aber wenn ich das tue, will ich Zugang zu allem, was wir finden. Technologien, Artefakte, alles. Ich bin kein Altruist, Kael."

„Einverstanden," sagte Kael, obwohl sich seine Kehle trocken anfühlte.

„Gut." Farrik zog die Schutzbrille wieder über die Augen. „Aber ich werde meine eigenen Bedingungen haben. Wenn ihr nicht mithaltet, lasse ich euch zurück."

„Das klingt ja vertrauenswürdig," murmelte Lyria sarkastisch.

„Ich bin ein Mechaniker, kein Babysitter," entgegnete Farrik. „Trefft mich morgen früh hier. Ich habe noch Arbeit zu erledigen."

Kael spürte eine Mischung aus Erleichterung und Unbehagen, als sie die Werkstatt verließen. Die Geräusche der dampfenden Rohre und summenden Maschinen verblassten hinter ihnen, doch Farriks Worte hallten in seinem Kopf nach. *Ich lasse euch zurück.*

„Du weißt schon, dass er uns verraten könnte, oder?" sagte Lyria, ihre Stimme ruhig, aber mit einem scharfen Unterton.

Kael nickte langsam, seine Hand wanderte zur Karte in seiner Tasche. Die Gravuren schienen unter seinen Fingern zu pulsieren, wie ein Herzschlag, der ihn daran erinnerte, dass jeder Schritt ihn näher an Vaelyris brachte. Und näher an etwas, das er weder verstand noch kontrollieren konnte.

„Das Risiko müssen wir eingehen," flüsterte er.

Die Begegnung mit Mirek

Die **Taverne Roter Anker** war eine Zuflucht für all jene, die zwischen den Welten wandelten – Abenteurer, Händler und Gesetzlose, deren Leben eine Gratwanderung zwischen Ruhm und Ruin war. Die Luft war dick von Tabakrauch und verschüttetem Gewürzwein, und das gedämpfte Murmeln der Gespräche wurde gelegentlich durch ein barsches Lachen oder das Klirren von Bechern unterbrochen. Die Wände aus dunklem Holz, geschmückt mit zerfetzten Karten und verrosteten Waffen, schienen mehr Geschichten zu kennen, als ihre Besitzer jemals erzählen würden.

Kael zog die Kapuze seiner Jacke tief ins Gesicht, als er die Taverne betrat. Hinter ihm folgte **Lyria**, ihre Augen huschten wachsam durch den Raum, jede Bewegung registrierend. Ihre Hand ruhte auf dem Knauf ihres Messers, eine stumme Warnung an jeden, der ihnen zu nahe kommen wollte.

„Da drüben", sagte Lyria leise, ihre Stimme war ein kaum hörbares Flüstern. Sie nickte in Richtung einer dunklen Ecke, wo das Licht der flackernden Aetherlampen nur schwach hingelangte.

Kael folgte ihrem Blick. Dort saß **Mirek**, ein Mann, der genauso in die Taverne zu gehören schien wie die Möbel, abgenutzt und voller Narben. Sein silbernes Haar schimmerte matt, und das kantige Gesicht mit seinen tiefen Furchen war Ausdruck eines Lebens, das mehr Enttäuschungen als Siege gekannt hatte. Seine kühlen Augen musterten den Raum, wachsam und doch ermüdet. Ein halb geleerter Becher stand vor ihm, aber seine Haltung ließ keinen

Zweifel daran, dass er bereit war, aufzuspringen, wenn es nötig wurde.

Kael holte tief Luft und trat näher. Lyria folgte ihm, dicht wie ein Schatten, bereit, einzugreifen, falls nötig.

„Mirek?" Kaels Stimme klang fester, als er sich fühlte.

Der Mann hob langsam den Kopf, und seine Augen, scharf und unergründlich, fixierten Kael. „Wer fragt?" Seine Stimme war rau und tief, wie der Klang eines längst verstummten Sturms.

„Kael Fahlryn", stellte sich Kael vor. „Ich suche nach Informationen über die Ruinen von **Vaelyris**. Und... über die **Eden-Früchte**."

Ein leises, raues Lachen entkam Mirek, und er lehnte sich in seinem Stuhl zurück. „Die Eden-Früchte?" wiederholte er, das Wort schmeckte ihm wie Gift. „Junge, du suchst Ärger. Und wenn du nicht vorsichtig bist, wirst du ihn auch finden."

Kael zog die Karte aus seiner Tasche und entrollte sie vorsichtig. Das schwache Glühen der Gravuren reflektierte in Mireks Augen, doch sein Gesicht blieb regungslos. „Ich suche nicht nach Ärger", sagte Kael ruhig. „Ich suche nach der Wahrheit."

Mirek schnaubte und nahm einen Schluck aus seinem Becher. „Die Wahrheit." Seine Lippen verzogen sich zu einem Lächeln, das keine Wärme kannte. „Die Wahrheit ist nichts, was dich glücklich machen wird. Die Eden-Früchte sind real, wenn du das meinst. Sie sollen Macht verleihen, jenseits deiner Vorstellungskraft – aber zu einem Preis, den niemand zahlen will."

„Hör zu", unterbrach **Lyria** und trat näher, ihre Haltung angespannt. „Wir sind nicht hier, um Märchen zu hören. Warum hilfst du uns überhaupt? Was ist dein Spiel, Mirek?"

Seine Augen verengten sich, als er sie musterte, seine Stimme wurde härter. „Ich helfe euch nicht. Ich warne euch." Er ließ die Worte sinken, wie eine Gewitterwolke, die tief über der Erde hängt. „Ich war in Vaelyris. Vor Jahren. Ich bin lebend herausgekommen, aber das kann ich von meinen Begleitern nicht behaupten."

Kael zögerte. „Du warst dort?"

„Ja", sagte Mirek. „Und ich habe gesehen, was die Ruinen wirklich sind. Sie sind nicht nur ein Ort. Sie sind... lebendig. Und sie nehmen, was sie wollen." Seine Stimme brach fast in einem Flüstern, als ob die Erinnerungen ihn einholten.

Kaels Hände zitterten leicht, als er die Karte fester hielt. „Und trotzdem bist du zurückgekommen."

Mirek grinste bitter. „Weil ich dumm genug war, zu glauben, dass ich etwas finden könnte, das es wert war, zurückgelassen zu werden. Glaub mir, Junge, die Ruinen schulden niemandem etwas."

„Wir nehmen das Risiko in Kauf", sagte Kael, seine Stimme fester, als er sich fühlte. „Weißt du, wo wir mehr erfahren können?"

Mirek leerte seinen Becher und stellte ihn mit einem dumpfen Knall auf den Tisch. „Es gibt jemanden, der mehr weiß als jeder andere. Ein Gelehrter namens **Ardan Velas**. Er hat sein Leben den Ruinen und diesen verfluchten Früchten gewidmet. Aber ich warne euch – der Mann ist so gefährlich wie das Wissen, das er hütet."

„Wo finden wir ihn?" fragte Lyria, ihre Stimme war kühl und direkt.

„In **Aerelyn**", antwortete Mirek schließlich. „Eine isolierte Stadt, hoch in den nördlichen Strömungen. Schwer zu erreichen. Noch schwerer zu verlassen." Sein Blick blieb auf der Karte haften, als ob er durch sie hindurchsehen könnte. „Wenn ihr wirklich glaubt, dass diese Karte euch etwas anderes bringt als euren eigenen Untergang, dann sucht ihn dort. Aber seid gewarnt: Aerelyn ist nur der Anfang."

Kael und Lyria tauschten einen Blick. Der Name **Aerelyn** war wie ein Flüstern aus alten Legenden – ein Ort, von dem man nur in Rätseln sprach.

„Danke, Mirek", sagte Kael, doch der alte Mann hob abwehrend die Hand.

„Spar dir den Dank, Junge", sagte er leise. „Ich brauche ihn nicht. Und glaub mir – du wirst ihn vielleicht noch verfluchen, bevor das hier vorbei ist."

Kapitel 2: Die Winde von Aerelyn

Die Reise beginnt

Die *Sturmfalken* lag wie ein Raubtier im Dock von Ismae, ihr schlanker, dunkelgrüner Rumpf glitzerte im flackernden Schein der Aetherlampen. Feine Gravuren entlang ihrer Oberfläche schienen im Takt einer unsichtbaren Energie zu pulsieren. Die Gravuren dienten nicht nur der Zierde – sie waren Aetherleitungen, durch die die magische Energie des Schiffs floss. Für Kael war sie mehr als nur ein Transportmittel: Sie war ein Versprechen, ein Symbol für alles, was vor ihm lag.

„Wunderschön", murmelte Lyria neben ihm, während sie die Reling mit den Fingern abtastete. Ihr Gesicht war eine Mischung aus Ehrfurcht und Vorsicht.

„Wunderschön? Pah", rief Theron, der sich mit einer schweren Werkzeugkiste an Bord schob. „Wenn die Winde von Aerelyn uns erwischen, wird sie genauso schön auseinanderbrechen wie jedes andere Schiff."

Kael warf Theron einen Blick zu, doch er antwortete nicht. Stattdessen trat er auf die Rampe, die zum Deck führte, und spürte die Vibrationen des Schiffs unter seinen Füßen. Es war, als würde das Schiff lebendig atmen, seine Energie durch den Rumpf pulsieren lassen.

„Ein Aetherkern der dritten Generation", sagte Theron, der sich bereits an der Steuerkonsole zu schaffen machte. Seine Finger glitten geübt über die Kontrollmodule, während er leise pfiff. „Die besten, die man für Geld kaufen kann. Zumindest, wenn man so wahnsinnig ist, sie auch zu benutzen."

„Und reicht das, um uns durch die nördlichen Strömungen zu bringen?" fragte Kael und legte die Hand auf die Reling.

Theron grinste schief. „Vielleicht. Wenn die Winde gnädig sind."

Lyria trat an die Reling und ließ ihren Blick über die Aetherlinien schweifen, die wie schimmernde, lebendige Bänder durch die Luft tanzten. „Gnädig sind sie nie, wenn man den Geschichten glauben darf."

„Deshalb haben wir Farrik", sagte Kael und ließ seine Stimme fester klingen, als er sich fühlte. „Er kennt sich aus. Und deshalb sind wir hier. Die Karte zeigt den Weg, und die *Sturmfalken* wird uns tragen."

Theron warf Kael einen skeptischen Seitenblick zu. „Das ist eine Menge Vertrauen, Kartenmacher. Hoffentlich bist du bereit, den Preis zu zahlen, wenn sie uns nicht recht führt."

Kael antwortete nicht, doch die Worte trafen ihn. Der Preis. Er wusste, dass Garrick recht gehabt hatte – nichts von dem, was vor ihm lag, würde umsonst sein.

Die *Sturmfalken* löste sich von den Dockklammern, ihre Triebwerke summten wie ein entferntes Lied, das sich mit dem Rauschen der Aetherlinien vermischte. Das Schiff glitt sanft hinaus in die offenen Strömungen, und Kael spürte, wie die Gravuren auf der Karte in seiner Tasche zu pulsieren begannen.

Er stand an der Reling, den Blick auf die tanzenden Lichter des Himmels gerichtet, die in Violett- und Silbertönen schimmerten. Die Aetherströmungen über ihnen bewegten sich wie lebendige Wesen, strömten und wirbelten in einem Chaos aus Farben und Energie.

„Das ist... unglaublich", murmelte Lyria neben ihm. Ihre Augen weiteten sich, und für einen Moment wirkte sie so, als hätte sie einen verlorenen Traum wiederentdeckt.

Theron hingegen grinste und hielt das Steuer mit beiden Händen fest. „Willkommen in den Winden von Aerelyn. Haltet euch gut fest."

Die *Sturmfalken* bebte, als eine besonders starke Strömung sie traf. Das Schiff neigte sich gefährlich, bevor sich die Steuermechanik ausbalancierte. Farriks Stimme dröhnte durch die Sprechanlage, begleitet vom Klang zischenden Dampfes und klappernder Werkzeuge.

„Wenn ihr noch mehr riskieren wollt, dann lasst es mich wissen!" schrie Farrik. „Ich liebe es, wenn die Maschinen anfangen zu explodieren!"

„Beruhig dich, Farrik", rief Theron zurück, ohne den Blick von der Konsole zu nehmen. „Das ist alles unter Kontrolle."

Kael hielt sich an der Reling fest, während die Karte in seiner Tasche erneut pulsierte. Er zog sie hervor, und ihre Gravuren begannen rhythmisch zu leuchten – ein warmes, lebendiges Licht, das sich im Widerschein der Aetherströmungen verlor.

„Sie zeigt uns den Weg", murmelte er, mehr zu sich selbst als zu den anderen.

Lyria warf ihm einen nachdenklichen Blick zu. „Bist du sicher?"

Kael nickte langsam, doch er spürte die Unsicherheit in seinem Inneren. „Nein. Aber ich glaube es."

Theron unterbrach das Gespräch, seine Stimme war laut genug, um den Wind zu übertönen. „Haltet euch gut fest! Wir durchbrechen gleich die nächste Strömung!"

Die *Sturmfalken* vibrierte heftig, als sie in einen besonders dichten Wirbel aus violettem Licht eintauchte. Kael spürte die rohe Kraft der Energie, die sie umgab, und die Gravuren auf der Karte begannen heller zu glühen, als ob sie auf etwas Unsichtbares reagierten.

Die Reise hatte begonnen.

Ankunft in Aerelyn

Die Sturmfalken schoss wie ein Pfeil durch die letzten Strömungen, ihre Gravuren glühten schwach, als die Aetherlinien um sie herum tobten. Der Himmel schimmerte in Violett- und Silbertönen, und die Luft war schwer vor Energie. Kael klammerte sich an die Reling, während das Schiff unter ihm vibrierte. Es fühlte sich an, als würde die Welt selbst versuchen, sie aufzuhalten.

„Die Strömungen wollen uns nicht durchlassen," murmelte Lyria, ihre Hände fest um die Reling geschlossen. Ihr Blick schweifte über die glitzernden Lichter vor ihnen.

„Wollen sie nie," knurrte Farrik aus dem Maschinenraum, seine Stimme durch Zischen und Klappern gedämpft. „Aber hey, wenn wir explodieren, wird es sicher spektakulär aussehen."

„Beruhig dich, Farrik!" rief Theron, der das Steuer fest umklammert hielt. „Wir sind fast da!"

Kael zog die Karte hervor. Ihre Gravuren glühten nur noch schwach, wie eine erschöpfte Flamme. Das Pulsieren, das ihn bisher geleitet hatte, war fast zum Stillstand gekommen.

„Das ist nicht normal," murmelte er, mehr zu sich selbst.

Lyria sah ihn an, ihre Stirn in Falten. „Was ist los?"

Kael schüttelte den Kopf. „Ich weiß es nicht. Aber die Karte... sie wirkt, als hätte sie ihre Kraft verloren."

Vor ihnen erhoben sich die Plattformen von Aerelyn. Der Anblick war atemberaubend und doch unheimlich – eine Stadt aus schwebenden Straßen und makellosen Türmen, deren Aetheradern wie pulsierende Adern durch die Luft schwebten. Die perfekte Symmetrie der Gebäude, die sterilen Oberflächen und die geradlinigen Bewegungen der Bewohner wirkten fast unmenschlich.

„Das ist... falsch," sagte Lyria leise.

„Falsch oder mächtig," murmelte Farrik, als er aus dem Maschinenraum trat. Er wischte sich mit einem ölverschmierten Tuch die Hände ab und betrachtete die Stadt mit scharfem Blick. „Das hier wurde nicht gebaut, um schön zu sein. Es wurde gebaut, um zu kontrollieren."

Kael konnte das Summen spüren, das von der Stadt ausging. Es lag nicht nur in der Luft – es kroch ihm unter die Haut, machte seine Bewegungen schwerer. Er hielt sich an der Reling fest, als das Schiff sanft an einer schwebenden Plattform andockte.

„Endstation," sagte Theron trocken. „Hoffentlich kommen wir lebend wieder zurück."

Die Gruppe stieg aus, und Kael spürte sofort die Blicke der Bewohner. Ihre Gesichter waren ausdruckslos, ihre Bewegungen synchron, als ob sie von einer unsichtbaren Macht geleitet würden.

„Das gefällt mir nicht," flüsterte Lyria.

„Mir auch nicht," sagte Kael.

Ein schlanker Mann trat aus den Schatten eines metallenen Torbogens. Er trug eine Robe, deren Säume mit pulsierenden Aethermustern verziert waren, und seine Augen waren kalt und durchdringend. Kael fühlte sich, als könnte der Mann direkt in seine Gedanken sehen.

„Kael Fahlryn," sagte der Fremde, seine Stimme ruhig, aber schneidend. „Die Karte hat dich hergebracht. Und ich habe dich erwartet."

Kael schluckte. „Ardan Velas?"

Der Mann nickte langsam. „Die Ruinen liegen vor dir, Kartenmacher. Aber die Reise hierher war nur der erste Schritt. Es gibt Prüfungen, die du bestehen musst – Prüfungen, die entscheiden werden, ob du würdig bist, die Geheimnisse von Aerelyn zu enthüllen."

„Wir suchen Antworten," sagte Kael.

Velas lächelte, doch es war ein Lächeln, das Kälte hinterließ. „Antworten sind gefährlich. Und sie haben immer einen Preis."

Kael spürte die Karte in seiner Hand pulsieren, als ob sie ihm eine Warnung schicken wollte. Doch er atmete tief durch und sagte schließlich: „Ich bin bereit."

Velas trat zur Seite, seine Gestalt von den Aethermustern hinter ihm umrahmt. „Dann folge mir. Und bete, dass du stark genug bist."

Die Planung der nächsten Schritte

Der Raum war in Dunkelheit getaucht, nur das flackernde, silbrige Licht der Aetherlampe auf dem Tisch brach die Schatten. Die Gravuren der Karte schimmerten schwach, als ob sie mit jedem Augenblick mehr Kraft verloren. Kael betrachtete die Linien, die sich träge in Richtung Norden zogen, aber keine klaren Antworten boten. Es war, als ob die Karte selbst ihn prüfen wollte – ihn und seine Entschlossenheit.

Theron lehnte sich auf seinem Stuhl zurück, sein Becher kreiste in seiner Hand. „Also, Kartenmacher, wir sind hier. Aber was jetzt? Was zeigt dein leuchtendes Spielzeug?" Seine Stimme war lässig, doch der Zweifel schwang unverkennbar mit.

Kael sah auf, sein Gesicht beherrscht, auch wenn ihm die Worte von Velas und die Leere der Karte wie Steine auf der Seele lasteten. „Velas hat gesagt, die Ruinen liegen im Norden. Aber der Weg ist kompliziert."

„Kompliziert." Farrik stand an der Wand, das Werkzeug in seiner Hand drehte sich wie von selbst zwischen seinen Fingern. „Das ist eine nette Art zu sagen, dass du keine Ahnung hast, was du tust."

Kaels Hände ballten sich unter dem Tisch zu Fäusten. „Die Aetherströmungen um die Ruinen sind zu stark, um sie direkt zu durchqueren. Sie könnten das stärkste Schiff zerreißen. Wir müssen einen Weg finden, sie zu kontrollieren."

Theron lachte trocken und nahm einen Schluck. „Das klingt nach einem Haufen ‚müssen' für jemanden, der sich nicht sicher ist, ob wir es überhaupt bis dahin schaffen."

Kael hielt dem Seitenhieb stand, auch wenn Therons Worte ihn stachen. Er starrte auf die Karte, die kaum noch pulsierte. Das Licht war gedämpft, fast tot. „Die Ruinen sind mehr als ein Ort," sagte er schließlich. „Velas hat gesagt, sie leben. Und sie prüfen jeden, der sich nähert."

Die Worte hingen schwer in der Luft, während die Schatten im Raum tiefer zu werden schienen. Lyria zog die Brauen zusammen. „Prüfen? Was soll das heißen?"

Kael wählte seine Worte sorgfältig. „Er hat es nicht genau gesagt. Nur, dass die Ruinen die Balance schützen – und dass das, was dort verborgen liegt, größer ist als wir." Sein Blick fiel wieder auf die Karte, doch diesmal konnte er nichts erkennen außer den trügerischen Linien.

Theron schnaubte bitter. „Prüfen. Klingt wie ein Rätsel, bei dem man mit seinem Leben bezahlt."

„Oder mit mehr," fügte Farrik hinzu. Seine Stimme war leise, doch in der Dunkelheit klang sie fast drohend. „Der Aether verändert dich, wenn du ihn zu nah spürst. Manchmal bringt er dich nicht ganz zurück. Ich habe Geschichten gehört... von Menschen, die Dinge in den Ruinen gesehen haben, die sie nicht ertragen konnten – oder die nie wieder dieselben waren."

Ein kalter Schauer durchlief den Raum. Lyrias Stimme schnitt durch die aufkeimende Unruhe. „Hör auf. Kael tut sein Bestes. Wenn du einen besseren Plan hast, Theron, dann sag ihn uns."

Theron hob die Hände in gespielter Unschuld. „Hey, ich sage nur, dass wir vielleicht mehr brauchen als eine glühende Karte und ein paar nette Worte."

Kael atmete tief durch. Seine Finger strichen unbewusst über die Gravuren der Karte. Er spürte eine kühle, kaum wahrnehmbare Vibration, die durch seine Hand lief, wie ein Flüstern, das er nicht verstand, aber fühlte. „Velas hat gesagt, dass wir nicht allein sind."

„Was meinst du?" fragte Lyria, ihre Stimme angespannt.

„Ich weiß es nicht genau," murmelte Kael. „Aber er hat angedeutet, dass... etwas uns beobachtet."

Das Flackern der Aetherlampe verstärkte die plötzliche Stille, die den Raum erfüllte. Farrik war der Erste, der sprach. „Die Karte lässt uns nicht gehen, selbst wenn wir wollten. Sie hat uns hierher geführt, und sie wird uns nicht gehen lassen, bevor wir gefunden haben, was sie sucht."

Kael hob den Kopf, sein Blick war entschlossen, obwohl er innerlich zerrissen war. „Dann gehen wir weiter. Morgen früh brechen wir auf. Theron, überprüfe die Sturmfalken. Farrik, sorge dafür, dass die Aetherleitungen stabil sind. Lyria... halte die Augen offen."

„Auf was?" fragte sie leise.

Kael zögerte. Er suchte nach Worten, doch nichts schien ausreichend zu sein. Schließlich sagte er: „Auf alles."

Langsam verließ die Gruppe den Raum, ihre Schritte hallten dumpf in der Dunkelheit. Kael blieb allein zurück, die Hände schwer auf der Karte. Für einen Moment flammten die Gravuren auf, ein heller Impuls, bevor sie wieder verblassten. Es fühlte sich an wie ein letzter Atemzug.

Kael starrte auf die Linien. *,Was, wenn die Ruinen mehr nehmen, als wir bereit sind zu geben?'* Der Gedanke hing wie eine kalte Wolke in seinem Kopf. Doch tief in seinem Inneren wusste er, dass es keinen Weg zurück gab.

Die Abreise

Das Summen der Aetherleitungen erfüllte die stille Luft von Aerelyn, als die Crew zur Sturmfalken aufbrach. Die hoch aufragenden Gebäude der Stadt warfen lange Schatten über die Plattformen, während das silbrige Licht der Aetherlampen auf den polierten Oberflächen reflektierte. Kael konnte sich des Gefühls nicht erwehren, dass die Stadt sie mit kühler Gleichgültigkeit verabschiedete – ein Ort, der alles gab und gleichzeitig alles entzog.

Kael blieb für einen Moment stehen und blickte zurück. Die Worte von Ardan Velas hallten in seinem Geist wider: *„Die Balance wird geprüft, und so auch ihr."* Es war keine Drohung gewesen, sondern eine Wahrheit, die er noch nicht begreifen konnte.

„Denkst du, sie werden uns vermissen?" Lyrias Stimme holte ihn zurück in die Gegenwart. Sie stand neben ihm, ihr Rucksack lässig über eine Schulter geworfen, doch ihre Hand ruhte wachsam auf dem Griff ihres Dolchs.

„Vermutlich nicht", antwortete Kael und versuchte, ein schwaches Lächeln hervorzubringen. „Aber ich bin mir sicher, dass Velas über uns nachdenken wird."

Lyria schnaubte und schüttelte den Kopf. „Nur, wenn wir es lebend aus den Ruinen schaffen. Und wenn nicht, werden wir wahrscheinlich nur eine weitere Fußnote in seinen Studien sein."

„Er wird es nicht sein, der uns rettet", sagte Kael und straffte die Schultern. „Das müssen wir selbst tun."

Die Sturmfalken wartete am Rand der Plattform, ihr dunkelgrüner Rumpf schimmerte im Licht der Aetherlampen. Die Gravuren entlang des Schiffs flackerten sanft, als ob sie auf die bevorstehende Reise reagierten.

Theron war bereits an Bord und beugte sich über die Steuerkonsole, während Farrik im Maschinenraum kauerte und mit einem seiner Werkzeuge sprach. „Das muss halten, hörst du mich?" murmelte er, während er an einer der Leitungen schraubte.

„Bist du sicher, dass die Triebwerke den Druck halten?" rief Lyria aus dem Laderaum, wo sie ihre Ausrüstung verstaute.

„Wenn sie nicht explodieren, ja", kam Farriks knappe Antwort. „Aber ich würde mich nicht darauf verlassen, dass die Strömungen gnädig sind."

Theron trat aus der Steuerkabine, sein Gesicht von einem schiefen Grinsen geprägt. „Ach, Farrik. Immer so ein Optimist."

Farrik tauchte kurz aus dem Maschinenraum auf, seine Hände voller Ruß und sein Blick unbeeindruckt. „Optimist? Lieber ein Pessimist als tot."

Kael beobachtete den Austausch, während er an Bord ging. Die Crew war auf ihre Weise eine Einheit – chaotisch, unberechenbar, aber funktional. Ein Teil von ihm war dankbar für ihre Eigenarten. Sie brachten eine seltsame Art von Normalität in eine Welt voller Unsicherheiten.

Er legte die Hand auf die Reling, als das Schiff langsam vibrierte und die Gravuren heller wurden. Das Pulsieren war fast hypnotisch, als ob das Schiff selbst wusste, dass sie eine wichtige Reise antraten.

„Los geht's", rief Kael. Seine Stimme schnitt durch die Stille, und die Sturmfalken hob langsam vom Dock ab.

Das Schiff glitt in die Höhe, und die Aetherströmungen flimmerten um sie herum wie lebendige Wesen. Farben explodierten am Horizont – schillerndes Violett, glühendes Silber – und bildeten eine chaotische Symphonie, die bedrohlich und wunderschön zugleich war.

Kael spürte die Energie des Artefakts, das in seiner Tasche lag, und das Pulsieren der Karte verstärkte sich, als das Schiff die erste Strömung durchbrach.

„Haltet euch fest!" rief Theron aus der Steuerkabine, während das Schiff unter einem plötzlichen Ruck erbebte.

Lyria griff nach der Reling, ihre Augen weit vor Staunen und Schrecken. „Das ist Wahnsinn. Wie soll das halten?"

Farriks Stimme kam über die Sprechanlage. „Keine Sorge! Ich habe alles unter Kontrolle!" Dann, fast beiläufig: „Zumindest bis etwas explodiert."

Theron verdrehte die Augen, während er die Steuerung festhielt. „Ernsthaft, Farrik? Das ist deine Beruhigungstaktik?"

Kael spürte, wie das Schiff schwankte, und blickte auf die Karte. Die Gravuren pulsierten im Rhythmus der Strömungen, als ob sie den Weg ebneten. Es war mehr als eine Karte – sie war lebendig, und er wusste, dass sie sie leitete.

Ein plötzlicher, ohrenbetäubender Schlag hallte durch das Schiff, und Farriks Stimme wurde hektisch: „Die Leitungen halten nicht! Theron, wir verlieren den Druck!"

„Dann mach sie verdammt nochmal stabil!" brüllte Theron zurück, während er verzweifelt versuchte, das Steuer unter Kontrolle zu halten.

Kael klammerte sich an die Reling, seine Augen auf die pulsierenden Gravuren gerichtet. „Es zeigt uns den Weg", murmelte er.

Lyria packte seinen Arm, ihr Griff fest. „Wenn das hier der Anfang ist, will ich nicht wissen, wie das Ende aussieht."

Das Schiff schwankte erneut, bevor es mit einem letzten Ruck durch die Strömungen brach. Plötzlich war die Luft ruhig, und der Himmel vor ihnen klar und silbern.

Kael ließ die Reling los, seine Hände zitterten leicht. „Das war knapp", murmelte Theron, während er die Steuerung überprüfte.

Kael nickte, seine Stimme war ruhig, aber in seinen Augen lag noch der Nachhall von Anspannung. „Knapp reicht."

Kapitel 3: Die Prüfungen der Balance

Die Wächter der Stille

Die Sturmfalken glitt lautlos durch die Zone der Stille. Es war, als hätte die Welt den Atem angehalten. Keine Winde, kein Summen der Aetherlinien, nicht einmal das leise Vibrieren des Schiffes war zu hören. Kael stand an der Reling, die Karte in der Hand, und spürte, wie die Stille ihm in den Ohren dröhnte. Es war keine gewöhnliche Stille. Sie war wie ein Vakuum, das alles verschlang – Gedanken, Mut, Hoffnung. Kael konnte die Abwesenheit von allem fühlen, als ob er in einem Raum gefangen war, in dem selbst die Zeit zögerte.

„Ich hasse das", murmelte Farrik und trat hinter Kael. Seine Stimme war kaum mehr als ein Flüstern, doch in der Stille klang sie fast zu laut. „Es ist nicht normal. Strömungen machen Geräusche, sogar die Aetherlinien summen. Aber das hier? Das ist falsch."

Lyria, die mit ihrer Hand auf dem Dolch an der Reling stand, nickte. Ihre Augen waren schmal, ihre ganze Haltung angespannt. „Es fühlt sich an, als ob uns etwas beobachtet. Aber da ist nichts."

„Da ist immer etwas", sagte Theron, während er am Steuer blieb. Seine Augen suchten den Horizont, doch da war nichts als ein graues Nichts, das sich in alle Richtungen erstreckte. „Du kannst es nur nicht sehen. Und meistens willst du das auch nicht."

Kael schaute auf den Kompass in seiner anderen Hand. Die Nadel drehte sich langsam, als ob sie sich weigerte, eine Richtung anzugeben. „Wir müssen weiter", sagte er schließlich. „Die Zone ist nicht groß, aber wir können es uns nicht leisten, hier stecken zu bleiben."

Die ersten Anzeichen der Wächter kamen leise. Kael bemerkte es zuerst – ein leichtes Flimmern in der Luft, das sich an den Rändern seines Blickfelds bewegte. „Seht ihr das?" flüsterte er und zeigte auf den Horizont.

Die anderen folgten seinem Blick, und plötzlich konnte jeder das unheimliche Flimmern erkennen. Farrik schnaubte leise. „Großartig. Unsichtbare Gegner. Das macht die Sache doch gleich viel besser."

„Sie sind nicht unsichtbar", sagte Lyria, ihre Stimme war angespannt. „Sie sind nur... nicht vollständig hier."

Die Luft vor ihnen begann sich zu verändern. Schemenhafte Figuren, durchscheinend und unwirklich, formten sich aus dem Nichts. Sie schwebten lautlos über die Aetherlinien, ihre Bewegungen fließend und unberechenbar. Kael spürte, wie sich die Luft um ihn herum abkühlte, die Temperatur sank plötzlich. Die

Karte in seiner Hand begann zu zittern, und die Gravuren leuchteten heller.

„Was zum...?" begann Theron, doch seine Stimme verstummte, als eine der Gestalten näher kam. Die durchscheinende Gestalt des Wesens flackerte wie Nebel. Kael konnte die Kälte spüren, die von der Gestalt ausging, eine tiefere Kälte, die in seine Knochen drang.

„Sie spüren die Karte", sagte Kael, fast zu sich selbst. „Das muss es sein. Sie wollen nicht, dass wir sie benutzen."

„Dann sollten wir ihnen sagen, dass sie Pech haben", knurrte Lyria und zog ihren Dolch. Ihre Hand zitterte nicht vor Angst, sondern vor Kampfeslust. „Kael, was machen wir?"

Kael zögerte, hob dann aber die Karte. Das Flimmern der Wächter wurde intensiver, als die Gravuren auf der Karte in seinem Griff zu pulsieren begannen. „Ich glaube, die Karte zeigt uns den Weg durch sie hindurch."

„Das ist kein Plan, Kael", sagte Farrik, seine Stimme zitterte leicht. „Das ist Wahnsinn."

„Es ist alles, was wir haben", sagte Kael, und richtete den Kompass auf die schwebenden Figuren. Die Nadel des Kompasses begann plötzlich, sich wie wild zu drehen, dann hielt sie inne und zeigte in eine Richtung, die direkt durch die Wächter führte. „Theron, halte auf die Richtung zu. Langsam."

Theron schnaubte, doch er gehorchte. „Wenn wir sterben, Kartenmacher, hoffe ich, du hast wenigstens eine gute letzte Ansprache."

Die Sturmfalken bewegte sich vorsichtig vorwärts, während die Wächter sie umkreisten. Kael konnte das Pulsieren der Gravuren spüren, als ob die Karte mit den Gestalten kommunizierte. Die Luft wurde schwerer, und er hatte das Gefühl, dass jede Bewegung des Schiffs die Aufmerksamkeit der Wächter verstärkte.

„Haltet euch bereit", murmelte Lyria, ihre Augen blieben auf den Gestalten gerichtet.

Einer der Wächter löste sich plötzlich von der Gruppe und schwebte direkt auf das Schiff zu. Farrik fluchte und griff nach einem Werkzeug, doch Kael hob die Karte. Das Wesen hielt inne, als ob es zögerte. Seine durchscheinende Gestalt flackerte, bevor es langsam zurückwich.

„Die Karte", flüsterte Kael. „Sie hält sie auf Distanz."

„Dann behalte sie hoch", sagte Theron, seine Stimme war angespannt. „Wir sind fast durch."

Die Wächter bewegten sich dichter an das Schiff heran, doch keiner wagte es, die Sturmfalken zu berühren. Die Karte pulsierte schneller, und Kael spürte, wie sich eine seltsame Energie durch seine Arme ausbreitete. Es war, als ob die Karte ihre eigene Macht durch ihn leitete.

Plötzlich brach das Schiff aus der Zone der Stille aus, und der Klang der Aetherströmungen kehrte zurück. Die Wächter verschwanden augenblicklich, und die Welt fühlte sich wieder lebendig an.

Kael ließ die Karte sinken, seine Hände zitterten. „Das war knapp."

„Knapp ist noch geschmeichelt", murmelte Theron, während er das Steuer lockerte. „Wenn das ein Vorgeschmack auf die Ruinen ist, dann kann ich es kaum erwarten." „Das war nur der Anfang", sagte Kael leise. „Die Wächter haben uns geprüft. Aber ich glaube nicht, dass das das letzte Mal war, dass wir sie gesehen haben."

Eine unerwartete Entdeckung

Die Sturmfalken glitt durch eine schimmernde Aetherströmung, die den Raum in ein silbriges Licht tauchte. Das Summen der Strömung war beruhigend, fast hypnotisch, doch Kael spürte, dass etwas nicht stimmte. Die Karte in seiner Hand begann zu zittern, die Gravuren leuchteten intensiver als je zuvor, ein pulsierender Rhythmus, der mit seinem Herzschlag synchron lief.

„Die Karte spinnt", murmelte Farrik, während er von der Reling aus zusah. „Was passiert hier, Kael?"

„Ich weiß es nicht", antwortete Kael. Seine Stimme klang fester, als er sich fühlte. „Aber sie führt uns irgendwohin."

Das silberne Licht der Strömung wurde dunkler, und eine massive Struktur tauchte vor ihnen auf – ein Monolith, schwarz wie die Nacht, seine Oberfläche bedeckt mit Gravuren, die sich im selben Rhythmus wie die Karte bewegten.

„Was zur Hölle ist das?" flüsterte Farrik.

Kael trat an die Reling. Die Energie des Monolithen war fast greifbar – eine Präsenz, die ihn anzog und zugleich warnte. Es war, als ob der Monolith etwas von ihm verlangte, als ob er sich beweisen musste.

„Das ist kein Zufall", sagte Kael leise. „Es ist verbunden mit der Karte."

Als Theron die Sturmfalken vorsichtig näherbrachte, flackerte das Licht der Gravuren wie ein langsames Atmen. Kael öffnete die Karte, und sofort reagierte der Monolith. Seine Gravuren formten neue Muster, die Kael auf unerklärliche Weise bekannt vorkamen.

„Das ist eine Botschaft", flüsterte Kael.

Plötzlich löste sich ein Teil des Monolithen ab und schwebte langsam auf das Schiff zu – ein kleiner Stein, bedeckt mit Gravuren, die sanft in Blau leuchteten. Kael spürte eine unerklärliche Verbindung zu ihm, als ob der Stein ihn rief.

„Fass das nicht an!" rief Farrik.

Doch Kael hörte ihn nicht. In dem Moment, in dem seine Finger den Stein berührten, durchflutete ihn eine Welle aus Energie. Kalte und heiße Fluten wechselten einander ab, und vor seinen Augen blitzten Bilder auf: die Ruinen von Vaelyris, ein endloses Labyrinth, Wächter, und eine riesige, pulsierende Energiequelle, die wie ein Herz in der Dunkelheit schlug.

Die Bilder rissen ihn mit sich, und der Schmerz, der in seinen Schläfen zu pochen begann, ließ ihn fast zusammenbrechen. Ein Gefühl von Enge schnürte ihm die Kehle zu, und für einen Moment konnte er nicht atmen. Die Hallen der Ruinen schienen sich zu weiten, der Raum verzerrte sich, als ob er von der Energiequelle selbst verschlungen würde.

Ein tiefes, bedrohliches Flüstern hallte durch seinen Kopf, und er hörte eine Stimme – leise, unverständlich – die in einem rhythmischen Pochen wiederholte: *„Komm. Finde mich. Aber du wirst nicht zurückkehren."*

Das Licht erlosch, und Kael sank auf die Knie. Der Stein lag schwer in seiner Hand, als ob er mehr war als ein bloßes Objekt. Die Gravuren des Monolithen verblassten, doch der Schmerz in seinem Kopf ließ nicht nach.

„Was war das?" fragte Lyria, ihre Augen voller Sorge.

Kael atmete schwer und sah auf den Stein. „Es... hat mir gezeigt, wo wir hinmüssen." Seine Stimme klang fern, als ob er sich noch immer von der Energie, die ihn durchflutet hatte, erholte.

Farrik schüttelte den Kopf. „Und was, wenn es uns ins Verderben führt?"

Kael sah ihn an, und für einen Moment lag in seinen Augen ein Ausdruck, den die anderen noch nie gesehen hatten – eine Mischung aus Entschlossenheit und Furcht. „Das werden wir herausfinden."

Die Prüfung des Wächters

Die Sturmfalken glitt durch eine schimmernde Aetherströmung, die den Raum in ein silbriges Licht tauchte. Das Summen der Strömung war beruhigend, fast hypnotisch, doch Kael spürte, dass etwas nicht stimmte. Die Karte in seiner Hand begann zu zittern, die Gravuren leuchteten intensiver als je zuvor, ein pulsierender Rhythmus, der mit seinem Herzschlag synchron lief. **Es war, als ob die Karte selbst lebendig wurde, als ob sie in Kaels Innerstes sprach.**

„Die Karte spinnt", murmelte Farrik, während er von der Reling aus zusah. „Was passiert hier, Kael?"

„Ich weiß es nicht", antwortete Kael. Seine Stimme klang fester, als er sich fühlte. „Aber sie führt uns irgendwohin."

Das silberne Licht der Strömung wurde dunkler, und eine massive Struktur tauchte vor ihnen auf – ein Monolith, schwarz wie die Nacht, seine Oberfläche bedeckt mit Gravuren, die sich im selben Rhythmus wie die Karte bewegten. **Es war, als ob der Monolith die Aetherströmung selbst beeinflusste**, sich von ihr speiste und sie zugleich veränderte.

„Was zur Hölle ist das?" flüsterte Farrik.

Kael trat an die Reling, und **eine Welle von Energie** traf ihn mit solcher Intensität, dass er das Gefühl hatte, der Monolith würde ihn **durchbohren**. Die Gravuren auf dem Monolithen leuchteten in einem dunklen Blau, und Kael spürte, wie der Raum um ihn sich verdichtete, als ob der Monolith selbst eine **unsichtbare Mauer** errichtete. **Ein tiefes, unheilvolles Ziehen legte sich auf seine Brust, als würde der Monolith ihn in seinen Bann ziehen.**

„Das ist kein Zufall", sagte Kael leise. „Es ist verbunden mit der Karte."

Als Theron die Sturmfalken vorsichtig näherbrachte, flackerte das Licht der Gravuren wie ein langsames Atmen. Kael öffnete die Karte, und sofort reagierte der Monolith. Seine Gravuren formten neue Muster, die Kael auf unerklärliche Weise bekannt vorkamen. **Es war, als ob die Karte und der Monolith miteinander kommunizierten – als ob sie ihn mit den gleichen, alten Wörtern ansprachen.**

„Das ist eine Botschaft", flüsterte Kael.

Plötzlich löste sich ein Teil des Monolithen ab und schwebte langsam auf das Schiff zu – ein kleiner Stein, bedeckt mit Gravuren, die sanft in Blau leuchteten. **Kael spürte eine unerklärliche Verbindung zu ihm, als ob der Stein in ihm etwas anrief, das er nicht kannte.** Es war, als ob der Stein nicht nur ein Objekt war, sondern ein **Schlüssel**, der eine **tiefere Wahrheit** öffnete.

„Fass das nicht an!" rief Farrik, als Kaels Hand sich dem Stein näherte.

Doch Kael hörte ihn nicht. In dem Moment, in dem seine Finger den Stein berührten, durchflutete ihn eine Welle aus Energie. Kalte und heiße Fluten wechselten einander ab, und vor seinen Augen blitzten Bilder auf: **die Ruinen von Vaelyris**, ein endloses

Labyrinth, **Wächter**, und eine riesige, pulsierende Energiequelle, die wie ein Herz in der Dunkelheit schlug.

Die Bilder rissen ihn mit sich, und der Schmerz, der in seinen Schläfen zu pochen begann, ließ ihn fast zusammenbrechen. Ein Gefühl von Enge schnürte ihm die Kehle zu, und für einen Moment konnte er nicht atmen. Die Hallen der Ruinen schienen sich zu weiten, der Raum verzerrte sich, als ob er von der Energiequelle selbst verschlungen würde. **Ein atemloser, fast greifbarer Fluss aus Angst und Verlangen** füllte seine Sinne, als ob die Ruinen ihn selbst riefen – ein Ruf, den er nicht mehr ignorieren konnte.

Ein tiefes, bedrohliches Flüstern hallte durch seinen Kopf, und er hörte eine Stimme – leise, unverständlich – die in einem rhythmischen Pochen wiederholte: „Komm. Finde mich. Aber du wirst nicht zurückkehren."

Das Licht erlosch, und Kael sank auf die Knie. Der Stein lag schwer in seiner Hand, als ob er mehr war als ein bloßes Objekt. Die Gravuren des Monolithen verblassten, doch der Schmerz in seinem Kopf ließ nicht nach. **Die Energie des Steins** verließ ihn nicht – sie war in seinem Körper eingedrungen und hatte etwas geweckt, das er nicht zurücknehmen konnte.

„Was war das?" fragte Lyria, ihre Augen voller Sorge.

Kael atmete schwer und sah auf den Stein. „Es... hat mir gezeigt, wo wir hinmüssen." **Seine Stimme war fremd, als ob sie von weit her kam, als ob die Visionen ihn immer noch festhielten.**

Farrik schüttelte den Kopf. „Und was, wenn es uns ins Verderben führt?"

Kael sah ihn an, und für einen Moment lag in seinen Augen ein Ausdruck, den die anderen noch nie gesehen hatten – eine Mischung aus **Entschlossenheit und Furcht**, als ob er sich selbst noch nicht ganz traute, die Bedeutung dessen zu verstehen, was gerade geschehen war. „Das werden wir herausfinden."

Prüfung des Monolithen

Die Luft vibrierte wie ein lebendiges Wesen, als die **Sturmfalken** tiefer in die Aetherströmung glitt. Das Summen, das sie bereits aus der Ferne gehört hatten, war jetzt ein donnerndes Pulsieren, schnell und unregelmäßig – wie das Herz eines Wesens, das kurz vor dem Erwachen stand. Kael spürte das Kribbeln in seinen Fingerspitzen, verstärkt durch die Karte, die er in der Hand hielt. Ihre Gravuren schienen auf den Monolithen zu antworten, der vor ihnen aus der Dunkelheit aufragte.

Der Monolith war gewaltig, ein Koloss aus schwarzem Obsidian, unterbrochen von leuchtenden Aetherlinien, die in unregelmäßigen Intervallen aufflackerten. Jede Linie pulsierte in einem tiefen Blau, das in das Violett eines aufziehenden Sturms überging. Die Schwerkraft schien sich um den Monolithen zu verändern; die Sturmfalken bebte, und Kael musste sich an der Reling festhalten.

„Das Ding sieht aus, als würde es uns lebendig verschlucken," murmelte Theron und hielt das Steuer mit weißen Knöcheln fest. „Kael, was sagt die Karte?"

Kael hob die Karte vor sein Gesicht. Die Gravuren flackerten im selben Rhythmus wie die Aetherlinien des Monolithen, als ob sie miteinander kommunizierten. „Das ist die Prüfung," sagte er leise. „Der Monolith... er will etwas von uns."

„Etwas wie was?" fragte Lyria, ihre Stimme klang angespannt, während sie ihren Dolch fest umklammerte.

Kael schwieg. Er wusste es nicht genau, aber er konnte es spüren – der Monolith verlangte etwas, das über rohe Stärke hinausging. „Wir müssen beweisen, dass wir würdig sind," sagte er schließlich. „Aber nicht nur durch Kampf."

Plötzlich veränderte sich die Gravur auf der Oberfläche des Monolithen. Neue Symbole erschienen, die in einem wirbelnden Muster tanzten. Kael erkannte sie – sie ähnelten den Linien auf der Karte, aber sie waren komplexer, unergründlicher. Gleichzeitig begann die Luft zu flimmern, und Kael spürte eine Schwere in seinem Geist, als ob eine unsichtbare Kraft seine Gedanken durchforstete.

„**Balance ist Einsicht, nicht Stärke.**" Die Stimme hallte durch ihre Köpfe, tief und unnachgiebig. Kael spürte, wie seine Knie nachgaben.

Plötzlich brach die Realität um sie herum auseinander. Die Sturmfalken verschwand, und Kael stand allein auf einer weiten, grauen Ebene. Der Monolith ragte am Horizont auf, seine Gravuren leuchteten wie flüssiges Feuer. Eine Gestalt trat aus den Schatten hervor, humanoid, aber gesichtslos, ihre Bewegungen fließend und unnatürlich. Kael fühlte, wie eine Stimme in seinem Geist hallte – nicht die des Monolithen, sondern seine eigene, voller Zweifel und Angst.

„**Du bist nicht bereit. Du bist ein Träumer, der nie etwas vollendet.**"

„Nein!" Kael schrie die Worte, aber sie klangen schwach. Die Gestalt griff ihn nicht an, sondern bewegte sich weiter, ihre Schritte ein Echo seiner eigenen Unsicherheiten.

„Kael!" Die Stimme von Lyria durchbrach die Illusion. Sie stand plötzlich neben ihm, ebenso wie Theron. Die Ebene flackerte, und der Monolith leuchtete erneut auf.

„Es will uns brechen," sagte Lyria. „Jeden von uns. Es ist ein Test. Wir müssen zusammenarbeiten."

Kael nickte, und mit dieser Einsicht veränderte sich die Umgebung erneut. Die Schatten des Monolithen griffen nach ihnen, wirbelten wie ein Sturm um sie herum. Symbole tauchten in der Luft auf, verschmolzen mit den Gravuren der Karte. Es war ein Rätsel – aber nicht nur für Kael.

„Theron, Lyria!" Kaels Stimme gewann an Stärke. „Ich brauche eure Hilfe. Wir müssen das zusammen machen."

Theron zögerte, dann trat er an Kaels Seite, sein Blick auf die Symbole gerichtet. „Was willst du von uns?"

„Es ist ein Muster," sagte Kael, während seine Augen über die Karte glitten. „Aber es verändert sich. Ich kann nicht alle Teile allein sehen. Ihr müsst mir sagen, was ihr seht."

„Das da!" rief Lyria und deutete auf ein Symbol, das über ihnen schwebte. Es passte zu einer Linie auf der Karte, aber nur teilweise. Theron entdeckte ein anderes Muster, und zusammen fügten sie die Teile des Rätsels.

Kael hob die Karte und richtete sie auf das erste Symbol. Ein gleißender Lichtstrahl schoss hervor und verband sich mit dem Monolithen. Der dröhnende Ton wurde lauter, die Luft vibrierte stärker, doch das Muster begann sich zu vervollständigen.

Mit jedem Symbol wurde die Verbindung klarer, doch der Monolith schien stärker zu werden, je näher sie dem Ziel kamen. Kael spürte, wie sein Geist und sein Körper belastet wurden, aber die Stimmen seiner Gefährten gaben ihm Kraft. Gemeinsam richteten sie die Karte auf das letzte Symbol.

Ein Lichtstrahl explodierte, heller als alles zuvor, und der Monolith verstummte. Der Sturm verebbte, und die Umgebung kehrte in die Realität zurück. Am Fuß des Monolithen öffnete sich ein dunkles Tor, und eine tiefe, unheilvolle Stille legte sich über die Ebene.

„Das war... intensiv," sagte Theron und ließ sich auf die Knie fallen.

„Und es ist noch nicht vorbei," flüsterte Kael, während er das Tor betrachtete, das in die Dunkelheit führte. „Das war nur die erste Prüfung."

Prüfung der Entschlossenheit

Die Luft vibrierte wie ein lebendiges Wesen, während die **Sturmfalken** tiefer in die Aetherströmung glitt. Vor ihnen materialisierte sich eine Barriere, ein flirrendes, leuchtendes Tor aus reiner Energie, das die Dunkelheit durchbrach. Es pulsierte unregelmäßig, als ob es lebte, und dahinter bewegten sich Schatten – Gestalten, die Kael nur zu gut kannte.

„Was jetzt?" fragte Lyria, ihre Stimme zitterte leicht. Doch bevor jemand antworten konnte, verschwand sie vor ihren Augen. Kael und Theron schrien gleichzeitig ihren Namen, doch kein Echo antwortete.

Dann löste sich die Welt auf.

Kael fand sich allein wieder. Er stand in Ismae, doch es war nicht die lebendige Stadt, die er kannte. Die schwebenden Plattformen hingen reglos in der Luft, der Himmel war grau, und die Straßen waren leer. Die Stille war erdrückend.

„Das ist nicht real," murmelte er, doch seine Schritte führten ihn weiter. Die Schatten in den Gassen formten sich langsam zu Figuren. Gesichter tauchten auf – vertraut und doch fremd. Garrick, Meryn, andere, die er zurückgelassen hatte, die er verloren hatte. Die Stimmen begannen zu flüstern, leise und eindringlich.

„Du hast uns sterben lassen, Kael."

Kael erstarrte. Garricks Gesicht war klar und deutlich, seine Augen voller Vorwürfe. „Nein," flüsterte Kael. „Ihr seid nicht real."

„Bist du sicher?" Die Stimme seines Vaters erklang hinter ihm. Kael wirbelte herum und sah ihn vor einer unfertigen Karte stehen, die Hände auf den Tisch gestützt. „Du bist ein Träumer, Kael. Du wirst die Balance nie finden, weil du selbst nicht im Gleichgewicht bist."

Kael wollte widersprechen, doch die Worte seines Vaters hallten in seinem Geist wider, zogen an seinen Zweifeln, an seiner Schuld.

Die Gravuren der Karte begannen zu leuchten. Plötzlich wurde die Welt heller, und er sah das Tor wieder. Die Stimmen waren nicht verschwunden, doch sie schienen weiter entfernt. Er blickte auf die Karte in seiner Hand, die pulsierend glühte, und verstand: Dies war die Prüfung – nicht nur seine, sondern die aller, die mit ihm reisten.

Die Szene flackerte, und plötzlich waren Theron und Lyria wieder da. Ihre Gesichter waren bleich, und Kael erkannte, dass auch sie mit ihren eigenen Schatten gekämpft hatten. Die Barriere war immer noch vor ihnen, leuchtender und bedrohlicher als zuvor.

„Wir müssen zusammen durch," sagte Kael, seine Stimme entschlossen. „Sie will uns brechen, aber wir dürfen uns nicht spalten lassen."

Lyria nickte langsam. „Sie zeigt uns, was wir fürchten. Aber das ist nicht die Wahrheit."

Theron brummte zustimmend. „Dann lasst uns das verdammte Ding durchbrechen."

Gemeinsam traten sie vor, die Karte in Kaels Hand leuchtete heller. Die Barriere war kalt wie Eis und drückte schwer gegen ihre Haut, aber sie schritten weiter. Die Stimmen schrien, die Schatten griffen nach ihnen, doch sie hielten zusammen.

Mit einem letzten Schritt brach die Barriere in einem gleißenden Licht auseinander. Die Stille danach war ohrenbetäubend.

Kael fiel auf die Knie, keuchend. Lyria und Theron sanken neben ihm zu Boden. Die Karte in seiner Hand war ruhiger, doch ihre Gravuren waren schwächer geworden. Er wusste, dass sie alle etwas verloren hatten – ein Stück von sich selbst, vielleicht ein Stück von ihrem Glauben.

„Wir haben es geschafft," flüsterte Lyria und legte eine Hand auf Kaels Schulter.

„Aber zu welchem Preis?" murmelte Kael, während sein Blick auf das Tor fiel, das sich in der Dunkelheit vor ihnen geöffnet hatte.

Prüfung der Stärke

Lyria stand allein im Zentrum des Raumes, die Luft um sie herum vibrierte vor Anspannung. Ihre Kugel, die eben noch ruhig vor ihr geschwebt hatte, zerbarst plötzlich in ein Dutzend kleiner, leuchtender Fragmente. Die Splitter pulsierten rotgolden wie schwelende Glut und schossen mit rasender Geschwindigkeit auf sie zu.

Ohne nachzudenken, zog Lyria ihr Schwert. Die Klinge zischte durch die Luft, als sie die erste Kugel zerschlug. Ein greller Lichtblitz explodierte, und der Rückstoß fuhr wie ein Schock durch ihren Arm. Doch die Kugeln ließen nicht nach.

Die nächste traf fast ihren Oberschenkel – sie wich aus, drehte sich und schlug zu. Metall traf Energie, und der Aufprall ließ ihre Finger schmerzen. **Schneller.** Die Kugeln schossen nun von allen Seiten auf sie zu, ein wildes, chaotisches Ballett aus Licht und Zerstörung.

"Stärke ist mehr als Muskeln," hallte plötzlich die tiefe Stimme des Wächters durch den Raum.

Lyria schnappte nach Luft, die Worte wie ein Hohn in ihren Ohren. Schweiß rann ihre Schläfen hinunter, und ihr Schwert fühlte sich schwerer an als je zuvor. Jede Kugel war stärker, jede Bewegung langsamer. Sie spürte den Druck auf ihre Schultern, auf ihre Arme – als wollte die Prüfung sie zerquetschen.

"Mehr als Muskeln? Was dann?" dachte sie, als eine Kugel dicht an ihrem Gesicht vorbeizischte. Ein kurzer Moment der Ablenkung, und sie verlor beinahe das Gleichgewicht.

Lyria biss die Zähne zusammen. Sie wusste: Das hier war mehr als ein Test ihrer Kraft. Es ging darum, **nicht nachzugeben** – nicht dem Schmerz, nicht der Erschöpfung, nicht der Angst. Die Kugeln testeten sie, wollten sehen, ob sie brechen würde.

„Nicht mit mir", zischte sie und nahm die Klinge beidhändig. Sie spürte die Schmerzen in ihren Gelenken, das Zittern ihrer Arme, doch sie hielt durch.

Die Kugeln schlossen sie ein wie eine wirbelnde Mauer aus Licht. *Atme. Konzentrier dich.* Mit einer letzten Anstrengung sprang Lyria vor, ihre Klinge ein silberner Blitz, der durch die Energie schoss. Die Kugeln zersprangen nacheinander, jedes Mal mit einem Knall, der wie ein Trommelschlag in ihrem Kopf widerhallte.

Der Raum verstummte.

Lyrias Brust hob und senkte sich heftig. Ihr Schwert zitterte in ihrer Hand, ihre Finger taub vom Griff. Vor ihr schwebte die letzte Kugel, pulsierend, lauernd. Sie hob die Klinge. Kein Zögern. Mit einem finalen Schlag trennte sie das Licht entzwei.

Die Kugel löste sich in einem warmen, sanften Schein auf, und der Druck in der Luft verschwand. Ein Lichtstrahl fiel auf Lyria, weich und golden, wie die sanfte Berührung einer Belohnung.

"Stärke ist mehr als Muskeln," wiederholte die Stimme des Wächters, diesmal leiser, fast zufrieden.

Lyria ließ das Schwert sinken und schloss die Augen für einen kurzen Moment. Stärke war mehr als Kampf. Stärke war das Durchhalten, das Weitergehen, selbst wenn alles in ihr schrie, aufzugeben.

Ein Lächeln zuckte an ihren Lippen. „Prüfung bestanden", murmelte sie heiser, mehr zu sich selbst als zu irgendjemand anderem.

Prüfung des Verstandes

Ardan trat vor. Die Linien um ihn herum begannen zu pulsieren, leuchteten auf und bildeten eine Kammer aus flüssigem Licht. Wände, die nie stillstanden. Es war, als würde der Raum atmen – sich zusammenziehen und wieder ausdehnen. Vor ihm wuchs ein Labyrinth aus wirbelnden Aetherlinien, die in chaotischen Bahnen tanzten, ohne Anfang und Ende.

„Weisheit ist der Schlüssel", ertönte die Stimme des Wächters, getragen von einem tiefen, hallenden Klang, der in Ardans Brust vibrierte.

Ardan atmete tief durch. Die Luft war kühl, aber die Energie der Linien summte heiß gegen seine Haut. Der Raum pulsierte, und mit ihm spürte er den Druck der Aufgabe – es war, als wollte das Labyrinth ihn verschlingen, wenn er nur lange genug zögerte.

Er machte den ersten Schritt. Sofort verzerrte sich der Weg, und die Linien wirbelten durcheinander. Was eben noch ein Pfad war, war nun eine Sackgasse aus Licht. „Das ist wie ein Spiel", murmelte er und betrachtete die unruhige Bewegung um sich herum. Ein Spiel, bei dem jede falsche Bewegung das Spielfeld neu anordnete.

Die Stimme des Wächters erklang erneut: „Ein Fehler wird das Labyrinth verändern. Nur der, der den Rhythmus versteht, findet den Ausgang."

Ein Rhythmus? Ardan schloss die Augen und lauschte. Der Raum hatte einen Klang. Einen Puls. Dumpf und regelmäßig, aber unter der Oberfläche der Kakophonie lag etwas anderes – ein Muster, versteckt hinter der scheinbaren Willkür.

Er öffnete die Augen und ging weiter, langsam, seine Schritte waren bedacht und zögerlich. Die Linien reagierten, als würden sie ihn beobachten. Sie drehten sich schneller, enger. Einmal schloss sich eine Wand direkt vor ihm, und der Boden unter seinen Füßen schien zu zittern, als wollte er verschwinden. Ardan sprang einen Schritt zurück, seine Nerven angespannt.

„Bleib ruhig", murmelte er. *„Es gibt immer ein Muster."*

Er studierte die Linien, wie sie flossen und pulsierten. Es war kein Zufall. Der Raum versuchte, ihn in die Irre zu führen, aber die Bewegungen hatten eine Ordnung – einen versteckten Rhythmus.

Ardan atmete tief durch und stimmte sich darauf ein. Er passte seine Schritte dem Puls an, als würde er zu einer unsichtbaren Melodie tanzen. Mit jedem Schritt, den er machte, schien sich das Labyrinth zu wehren. Die Linien blitzten greller auf, die Bewegungen wurden schneller, hektischer.

Die Wände rückten näher. Das Licht brannte in seinen Augen, und das Pulsieren wurde zu einem Dröhnen, das in seinem Schädel vibrierte. Ardans Herz schlug schneller. Der Raum wollte ihn zwingen, zu hasten – wollte, dass er die Kontrolle verlor.

„Weisheit ist Geduld. Vertrauen. Verstehen", hallte die Stimme des Wächters, lauter als zuvor.

Ardan hielt inne. Er zwang sich, stehen zu bleiben, während das Chaos um ihn tobte. Das Drängen, weiterzugehen, zerrte an ihm, aber er blieb ruhig. Die Linien schienen ihn zu verspotten, doch er erkannte, dass sie versuchten, ihn von der Wahrheit abzulenken.

Geduld.

Er atmete aus und lauschte wieder. Unter dem Chaos blieb das Muster. Ein stiller, regelmäßiger Puls. Es war da – ruhig und stetig, wie das Ticken einer Uhr, verborgen unter dem Lärm.

Ardan öffnete die Augen. Diesmal sah er es – einen Weg, der trotz des Chaos klar war, wie ein schimmernder Pfad, der ihn führte. Schritt für Schritt folgte er ihm. Jede Bewegung war präzise, wie das Lösen eines Rätsels, bei dem jeder Teil seinen Platz finden musste.

Nach einer scheinbaren Ewigkeit erreichte er den Ausgang.

Die Linien vor ihm erloschen, lösten sich in einem sanften, goldenen Licht auf. Stille breitete sich aus. Ardan blieb stehen, sein Atem ging schwer, doch seine Augen waren klar.

„Du hast es geschafft", sagte Kael, der sich ihm näherte. Seine Stimme war voller Respekt. „Das war beeindruckend."

Ardan ließ seinen Blick über den Raum wandern, in dem die Linien nun verblassten. „Es war nicht nur ein Test des Verstands", sagte er leise. „Es war ein Test der Geduld. Der Fähigkeit, Vertrauen zu haben – in sich selbst und in das, was man nicht sofort versteht."

Lyria trat neben Kael und betrachtete Ardan nachdenklich. „Wir werden diese Fähigkeit noch oft brauchen", sagte sie. „Das war nur der Anfang."

Ardan nickte langsam. Das Licht des Labyrinths verblasste, doch in seinem Inneren wusste er: *Es wird schwieriger werden.*

Die Zone der Wirbel

Stunden vergingen, während die *Sturmfalken* tiefer in die südlichen Strömungen vordrang. Die Luft war schwer wie Blei, und die Aetherströmungen veränderten sich. Sie tanzten nicht mehr gleichmäßig, sondern wirbelten in chaotischen, unberechenbaren Mustern. Kleine, schimmernde Nebelwirbel entstanden plötzlich und verschwanden ebenso schnell.

Kael stand mit verengten Augen an der Steuerkonsole, den Kompass fest in der Hand, während Theron das Schiff mit angespannter Präzision manövrierte. Jede Bewegung war ein Tanz auf Messers Schneide.

„Wirbel voraus!" rief ein Crewmitglied plötzlich.

Kael hob den Kopf. Vor ihnen formte sich ein massiver Strudel aus glitzerndem Nebel und wogender Energie. Die Strömungen zogen das Wasser darunter in eine tosende Spirale, die das Licht verschluckte.

„Lenk uns rechts vorbei!", befahl Kael.

Theron reagierte sofort, riss das Steuer herum, doch der Strudel packte die *Sturmfalken* wie eine unsichtbare Faust. Das Schiff schwankte heftig. Kael hörte Lyria rufen, sah Farrik unten im Maschinenraum hantieren, während das Ächzen der Aethermotoren wie ein verzweifelter Schrei klang.

„Noch ein Stück!", brüllte Kael, seine Stimme rau vor Anspannung.

Mit einem letzten Ruck schoss das Schiff durch eine schmale Passage zwischen zwei Strudeln hindurch. Für einen Moment hielt die Welt den Atem an – dann war die *Sturmfalken* frei.

Das Deck bebte unter Kaels Stiefeln, und das leise, erleichterte Jubeln der Crew vermischte sich mit dem Summen der Motoren. Lyria lehnte sich erschöpft an die Reling, ihr Blick müde, aber wachsam.

„Das war zu knapp", sagte sie leise.

Theron schnaubte trocken. „Zu knapp wird zur Gewohnheit." Doch sein kleines Lächeln verriet den Triumph, den er nicht aussprechen wollte.

Als die Nacht hereinbrach und die Crew sich ausruhte, blieb Kael allein an Deck. Der Kompass in seiner Hand leuchtete schwach, und die Nadel war nun ruhiger, als ob sie wusste, wohin sie zeigte. Der Himmel über ihm war klar, die Sterne funkelten wie kalte Augen in der Dunkelheit.

Ein Wind wehte, kühl und fremdartig. Kael spürte ihn, bevor er ihn hörte.

Und dann sah er sie. Eine Gestalt, weit entfernt, schlank und schimmernd wie aus Nebel geformt. Sie bewegte sich lautlos über die Strömungen. Kaels Atem stockte.

„Was...?" Er machte einen Schritt nach vorn. Die Gestalt löste sich in Luft auf, doch ein Flüstern blieb zurück. „Die Wahrheit ist nah. Doch bist du bereit, den Preis zu zahlen?"

Kael schloss die Augen. Das Flüstern kroch wie kalter Wind durch seinen Verstand. Als er sie wieder öffnete, war der Himmel leer.

„Kael?"

Er zuckte leicht zusammen und sah Lyria neben sich stehen. Ihr Blick war besorgt.

„Alles in Ordnung?"

Kael sah wieder nach Süden, wo die Strömungen sich im Nichts verloren. „Ja", sagte er ruhig und steckte den Kompass weg. „Nur... die Sterne."

Lyria blieb still, und gemeinsam blickten sie in die endlose Dunkelheit.

Kapitel 4: Die Schatten von Vaelyris

Der erste Blick auf die Ruinen

Die *Sturmfalken* glitt tiefer in die südlichen Strömungen, die sich mehr und mehr wie ein lebendiges Wesen verhielten. Die Bewegungen des Aethers waren unberechenbar, stießen das Schiff ruckartig zur Seite oder zogen es nach unten, wie Finger, die versuchten, es zu greifen. Der Himmel über ihnen war von dichten, violettgrauen Wolken verschleiert, aus denen Blitze zuckten und für Sekundenbruchteile ein gespenstisches Licht auf die Szenerie warfen.

Kael stand am Bug des Schiffes, die Finger fest um den Aetherkompass geschlossen. Die Nadel zeigte beharrlich nach Süden, doch sie zitterte leicht, als wäre sie von der unheimlichen Energie der Ruinen gestört. Ein leises Pulsieren durchzog das Gerät – ein Rhythmus, der sich mit dem Summen der Strömungen zu verweben schien.

„Das muss es sein", sagte Kael schließlich und deutete auf den Horizont, wo die ersten schattenhaften Konturen sichtbar wurden.

Die Crew trat an seine Seite. Lyria stand angespannt da, ihre Finger ruhten auf dem Griff ihres Schwertes, bereit für jede Gefahr. Ardan hielt die Karte offen vor sich, seine Stirn in Falten gelegt, während seine Augen die Linien und Gravuren prüften.

„Die Ruinen von Vaelyris", murmelte Ardan, als die Schatten schärfer wurden. „Es gibt keinen Zweifel. Sie sind hier."

„Das sieht nicht gerade einladend aus", bemerkte Theron trocken, der das Steuer nur mit einer Hand hielt. Die andere zeigte auf die fernen Umrisse der Stadt, die sich nun klarer abzeichneten – gigantische Silhouetten aus Stein, die wie gebrochene Rippen aus der Strömung ragten. „Wer hat entschieden, dass das hier der Schlüssel zur Wahrheit sein soll?"

„Nicht ‚wer'", korrigierte Ardan und ließ die Karte sinken, „sondern ‚was'. Die Ketten haben solche Orte hinterlassen, um uns zu prüfen."

„Toll", knurrte Theron. „Noch mehr Prüfungen."

Als die *Sturmfalken* näher kam, entfaltete sich Vaelyris vor ihnen – eine Stadt, die einst ein Meisterwerk gewesen sein musste, nun jedoch nur noch ein Skelett aus schwarzem Stein war. Die gewaltigen Ruinen schienen dem Himmel zu trotzen, doch ihre einstige Pracht war zu Staub zerfallen. Türme, die einst aufragten, waren gebrochen und geknickt, als hätte ein unvorstellbares Gewicht sie niedergerungen. Bögen, groß genug, um ein ganzes Dorf zu stützen, lagen schief in der Strömung wie die Gebeine eines gefallenen Riesen.

Aetherlinien zogen sich durch den Stein, pulsierend, zuckend – wie das Herzschlagmuster eines Lebewesens, das noch immer atmete.

„Das ist größer, als ich erwartet habe", sagte Lyria leise, ihre Stimme kaum mehr als ein Flüstern.

„Vaelyris war einst das Herz der Ketten", erklärte Ardan, sein Ton ehrfürchtig. „Ein Ort, an dem die Energie der Welt gebündelt wurde. Doch jede Macht hat ihren Preis." Er ließ seinen Blick über die gebrochenen Strukturen schweifen. „Was wir sehen, ist dieser Preis."

Kael hörte ihm nur halb zu. Etwas an den Ruinen zog seinen Blick immer wieder zu sich. Dort, im Zentrum der einstigen Stadt, ragte ein gigantischer Obelisk in den Himmel. Seine Oberfläche war anders – glatter als der Rest der Stadt, fast als wäre er nicht aus demselben Material. Die Aetherlinien schienen sich auf ihn zu konzentrieren, wie Adern, die Blut zu einem Herzen trugen.

„Das ist unser Ziel", sagte Kael und deutete auf den Obelisken.

Theron folgte seinem Blick und verzog das Gesicht. „Und wie genau kommen wir dorthin? Ich sehe keine Anlegestelle für unsere schöne *Sturmfalken*."

„Wir nehmen das Beiboot", schlug Farrik vor, als er aus dem Maschinenraum trat. Sein Gesicht war schmutzig, seine Stirn glänzte vor Schweiß. „Aber ich sage euch jetzt schon: Das hier fühlt sich falsch an. Die Energie in dieser Stadt... sie ist verdreht."

„Nichts an dieser Reise war je richtig", entgegnete Kael ruhig.

Das Beiboot senkte sich langsam in die unruhigen Strömungen. Das Summen des Aetherantriebs klang in der Stille ohrenbetäubend laut, wie ein Störenfried in einem Grab. Kael saß am Bug, den Kompass noch immer in der Hand. Die Nadel drehte sich nun im Kreis, als hätte sie die Orientierung verloren.

Neben ihm saß Lyria, ihr Blick schweifte ruhelos über die Ruinen. Ardan las stumm die Gravuren auf der Karte, während Theron jede Bewegung in der Dunkelheit aufmerksam beobachtete, die Hand am Griff seiner Waffe.

„Es gibt Geschichten über diese Stadt", sagte Ardan leise, als das Boot durch die Schatten glitt. „Sie sagen, dass die Energie, die sie zerstört hat, nie wirklich verschwunden ist. Sie wartet."

„Auf was?", fragte Theron, sein Blick prüfend auf Ardan gerichtet.

„Auf diejenigen, die sie erneut entfesseln könnten", antwortete Ardan schlicht.

Das Boot setzte mit einem sanften Ruck auf einer großen Plattform am Fuße des Obelisken auf. Kael sprang zuerst heraus, seine Stiefel hallten dumpf auf dem glatten Stein. Er ließ den Blick schweifen. Unter seinen Füßen verliefen Gravuren – Linien und Symbole, die älter wirkten als die Zeit selbst. Sie schienen sich zu bewegen, als würden sie atmen.

„Das ist… unglaublich", murmelte Kael, seine Stimme klang wie ein Gebet.

„Unglaublich oder tödlich?", murmelte Theron und zog eine Waffe aus seinem Gürtel.

Ardan trat neben Kael und kniete sich nieder, um die Gravuren genauer zu betrachten. „Das ist die Sprache der Ketten", sagte er. „Sie beschreibt, was hier bewahrt wird."

„Und was wird hier bewahrt?", fragte Lyria, ihre Stimme angespannt.

Bevor Ardan antworten konnte, begann der Obelisk zu leuchten. Ein tiefes, pulsierendes Licht breitete sich aus, schoss durch die Gravuren zu ihren Füßen und ließ die Aetherlinien der Stadt wie ein Netz aus flüssigem Feuer aufglimmen.

„Was passiert hier?", rief Theron, seine Waffe erhoben.

Ardan starrte auf den Obelisken, in dessen Oberfläche sich etwas veränderte. „Es hat uns bemerkt", sagte er mit einer Mischung aus Ehrfurcht und Furcht. „Die nächste Prüfung beginnt."

Kael spürte, wie die Luft schwerer wurde, dichter. Der Boden unter ihnen vibrierte leicht, als ob etwas unter der Oberfläche erwachte. Die Gravuren auf dem Obelisken begannen sich zu verschieben, und ein Schatten löste sich daraus – eine Gestalt, riesig, form- und gesichtslos, die sich aus dem Stein zu schälen schien.

„Bereitet euch vor", sagte Kael, während er den Kompass wegsteckte und nach seinem Messer griff.

Lyria zog ihr Schwert, ihre Stimme fest, aber leise: „Auf was?"

Kael starrte auf den Schatten, der immer mehr Gestalt annahm. „Auf alles."

Die Prüfung des Obelisken

Die massive Gestalt löste sich langsam aus dem Obelisken, als ob sie aus dem Stein geboren wurde. Der Koloss bestand aus leuchtenden Aetherlinien und dunklem, glattem Stein, der mit alten, pulsierenden Gravuren bedeckt war. Seine Augen, zwei glühende Lichtpunkte, richteten sich auf Kael und die anderen, während das Summen seiner Energie die Luft erfüllte. Kael spürte, wie sein Herz schneller schlug.

Der Boden unter seinen Füßen vibrierte, und die Gravuren auf der Plattform begannen sich zu bewegen, als ob sie eine Geschichte erzählten, die nur für ihn bestimmt war. „Das ist die Prüfung", sagte Ardan mit leiser Stimme, während er einen Schritt zurücktrat. „Der Obelisk hat uns akzeptiert, aber er fordert etwas von uns." „Was genau fordert er?", fragte Lyria, ihr Schwert in der Hand, bereit, jede

Bedrohung abzuwehren. Ardan musterte die Gestalt, die sich nun vollständig aus dem Obelisken gelöst hatte.

Sie war groß, mindestens doppelt so groß wie ein Mensch, und strahlte eine überwältigende Präsenz aus. „Es prüft unseren Wert – unsere Absichten, unseren Mut, und ob wir bereit sind, die Verantwortung zu tragen, die mit der Wahrheit der Ketten einhergeht." Theron schnaubte. „Also... wir beweisen, dass wir würdig sind, indem wir nicht von diesem Ding zermalmt werden?" „In gewisser Weise", murmelte Ardan, ohne den Blick von der Gestalt zu lösen. Die Gestalt hob einen Arm, und in ihrer Hand formte sich eine Kugel aus pulsierendem Licht. Die Kugel wuchs schnell, bis sie groß genug war, um die gesamte Plattform zu beleuchten. Plötzlich brach ein Lichtstrahl aus ihr hervor und teilte die Gruppe in vier Kreise aus Energie. Jeder von ihnen stand nun allein, von einem schimmernden Feld isoliert.

Kaels Prüfung

Kael spürte, wie der Boden unter seinen Füßen verschwamm. Die Gravuren bewegten sich schneller, und er fand sich plötzlich allein in einer seltsamen Landschaft wieder. Der Himmel war dunkel, und leuchtende Strömungen zogen sich wie Adern durch den Boden. Vor ihm erhob sich eine Gestalt, die seiner eigenen Reflexion ähnelte – doch ihre Augen waren leer und ihr Ausdruck kalt. „Wer bist du?", fragte Kael, doch die Gestalt antwortete nicht. Stattdessen zog sie eine Karte hervor, eine exakte Kopie von Kaels eigener Karte, und hielt sie ihm entgegen. „Du suchst nach Wahrheit", sagte die Gestalt mit einer Stimme, die wie Kaels eigene klang, aber verzerrt und fremd war. „Doch bist du bereit, dafür alles zu opfern? Selbst die, die dir folgen?" Kael fühlte, wie die Worte ihn trafen, doch er zwang sich, ruhig zu bleiben. „Ich suche keine Macht", sagte er. „Ich suche nur Antworten, die diese Welt retten könnten." Die Gestalt lachte, ein kaltes, hartes Geräusch. „Die Welt retten? Oder dich selbst von deinem eigenen Scheitern?" Kael atmete tief durch. Die Zweifel, die er schon so lange mit sich trug, flackerten in ihm auf – die Fehler, die Verluste, die falschen Entscheidungen. Doch er wusste, dass diese Prüfung ihn brechen sollte. „Ich habe Fehler gemacht", sagte er schließlich. „Aber ich stehe zu ihnen. Und ich werde nicht aufhören, zu kämpfen." Die Gestalt verschwand, und der Boden unter ihm stabilisierte sich. Eine leuchtende Linie führte ihn zurück zur Plattform, wo er schwer atmend ankam. Lyrias Prüfung Lyria fand sich in einem endlosen, dunklen Wald wieder, in dem leuchtende Aetherlichter wie Augen um sie herum schwebten. Ihre Hand lag fest auf dem Griff ihres Schwertes, als eine leise, flüsternde Stimme erklang. „Du bist stark, aber deine Stärke kommt aus Angst. Angst, schwach zu sein." „Das stimmt nicht!", rief Lyria und zog ihr Schwert, doch die Stimme lachte leise. Vor ihr tauchte eine Gestalt auf – nicht aus Stein oder Aether, sondern eine vage Erinnerung an jemanden aus ihrer Vergangenheit. Die Gestalt sprach nicht, doch ihr Blick war vorwurfsvoll, fast anklagend. „Deine Stärke wird dich nicht immer retten", flüsterte die Stimme. Lyria atmete tief ein und richtete sich auf. „Vielleicht nicht. Aber ich werde sie trotzdem einsetzen, um die zu beschützen, die es brauchen." Die Gestalt verschwand, und das Licht um sie herum wurde klarer. Die Bäume wichen zurück, und der Pfad führte sie zurück zur Plattform. Therons Prüfung Theron fand sich auf einem schwankenden Deck wieder, das inmitten eines tobenden Sturms lag. Das Schiff unter ihm war alt und morsch, die Segel zerfetzt, und die Wellen drohten, es zu verschlingen. „Ein Kapitän ohne Kurs", sagte eine tiefe Stimme. „Ein Mann, der immer nur für sich selbst lebt." Theron biss die Zähne zusammen und griff nach dem Steuer, doch es zerbrach in seinen Händen. „Ich bin hier, weil ich etwas Größeres suche als mich selbst", rief er gegen den Sturm. „Und doch glaubst du nicht daran", erwiderte die Stimme. Theron sah in die tobenden Wellen, die immer höher wurden. Er spürte, wie ihn die Verzweiflung zu überwältigen drohte, doch dann dachte er an die Crew – an Kael, Lyria, sogar Farrik. Sie zählten auf ihn. „Ich mag nicht perfekt sein", rief er. „Aber ich werde nicht aufgeben. Nicht mehr." Der Sturm ließ nach, und der Ozean wurde ruhig. Ein Licht erschien vor ihm, das ihn zurück zur Plattform führte. Ardans Prüfung Ardan fand sich in einer Bibliothek wieder, die bis in den Himmel reichte. Die Regale waren mit Büchern gefüllt, die alle dieselbe Frage zu stellen schienen: „Warum?" „Du weißt viel", sagte eine Stimme, die wie ein Flüstern aus den Büchern kam. „Aber Wissen allein reicht nicht." Ardan nahm eines der Bücher und öffnete es. Die Seiten waren leer, und in seinem Inneren fühlte er eine Leere, die er seit Jahren verdrängt hatte – die Erkenntnis, dass er sein Leben der Wahrheit gewidmet hatte, ohne sie jemals wirklich zu verstehen. „Wissen ist ein Werkzeug", sagte er schließlich. „Aber Weisheit ist, zu wissen, wie man es einsetzt. Und ich werde diese Wahrheit finden, nicht für mich, sondern für die, die auf mich zählen." Die Bücher verschwanden, und ein leuchtender Pfad führte ihn zurück. Die vier standen wieder auf der Plattform, ihre Gesichter gezeichnet von den Prüfungen, die sie durchlaufen hatten. Der Obelisk pulsierte, und die massive Gestalt des Wächters trat zurück. „Ihr habt bestanden", sagte die donnernde Stimme. „Ihr seid würdig, die Wahrheit zu suchen. Doch seid gewarnt: Die größte Prüfung liegt noch vor euch." Der Wächter verschwand, und das Licht des Obelisken verblasste. Die Plattform wurde still, und nur das sanfte Leuchten der Aetherlinien blieb zurück. Kael atmete tief durch und sah die anderen an. „Das war knapp." „Knapp ist besser als scheitern", sagte Theron trocken. Ardan nickte langsam. „Wir haben den nächsten Schritt erreicht. Aber wir müssen vorbereitet sein. Die Ruinen werden keine Gnade zeigen." „Dann machen wir uns bereit", sagte Lyria. Kael sah in die Richtung, in die der Kompass nun deutlicher als je zuvor zeigte. „Die Wahrheit wartet."

Lyrias Prüfung

Lyria fand sich in einem endlosen, dunklen Wald wieder. Die Luft war schwer, die Aetherlichter um sie herum schwebten wie beobachtende Augen. Ihre Hand lag fest auf dem Griff ihres Schwertes, als eine leise Stimme erklang – sanft und doch schneidend:

„Deine Stärke ist eine Lüge. Sie verbirgt nur deine Angst."

„Das stimmt nicht!" rief Lyria und zog ihr Schwert, doch der Wald schien sich zu bewegen, die Bäume rückten näher, und ihre Wurzeln griffen nach ihren Füßen.

Vor ihr tauchte eine Gestalt auf, die ihr Herz zum Stillstand brachte. Es war ihre Schwester – ihre Augen kalt und vorwurfsvoll. „Du warst nicht da," sagte sie, ihre Stimme ein Flüstern. „Du hast mich allein gelassen."

„Das ist nicht wahr! Ich habe versucht, dich zu retten!" Lyrias Stimme bebte, während sie ihr Schwert hob, doch die Gestalt bewegte sich nicht.

„Und doch warst du zu spät. Deine Stärke hat versagt."

Die Aetherlichter wurden greller, und der Wald schien auf sie zuzudrängen. Lyria spürte, wie ihre Brust sich zuschnürte, doch dann erinnerte sie sich an Kael, Theron und Ardan. Sie dachte an die Crew, an ihre Mission.

„Vielleicht bin ich nicht stark genug, um alles zu verhindern," flüsterte sie. „Aber ich werde niemals aufhören, es zu versuchen."

Die Gestalt verschwand, und das Licht um sie herum wurde klarer. Das Summen der Aetherlichter wurde ruhiger, und der Pfad vor ihr öffnete sich. Lyria ließ das Schwert sinken und ging voran.

Therons Prüfung

Theron fand sich auf einem schwankenden Deck wieder, das von Wellen hin- und hergerissen wurde. Der Sturm um ihn herum heulte, und Blitze erhellten für einen Augenblick eine zerstörte Crew – Kael, Lyria und Ardan, alle regungslos auf dem Boden liegend.

„Ein Kapitän ohne Kurs," sagte eine Stimme, die vom Sturm getragen wurde. „Ein Mann, der nur für sich selbst lebt."

Theron packte das Steuer, doch es zerbrach unter seinen Händen. Das Schiff wurde von den Wellen erfasst, und er konnte spüren, wie es auseinanderzubrechen drohte. „Ich bin hier, weil ich etwas Größeres suche als mich selbst!" rief er gegen den Sturm.

„Und doch hältst du dich an den Trümmern deiner Vergangenheit fest."

Die Wellen wurden höher, und Theron sah erneut die reglosen Gestalten seiner Crew. Ihr Anblick schnürte ihm die Kehle zu.

„Ich mag nicht perfekt sein," flüsterte er. „Aber ich werde nicht aufgeben. Nicht mehr."

Er trat ans Steuer – oder was davon übrig war – und griff nach dem zerrissenen Segel. Mit aller Kraft zog er daran, und plötzlich wurde der Sturm leiser. Das Schiff richtete sich auf, und ein Licht erschien am Horizont. Es war der Pfad zurück.

Ardans Prüfung

Ardan fand sich in einer Bibliothek wieder, die bis in den Himmel reichte. Die Regale waren mit Büchern gefüllt, die alle dieselbe Frage zu stellen schienen: *„Warum?"*

„Du weißt viel", sagte eine Stimme, die wie ein Flüstern aus den Büchern kam. „Aber Wissen allein reicht nicht."

Ardan nahm eines der Bücher und öffnete es. Die Seiten waren leer, und in seinem Inneren fühlte er eine Leere, die er seit Jahren verdrängt hatte – die Erkenntnis, dass er sein Leben der Wahrheit gewidmet hatte, ohne sie jemals wirklich zu verstehen.

„Wissen ist ein Werkzeug", sagte er schließlich. „Aber Weisheit ist, zu wissen, wie man es einsetzt. Und ich werde diese Wahrheit finden, nicht für mich, sondern für die, die auf mich zählen."

Die Bücher verschwanden, und ein leuchtender Pfad führte ihn zurück.

Die vier standen wieder auf der Plattform, ihre Gesichter gezeichnet von den Prüfungen, die sie durchlaufen hatten. Der Obelisk pulsierte, und die massive Gestalt des Wächters trat zurück.

„Ihr habt bestanden", sagte die donnernde Stimme. „Ihr seid würdig, die Wahrheit zu suchen. Doch seid gewarnt: Die größte Prüfung liegt noch vor euch."

Der Wächter verschwand, und das Licht des Obelisken verblasste. Die Plattform wurde still, und nur das sanfte Leuchten der Aetherlinien blieb zurück.

Kael atmete tief durch und sah die anderen an. „Das war knapp."

„Knapp ist besser als scheitern", sagte Theron trocken.

Ardan nickte langsam. „Wir haben den nächsten Schritt erreicht. Aber wir müssen vorbereitet sein. Die Ruinen werden keine Gnade zeigen."

„Dann machen wir uns bereit", sagte Lyria.

Kael sah in die Richtung, in die der Kompass nun deutlicher als je zuvor zeigte. „Die Wahrheit wartet."

Die Erkundung der inneren Ruinen

Die Gruppe stand am Fuß des Obelisken, der nun in völliger Dunkelheit lag, als hätte er seine gesamte Energie verbraucht. Die pulsierenden Linien auf dem Boden führten weiter in die Ruinen hinein, bildeten einen klaren Pfad, der durch das zerstörte Herz von Vaelyris führte. Kael spürte, wie die Luft um ihn herum schwerer wurde, je näher sie dem Zentrum kamen. Es war, als ob die Stadt sie beobachtete, jede Bewegung, jeden Atemzug.

„Diese Stille macht mich wahnsinnig", murmelte Theron und hielt seine Waffe locker in der Hand. „Es ist, als ob der Ort selbst gegen uns arbeitet."

„Die Energie der Ketten ist hier stark", sagte Ardan und studierte die Gravuren entlang des Weges. „Jeder Schritt führt uns tiefer in ihren Einflussbereich."

„Dann sollten wir sicherstellen, dass wir vorbereitet sind", sagte Lyria und sah sich aufmerksam um. Ihre Hand lag am Griff ihres Schwertes, und ihre Haltung war angespannt.

Kael führte die Gruppe weiter, den Aetherkompass in der Hand, dessen Nadel nun in einem ständigen Rhythmus pulsierte. Es war nicht nur eine Richtung, die er vorgab – es war, als ob der Kompass mit der Energie der Ruinen synchronisiert war.

Nach einer Stunde des vorsichtigen Voranschreitens erreichten sie eine große, halbrunde Halle. Die Decke war gewölbt, und in der Mitte stand eine massive Struktur – ein Kreis aus Monolithen, deren Oberflächen mit denselben pulsierenden Gravuren bedeckt waren wie die Wände und der Boden.

„Das ist es", sagte Ardan, seine Stimme voller Ehrfurcht. „Ein Nexus. Ein Zentrum der Energie der Ketten."

Kael trat näher und betrachtete die Monolithen. Die Gravuren schienen sich zu bewegen, fast wie eine Karte, die sich vor seinen Augen entfaltete. „Was bedeutet das?", fragte er und berührte vorsichtig die Oberfläche eines der Monolithen.

Ein plötzlicher Lichtstrahl durchbrach die Dunkelheit, und der Boden unter ihnen begann zu vibrieren. Die Gravuren auf den Monolithen leuchteten auf, und eine schemenhafte Projektion erschien in der Mitte des Kreises – eine holographische Darstellung einer Insel, umgeben von dichten Strömungen und leuchtenden Ketten, die sie umgaben.

„Das sind die Eden-Früchte", flüsterte Ardan. „Der Ort, an dem sie bewahrt werden."

„Das ist eine Karte", sagte Lyria und trat näher. „Aber wo genau ist das?"

Kael betrachtete die Projektion genau, während der Kompass in seiner Hand stärker pulsierte. „Es ist jenseits der Strömungen, die wir bisher gesehen haben", sagte er. „Ein Ort, der nicht auf normalen Karten existiert."

„Natürlich nicht", murmelte Theron. „Warum sollte etwas Einfaches jemals Teil dieser Reise sein?"

Plötzlich flackerte die Projektion, und eine verzerrte Stimme erklang, als ob sie direkt aus den Monolithen kam. Es war keine Sprache, die sie verstanden, doch sie trug eine drängende, warnende Energie.

„Was sagt es?", fragte Lyria, ihre Augen auf Ardan gerichtet.

„Es ist eine Warnung", sagte Ardan leise. „Die Ketten sind instabil. Jedes Eingreifen könnte..." Er hielt inne, seine Stirn in Falten gelegt, als er versuchte, die Bedeutung der Worte zu erfassen. „...könnte die Balance zerstören."

„Das wussten wir doch schon", sagte Theron. „Warum wiederholen sie es?"

„Weil die Eden-Früchte mehr sind, als wir glauben", sagte Kael und sah die Projektion an, die erneut flackerte. „Sie sind nicht nur ein Schlüssel – sie sind eine Prüfung für die gesamte Welt."

„Das macht alles einfacher", murmelte Theron trocken.

Die Projektion verschwand plötzlich, und die Monolithen wurden wieder dunkel. Doch die Gravuren auf dem Boden leuchteten weiter und führten tiefer in die Ruinen.

„Das war nur der erste Schritt", sagte Ardan. „Das Zentrum der Ketten liegt noch vor uns."

Die Gruppe setzte ihren Weg fort, doch die Atmosphäre wurde immer schwerer. Geräusche – leises Flüstern, das aus den Schatten zu kommen schien – begleiteten sie, und die Luft war erfüllt von einer beklemmenden Energie.

„Wir sind nicht allein", sagte Lyria leise und zog ihr Schwert.

„Es gibt noch andere Wächter", sagte Ardan. „Die Ruinen schützen sich selbst."

Kael spürte, wie sich die Dunkelheit um sie herum bewegte, als ob sie lebendig wäre. Plötzlich schoss ein Schatten aus der Dunkelheit, eine geisterhafte Gestalt aus Aether und Nebel, die direkt auf Theron zuflog.

„Runter!", schrie Kael, doch Theron reagierte schnell und wich aus, während er auf die Gestalt schoss. Der Schuss traf, und die Gestalt löste sich in Funken auf, doch ihre Anwesenheit hatte eine unheimliche Unruhe hinterlassen.

„Das waren keine normalen Wächter", sagte Lyria, die sich bereit machte, einen weiteren Angriff abzuwehren.

„Nein", stimmte Ardan zu. „Das sind Echos. Fragmente derer, die die Ruinen betreten haben und gescheitert sind."

„Wir müssen weiter", sagte Kael entschlossen. „Sie wollen uns aufhalten, weil wir nah dran sind."

Nach weiteren Minuten des angespannten Voranschreitens erreichten sie schließlich eine massive Tür, die in den Fels eingelassen war. Sie war mit den gleichen pulsierenden Gravuren bedeckt wie die Monolithen, doch ihr Licht war schwächer, als ob sie seit Jahrhunderten nicht geöffnet worden war.

Kael trat näher und hielt den Kompass hoch. Die Nadel pulsierte stark, und ein schwaches Leuchten begann, die Gravuren der Tür zu durchziehen.

„Das ist es", sagte Ardan. „Das Zentrum der Ruinen."

„Und was erwartet uns dahinter?", fragte Theron skeptisch.

Kael sah ihn an, dann wieder zur Tür. „Die Wahrheit."

Er legte die Hand auf die Gravuren, und die Tür begann sich langsam zu öffnen, begleitet von einem tiefen, dröhnenden Geräusch. Dahinter lag völlige Dunkelheit – und eine noch größere Prüfung, die nur auf sie wartete.

Das Zentrum der Ruinen

Die massive Tür öffnete sich langsam, begleitet von einem tiefen, mechanischen Dröhnen. Der Boden vibrierte unter den Füßen der Gruppe, während Staub von den alten Steinen rieselte. Dahinter erstreckte sich eine riesige, kreisförmige Kammer. Im Zentrum des Raumes thronte ein gigantischer Aetherkristall, der in einem unregelmäßigen Rhythmus pulsierte – wie ein gebrochenes Herz, das noch immer versuchte zu schlagen.

Die Luft war dicht, fast zäh, erfüllt von einer Energie, die sich wie ein unsichtbares Gewicht auf ihre Schultern legte. Kael spürte, wie das Atmen schwerer wurde.

„Das ist es", flüsterte Ardan ehrfürchtig. Seine Augen waren weit, als könne er kaum glauben, was er sah. „Das Zentrum von Vaelyris."

Kael trat vorsichtig vor, den Aetherkompass in der Hand. Die Nadel bebte, als ob sie von der Intensität der Energie überwältigt wurde. Ihr Pulsieren hatte denselben Rhythmus wie der Kristall. „Es fühlt sich an, als ob dieser Ort... lebendig ist."

„Er *ist* lebendig", murmelte Ardan. Er ließ seinen Blick über die Wände schweifen, an denen Gravuren in Bewegung waren – wie Adern, die langsam Blut durch den Stein trieben. „Das hier ist kein Relikt. Es ist ein Knotenpunkt der Ketten. Alles führt hierher: die Eden-Früchte, die Balance... und die Wahrheit."

Theron hielt sich im Hintergrund, seine Augen huschten über den Raum, wachsam wie die eines Raubtiers. „Ob lebendig oder nicht – das Ding sieht aus, als könnte es uns jeden Moment verschlingen."

„Vielleicht *will* es das", murmelte Farrik und spähte misstrauisch zum Kristall. Sein Gesicht war bleich, und sein sonst so flapsiger Ton war verschwunden. „Wenn dieser Ort die Antwort ist, warum hat niemand vor uns davon Gebrauch gemacht?"

Lyria trat neben ihn, die Hand fest um den Griff ihres Schwertes. „Weil niemand stark genug war, die Prüfungen zu bestehen", sagte sie leise.

Kael blieb stehen, die Gravuren auf dem Boden hypnotisierten ihn. Sie schienen zu leben, flossen in Mustern, die sich wie ein unendliches Rätsel entfalteten. Alles führte zurück zu dem Kristall.

„Es gibt immer Prüfungen", sagte er und spürte die Worte mehr, als dass er sie dachte. „Aber vielleicht führen sie uns endlich zu den Antworten."

Er trat näher an den Kristall heran. Energie strömte von ihm aus – unsichtbare Wellen, die Kael bis in die Knochen spürte. Ohne zu zögern, hob er die Hand und legte sie auf die Oberfläche des Kristalls.

Ein gleißendes Licht durchzuckte den Raum, so hell, dass Kael für einen Moment nichts mehr sah. Ein tiefes Dröhnen erfüllte die Kammer, und die Gravuren an den Wänden begannen zu rasen, als würden sie durch das Licht zum Leben erweckt.

„Was hast du getan?!" rief Theron, seine Stimme hallte zwischen den uralten Steinen wider.

„Ich… ich weiß es nicht", begann Kael, doch seine Worte erstickten, als die Gravuren plötzlich ein Bild formten. Eine Karte. Eine detaillierte Darstellung des Plateaus von Vaelyris. In der Mitte des Plateaus glühten Symbole auf, unergründlich, aber unwiderstehlich.

Ardan trat vor, seine Stimme bebte vor Aufregung. „Das sind Koordinaten. Das ist der Schlüssel zu den Eden-Früchten."

Bevor jemand reagieren konnte, veränderte sich das Licht des Kristalls. Schatten lösten sich daraus – geisterhafte, schemenhafte Gestalten, die aus purem Dunkel bestanden und sich wie Rauch um die Gruppe schlangen.

Lyria zog ihr Schwert. „Das sind keine Wächter", sagte sie, ihre Stimme angespannt. „Das sind Erinnerungen."

Die Schatten flüsterten in einer Sprache, die Kael nicht verstand. Die Worte waren verzerrt, aber ihre Botschaft war klar – sie bohrten sich in seinen Geist wie kalte Nadeln: *„Die Balance... ist zerbrechlich."*

Einer der Schatten verdichtete sich und schnellte auf Farrik zu. Farrik taumelte, seine Augen weiteten sich panisch. „Was... was ist das?!" Er schnappte nach Luft, als die Dunkelheit nach ihm griff.

Kael reagierte sofort. Er packte Farriks Arm, zog ihn zurück und stellte sich schützend zwischen die Schatten und seine Crew.

„Was wollt ihr?" rief er in die Leere, seine Stimme hallte gegen die Wände.

Die Schatten hielten inne, als hätten sie seine Frage gehört. Ihre Stimmen vereinten sich zu einem dunklen, choralen Flüstern: *„Die Wahrheit... fordert Opfer."*

„Was für Opfer?" fragte Kael, doch die Schatten verzogen sich wie Nebel, aufgelöst im Nichts.

Stille senkte sich über die Kammer. Die Gravuren an den Wänden verblassten langsam, und das Licht des Kristalls wurde schwächer, als wäre er erschöpft.

Farrik rang noch immer nach Atem. „Was... *was* war das?"

Ardan antwortete leise, seine Stimme klang hohl. „Eine Warnung. Die Eden-Früchte sind mehr als ein Schlüssel – sie sind eine Prüfung. Eine Prüfung, die alles verändern wird."

Kael sah auf den Aetherkompass, dessen Nadel sich nun ruhig, aber zielstrebig in eine Richtung drehte. „Dann stellen wir uns der Prüfung."

Die Worte der Schatten hallten in seinem Geist nach: *„Die Wahrheit fordert Opfer."* Kael hatte diese Warnung schon zuvor gehört, doch nie war sie ihm so greifbar erschienen.

Lyria brach die Stille. „Warte." Sie hielt ihr Schwert noch immer bereit, ihre Augen ruhten auf dem Kristall. „Warum lassen sie uns einfach gehen? Wenn sie uns geprüft haben, was bedeutet das?"

Ardan starrte auf die verblassenden Gravuren. „Vielleicht... haben wir die erste Prüfung bestanden. Oder sie haben entschieden, dass wir würdig genug sind, die nächste Etappe zu betreten."

„Oder sie haben uns in eine Falle gelockt", murmelte Theron.

Kael sagte nichts. Sein Blick ruhte auf dem Kristall, dessen Pulsieren schwächer wurde, aber nie ganz aufhörte. Die Gravuren auf dem Boden begannen erneut zu fließen, doch diesmal schienen sie sich in einer Schleife zu wiederholen – wartend.

„Es ist noch nicht vorbei", sagte Kael ruhig. „Der Kristall... wartet. Er ist der Schlüssel zu etwas Größerem."

Eine Entscheidung muss getroffen werden

Kael legte die Hand erneut auf den Kristall. Ein Beben durchzog den Boden, und das Licht der Gravuren flammte mit einer Intensität auf, die den Raum zu verschlingen drohte. Diesmal formte sich ein Schatten, klarer und größer als je zuvor. Die Gestalt war humanoid, doch ihr Gesicht war leer – ein schwarzes Nichts, umgeben von einer Aura aus blendendem, pulsierendem Licht, das von der Kammer zu atmen schien.

Die Stimme der Gestalt hallte durch die Luft, kalt und unnachgiebig, wie das Echo eines uralten Urteils. „Ihr sucht die Wahrheit. Doch die Wahrheit verlangt mehr als Worte. Sie verlangt

Opfer. Wer von euch ist bereit, sein eigenes Licht zu geben, um die Balance zu wahren?"

„Was bedeutet das?", fragte Lyria scharf, ihr Schwert fest umklammert, als könne es das Unvermeidliche abwehren.

Die Gestalt breitete die Arme aus. Das Licht pulsierte mit jedem ihrer Worte, und die Gravuren an den Wänden zuckten wie ein lebendiges Netz aus Energie. „Die Ketten halten die Welt zusammen. Doch sie sind instabil. Um ihre Macht zu erneuern, muss Energie gegeben werden – das Licht eines Lebens, das durch Entschlossenheit und Klarheit gestärkt ist."

Therons Stimme war rau, fast trotzig. „Du willst, dass einer von uns stirbt." Es war keine Frage, sondern eine Feststellung, die den Raum in Schweigen tauchte.

Kael löste die Hand vom Kristall und drehte sich langsam zu den anderen um. „Wir wussten, dass diese Reise Opfer verlangen könnte." Seine Stimme war ruhig, doch in seinen Augen flackerte ein Schatten des Zweifels.

„Aber nicht so!", fuhr Lyria ihn an. Ihre Wut war ein Versuch, die Hilflosigkeit zu vertreiben, die in der Luft lag. „Nicht auf diese Weise."

Ardan schüttelte den Kopf, seine Miene war blass und gequält. „Die Geschichten haben uns gewarnt. Die Wahrheit der Ketten fordert einen Preis. Sie ist kein Geschenk."

„Das ist kein Mut", knurrte Theron. „Das ist Wahnsinn." Seine Augen funkelten, und für einen Moment wirkte er, als wollte er das Schwert gegen die Gestalt ziehen, nur um etwas zu tun.

„Wenn wir nicht weitergehen", sagte Kael leise, „dann endet alles hier. Die Welt fällt auseinander. Die Balance bricht. *Wir haben keine Wahl.*"

„Doch, haben wir!" Farriks Stimme durchschnitt das Dröhnen der Gravuren wie ein Messer. Alle drehten sich zu ihm um. Farrik, der sonst immer im Hintergrund geblieben war, stand jetzt fest und ruhig da. Sein Blick ruhte auf dem Kristall, als hätte er seine Entscheidung bereits getroffen.

„Wir könnten umkehren", sagte er. „Wir könnten uns entscheiden, dass diese Wahrheit es nicht wert ist, dass wir unser Leben dafür riskieren."

„Und dann?" fragte Kael. Seine Stimme war leise, aber voller Schmerz. „Wir kehren zurück und sehen zu, wie die Welt zerbricht?"

Farrik schwieg einen Moment. Dann trat er einen Schritt nach vorn, seine Bewegungen waren ruhig, fast würdevoll. Seine Augen ruhten auf Kael, und in ihnen lag eine Klarheit, die Kael nie zuvor bei ihm gesehen hatte.

„Ich bin kein Held", begann Farrik. „Mein ganzes Leben lang habe ich Maschinen repariert, Zahlen analysiert und mich versteckt, wo es sicher war. Ich habe nie gedacht, dass ich Teil von etwas sein könnte, das größer ist als ich selbst." Er atmete tief durch, seine Hände zu Fäusten geballt. „Aber wenn diese Wahrheit die Balance der Welt retten kann, dann... ist mein Leben ein kleiner Preis."

„Farrik, nein!", rief Lyria. Ihre Stimme brach, ein Echo des Schmerzes, der plötzlich zwischen ihnen allen stand. Sie machte einen Schritt auf ihn zu, doch Farrik hob die Hand.

„Es muss jemand sein", sagte er sanft, aber bestimmt. „Und ich glaube, ihr habt der Welt mehr zu geben als ich."

Kael spürte, wie sich sein Magen verkrampfte. „Farrik, du musst das nicht tun. Es gibt einen anderen Weg. Es muss einen anderen Weg geben."

Farrik schüttelte nur den Kopf und lächelte schwach. „Vielleicht. Aber das hier ist *mein* Weg."

Er trat an den Kristall heran. Das Licht um ihn herum wurde stärker, als würde der Kristall ihn erkennen. Farrik hob beide Hände und legte sie auf die glatte Oberfläche.

Das Licht explodierte in einem blendenden Strahlenmeer. Kael rannte nach vorn, instinktiv, doch er prallte gegen eine unsichtbare Barriere. „Farrik!"

Farrik drehte leicht den Kopf, seine Gestalt begann sich bereits in Licht aufzulösen. „Pass auf die anderen auf, Kael", sagte er leise. „Sorgt dafür, dass mein Opfer nicht umsonst war."

Mit einem letzten, warmen Lächeln verschwand Farrik. Ein Lichtblitz durchzuckte die Kammer, und die Energie ebbte schlagartig ab. Der Raum fiel in eine unnatürliche Stille, als würde die Zeit selbst den Atem anhalten.

Kael sank auf die Knie, sein Blick leer. Der Kristall war still, seine Oberfläche nun matt und ruhig, als hätte er seinen Hunger gestillt. Die Gravuren an den Wänden veränderten sich erneut und bildeten eine neue Karte, die auf die nächste Etappe zeigte.

Lyria stand schweigend da, die Finger noch immer um den Griff ihres Schwertes gekrallt. Ihre Augen waren voller Schmerz.

„Er hat es getan", murmelte Theron, seine Stimme kaum mehr als ein Flüstern. „Er hat uns alle gerettet."

Ardan trat langsam vor und berührte die neue Karte an der Wand. „Die Wahrheit... fordert Opfer", sagte er tonlos.

Kael erhob sich langsam. In seinen Augen lag ein neues Feuer, eine Entschlossenheit, die zuvor noch nicht da gewesen war. „Farrik hat seinen Weg gewählt", sagte er rau. „Jetzt müssen wir unseren finden. Wir werden die Wahrheit ehren. Für ihn."

Die Gruppe stand still, während der Raum um sie herum erneut pulsierte. Der Kristall wachte noch immer – doch die nächste Etappe wartete.

Der Preis der Wahrheit

Die Gruppe stand schweigend, die Stille war fast erdrückend. Farriks Abwesenheit lag schwer in der Luft, wie eine unsichtbare Last, die ihre Schultern nach unten zog.

„Er hat uns gerettet", sagte Lyria leise. Ihre Stimme zitterte, ein Echo des Schmerzes, der durch sie alle ging.

„Er hat den Weg geöffnet", fügte Ardan hinzu, seine Worte gedämpft und schwer. „Aber wir müssen sicherstellen, dass sein Opfer nicht umsonst war."

Kael schloss für einen Moment die Augen, seine Hände zu Fäusten geballt. Der Schmerz in seiner Brust war wie ein Stein, der sich tiefer grub. Doch er zwang sich, die Karte anzusehen, die nun aus den Gravuren auf dem Boden leuchtete – der nächste Pfad, den sie gehen mussten.

„Wir machen weiter", sagte er schließlich, seine Stimme rau, aber fest. „Für Farrik. Für die Wahrheit."

Ohne ein weiteres Wort wandten sie sich der massiven Tür zu, die sich langsam vor ihnen geöffnet hatte. Dahinter erstreckte sich eine Kammer, größer als alles, was sie zuvor gesehen hatten. Der Raum war von Dunkelheit erfüllt, durchbrochen nur vom unheimlichen

Pulsieren eines gigantischen Aetherkristalls in der Mitte. Das Licht flackerte unregelmäßig, wie das Herz eines sterbenden Giganten.

Die Gravuren auf dem Boden wirkten lebendig, sie wanderten in ständiger Bewegung wie ein riesiges, atmendes Netz. Jeder Schritt, den sie machten, wurde von einem dröhnenden Geräusch begleitet, das in der Tiefe des Raumes widerhallte.

„Das ist der Nexus", sagte Ardan leise. „Der Knotenpunkt der Ruinen. Hier bündelt sich die Energie der Ketten."

Kael hielt den Aetherkompass in der Hand. Die Nadel drehte sich unkontrolliert, als ob sie von der schieren Macht des Kristalls überwältigt wurde. „Es fühlt sich an, als ob er uns ruft", murmelte er und trat vorsichtig näher.

„Oder uns warnt", sagte Lyria, das Schwert fest in der Hand. Ihre Augen wanderten wachsam durch die Kammer.

Plötzlich begann der Kristall heller zu leuchten. Ein tiefes, hallendes Dröhnen erfüllte die Luft, und die Gravuren an den Wänden zuckten schneller. Aus dem Kristall löste sich eine Gestalt – schemenhaft, groß, ihre humanoide Form von einer Aura aus Licht umhüllt. Ihre Präsenz war überwältigend, und die Luft schien mit jedem Atemzug schwerer zu werden.

„Ihr sucht die Wahrheit der Ketten", sprach die Gestalt. Ihre Stimme war nicht laut, doch sie füllte den gesamten Raum, als käme sie von überall und nirgendwo zugleich. „Doch die Wahrheit fordert Opfer."

Ein schweres Schweigen folgte ihren Worten. Theron wich instinktiv zurück und zog seine Waffe. Farrik sah aus, als ob die Luft ihn erdrücken würde, während Ardan reglos blieb, seine Augen auf die Gestalt geheftet.

„Was für Opfer?", fragte Kael. Er trat nach vorn, seine Stimme fest, obwohl sein Herz in seiner Brust hämmerte.

Die Gestalt breitete ihre Arme aus, und die Gravuren auf dem Boden formten sich zu einem neuen Muster – einer Sanduhr, deren Körner aus Licht zu fließen begannen. „Die Ketten verlangen Energie, um ihre Balance zu erneuern", sagte sie. „Energie, die nur durch das Licht eines Lebens gegeben werden kann – ein Leben von wahrer Entschlossenheit und Klarheit."

„Ihr verlangt, dass wir jemanden opfern?", knurrte Theron. Seine Stimme bebte vor Wut und Unglauben. „Das ist Wahnsinn!"

„Ohne Opfer bricht die Balance", antwortete die Gestalt mit unnachgiebiger Ruhe.

Lyria trat neben Kael. „Das kann nicht der einzige Weg sein", sagte sie leise, aber ihre Stimme war scharf wie Stahl. „Wir sind hier, um die Welt zu retten, nicht um uns gegenseitig zu opfern."

Die Sanduhr aus Licht flimmerte, die Zeit rann unaufhaltsam. Ardan sprach kaum hörbar: „Wenn wir uns nicht entscheiden, war alles umsonst."

Kael sah die Gruppe an, seinen Blick schwer von der Last, die auf ihm lag. „Ich werde es tun", sagte er und trat an den Kristall heran.

„Nein!" Farriks Stimme durchbrach die Stille wie ein Hammerschlag. Er trat vor, seine Hände erhoben, und plötzlich wirkte der sonst so stille Mechaniker größer und fester als je zuvor.

„Es muss nicht der Anführer sein", sagte er, seine Stimme ruhig und klar. „Ihr habt mehr zu geben als ich. Ich bin nur ein Mechaniker. Ein kleines Leben in einer großen Welt. Aber wenn mein Leben die Balance retten kann, dann ist das ein fairer Preis."

„Farrik, das musst du nicht tun!", rief Lyria. Ihre Augen glänzten, als sie auf ihn zueilte.

Farrik hob die Hand und stoppte sie mit einem sanften Lächeln. „Doch, das muss ich." Er drehte sich zu Kael, und in seinen Augen lag ein ruhiger Ernst. „Vertrau mir. Ihr seid diejenigen, die diese Welt retten können. Sorgt dafür, dass mein Opfer nicht umsonst ist."

Er wandte sich dem Kristall zu, seine Bewegungen entschlossen, als hätte er jede Angst hinter sich gelassen. Kael spürte, wie sich etwas in ihm zusammenzog. „Farrik, nein..."

Farrik legte beide Hände auf den Kristall. Ein Lichtblitz durchzuckte die Kammer, so hell, dass Kael die Augen schließen musste. Die Gravuren an den Wänden pulsierten wie wildes Herzklopfen.

„Pass auf sie auf", hörte Kael Farriks Stimme, leise und fern. „Für mich."

Dann war es still.

Kael öffnete die Augen. Der Kristall war dunkel geworden, seine Oberfläche ruhig. Farrik war verschwunden.

Die Gravuren an den Wänden formten sich neu. Eine Karte entstand, deutlicher und klarer als zuvor, und zeigte den nächsten Pfad.

Die Gruppe stand schweigend in der Kammer. Kael spürte, wie sich seine Finger zu Fäusten ballten. „Er hat uns den Weg geöffnet", sagte Ardan leise.

Lyria starrte auf die Stelle, an der Farrik gestanden hatte, ihre Schultern bebten leicht.

Kael hob den Blick, seine Stimme war kaum mehr als ein Flüstern. „Dann sorgen wir dafür, dass sein Opfer nicht umsonst war."

Die massive Tür vor ihnen öffnete sich, und ein neuer Pfad aus Dunkelheit und Licht wartete. Mit jedem Schritt, den sie machten, wurde die Last auf ihren Schultern schwerer – aber ihre Entschlossenheit stärker als je zuvor.

Der Aufbruch in die Dunkelheit

Die Gruppe trat aus der Kammer, und der Pfad führte sie tiefer in die verschlungenen Eingeweide der Ruinen. Die Gravuren, die zuvor noch wie lebendige Adern pulsiert hatten, begannen zu verblassen, während die Dunkelheit dichter wurde. Jeder Schritt war begleitet von einem leisen, vibrierenden Summen in der Luft, das wie ein unsichtbares Warnsignal in ihren Köpfen pochte.

Kael ging voran, den Aetherkompass fest in der Hand. Das Licht des Geräts war das einzige, was ihnen noch Orientierung bot – ein kleiner, flackernder Hoffnungsschimmer in einer endlosen Schwärze. Die Nadel zeigte stetig auf einen Punkt in der Ferne, doch mit jedem Schritt wurde das Summen lauter, schien tiefer in ihre Knochen zu dringen.

Theron hielt seine Waffe griffbereit, jede seiner Bewegungen war wachsam, kontrolliert. Lyria schritt mit gezogenem Schwert neben ihm, ihr Blick huschte ruhelos von einer Ecke zur nächsten. Jeder Schatten schien länger, tiefer – als wollte er sie verschlucken.

Farriks Fehlen lag wie ein bleierner Mantel auf ihnen. Es war, als würden die Ruinen den Raum, den er hinterlassen hatte, spüren – und ihn mit Kälte füllen. Niemand sprach. Der Verlust hallte in ihrer Stille wider.

Schließlich war es Lyria, die das Schweigen durchbrach. Ihre Stimme war kaum mehr als ein Flüstern, das von der Dunkelheit sofort verschluckt wurde. „Es fühlt sich an, als ob dieser Ort uns nicht loslassen will."

„Die Ruinen sind ein Teil der Ketten", murmelte Ardan. Er sah sich um, seine Augen ruhten kurz auf den verblassenden Gravuren. „Sie lassen niemanden gehen, der nicht würdig ist."

Kael blieb abrupt stehen, als der Kompass unruhig zu pulsieren begann. Vor ihnen öffnete sich die enge Passage zu einer weiten Ebene – einer Leere.

Der Boden vor ihnen war schwarz wie die Oberfläche eines vergessenen Sees. Er reflektierte kein Licht, als wäre er bodenlos. Über ihn zogen sich leuchtende Linien, die in unregelmäßigen Mustern glühten – wie Adern eines schlafenden Ungeheuers. Hoch über ihnen lag ein Himmel aus Nichts, in dem schwache, flackernde Ströme tanzten – Geisterlichter, die ohne Muster wanderten.

„Die Leere", flüsterte Ardan und trat an Kaels Seite. Sein Atem bildete sich sichtbar in der kühlen Luft. „Das hier ist kein natürlicher Ort. Es ist ein Raum zwischen den Strömungen – geschaffen durch die Instabilität der Ketten."

Kael setzte vorsichtig einen Fuß auf die Ebene. Das Licht des Kompasses zuckte, doch es blieb stabil. „Es ist der einzige Weg."

Das Flüstern war wieder da. Lauter als zuvor, aber verzerrt – Worte, die wie Echos aus einer anderen Zeit klangen. Es war, als würden die Stimmen an ihren Gedanken zerren, an ihren Ängsten kratzen.

„Was ist das?", fragte Theron und richtete seine Waffe in die Dunkelheit. Seine Stimme war angespannt, die Ruhe der letzten Minuten wie weggeblasen.

„Fragmente", sagte Ardan. „Echos von denen, die hier waren und gescheitert sind."

Kael öffnete den Mund, um zu antworten, doch die Worte blieben ihm im Hals stecken. Etwas bewegte sich. Ein Schatten, fließend und formlos, schälte sich aus dem Boden wie schwarzer Rauch. Es war unnatürlich schnell – und es raste auf sie zu.

„Runter!" rief Lyria und stürzte nach vorn, ihr Schwert in der Hand. Sie schlug nach der Kreatur, doch das Ding antwortete mit einer Welle aus Licht und Dunkelheit, die sie nach hinten warf.

Kael spürte die Energie durch die Luft schneiden. Es war, als wolle die Kreatur sie alle verschlingen.

„Es ist keine Kreatur!", rief Ardan. „Es ist Energie – verzerrt und instabil!"

„Na, wunderbar!", knurrte Theron, der bereits mehrere Schüsse abgab. Die Kugeln schienen den Schatten zu verlangsamen, doch sie zogen keine Wunden – der Rauch formte sich einfach neu.

Kael sah auf die Gravuren unter seinen Füßen. Sie wurden heller, je näher die Kreatur kam. Eine Idee blitzte in seinem Kopf auf. „Wir müssen die Gravuren aktivieren! Sie sind der Schlüssel!"

Er rannte zur nächsten leuchtenden Linie, während Theron und Lyria die Kreatur ablenkten. Kael kniete sich hin und drückte seine Hand auf die Gravur. Das Licht schoss wie eine Welle über die Ebene, traf die Kreatur und ließ sie taumeln. Sie schrie – ein verzerrter Laut, der durch den Raum vibrierte – doch sie zog sich nicht zurück.

„Es wird nicht reichen!", rief Ardan panisch. „Wir müssen weiter, bevor sie sich neu formt!"

Kael nickte und winkte den anderen zu. Sie rannten, dem schwachen Licht folgend, das der Kompass ihnen zeigte. Die Gravuren flackerten unter ihren Füßen wie ein zerbrechlicher Pfad aus Hoffnung.

Hinter ihnen brüllte die Kreatur erneut. Der Schatten raste ihnen nach, doch er kam nicht näher – das Licht hielt ihn zurück. Schließlich erreichten sie den Rand der Ebene, wo ein schmaler Pfad in die Dunkelheit führte.

Kael drehte sich um. Die Kreatur hielt inne, als hätte sie die Grenze erreicht, die sie nicht überschreiten konnte. Mit einem letzten wütenden Brüllen zog sie sich zurück in die Schatten.

Keuchend blieb die Gruppe stehen. Lyria stützte sich auf ihr Schwert, während Theron seine Waffe senkte und zitternd Luft holte.

„Das war zu knapp", murmelte Theron.

Kael hob den Kompass. Sein Licht pulsierte nun ruhiger, fast beruhigend. „Das ist der Weg", sagte er schließlich. Seine Stimme war fest, aber die Erschöpfung war nicht zu überhören.

Niemand widersprach. Still folgten sie Kael in die Dunkelheit. Der Pfad war schmal, das Licht des Kompasses ihre einzige Orientierung, während die Schwärze sie umschlang. Doch diesmal war es nicht nur Dunkelheit, die sie begleitete. Es war der Verlust, der Schmerz – und die Erinnerung an das, was Farrik für sie geopfert hatte.

Mit jedem Schritt wurden ihre Schultern schwerer. Doch die Flamme ihrer Entschlossenheit leuchtete heller als je zuvor.

Kapitel 5: Der Abgrund von Aetheris

Prüfungen der Gravuren

Der Pfad war schmal, und die Dunkelheit schien mit jedem Schritt tiefer zu werden. Nur das pulsierende Licht des Aetherkompasses hielt sie auf Kurs – ein einsamer, zitternder Stern in einer mondlosen Nacht. Kael ging voran, seine Finger um das Gerät gekrallt. Es war, als spiegele das Licht seinen eigenen Herzschlag wider: ruhig, aber voller Anspannung.

Die Luft um sie herum war schwer und dicht, geschwängert mit dem scharfen Geruch von Ozon. Sie fühlte sich elektrisch an, als könnte sie jeden Moment zerspringen. Hinter ihnen war die Leere verstummt, doch sie alle spürten es noch – das Gefühl, beobachtet und verfolgt zu werden.

Lyria hielt dicht hinter Kael, ihr Schwert halb gezogen. Ihre Augen suchten jeden Winkel, jede Bewegung in der Dunkelheit. Theron bildete das Ende der Gruppe, seine Waffe bereit, während er unaufhörlich die Schatten absuchte. Nur Ardan schien ruhiger, als ob die Gravuren, die am Rand des Pfades aufleuchteten, ihm Trost spendeten.

„Der Kompass zeigt klar, aber irgendetwas stimmt hier nicht", sagte Kael, seine Stimme gedämpft, als könnte sie die Dunkelheit zerschneiden.

„Nichts an diesem Ort stimmt", murmelte Theron. „Wenn du mich fragst, sind wir schon längst tot und merken es nur nicht."

Ardan hob plötzlich die Hand. Die Gruppe erstarrte. Ein metallisches, schleifendes Geräusch hallte durch die Dunkelheit – fern, aber unheilvoll, wie ein Echo aus einer anderen Zeit. Es war kein Geräusch, das ein natürliches Wesen hätte machen können.

„Das ist kein Zufall", zischte Lyria und zog langsam ihr Schwert.

„Es klingt wie eine Maschine", sagte Kael.

„Oder etwas, das älter ist als jede Maschine", murmelte Ardan, seine Stimme kaum mehr als ein Flüstern. „Vielleicht ein Fragment der Ketten selbst."

Der Pfad öffnete sich plötzlich zu einer gewaltigen Kammer. Ein schwaches, blaues Licht erfüllte den Raum, kroch wie Nebel an den glatten Wänden entlang, die aussahen, als seien sie von uralten Fluten geformt worden. Gravuren zogen sich in eleganten Mustern über den Stein – lebendig, atmend, und dennoch fremd.

In der Mitte der Kammer schwebte eine Konstruktion. Es war kein Wächter, keine Kreatur – es war ein *Etwas*. Aus Fragmenten von Metall und Energie zusammengefügt, bewegte es sich in der Luft mit einer verstörenden Präzision. Seine Gestalt veränderte sich unaufhörlich, mal schien sie menschlich, mal bestialisch. Blaue Lichter flackerten in seinem Kern wie eine Seele, die nicht zur Ruhe kam.

„Das Ding beobachtet uns", murmelte Theron und hob langsam seine Waffe.

„Das ist kein Wächter", sagte Lyria, ihre Stimme angespannt. „Aber es *lebt*."

„Oder es wird von etwas gelenkt", ergänzte Ardan und trat vorsichtig vor. „Das hier ist keine einfache Maschine. Es ist ein Konstrukt, vielleicht älter als die Ketten selbst."

Ein tiefes Brummen vibrierte durch die Kammer, und die Luft begann zu vibrieren. Bevor jemand reagieren konnte, schoss ein Energiestrahl aus der Mitte des Konstrukts und traf den Boden.

Eine Gravur erwachte unter seinen Füßen zu pulsierendem Leben, das Licht breitete sich wellenartig aus.

„Es testet uns", sagte Kael, sein Blick fest auf das Konstrukt gerichtet.

Das Konstrukt zuckte, und sein Körper teilte sich in kleinere Einheiten. Jedes dieser Fragmente glühte in einer anderen Farbe und schoss durch die Kammer. Sie bewegten sich mit schwindelerregender Geschwindigkeit und aktivierten weitere Gravuren, die wie ein chaotisches Netz aus Licht und Schatten tanzten.

„Was zum Teufel ist das?!", rief Theron und feuerte auf eines der Fragmente. Die Kugeln prallten ab, als bestünde es nur aus Rauch.

„Die Gravuren", rief Ardan, seine Augen folgten den Lichtmustern. „Sie bilden eine Sequenz! Ein Code! Wir müssen die richtige Reihenfolge finden!"

„Und wenn wir falsch liegen?", fragte Theron, seine Stimme angespannt.

„Dann wird dieses Ding uns zerlegen", antwortete Ardan tonlos.

Kael kniete sich auf den Boden und legte die Hand auf die nächste Gravur. Sie begann zu leuchten, und das Licht schien durch seine Finger zu fließen. „Ardan, was jetzt?"

Ardan studierte die Gravuren, die sich rasend schnell veränderten. „Die Spirale! Aktiviere die Spirale!"

Kael tippte die Gravur an, und das Licht schoss durch die Kammer wie ein Signal. Die Fragmente des Konstrukts reagierten sofort, beschleunigten ihre Bewegungen und feuerten nun gezielte Energiestöße ab.

„Beeilt euch!", schrie Lyria, die einem der Angriffe auswich und mit einem Schrei ihr Schwert durch eines der Fragmente zog. Es zersprang in ein gleißendes Licht, das sich wie Asche auflöste.

„Noch eine!", rief Ardan, sein Finger deutete auf eine Gravur in Form eines Dreiecks. „Kael, jetzt!"

Kael berührte die Gravur, und ein erneutes Leuchten breitete sich aus. Die Muster begannen, sich zu stabilisieren, als würden sie endlich einen Sinn ergeben.

Das Konstrukt vibrierte plötzlich, seine Fragmente zogen sich zusammen und bildeten wieder eine einzelne Gestalt. Die blauen Lichter in seinem Kern flackerten noch einmal auf, bevor es sich langsam auflöste – als wäre die Prüfung beendet.

Die Kammer fiel in eine unnatürliche Stille. Das Licht der Gravuren verblasste, und der Boden unter ihnen schien ruhiger zu atmen.

Kael stand auf, seine Hände zitterten. „War das... ein Test?"

Ardan nickte. „Ja. Und wir haben bestanden. Die Gravuren waren der Schlüssel – sie haben den nächsten Pfad geöffnet."

Vor ihnen begannen sich die Gravuren neu zu formen. Eine Route entstand, die sich weiter in die Dunkelheit zog, wo das schwache, pulsierende Licht der Eden-Früchte zu warten schien.

Theron atmete schwer und schüttelte den Kopf. „Das war zu knapp."

Lyria trat neben Kael und steckte ihr Schwert zurück in die Scheide. „Knapp reicht aus. Fürs Erste."

Kael hob den Kompass, dessen Licht nun ruhiger pulsierte. „Wir haben keine Zeit zu verlieren. Weiter."

Die Gruppe sammelte sich, und ohne ein weiteres Wort setzten sie ihren Weg fort, tiefer in die Dunkelheit hinein – dorthin, wo die Wahrheit wartete.

Der Raum der Schatten

Der neu aktivierte Pfad zog die Gruppe tiefer in die Dunkelheit, bis die Gravuren unter ihren Füßen nur noch ein schwaches Leuchten von sich gaben – wie das letzte Glimmen einer sterbenden Glut. Der Aetherkompass in Kaels Hand pulsierte weiter, ein stoischer Takt, der gegen die bedrückende Stille ankämpfte. Doch mit jedem Schritt schien die Luft schwerer zu werden, dichter, als drückte eine unsichtbare Macht auf ihre Schultern.

Die Wände des Tunnels wurden glatter, als wären sie von uralter, unbekannter Hand poliert worden. Hier und da leuchteten Symbole auf, wild eingeritzt und ohne klare Struktur. Sie sahen aus wie Kratzer, doch ihre Linien wirkten scharf und aggressiv, ein Gegensatz zu den ruhigen Gravuren der Ketten.

„Diese Zeichen...“, murmelte Ardan und blieb abrupt stehen. Seine Finger glitten über die Linien, und seine Stirn legte sich in Falten. „Sie gehören nicht zu den Ketten. Sie sind... etwas anderes. Eine Warnung.“

„Warnung wovor?“, fragte Theron und hob seine Waffe etwas höher. „Wir haben doch schon so ziemlich alles erlebt, was uns umbringen könnte.“

„Das glaubst du doch selbst nicht“, entgegnete Lyria, ihre Stimme kühl und ernst.

Kael betrachtete den Kompass, dessen Licht nun unruhig flackerte, als würde er den nahenden Sturm spüren. „Nicht mehr weit“, sagte er knapp und deutete auf die Öffnung vor ihnen. Ein schwarzer Spalt im Nichts, der wie ein klaffendes Maul auf sie wartete.

Die Gruppe trat in eine weite Kammer. Ein Gefühl von Unendlichkeit umfing sie, als wären sie in einen Raum zwischen den Welten getreten. Der Boden unter ihnen bestand aus schwarzem Glas, das ihr Spiegelbild nur verzerrt zurückwarf. Über ihnen spannte sich ein Himmel aus Schwärze, durchzogen von flackernden Aetherlinien, die wie gebrochene Sterne tanzten.

„Was... ist das hier?", flüsterte Theron. Seine Stimme schien sich in der Stille zu vervielfachen, als würde der Raum selbst lauschen.

„Der Raum der Schatten", antwortete Ardan ehrfürchtig. „Ein Ort, an dem die Dunkelheit geprüft wird. Hier reinigt sich die Energie der Ketten. Ein letzter Filter, bevor die Wahrheit sich offenbart."

„Barriere klingt nicht nach etwas, das uns einfach durchlässt", sagte Lyria und zog ihr Schwert.

Kael ging vorsichtig voran, der Kompass pulsierte nun hektisch in seiner Hand, als ob er in Panik geraten wäre. „Es gibt einen Weg", sagte er, seine Stimme angespannt. „Wir müssen ihn nur finden."

Kaum hatte er die Worte gesprochen, begann die Dunkelheit um sie herum zu leben. Schatten lösten sich von den Wänden, sammelten sich und formten Gestalten. Humanoid, aber falsch. Ihre Körper flackerten, als bestünden sie aus Rauch und Licht. Ihre Augen glühten in einem tiefen, unheimlichen Blau, und das Flüstern, das bisher nur ein Echo war, wurde zu Worten.

Kael hörte sie – *leise, kalt, vertraut.*

„Versager..."
„Du hättest sie retten können."
„Warum führst du sie weiter in den Abgrund?"

Kaels Atem stockte, als er die Worte in seinem Kopf widerhallen spürte. Ein Gewicht legte sich auf seine Brust, Zweifel fluteten seine Gedanken, als ob die Schatten seine innersten Wunden aufgerissen hätten. Er schloss die Augen und spürte, wie die Dunkelheit an ihm zerrte.

„Sie prüfen uns", sagte Ardan mit fester Stimme, die wie ein Anker in der Dunkelheit lag. „Sie sind Fragmente der Ketten – Spiegel unserer Ängste. Wenn wir uns nicht stellen, werden wir hier bleiben. Für immer."

„Großartig", murmelte Theron, seine Hände umklammerten seine Waffe, aber er wusste, dass sie hier nutzlos war.

Kael zwang sich, die Augen zu öffnen. Die Schatten um ihn herum flüsterten weiter, zeigten ihm Gesichter von Menschen, die er verloren hatte. Garrick. Farrik. Alle, die sein Weg gefordert hatte. Doch mitten in der Dunkelheit glomm ein Funken – das Licht des Aetherkompasses.

„Ich gebe meine Fehler zu", sagte er, seine Stimme klang brüchig, aber standhaft. „Ich trage sie mit mir, aber sie bestimmen nicht, wer ich bin. Ich gehe weiter, egal, was ihr zeigt."

Die Schatten um ihn herum zuckten, als würden sie die Kraft seiner Worte spüren. Langsam zogen sie sich zurück, und die Gravuren auf dem Boden begannen heller zu leuchten, formten einen schmalen Pfad.

Lyria sah ihn an und nickte. Sie wandte sich ihren eigenen Schatten zu, deren Flüstern wie Dolche klang. „Ich kämpfe, weil ich Angst habe, zu versagen", sagte sie. Ihre Finger krampften sich um den Griff ihres Schwertes. „Aber ich kämpfe trotzdem. Weil ich will, dass es etwas bedeutet."

Die Schatten schienen sich um sie zu winden, doch dann ließen sie sie los, und das Licht des Pfades verstärkte sich weiter.

Theron zögerte. Sein Schatten war ihm fast zu ähnlich – dieselben breiten Schultern, derselbe müde Blick. „Ich...", begann er, aber die Worte stockten ihm im Hals. „Ich habe mein Leben lang gelogen. Vor mir selbst. Aber jetzt..." Er schloss die Augen, seine Stimme nur noch ein Flüstern. „Zum ersten Mal glaube ich, dass ich etwas richtig mache."

Die Schatten zerfielen, und das letzte Stück des Pfades erstrahlte.

Ardan sagte nichts. Er sah seinen Schatten nur an, und dieser wich zurück, als hätte er die Wahrheit bereits erkannt.

Die Gravuren auf dem Boden verbanden sich zu einem hellen, klaren Pfad, der in die Dunkelheit führte. Die Schatten zogen sich zurück, und der Raum wurde wieder still.

Kael atmete tief durch und sah die anderen an. „Wir haben es geschafft."

„Noch nicht", sagte Lyria, ihre Stimme war ruhig, aber fest. „Aber wir wissen jetzt, was uns erwartet."

Ohne ein weiteres Wort folgten sie dem Pfad aus Licht, der tiefer in die Dunkelheit führte – einem Ort, an dem die Wahrheit der Ketten und die Eden-Früchte auf sie warteten.

Der Bruch der Balance

Der Pfad führte die Gruppe tiefer in das Herz der Ruinen. Mit jedem Schritt verdichtete sich die Dunkelheit, bis sie schwer wie eine unsichtbare Last auf ihren Schultern lag. Die Gravuren auf dem Boden waren kaum mehr als schwache Silhouetten, ihr Licht wie ein sterbender Stern. Kael hielt den Aetherkompass fest umklammert, doch die Nadel zitterte nun hektisch, als hätte sie die Orientierung verloren.

„Irgendetwas stimmt nicht", murmelte Theron, seine Stimme angespannt. Seine Augen huschten durch die Finsternis, als erwartete er, dass sie ihn verschlingen würde. „Wir sollten langsamer vorgehen."

„Langsamer und sterben?", zischte Lyria scharf. Sie hatte ihr Schwert gezogen, ihre Schritte federleicht und wachsam. „Hört ihr das nicht? Der Boden... er atmet."

Kael blieb stehen und lauschte. Sie hatte recht. Ein tiefes, rhythmisches Grollen vibrierte unter ihren Füßen, kaum hörbar, aber spürbar. Es war, als würde der Raum selbst leben – oder leiden.

„Wir sind nah dran", sagte Kael leise und hob den Kompass. „Es gibt kein Zurück mehr."

Der schmale Pfad endete plötzlich, und die Gruppe trat in eine gewaltige Halle. Kael hielt inne. Vor ihnen breitete sich ein Raum aus, der groß genug war, um den Himmel zu verschlucken. Der Boden war mit Fragmenten durchzogener Gravuren bedeckt, und riesige, zerbrochene Ketten hingen von der Decke herab. Einige von ihnen leuchteten noch schwach, andere waren erloschen – und lagen wie verdrehte, tote Giganten auf dem Boden.

„Das sind die Ketten...", hauchte Ardan. Seine Stimme war kaum mehr als ein ehrfürchtiges Flüstern.

„Die Balance... sie ist gebrochen", sagte Lyria, als sie nähertrat. Ihr Blick wanderte über die zerrissenen Stahlfragmente, die von leuchtenden Narben durchzogen waren.

Ein tiefes, drohendes Summen erhob sich plötzlich aus der Mitte des Raumes. Es war kein Geräusch – es war ein Gefühl, das ihnen durch die Knochen schnitt. Kael spürte, wie die Luft um ihn herum kälter wurde, und ein unsichtbarer Druck drückte auf seine Brust.

Aus dem Zentrum des Raumes schälte sich eine Gestalt. Es war kein Wesen aus Fleisch und Blut, sondern ein schwebendes Konstrukt aus purem Licht und Schatten. Es war formlos, in ständiger Bewegung, und doch hatte es eine Präsenz, die den Raum erfüllte, als würde sie jeden Winkel verschlingen.

„Das... ist ein Fragment der Balance", sagte Ardan, seine Augen geweitet vor Ehrfurcht und Furcht. „Es ist der Hüter dieses Ortes."

Die Gestalt sprach nicht. Sie pulsierte. Wellen aus Energie breiteten sich von ihr aus, und die Ketten begannen zu zittern, als ob sie ein Echo der Gestalt spürten. Plötzlich schoss ein Energiestoß durch den Raum, der die Gruppe nach hinten warf.

„Das ist keine Prüfung mehr!", schrie Theron und zog seine Waffe. „Das Ding will uns zerschmettern!"

„Nein!" rief Ardan, während er sich mühsam aufrichtete. „Es testet uns! Es will wissen, ob wir würdig sind, die Balance zu erneuern."

„Dann sollten wir besser würdig sein!", knurrte Lyria, während sie ihr Schwert hob und sich schützend vor Kael stellte.

Die Gestalt reagierte, und der Raum erwachte zum Leben. Die Ketten begannen, sich wie gigantische, lebendige Schlangen zu bewegen. Sie wirbelten durch die Luft und rissen Gravuren auf dem Boden auf, während das Summen zu einem tiefen Brüllen anschwoll.

„Die Gravuren!", rief Kael, seine Stimme fast verloren im Chaos. „Sie sind der Schlüssel!"

Ardan, der bereits die Muster auf dem Boden studierte, nickte heftig. „Die Gravuren repräsentieren die Balance. Wenn wir sie in der richtigen Reihenfolge aktivieren, beruhigen wir die Gestalt!"

„Lenkt es ab!", rief Kael.

Lyria reagierte sofort. Mit einem Kampfschrei stürzte sie vor, sprang über die zitternden Ketten hinweg und schlug mit aller Kraft auf die nächste Stahllinie ein. Ein schrilles Brummen erklang, und die Gestalt wandte sich abrupt ihr zu.

Theron hob seine Waffe und feuerte gezielte Schüsse auf die Ketten, die sich um Lyria bewegten. „Ich hoffe, ihr seid schnell mit diesem verdammten Rätsel!"

Kael und Ardan rannten zu den Gravuren. „Hier!", rief Ardan und deutete auf eine spiralförmige Linie, die intensiver leuchtete. Kael kniete sich hin und berührte die Gravur. Das Licht floss über den Boden und schoss wie eine Welle durch den Raum.

Die Gestalt zuckte, und für einen Moment verlangsamten sich ihre Bewegungen. Doch sie regenerierte sich schnell und sandte neue Energiestöße aus. Eine Kette schoss wie eine Peitsche auf Kael zu, und er sprang im letzten Moment zur Seite.

„Beeilt euch!", rief Lyria, die weiterkämpfte.

Kael aktivierte die nächste Gravur, und das Licht wurde heller, stärker. Der Raum selbst schien zu zittern. „Noch eine!", rief er Ardan zu.

Ardan berührte die letzte Gravur, und plötzlich erstrahlte der gesamte Raum in einem gleißenden Licht. Die Gestalt verharrte in der Luft, und die Ketten hielten inne – ihr Chaos erstarb.

Ein letztes, tiefes Summen erfüllte die Halle, bevor die Gestalt langsam verblasste. Die Ketten sanken in sich zusammen, als würden sie ausatmen.

Kael atmete schwer und stand auf. „Hat es funktioniert?"

Ardan nickte, seine Stimme war leise. „Wir haben die Balance stabilisiert. Aber das hier... ist nur eine Verschnaufpause."

„Vorübergehend reicht mir", sagte Theron und ließ seine Waffe sinken.

Lyria trat zu Kael und betrachtete den Kompass, dessen Licht nun wieder ruhig pulsierte. „Was jetzt?"

Kael hob den Blick, seine Stimme fest. „Wir folgen dem Pfad. Das Ziel ist nah."

Die Gruppe setzte sich in Bewegung. Sie gingen vorbei an den ruhenden Ketten, die noch immer wie Zeugen eines gewaltigen Bruchs wirkten. Vor ihnen lag der Pfad, der sie tiefer in die Dunkelheit führte – wo die Wahrheit und die Eden-Früchte auf sie warteten.

Der Fluch der Stille

Der schmale Durchgang führte die Gruppe tiefer in das Herz der Ruinen. Mit jedem Schritt wich das Licht ihrer Umgebung, als würde es widerwillig von der Dunkelheit verschluckt. Der Aetherkompass in Kaels Hand glühte noch schwach, doch seine Nadel zuckte unruhig, als kämpfe sie gegen eine unsichtbare Kraft an.

„Dieser Ort will uns nicht gehen lassen", murmelte Lyria, ihr Schwert halb gezogen. Jeder Schritt hallte dumpf in der Dunkelheit wider, doch das Echo war verschluckt, als hätte der Raum selbst es ausgelöscht.

„Es fühlt sich an, als wären wir nicht willkommen", fügte Theron hinzu, seine Stimme war rau, fast ein Flüstern.

„Das ist noch milde ausgedrückt", sagte Ardan, während er an den Wänden entlangging und die unregelmäßigen Linien musterte. „Wir bewegen uns in das Herz der Instabilität. Hier, wo die Ketten schwach sind, verschwindet die Ordnung der Welt."

Dann öffnete sich der Pfad. Die Gruppe trat in eine Kammer – ein riesiger, leerer Raum aus schwarzem Glas, dessen Oberfläche so glatt war, dass sie ihre eigenen Spiegelbilder nur schemenhaft wahrnehmen konnten. Der Boden war frei von Gravuren oder Zeichen. Nur die erdrückende, absolute Stille umgab sie wie ein Mantel aus Stahl.

Kael hielt den Kompass hoch. „Das ist... anders."

„Seltsam ist das falsche Wort", murmelte Lyria. „Es ist falsch. Dieser Raum fühlt sich... leer an, aber auch lebendig."

Die Gruppe trat vorsichtig voran. Kaels Stiefel trafen den Boden, doch kein Laut entstand. Selbst das Rauschen ihres Atems war verschwunden. Die Stille war nicht bloß die Abwesenheit von Geräuschen – sie war ein Wesen, das um sie lauerte und an ihnen zog, unsichtbar, aber spürbar.

„Das ist die Zone der Stille", sagte Ardan schließlich. Seine Stimme klang dumpf, fremd. „Ich habe davon gelesen. Es ist ein Ort, wo die Ketten die Welt selbst verschlucken. Ein Vakuum. Hier existiert nichts... außer uns."

„Also ein Ort, an dem wir schreien könnten, ohne dass uns jemand hört?", fragte Theron mit einem sarkastischen Lächeln, das nicht bis zu seinen Augen reichte. „Fantastisch."

Kael hob erneut den Kompass. Die Nadel begann sich plötzlich hektisch zu drehen, als wäre sie verwirrt. Ein Zittern lief durch seine Finger. „Der Kompass... er funktioniert nicht richtig."

Bevor jemand antworten konnte, zog sich die Dunkelheit näher an sie heran. Die Wände des Raumes begannen zu zittern, und Kael glaubte, etwas im Rand seines Sichtfeldes zu sehen – eine Bewegung, ein Schatten.

„Da ist etwas hier", flüsterte Lyria, ihre Stimme kaum hörbar. Sie legte eine Hand auf Kaels Schulter.

„Was siehst du?", fragte er leise, während er die Umgebung absuchte.

„Es ist kein Sehen", sagte sie mit zusammengekniffenen Augen. „Es ist ein... Spüren. Etwas bewegt sich in der Stille."

In diesem Moment schoss ein Schatten aus der Dunkelheit. Es war keine feste Gestalt, sondern eine amorphe Masse, die zitterte und zuckte wie ein lebendes Loch in der Realität. Lyria riss ihr Schwert hoch und schlug zu, doch die Klinge durchdrang nur Leere.

„Was zum Teufel war das?", zischte Theron, während er seine Waffe hob und instinktiv mehrere Schüsse abgab. Die Kugeln verpufften im Nichts, als wären sie nie abgefeuert worden.

„Es ist ein Echo!", rief Ardan plötzlich und kniete nieder, seine Augen auf den glatten Wänden fixiert. „Ein Fragment der Stille. Es testet uns – nicht körperlich, sondern geistig. Es spiegelt unsere Schwächen wider."

Die Schatten teilten sich, multiplizierten sich und wurden für jeden von ihnen zu einer anderen Bedrohung. Kael sah sie überall – Gesichter von Menschen, die er verloren hatte, die ihm die Schuld gaben.

„Warum führst du sie hierher, Kael? Du wirst sie alle verlieren."

Therons Atem wurde schwer. Er sah, wie sich die Schatten zu einer ungeheuren Flutwelle auftürmten. „Verdammt, Ardan! Was ist hier los?!"

„Bleibt ruhig!", rief Kael, obwohl er wusste, dass seine Worte kaum durch die Stille drangen. Er sah auf den Kompass, dessen Licht schwach zu glimmen begann. *Ein Licht in der Dunkelheit.*

„Der Kompass!", rief Ardan und sprang auf. „Konzentriere dich darauf, Kael! Er zeigt den Weg durch die Dunkelheit!"

Kael schloss die Augen und konzentrierte sich auf das Licht, das nun stärker wurde. Er blendete die Schatten aus, ignorierte das Flüstern und den kalten Griff der Stille, der an seinen Gedanken zerrte. Der Kompass reagierte auf ihn, seine Nadel pulsierte im Rhythmus seines Atems.

„Fokussiert euch!", rief er. „Sie können nur existieren, wenn wir ihnen Macht geben!"

Lyria hörte seine Worte. Sie senkte ihr Schwert und stand still, die Schatten schrumpften um sie herum. Theron biss die Zähne zusammen und trat rückwärts, bis auch seine Illusionen verblassten.

Das Licht des Kompasses schoss plötzlich aus der Nadel und breitete sich durch den Raum aus. Die Schatten zogen sich kreischend zurück, ihre Form verlor sich im Licht, bis nur noch die Gruppe und der Pfad aus leuchtenden Gravuren übrig waren.

Die Stille wurde gebrochen. Ein tiefes Summen durchlief die Kammer, und die Gravuren auf dem Boden erstrahlten, zeigten den nächsten Weg.

Kael ließ den Kompass sinken, sein Atem ging schwer. „Wir haben es geschafft."

Theron steckte seine Waffe weg, seine Hände zitterten leicht. „Das war kein Kampf. Das war Folter."

„Die Zone der Stille prüft nicht unsere Stärke", sagte Ardan, während er sich den Staub von seiner Robe klopfte. „Sie prüft, ob wir der Dunkelheit standhalten können."

Lyria sah auf die leuchtenden Gravuren, die tiefer ins Unbekannte führten. „Und? Können wir?"

Kael hob den Blick, der Kompass pulsierte nun ruhig in seiner Hand. „Wir haben es bis hierher geschafft. Wir gehen weiter."

Ohne ein weiteres Wort setzte die Gruppe ihren Weg fort, die leuchtenden Gravuren als einziger Anker in der Dunkelheit.

Kapitel 6: Der Atem der Strömungen

Die flüsternde Brücke

Die Gravuren leiteten die Gruppe weiter durch den Tunnel, dessen Enge nach der weiten Höhle fast beklemmend wirkte. Die Luft wurde kühler, und ein leichter Nebel begann, die Gravuren zu verschleiern. Kael hielt den Kompass hoch, dessen Licht trübe schien, als ob auch er von der feuchten Dunkelheit des Ortes beeinflusst wurde.

„Dieser Nebel fühlt sich falsch an," sagte Lyria und wischte mit der Hand durch die Luft, die wie von feinen, schimmernden Partikeln durchzogen war.

„Er ist nicht natürlich," bestätigte Ardan. „Vielleicht eine Barriere. Die Ketten könnten uns zwingen wollen, langsamer zu gehen."

„Langsam bedeutet, dass wir angreifbarer sind," murmelte Theron und überprüfte seine Waffe. „Ich mag das nicht."

Kael sagte nichts, aber seine Schritte wurden vorsichtiger, als der Tunnel vor ihnen plötzlich breiter wurde. Die Gravuren an den Wänden leuchteten stärker und zeigten eine massive Brücke, die sich über eine endlose Schlucht spannte. Der Nebel war hier dichter und floss wie eine lebendige Masse unter der Brücke hindurch, während leise, flüsternde Stimmen aus der Tiefe emporstiegen.

„Was ist das?" fragte Theron, seine Stimme klang nervös.

„Eine Brücke zwischen den Strömungen," erklärte Ardan und trat näher an den Rand der Schlucht. „Diese Kluft könnte eine symbolische Grenze darstellen, die wir überqueren müssen."

„Symbolisch oder nicht, diese Stimmen sind beunruhigend," sagte Lyria und hielt sich dicht an Kael. „Was auch immer da unten ist, es will nicht, dass wir passieren."

Kael trat auf die Brücke, die unter seinem Gewicht leicht vibrierte, aber stabil blieb. Die Gravuren, die über ihre Oberfläche verliefen, leuchteten schwach, als ob sie auf ihre Energie reduziert worden wären. „Wir müssen weiter," sagte er, ohne zurückzublicken.

Die anderen folgten ihm zögernd. Die Flüstern wurden lauter, je weiter sie gingen, und die Stimmen schienen in einer alten Sprache zu sprechen, die keiner von ihnen verstand. Dennoch hatten die Worte eine bedrückende Wirkung, als ob sie direkt in ihre Gedanken drangen.

„Diese Stimmen... sie fühlen sich an, als ob sie uns etwas sagen wollen," sagte Lyria leise.

„Oder sie versuchen, uns zu brechen," erwiderte Theron. „Wie alles andere hier."

Ardan blieb plötzlich stehen und betrachtete die Gravuren, die sich auf der Brücke veränderten. Die Linien, die zuvor klar waren, begannen sich zu bewegen, als ob sie ein neues Muster formten. Kael bemerkte, dass die Stimmen nicht nur lauter wurden, sondern auch persönlicher. Die Worte schienen direkt auf ihre tiefsten Ängste abzuzielen.

„Die Gravuren sind eine Warnung," sagte Ardan. „Etwas wird passieren."

Kael sah sich um, doch die Brücke war leer. Der Nebel unter ihnen wurde dichter, und die Flüstern wurden zu einem Crescendo, das die Luft erfüllte. Plötzlich erhob sich eine dunkle Gestalt aus der Tiefe. Es war keine Kreatur, sondern eine amorphe Masse, die sich in der Luft sammelte und eine gewaltige Präsenz ausstrahlte. Ihre

Form änderte sich ständig, und aus ihrer Mitte strömten die flüsternden Stimmen, die nun fast wie ein Chor klangen.

„Das sieht nicht gut aus," sagte Theron und hob seine Waffe.

„Das ist eine Manifestation der Strömungen," sagte Ardan. „Ein Fragment der Ketten, das uns aufhalten will."

„Und wie stoppen wir das?" fragte Lyria, während sie ihr Schwert zog.

„Wir dürfen nicht zurückweichen," sagte Kael und trat vor. „Die Gravuren zeigen den Weg. Wir müssen weitergehen, egal was passiert."

Die Gestalt schoss plötzlich nach vorne, und eine Welle aus Dunkelheit erfasste die Brücke. Die Gruppe wurde zurückgeworfen, und der Boden unter ihnen begann zu vibrieren.

„Es will uns vertreiben!" rief Lyria, die sich schnell aufrichtete.

Kael hielt den Kompass hoch, dessen Licht nun heller wurde. Er spürte, wie die Stimmen in seinem Kopf laut wurden: **„Warum bist du hier? Warum hast du ihn zurückgelassen?"** Doch er ignorierte sie und konzentrierte sich auf die Gravuren. „Die Gravuren reagieren auf das Licht," sagte er. „Wir müssen sie aktivieren."

Theron und Lyria stellten sich der Gestalt entgegen, während Ardan und Kael die Gravuren auf der Brücke aktivierten. Lyria hörte ein Flüstern in ihrem Kopf: **„Du kannst sie nicht retten."** Sie kniff die Augen zusammen und rief: „Ich werde euch schützen, egal was passiert!" Ihre Stimme hallte über die Brücke, und sie hob ihr Schwert gegen die Gestalt.

„Da!" rief Ardan und deutete auf eine leuchtende Linie, die sich durch die Mitte der Brücke zog. „Das ist die Hauptlinie. Sie verbindet die Gravuren mit den Strömungen."

Kael kniete sich hin und legte die Hand auf die Linie. Sofort begann das Licht, sich über die gesamte Brücke auszubreiten, und die Gestalt reagierte mit einem ohrenbetäubenden Schrei.

„Das funktioniert!" rief Lyria, die sich schützend vor Kael stellte, als die Gestalt erneut angriff.

Theron feuerte mehrere Schüsse ab, die die Gestalt kurzzeitig zurückdrängten. „Beeilt euch! Ich weiß nicht, wie lange wir das noch durchhalten!"

Kael konzentrierte sich auf die Gravuren, und das Licht wurde intensiver. Die Gestalt begann, sich aufzulösen, und der Nebel unter der Brücke zog sich zurück. Schließlich zerbrach die Gestalt in einem letzten Schrei, und die Brücke wurde still.

Die Gruppe stand keuchend auf der Brücke, ihre Gesichter gezeichnet von der Anstrengung. Kael sah auf den Kompass, dessen Nadel nun ruhig in die Richtung zeigte, die vor ihnen lag.

„Wir haben es geschafft," sagte er leise.

„Das war knapp," murmelte Theron, der sich erschöpft gegen das Geländer der Brücke lehnte.

Ardan betrachtete die Gravuren, die nun ruhig pulsierend leuchteten. „Die Brücke war eine weitere Prüfung der Ketten. Sie wollte sicherstellen, dass wir die Strömungen verstehen und ihnen standhalten können."

Lyria schulterte ihr Schwert und sah auf die andere Seite der Brücke. „Das Ziel ist noch weit. Wir sollten uns keine Pause gönnen."

Kael nickte. „Dann gehen wir weiter."

Ohne ein weiteres Wort setzte die Gruppe ihren Weg über die Brücke fort, tiefer in die Strömungen hinein.

Das Flüstern der Tiefe

Der neue Pfad führte die Gruppe in eine Dunkelheit, die nicht nur gesehen, sondern gefühlt werden konnte. Sie schien zu atmen, zu pulsieren, wie ein riesiges, unsichtbares Wesen. Die Gravuren unter ihren Füßen flackerten, als kämpften sie darum, nicht von der Schwärze verschluckt zu werden. Kael hielt den Kompass hoch, dessen Nadel noch immer nach vorn wies, doch seine Bewegungen waren zögerlich, beinahe ängstlich.

„Dieser Ort...", murmelte Lyria, ihre Hand fest um den Griff ihres Schwertes geschlossen. „Er lebt."

„Nein", sagte Theron, seine Stimme war ein Knurren. „Er wartet."

Kael schwieg und ging weiter. Die Höhle öffnete sich vor ihnen wie das Maul eines riesigen Raubtiers. Die Wände waren schwarz und glänzend wie Glas, doch die Reflexionen, die sie zurückwarfen, waren seltsam. Verzerrte Abbilder der Gruppe schälten sich aus der Oberfläche – schattenhaft, grotesk und beunruhigend.

„Das ist nicht natürlich", flüsterte Ardan.

Ein Flüstern setzte ein. Zuerst kaum hörbar, dann immer lauter. Worte, die sich nicht greifen ließen, aber in ihren Köpfen widerhallten, als sprächen sie direkt zu ihren Gedanken.

Kael blieb stehen. Er sah in die Wände und erkannte ein Gesicht – sein eigenes, aber entstellt. Die Augen waren leer, der Mund zu einem stummen Schrei verzogen. „Das... ist nicht real", sagte er, doch seine Stimme zitterte.

„Nicht real?", zischte Theron, der ein verzerrtes Abbild seiner selbst sah, das langsam auf ihn zukam. „Sag das noch mal, wenn du das Ding in deinem Nacken spürst!"

Die Schatten begannen, sich zu lösen. Langsam krochen sie aus den Wänden wie lebendige Albträume, ihre Bewegungen ruckartig und unnatürlich, als hätten sie die Gesetze der Physik vergessen. Ihre Gesichter waren vertraut und doch fremd – Kael erkannte sie: Garrick. Meryn. Menschen, die er verloren hatte.

„Du hast uns sterben lassen", hauchte eine der Gestalten.

Lyria wich zurück, als sich ein Schatten vor ihr aufbäumte. „Ich... ich habe getan, was ich konnte", flüsterte sie, doch ihre Stimme klang unsicher. Der Schatten sprach nicht, doch sein Blick fraß sich in ihr Herz – ein Blick der Enttäuschung.

Theron stieß einen Schrei aus und feuerte. Die Kugeln durchdrangen die Schatten, doch sie verzerrten sich nur und krochen weiter, als wären sie unaufhaltsam. „Was wollen die von uns?!", rief er.

Ardan, der sich mühsam auf den Beinen hielt, starrte auf die Gravuren zu seinen Füßen. „Sie wollen unsere Stärke brechen. Unsere Zweifel nähren sie. Konzentriert euch!"

Kael zwang sich, den Blick von den Schatten zu lösen. Er sah auf den Kompass, dessen Nadel zu leuchten begann. *Nicht nachgeben*, sagte er sich. „Der Kompass führt uns. Wir müssen uns fokussieren."

Das Flüstern in der Höhle wurde zu einem Schrei, einem Sturm aus Stimmen, der sich in ihren Köpfen festsetzte. „Du bist nicht stark genug, Kael", hörte er Garricks Stimme. „Du wirst sie verlieren, so wie uns."

„Nein", sagte Kael leise. Er hob den Kompass, dessen Licht heller wurde, wie eine Flamme im Sturm. „Das seid nicht ihr."

Das Licht des Kompasses schnitt durch die Dunkelheit wie ein Messer. Die Schatten zogen sich zurück, zischend und kreischend, als würden sie verbrennen. Kael machte einen Schritt vorwärts, und das Licht wurde stärker.

„Konzentriert euch auf das Licht!", rief er.

Lyria schloss die Augen, ihr Atem ging schwer, doch sie senkte das Schwert. Die Schatten um sie herum begannen zu verblassen. „Ihr seid nicht echt", flüsterte sie.

Theron biss die Zähne zusammen und trat einen Schritt nach vorn, seine Schultern bebten. „Ihr bekommt mich nicht", knurrte er.

Ardan legte eine Hand auf die Gravuren, und sie begannen, im Takt des Kompasses zu leuchten. „Haltet durch!", rief er.

Kael hob den Kompass höher, und das Licht explodierte in einem letzten, gleißenden Schimmer. Die Schatten schrieen auf und zerfielen zu Staub, der von einem unsichtbaren Wind fortgetragen wurde.

Die Höhle wurde still. Die Reflexionen in den Wänden zeigten nur noch die Gruppe – müde, gezeichnet, aber ungebrochen.

Kael senkte den Kompass und atmete schwer. „Der Weg ist frei."

Ardan nickte, seine Augen wirkten erschöpft, aber wachsam. „Die Prüfung war keine physische. Sie wollte uns zwingen, uns selbst zu sehen – und das, was wir fürchten."

Lyria schob ihr Schwert zurück in die Scheide und sah Kael an. „Wir sind weitergekommen. Das ist alles, was zählt."

Kael sah auf den Pfad vor ihnen. Die Gravuren leuchteten erneut und führten sie tiefer in die Dunkelheit. „Noch nicht", sagte er leise. „Die größte Prüfung wartet noch."

Ohne ein weiteres Wort setzte die Gruppe ihren Weg fort, doch das Echo der Stimmen blieb in ihren Gedanken zurück.

Das Labyrinth der Stimmen

Der neue Pfad führte die Gruppe in eine seltsame, pulsierende Dunkelheit. Die Gravuren unter ihren Füßen leuchteten weiterhin, doch das Licht schien schwächer, gedämpft von der dichten, feuchten Luft, die sich wie ein unsichtbarer Schleier um sie legte. Kael hielt den Kompass hoch, dessen Nadel nun ruhig in eine Richtung zeigte, aber die zunehmende Kälte ließ ihn zögern.

„Es fühlt sich an, als ob dieser Ort uns verschlingen will", murmelte Lyria. Ihre Hand lag am Griff ihres Schwertes, und ihr Blick wanderte unruhig durch die Dunkelheit.

„Vielleicht will er das", erwiderte Theron, seine Stimme war ein leises Knurren. „Alles an diesem Ort fühlt sich an, als ob es gegen uns arbeitet."

„Nicht gegen uns", korrigierte Ardan, der die Gravuren auf den Wänden betrachtete. „Es testet uns. Die Ketten sind instabil, und jeder Schritt, den wir weitergehen, bringt uns tiefer in die Strömungen, die sie bewahren."

„Und wenn wir nicht bestehen?", fragte Theron, sein Blick war hart.

Ardan sah ihn ruhig an. „Dann bleiben wir hier, wie die vielen anderen vor uns."

Kael spürte die Schwere dieser Worte, doch er wusste, dass sie nicht zurückweichen konnten. „Wir machen weiter", sagte er und trat vor.

Der Weg führte sie zu einer weiten Höhle, deren Wände wie ein endloser Spiegel glänzten. Das Licht der Gravuren wurde reflektiert und verstärkte sich, doch die Reflexionen verzerrten sich, als ob die Wände ein Eigenleben führten. Über ihnen waren keine Sterne zu sehen, nur eine dunkle, wirbelnde Masse, die sich langsam bewegte, wie ein unruhiger Himmel.

„Das ist anders", sagte Lyria, während sie sich umblickte.

„Es ist... beeindruckend", murmelte Ardan, doch seine Stimme klang unruhig.

Kael hob den Kompass, doch die Nadel begann plötzlich zu zittern. Ein seltsames Flüstern erfüllte die Höhle, leise und kaum verständlich, als ob es aus den Wänden selbst kam.

„Was ist das?", fragte Theron und zog seine Waffe.

„Eine Warnung", sagte Ardan, seine Augen fixierten die Gravuren an den Wänden. „Oder eine Einladung."

„Das klingt nicht beruhigend", murmelte Lyria.

Plötzlich begannen die Reflexionen in den Wänden, sich zu bewegen. Die verzerrten Bilder nahmen Formen an, schattenhafte Figuren, die aussahen wie Geister ihrer selbst. Kael sah, wie eine dieser Gestalten auf ihn zeigte, ihr Gesicht eine verzerrte, grausame Version seines eigenen.

„Das ist nicht real", sagte er, doch seine Stimme zitterte leicht.

„Es fühlt sich real an", murmelte Theron und wich zurück, als eine Gestalt auf ihn zuzukommen schien.

Die Schatten wurden dichter, und das Flüstern wurde lauter. Es war, als ob die Höhle ihre tiefsten Ängste und Zweifel zum Leben erweckte. Kael spürte, wie die Präsenz der Schatten in seinen Geist eindrang, Erinnerungen an vergangene Fehler und Verluste hervorrief.

„Das ist eine Prüfung", sagte Ardan. „Sie wollen unsere Willensstärke testen."

„Ich habe genug von diesen Prüfungen!", rief Theron und feuerte auf die nächste Gestalt. Die Kugel durchdrang den Schatten, doch er schien sich nur zu verzerren, bevor er wieder auf ihn zuzukommen begann.

„Das wird nicht funktionieren!", rief Lyria, die ihr Schwert zog und sich schützend vor Kael stellte. „Was wollen sie von uns?"

„Sie wollen uns brechen", sagte Ardan. „Aber wir dürfen nicht nachgeben."

Kael atmete tief durch und fokussierte sich auf den Kompass. Das Licht der Nadel begann langsam stärker zu leuchten, als ob es auf seine Entschlossenheit reagierte. „Der Kompass führt uns. Wir müssen ihm folgen."

„Was, wenn die Schatten uns nicht lassen?", fragte Lyria, die mit ihrem Schwert einen weiteren Schatten zurückdrängte.

„Dann machen wir sie irrelevant", sagte Kael.

Kael trat vor und hielt den Kompass hoch. Das Licht wurde intensiver, und die Schatten wichen leicht zurück, doch das Flüstern wurde zu einem Schrei, der in der Höhle widerhallte. Die Reflexionen in den Wänden begannen zu brechen, als ob die Realität selbst zersplitterte.

„Konzentriert euch!", rief er, seine Stimme war fest, doch der Schrei der Schatten schien sich in seinen Geist zu bohren.

Lyria und Theron hielten die Schatten in Schach, während Ardan die Gravuren auf dem Boden betrachtete. „Diese Gravuren... sie bilden ein Muster. Sie verbinden sich mit dem Kompass. Kael, halte ihn still!"

Kael gehorchte, und das Licht des Kompasses wurde so stark, dass es die gesamte Höhle erhellte. Die Schatten begannen zu verschwinden, und die Wände reflektierten wieder nur das Licht der Gravuren. Das Flüstern verstummte, und die Höhle wurde still.

„Was war das?", fragte Theron und atmete schwer, seine Waffe immer noch in der Hand.

„Eine Prüfung unserer inneren Stärke", sagte Ardan. „Diese Schatten waren nicht echt, aber sie haben unser Innerstes widergespiegelt."

„Es fühlte sich echt an", murmelte Lyria und ließ ihr Schwert sinken.

Kael sah auf den Kompass, dessen Nadel nun wieder ruhig pulsierte. „Der Weg ist frei", sagte er schließlich.

Die Gruppe ging langsam weiter, die Gravuren führten sie tiefer in die Höhle. Niemand sprach, während sie ihre Gedanken sammelten. Die Dunkelheit vor ihnen schien weniger bedrohlich, doch sie wussten, dass die größte Herausforderung noch vor ihnen lag.

Die brennenden Erinnerungen

Nachdem sich der Nebel des Labyrinths der Stimmen verzogen hatte, führte der Pfad die Gruppe tiefer in die Ruinen. Die Gravuren unter ihren Füßen leuchteten in einem warmen, orangefarbenen Licht, das die Wände in flackernde Reflexionen tauchte. Doch die Wärme, die sie ausstrahlten, war drückend – nicht einladend, sondern erdrückend, wie die Glut eines längst vergessenen Feuers, das niemals erloschen war.

Kael hielt den Aetherkompass in der Hand, dessen Nadel plötzlich stillstand, als ob auch er innehalten musste, bevor sie sich der nächsten Prüfung stellten. „Er zeigt nichts an", murmelte Kael und runzelte die Stirn. „Das ist kein gutes Zeichen."

Lyria sah sich um, ihre Hand fest um den Griff ihres Schwertes geschlossen. „Diese Hitze... sie fühlt sich an, als ob etwas in uns brennen will." Ihre Stimme zitterte leicht, doch sie unterdrückte es mit dem gewohnten Trotz.

„Es ist keine gewöhnliche Hitze", antwortete Ardan, während er die Gravuren betrachtete, die sich an den Wänden in kreisenden Mustern bewegten. „Dieser Ort ist durchzogen von Erinnerungen. Er zieht sie aus uns heraus, macht sie lebendig." Seine Stimme war voller Ehrfurcht, aber auch Furcht.

„Erinnerungen?", fragte Theron trocken, während sein Blick wachsam durch den Raum wanderte. „Großartig. Als ob wir nicht schon genug Dämonen hätten."

Kael wollte etwas erwidern, doch plötzlich begann die Luft um sie herum zu zittern. Ein feines Summen vibrierte durch den Boden, gefolgt von einem leisen Zischen. Der Boden unter ihren Füßen pulsierte, als würden die Gravuren atmen.

Und dann stieg der Rauch auf.

Er kroch aus den Linien der Gravuren, dunkel und dicht, und verdichtete sich zu Silhouetten. Kael spürte, wie sein Herz schneller schlug. Der Rauch nahm Formen an – Gestalten, die mit jeder Sekunde klarer wurden. Farriks Gesicht war das Erste, das er sah. Sein Freund, der sich für sie geopfert hatte, stand nun vor ihm. Die Züge waren verzerrt, sein Blick vorwurfsvoll und erfüllt von Schmerz.

„Du hast mich geopfert", sagte Farriks Schatten, und seine Stimme hallte wie ein Echo durch den Raum, dumpf und kalt. „Du hast uns alle hierher geführt."

Kael blieb stehen, das Flackern der Gravuren spiegelte sich in seinen Augen. „Das ist nicht real", flüsterte er, seine Stimme fast unhörbar. „Das... bist nicht du."

„Ich war real genug, um zu sterben", entgegnete der Schatten, der näher schwebte, der Rauch zog sich wie lebendige Fäden um ihn herum zusammen.

Lyria zuckte zusammen, als eine weitere Gestalt aus dem Rauch aufstieg. Ein Mann mit einem zerschlissenen Umhang und vernarbtem Gesicht. Seine Augen glühten wie Kohlen. „Lyria", sagte er mit einer Stimme, die von tiefem Groll durchzogen war. „Du hast mich brennen lassen."

Lyria erstarrte, und ihr Griff um das Schwert lockerte sich. „Das... das ist nicht wahr. Ich wollte dich retten. Ich habe versucht..."

„Du hast mich vergessen", schnitt der Schatten ihr entgegen, und aus seiner Gestalt begann Rauch wie flüssiges Feuer zu tropfen. „Deine Stärke hat dich nicht zu mir zurückgebracht."

Theron, der bisher nur schweigend zugesehen hatte, trat zurück, als aus dem Rauch zwei Gestalten traten – eine Frau und ein Mann, deren Gesichter er nur zu gut kannte. „Du wirst nie mehr sein als ein Feigling, der sich selbst belügt", sagte die Frau, ihre Stimme kalt wie Stahl. Der Mann nickte ihr zu. „Immer auf der Flucht, nie bereit, sich deiner Wahrheit zu stellen."

Theron hob seine Waffe, doch seine Hände zitterten. „Haltet den Mund", murmelte er, seine Stimme schwach, beinahe flehend. „Ihr seid nicht echt."

Die Schatten begannen, sich enger um die Gruppe zu ziehen. Die Hitze wurde stärker, und Kael spürte, wie die Luft dünner wurde, als würden die Schatten ihre Lebenskraft verschlingen. „Ardan! Was sollen wir tun?", rief er, seine Stimme brach fast unter der Last des Raumes.

Ardan stand in der Mitte der Kammer, seine Augen starr auf die Gravuren gerichtet. „Wir dürfen sie nicht bekämpfen", sagte er mit fester Stimme. „Diese Schatten sind ein Teil von uns – unsere Schuld, unsere Ängste. Wir müssen sie akzeptieren. Nur so können wir sie auflösen."

„Akzeptieren?", rief Theron. „Wie akzeptiert man sowas?"

„Indem man die Wahrheit erkennt", sagte Kael und trat einen Schritt auf Farriks Schatten zu. Der Blick des Geistes war unerbittlich, doch Kael zwang sich, ihn zu erwidern. „Du hast dein Leben gegeben, um uns zu retten, Farrik", sagte er leise. „Ich werde das nie vergessen. Ich trage diesen Schmerz mit mir, aber ich lasse ihn nicht bestimmen, wer ich bin. Dein Opfer wird nicht umsonst sein."

Farriks Schatten starrte ihn an, doch der Rauch begann sich zu lösen, und seine Konturen zerfielen zu nichts. Das Flackern der Gravuren wurde heller.

Lyria schloss die Augen und trat dem Mann mit dem vernarbten Gesicht entgegen. „Du hast recht", sagte sie leise, ihre Stimme bebte. „Ich konnte dich nicht retten. Ich habe versagt. Aber ich werde nicht zulassen, dass dieser Schmerz mich lähmt. Ich kämpfe weiter – für die, die ich noch retten kann." Der Schatten schrie ein letztes Mal auf, bevor auch er im Nichts verschwand.

Theron stand still, seine Hände zitterten, während er die Geister seiner Vergangenheit betrachtete. Er senkte die Waffe und sagte rau: „Ich habe mich mein Leben lang selbst belogen, weil es einfacher war. Aber ich bin noch hier, und vielleicht zählt das mehr, als ich dachte." Die Schatten vor ihm verblassten, bis nichts mehr übrig blieb.

Die Luft in der Kammer wurde klarer. Der Rauch löste sich auf, und das Licht der Gravuren breitete sich aus wie ein wärmender Schein. Kael hob den Aetherkompass, dessen Nadel nun ruhig und fest in eine Richtung zeigte.

„Es ist vorbei", sagte er leise, seine Stimme erschöpft.

Ardan trat neben ihn und betrachtete die Gravuren, die nun in einem neuen Muster leuchteten. „Dieser Ort hat uns geprüft. Die Ketten wollten wissen, ob wir die Stärke haben, uns selbst zu stellen."

Lyria trat an Kaels Seite, ihre Hände noch immer am Schwertgriff. „Und was jetzt?"

Kael sah auf die Gravuren, die in die nächste Dunkelheit führten. „Jetzt gehen wir weiter. Für Farrik. Für uns. Und für die Wahrheit."

Ohne ein weiteres Wort schritten sie voran, das Licht der Gravuren zeigte ihnen den Weg, während die Schatten ihrer Vergangenheit in der Stille zurückblieben.

Der Gesang der Finsternis

Der Tunnel vor ihnen schien endlos zu sein. Die Gravuren, die ihnen bisher den Weg gewiesen hatten, glimmten nur noch schwach, als würden sie selbst von der allgegenwärtigen Dunkelheit erdrückt. Der Boden unter ihren Füßen vibrierte leicht, als wäre der gesamte Pfad ein lebendiger Organismus. Kael führte die Gruppe an, den Kompass fest in der Hand. Dessen Nadel, die sonst ruhig pulsierte, zitterte unruhig, als ob sie den Einfluss dieses Ortes nicht länger ertragen konnte.

„Irgendetwas stimmt hier nicht", murmelte Lyria und ließ ihre Hand über die Tunnelwand gleiten. Die Oberfläche war weich und eigenartig warm, als bestünde sie aus lebendigem Material. „Es fühlt sich an, als würde der Ort atmen."

„Vielleicht tut er das", sagte Ardan, während er die Gravuren genauer betrachtete. „Die Energie der Strömungen ist nicht tot – sie lebt. Alles, was wir hier sehen, ist Teil eines viel größeren Kreislaufs."

Theron schnaubte. „Großartig. Ein lebendiges Labyrinth, das uns verschlingen will. Warum überrascht mich das nicht?"

Kael sagte nichts. Er war zu sehr auf das Summen konzentriert, das seit Minuten in der Luft vibrierte. Es war kaum hörbar, doch er spürte es tief in seinem Kopf, als würde es seine Gedanken unterwandern. Mit jedem Schritt wurde es lauter – ein leises, unheilvolles Flüstern, das von allen Seiten gleichzeitig zu kommen schien.

Plötzlich, wie aus dem Nichts, begann eine Melodie zu erklingen. Ein Gesang.

Kael hielt inne. Es war eine fremde, betörende Melodie – voller Schönheit und zugleich durchzogen von einer kalten, namenlosen Bedrohung. Die Töne schienen nicht aus einem bestimmten Punkt zu kommen, sondern durchdrangen die Luft wie ein Echo, das aus der Tiefe selbst heraufstieg.

„Was ist das?", fragte Lyria leise, ihre Stimme kaum mehr als ein Flüstern.

„Ein Lied", antwortete Ardan, und sein Blick war ernst. „Aber nicht zum Locken. Es ist eine Warnung."

Theron sah sich unruhig um, seine Hand fest um den Griff seiner Waffe. „Eine Warnung? Für was?"

Die Gravuren an den Wänden begannen plötzlich zu pulsieren. Zuerst langsam, dann immer schneller, bis sie in einem wilden, unregelmäßigen Rhythmus flackerten. Das Summen wurde zu einem dumpfen Dröhnen, und der Gesang wuchs zu einem Crescendo heran, das in ihren Köpfen widerhallte.

„Wir müssen weiter", sagte Kael, seine Stimme fester als er sich fühlte. Er machte einen Schritt nach vorne, doch der Boden unter ihm vibrierte so stark, dass er taumelte.

Bevor jemand reagieren konnte, begannen sich die Gravuren zu verändern. Sie zogen sich zu einem Punkt zusammen, und aus der Mitte der Linien löste sich eine Gestalt. Sie war groß und humanoid, doch ihr Körper war formlos, als wäre er aus flüssigem Metall geschaffen. Ihre Konturen flimmerten, und ihre Augen – zwei glühende Lichtpunkte – starrten die Gruppe unerbittlich an.

„Was... ist das?", fragte Theron, während er unwillkürlich seine Waffe hob.

„Ein Wächter der Strömungen", sagte Ardan leise, seine Augen weit vor Furcht und Ehrfurcht. „Es ist ein Fragment dieser Welt – und es prüft uns."

Kael spürte, wie Erinnerungen an ihre bisherigen Prüfungen wie ein Strom durch seinen Geist flossen: der Verlust von Farrik, die Schatten, die sie durch das Labyrinth der Stimmen verfolgt hatten, und die Schreie der Gestalt in der Zone der Stille. Die Präsenz des Wächters schien all diese Momente zu bündeln, als ob sie sie erneut durchleben sollten.

„Es will uns brechen", sagte Lyria und zog ihr Schwert. Ihr Blick war entschlossen, doch Kael konnte die Anspannung in ihrer Haltung sehen. „Aber wir haben es bis hierher geschafft. Das reicht."

Die Gestalt hob ihre Hand, und aus ihr schoss eine Welle aus Energie, die die Gruppe zurückwarf. Die Gravuren unter ihnen flammten in einem grellen Licht auf und begannen, ein neues Muster zu bilden.

„Die Gravuren!", rief Ardan und zog sich hoch. „Sie sind der Schlüssel! Wir müssen sie aktivieren!"

Kael nickte, sein Herz schlug wie ein Trommelschlag. „Lyria! Theron! Lenkt es ab!"

Lyria stieß einen Kampfschrei aus und stürzte sich auf die Gestalt, während Theron Schüsse abfeuerte, die im flüssigen Körper des Wächters verpufften, ihn jedoch verlangsamten. Kael folgte der leuchtenden Spur der Gravuren und berührte die erste Linie. Sofort breitete sich ein heller Lichtstrahl durch den Raum aus.

„Mehr Gravuren!", rief Ardan und rannte zu einer anderen Linie.

Der Wächter reagierte mit wachsender Wut. Seine Bewegungen wurden schneller, seine Angriffe heftiger. Lyria wich knapp einer weiteren Energiewelle aus, ihr Atem ging schwer. „Beeil dich, Kael!"

Kael hetzte zur nächsten Gravur und legte seine Hand darauf. Das Licht verband sich mit dem ersten Muster, und der Raum begann, sich zu verändern. Die Wände zitterten, und der Gesang wurde ohrenbetäubend.

„Es reicht noch nicht!", rief Ardan. „Wir müssen die zentrale Gravur aktivieren!"

Kael sah die letzte Linie, die sich im Zentrum des Raumes befand. Die Gestalt schwebte davor, als wollte sie sie um jeden Preis schützen. „Ablenkung!", rief er, und Lyria verstand sofort.

Mit aller Kraft warf sie sich auf die Gestalt, während Theron Schüsse auf ihre andere Seite feuerte. Für den Bruchteil eines Moments war der Weg frei. Kael rannte los. Sein Herz hämmerte in seiner Brust, der Gesang in seinen Ohren dröhnend wie ein Sturm. Er spürte, wie die Hitze der Gravuren durch seine Handfläche brannte, als er die zentrale Linie berührte.

Ein Lichtstrahl brach aus der Mitte der Kammer hervor, blendend und unerbittlich. Die Gestalt schrie auf, ihr Körper flimmerte, und sie begann, sich aufzulösen. Das Licht der Gravuren verschmolz zu einer einzigen, ruhigen Linie, die sich durch den gesamten Raum zog.

Kael sank auf die Knie und atmete schwer, während der Gesang verstummte und die Dunkelheit zurückwich.

Theron ließ seine Waffe sinken und murmelte: „Das war... zu viel."

Lyria trat neben Kael und half ihm auf. „Wir haben es geschafft. Das Licht hat uns den Weg gezeigt."

Ardan betrachtete die ruhigen Gravuren mit einem nachdenklichen Blick. „Es war mehr als nur eine Prüfung. Dieser Ort wollte uns daran erinnern, dass wir nur gemeinsam stark genug sind, die Balance zu bewahren."

Kael hob den Kompass, dessen Nadel nun wieder ruhig pulsierte. „Der Pfad ist offen. Lasst uns gehen, bevor die Dunkelheit es sich anders überlegt."

Die Gruppe schritt langsam voran, das Licht der Gravuren zeigte ihnen den Weg. Doch selbst in der Stille hallte der Gesang noch leise in ihren Gedanken wider – ein Flüstern, das sie daran erinnerte, wie nah sie am Abgrund standen.

Der Kern der Wahrheit

Die Gravuren unter Kaels Füßen flackerten wie ein sterbendes Feuer, während die Gruppe durch den Tunnel schritt. Die Luft war schwer, als würde sie von einem unsichtbaren Gewicht niedergehalten. Ein konstantes Summen vibrierte um sie herum – nicht nur hörbar, sondern spürbar. Es kroch in ihre Köpfe, durch ihre Haut und setzte sich tief in ihre Knochen.

Kael hielt den Aetherkompass fest in der Hand. Das Licht, das er ausstrahlte, pulsierte im gleichen Rhythmus wie die Gravuren – ein Herzschlag, der den Takt dieses Ortes bestimmte.

„Wir sind nah", murmelte Kael, seine Stimme kaum mehr als ein Hauch.

Lyria strich mit den Fingerspitzen über die glatten Wände, die kühl und fremdartig unter ihrer Berührung waren. „Es fühlt sich an, als ob dieser Ort atmet. Lebendig, aber... wartend."

„Es ist mehr als das", sagte Ardan, der mit prüfendem Blick die Gravuren an den Wänden betrachtete. „Der Kern ist kein gewöhnlicher Punkt der Balance. Er ist das Herz der Ketten – nicht nur Energie, sondern ein Bewusstsein. Es sieht uns."

Theron lachte trocken, doch sein Blick war angespannt. „Wenn es uns sieht, hoffe ich, dass es nichts gegen uns hat. Andernfalls werden wir uns wohl warm anziehen müssen."

Kael ignorierte die Bemerkung und hob eine Hand. „Seid still."

Der Tunnel öffnete sich plötzlich zu einer gewaltigen Kammer. Die Gruppe blieb stehen, während der Raum sich vor ihnen entfaltete: eine endlose Weite, deren Wände wie flüssiges Silber in sanften Wellen pulsierten. Jeder Atemzug erzeugte eine leise Resonanz, die wie ein Echo durch den Raum zog. Der Boden war ein glatter, reflektierender Spiegel, der ihre Bewegungen verzerrt zurückwarf.

In der Mitte der Kammer schwebte ein **Kristall** von gigantischen Ausmaßen. Er pulsierte in tiefen, gleichmäßigen Wellen aus Licht – wie das Herz eines schlafenden Riesen. Jede Welle ließ die Gravuren unter ihren Füßen aufleuchten, als würden sie den Rhythmus dieses Ortes bestätigen.

Kael hob den Kompass. Die Nadel zeigte starr auf den Kristall, und das Licht des Geräts intensivierte sich, als wäre es von dem Kristall angezogen.

„Das ist der Kern", flüsterte Ardan ehrfürchtig. „Der Punkt, an dem alles zusammenläuft. Das Herz der Balance."

„Es sieht nicht so aus, als würde es uns einfach durchlassen", murmelte Lyria und legte die Hand auf den Griff ihres Schwertes.

Ein gleißender Blitz schoss aus dem Kristall und erhellte die Kammer, bevor er sich teilte. Aus seiner Oberfläche lösten sich schimmernde Gestalten – **Wächter**, geformt aus purem Licht und Dunkelheit. Ihre Bewegungen waren elegant, beinahe tänzerisch, doch jede ihrer Gesten ließ die Luft schwerer und das Summen intensiver werden.

„Die Wächter", sagte Ardan. Seine Stimme war heiser vor Ehrfurcht. „Sie beschützen den Kern. Das ist die letzte Prüfung."

Theron hob seine Waffe. „War ja klar. Diese Dinge werden nicht einfach stehenbleiben, oder?"

Die Wächter begannen, auf die Gruppe zuzuschweben, ihre Präsenz überwältigend. Die Gravuren auf dem Boden änderten sich plötzlich. Sie begannen, neue Muster zu formen, die in chaotischen Abfolgen pulsierten.

„Die Gravuren!", rief Ardan. „Sie sind der Schlüssel! Wir müssen sie harmonisieren, sonst werden wir hier nicht lebend rauskommen!"

„Und wie?", knurrte Theron und feuerte einen Schuss auf den nächsten Wächter. Die Kugeln durchdrangen die Gestalt, die sich kurz verzerrte, nur um wieder zusammenzufließen.

„Wir halten sie auf", sagte Lyria entschlossen. „Kael, du kümmerst dich um die Gravuren."

Kael rannte zur ersten Gravur, die heller zu pulsieren begann. Er kniete sich hin und berührte sie. Sofort spürte er, wie das Licht durch seine Fingerspitzen floss und sich in den Boden ausbreitete.

Ein greller Energiestrahl schoss aus einem der Wächter direkt auf ihn zu. Lyria warf sich dazwischen, ihr Schwert leuchtete kurz auf, bevor sie nach hinten taumelte.

„Beeil dich, Kael!", keuchte sie.

Theron wich den Angriffen der Wächter aus und schoss weiter, während er sie ablenkte. „Ich hoffe, das funktioniert, sonst war's das!"

Kael konzentrierte sich. Die Gravuren reagierten auf seine Berührung, verbanden sich langsam zu einem zusammenhängenden Muster. Das Licht wurde intensiver, und die Wächter zogen sich für einen Moment zurück.

„Noch zwei Linien!", rief Ardan, der die Veränderungen auf dem Boden verfolgte.

Kael hastete zur nächsten Gravur, während die Gruppe die Angriffe der Wächter abwehrte. Das Summen der Kammer wurde zu einem ohrenbetäubenden Brüllen, und der Kristall pulsierte schneller.

„Die letzte Gravur!", rief Ardan und zeigte auf das Zentrum des Bodens, wo eine spiralförmige Linie chaotisch flackerte.

Kael kniete sich nieder, der Kompass in seiner Hand vibrierte wild. „Bitte, bitte haltet durch", murmelte er.

Er legte die Hand auf die letzte Gravur. Das Licht explodierte.

Ein gleißender Strahl schoss aus dem Boden und traf den Kristall. Die Wächter erstarrten, ihre Gestalten begannen zu zittern und lösten sich in einem letzten, flimmernden Lichtschein auf. Die Kammer erzitterte ein letztes Mal, bevor absolute Stille eintrat.

Kael stand auf, das Licht des Kompasses nun ruhig und stetig. Vor ihnen begann sich eine Karte auf dem Boden zu formen, leuchtende Linien, die eine klare Richtung wiesen.

„Es ist geschafft", sagte Kael, seine Stimme heiser.

Ardan trat an seine Seite, seine Augen auf die Karte gerichtet. „Die Balance wurde stabilisiert. Aber der Kristall... er hat uns nur durchgelassen. Die Eden-Früchte werden uns noch härter prüfen."

Lyria steckte ihr Schwert zurück und nickte. „Dann sind wir bereit."

Theron schnaubte und ließ seine Waffe sinken. „Bereit? Das hoffe ich. Diese Prüfungen bringen mich noch um."

Kael sah zum Kristall zurück, dessen Licht nun sanft und ruhig pulsierte, wie der Atem eines Wesens, das nach langer Unruhe wieder Frieden gefunden hatte. Der Weg war vor ihnen – klar und unaufhaltsam.

„Noch nicht", sagte Kael leise. „Aber wir gehen weiter."

Die Gruppe setzte sich in Bewegung, das Licht der Karte wies ihnen den Weg tiefer in die Dunkelheit, während der Kern der Balance ruhig hinter ihnen schlug – ein Echo dessen, was noch kommen würde.

Kapitel 7: Der Ruf der Eden

Die Schwelle der Früchte

Der Tunnel zog sich wie ein endloser Schlund, der selbst das Atmen zu verschlucken schien. Jeder Schritt der Gruppe hallte dumpf von den Wänden zurück, als wolle die Dunkelheit sie daran erinnern, wie weit sie gekommen waren. Die Gravuren unter ihren Füßen waren kaum mehr als schwache Silhouetten, ein letztes Flackern in der Finsternis.

Kael hielt den Aetherkompass fest in der Hand. Das Licht des Geräts – einst ein Führer voller Kraft – war nun nur noch ein ruhiger Glanz, wie ein Stern, der auf den richtigen Moment wartete.

„Es fühlt sich an, als würden wir in einen Traum treten", flüsterte Lyria. Ihre Stimme war kaum mehr als ein Hauch, den die Dunkelheit sofort verschluckte.

„Einen Traum, der uns kennt", ergänzte Ardan. Sein Blick war wachsam, seine Stimme voller Respekt. „Dies ist die Schwelle der Wahrheit. Die Eden-Früchte sind mehr als ein Ziel. Sie sind Balance – und unser letzter Spiegel."

Theron schnaubte, doch die Müdigkeit der Prüfungen hallte in seinen Worten wider. „Ich hoffe, dieser Spiegel zerbricht nicht, wenn er uns sieht."

Kael schwieg. Er spürte, wie die Luft dichter wurde, schwer wie die Erwartung vor einem Sturm.

Und dann öffnete sich der Tunnel.

Die Kammer, die sich vor ihnen ausbreitete, schien weniger ein Raum als ein lebendiges Wesen zu sein. Die Wände schimmerten in sanftem Gold, als hätten sie das Licht selbst eingefangen und zu einem ewigen Atem geformt. Die Luft vibrierte leise, ein Flüstern, das tief in die Seele zu sprechen schien.

In der Mitte wuchs ein Baum – **vollkommen und zeitlos**. Seine silberne Rinde pulsierte in fließenden Linien, als wäre das Licht selbst zu Adern geworden. Drei Früchte hingen zwischen seinen Zweigen, jede von ihnen ein Herz aus Farbe:

- **Blau** – still wie ein ruhender Ozean.
- **Rot** – warm wie das Herz eines wütenden Feuers.
- **Grün** – tief und kühl wie ein uralter Wald.

„Die Eden-Früchte", murmelte Ardan ehrfürchtig. „Sie sind das Herz der Balance, und sie urteilen ohne Worte. Sie werden zeigen, was in uns liegt."

Kael trat vor, das Licht des Kompasses schien stärker zu leuchten, als es den Baum erreichte. Doch mit jedem Schritt spürte er es deutlicher: Die Kammer atmete – und der Baum atmete mit ihr.

„Er sieht uns", sagte Kael leise. „Er prüft uns."

Kaels Prüfung

Kael blinzelte und fand sich in einer endlosen Wüste wieder. Der Sand unter seinen Füßen war warm, doch er begann langsam, ihn hinabzuziehen, als ob er ihn verschlingen wollte. Der Himmel war blass und leblos, eine leere Leinwand, die sich in alle Richtungen erstreckte.

Vor ihm stand Farrik, sein Freund, sein Bruder – oder das, was von ihm übrig war. Seine Silhouette flimmerte im grellen Licht, und seine Augen waren durchdringend.

„Du hast entschieden, dass ich sterben musste, Kael," sagte Farrik. „Du hast gewählt."

Kael wollte widersprechen, doch die Worte blieben ihm im Hals stecken. Der Sand zog stärker an ihm, und er fühlte sich schwer, fast gelähmt. „Es gab keinen anderen Weg. Du hast das gewusst."

Farrik trat näher, der Sand um ihn blieb still, als ob er Kaels Strafe nicht teilte. „Hast du je überlegt, ob ein anderer Weg existierte? Oder hast du deine Schuld so tief vergraben, dass du sie nicht mehr fühlen musst?"

Kael spürte, wie die Hitze seinen Atem brennen ließ. Der Sand zog ihn weiter hinab, bis er kaum noch stehen konnte. Er wollte den Blick abwenden, doch er zwang sich, hinzusehen.

„Ja, ich trage Schuld," sagte er schließlich, seine Stimme war rau. „Aber ich lasse nicht zu, dass dein Opfer umsonst war. Ich trage es mit mir – nicht als Bürde, sondern als Versprechen."

Der Sand verstummte, und der Sturm ließ nach. Farrik verblasste, doch sein Blick blieb in Kaels Gedanken. Die Wüste löste sich auf, und Kael stand wieder vor dem Baum, keuchend, doch mit einem Gefühl von Klarheit.

Lyrias Prüfung

Lyria stand in einem dichten Wald, dessen uralte Bäume so hoch aufragten, dass sie den Himmel verdunkelten. Die Luft roch nach nassem Laub, und die Dunkelheit um sie herum war erdrückend. Die Bäume schienen sich zu bewegen, ihre Äste wie Finger, die nach ihr griffen.

Eine Gestalt trat aus den Schatten. Ein Mann, dessen Gesicht sie kannte – es war geprägt von Enttäuschung und Zorn. „Du hast sie zurückgelassen," sagte er, seine Stimme war wie ein Messer, das alte Wunden aufriss.

Lyrias Finger krampften sich um den Griff ihres Dolches. „Ich hatte keine Wahl," flüsterte sie, doch die Worte fühlten sich leer an.

Die Gestalt trat näher, und die Bäume schlossen sich enger um sie. „Du hattest Angst," sagte er leise. „Du hattest Angst, zu scheitern. Und deine Angst hat dich gelähmt."

Lyrias Herz schlug schneller, und sie fühlte, wie ihre Hände zitterten. Ja, ich hatte Angst. Doch sie hob den Kopf.

„Angst ist kein Grund zu fliehen," sagte sie, ihre Stimme gewann an Stärke. „Nicht mehr." Sie atmete tief durch und richtete sich auf. „Ich bin hier, und ich werde bleiben."

Die Äste zogen sich zurück, und der Wald wurde heller. Die Gestalt verblasste, und Lyria spürte, wie das Zittern verschwand. Als sie die Augen öffnete, stand sie wieder vor dem Baum.

Therons Prüfung

Theron fand sich auf einem Schlachtfeld wieder. Der Boden war von Asche bedeckt, und Rauch verdunkelte die Luft. Die Welt schien in einem ewigen Zustand des Verfalls zu verharren. Vor ihm stand eine Silhouette, deren Gesicht von Schatten verborgen war – doch er wusste, wer es war.

„Du hast mich aufgegeben," sagte die Gestalt.

Therons Hände ballten sich zu Fäusten. „Ich wollte überleben."

„Du hast entschieden, dass dein Leben mehr wert war als meines," sagte die Stimme leise. „Aber was hast du aus deinem Leben gemacht?"

Theron schloss die Augen, und der Rauch wurde dichter. „Ich habe gewählt," sagte er schließlich. „Und ja, ich habe Schuld. Aber ich lasse nicht zu, dass dein Tod bedeutungslos war. Dein Opfer hat mich verändert."

Der Rauch begann sich zu lichten, und die Asche fiel langsam zu Boden. Das Schlachtfeld löste sich auf, und Theron stand wieder in der Kammer. Er atmete tief durch und hob den Blick.

Der Ruf der Balance

Das Licht der Gravuren stieg auf, und der Baum schien zu atmen. Die drei Früchte pulsieren im Einklang, ein ruhiger Rhythmus, der die Stille der Kammer erfüllte.

Kael trat vor und berührte die **blaue Frucht**. Ein Flüstern hallte in seinem Geist wider:

„Balance ist nicht das Ende, sondern der Anfang."

Ardan trat neben ihn. „Sie haben uns akzeptiert. Jetzt liegt die Wahrheit in unseren Händen."

Kael nickte und sah zu Lyria und Theron. „Wir sind bereit."

Die Gruppe wandte sich dem Ausgang zu. Der Baum blieb zurück, still und wachsam, doch nicht mehr als Wächter – er war nun ein Spiegel dessen, was sie geworden waren.

Die Wahl der Balance

Der Raum hielt den Atem an. Kaels Fingerspitzen berührten die Oberfläche der blauen Frucht, und ein kühler Schauer lief über seine Hand. Das Pulsieren unter der glatten Schale war beruhigend, fast trügerisch. Doch tief in diesem Rhythmus lauerte etwas – ein Echo, das er nicht deuten konnte.

Die anderen traten näher, ihre Gesichter vom Licht der Früchte in sanfte Farben getaucht. Der goldene Schimmer der Kammer vibrierte schwach, als ob der Raum ihre Anwesenheit spürte.

„Das ist es also", flüsterte Lyria, und ihre Worte wirkten kleiner, als ob sie im Raum erstickten.

„Die Wahl der Balance", murmelte Ardan. Seine Stimme klang ehrfürchtig, aber auch wachsam. „Doch das hier ist mehr als ein Akt der Symbolik. Jede Frucht hat ein Gewicht. Jede Wahl fordert etwas von uns."

Theron lachte trocken, doch es war mehr Trotz als Humor. „Ein weiterer Preis? Das Schicksal zieht uns regelrecht aus, bis nichts mehr übrig ist."

Kael ließ die blaue Frucht los und trat zurück, seine Brust hob und senkte sich schwer. „Wir müssen verstehen, was sie bedeuten."

Die Gruppe sammelte sich um den Baum. Sein silbernes Holz pulsierte im Einklang mit den Früchten, als ob der Baum selbst über ihre Wahl wachte.

„**Das Blau**", begann Lyria, ihre Stimme ein Hauch, „es fühlt sich an wie Frieden. Ruhe. Aber Frieden bedeutet, dass wir etwas loslassen müssen. Vielleicht... alles, was wir kämpfen wollen."

Kaels Blick schweifte zur roten Frucht. „**Das Rot**", sagte Theron, während das Licht sich in seinen Augen spiegelte. „Das ist Macht. Es ist Stärke, Kontrolle – vielleicht die einzige Möglichkeit, dieses Chaos zu beherrschen. Aber Feuer verbrennt alles, auch uns."

Ardan deutete auf die grüne Frucht, die sanft schimmerte wie Licht, das durch alte Baumkronen fiel. „**Das Grün ist Leben**", sagte er leise. „Es ist Hoffnung und Wachstum, aber Leben entsteht nicht ohne Opfer. Es fordert, dass wir uns ändern."

Kael ließ den Blick über die drei Früchte gleiten. Sie waren wunderschön und schrecklich zugleich, und jede von ihnen fühlte sich an wie ein versiegelter Pfad, dessen Ende er nicht sehen konnte. Der Aetherkompass in seiner Hand war still – als ob er selbst nicht mehr zu helfen wusste.

„Die Balance fordert eure Wahl."
Die Stimme brach aus der Stille der Kammer hervor, tief und uralt, als käme sie direkt aus den Strömungen. Die Wände vibrierten, und die Gravuren auf dem Boden begannen zu glühen – stärker, heller, bis sie die Gruppe umhüllten.

„Es will eine Entscheidung", sagte Ardan. „Und das hier ist die letzte Wahrheit."

Kael schloss die Augen, während die Stimmen seiner Gefährten durch die Luft schnitten:

- **„Frieden klingt sicher"**, sagte Lyria, ihre Stimme voller Zweifel. „Aber Frieden ist Stillstand. Vielleicht dürfen wir uns das nicht leisten."
- **„Macht lässt uns überleben"**, knurrte Theron. „Wir brauchen Kontrolle, um das zu beenden, was uns hierher gebracht hat. Vielleicht ist das die einzige echte Wahl."
- **„Leben bedeutet Veränderung"**, murmelte Ardan. „Es ist nicht einfach, aber es bringt Hoffnung. Selbst wenn es Opfer bedeutet."

Kael öffnete die Augen. Er sah sie alle an – die Müdigkeit in ihren Gesichtern, die Narben der Prüfungen, die sie hierhergebracht hatten. Jede Wahl, die sie trafen, war ein Echo dessen, wer sie waren.

„Wir sind hierhergekommen, um die Balance wiederherzustellen", sagte er ruhig. „Und die Balance ist Leben. Es ist nicht Macht, nicht Ruhe – es ist Bewegung. Es ist Hoffnung."

Kael streckte die Hand aus und berührte die grüne Frucht. Ihre Oberfläche war warm, als ob sie atmete. Ein tiefes Glühen strömte aus ihr, als hätte sie seine Worte verstanden.

Die Kammer erbebte, das Licht der anderen Früchte verblasste, und der Baum begann, sich zu bewegen. Die silbernen Äste wanden sich wie lebendige Arme, und eine Welle aus Energie raste durch den Raum. Kael spürte, wie sie in seinen Körper fuhr, wie ein Sturm, der jede Faser seiner Seele berührte.

„**Kael!**", rief Lyria, ihre Hand an seinem Arm. Doch er hörte sie kaum.

Seine Gedanken fluteten mit Bildern, die nicht seine eigenen waren – Städte, die aus den Strömungen geboren wurden; Leben, das erblühte und verging; ein endloser Kreislauf von Schöpfung und Opfer. Er sah die Ketten, die alles hielten, und die Risse, die sich durch sie zogen.

„Die Wahl ist getroffen," sagte die Stimme der Strömungen, grollend und endgültig. „**Das Leben ist Balance. Doch die Balance fordert ihren Preis.**"

Das Licht zog sich langsam zurück, und Kael sank auf die Knie. Sein Atem kam stoßweise, während das Gewicht der Entscheidung in seiner Brust widerhallte.

Lyria kniete neben ihm. „Kael? Was hast du gesehen?"

Kael hob den Blick. „Den Anfang – und das Ende. Das hier war erst der erste Schritt. Die Balance zu wahren... wird alles von uns fordern."

Ardan trat vor, seine Stimme ruhig. „Die Strömungen haben uns angenommen. Wir müssen sie jetzt tragen."

Theron schnaubte, während er seine Waffe wegsteckte. „Wenn das hier der richtige Weg war, dann will ich das Falsche nicht kennenlernen."

Kael richtete sich langsam auf, die grüne Frucht noch immer in der Hand. „Dann lasst uns weitergehen. Unsere Prüfung ist noch nicht vorbei."

Die Gruppe trat durch den Ausgang der Kammer. Ihre Schatten tanzten auf den Wänden, während die Gravuren einen neuen Pfad zeichneten, der tiefer in die Strömungen führte.

Die gebrochene Brücke

Der Pfad aus Gravuren führte die Gruppe tiefer in das Herz der Strömungen. Die Kammer der Eden-Früchte lag längst hinter ihnen, doch ihre Präsenz schien in die Luft selbst übergegangen zu sein – ein kaum wahrnehmbares Pulsieren, das Kael mit jedem Schritt spürte. Die grüne Frucht lag in seiner Hand, warm und schwach glühend, als passte sie sich seinem Atem an. Doch ihre Leichtigkeit war trügerisch – sie wog wie die Verantwortung, die er auf seinen Schultern trug.

„Die Gravuren...", murmelte Ardan und blieb stehen. Er bückte sich, strich mit der Hand über die Linien, die sich unter ihren Füßen kräuselten, als lebten sie. „Sie sind nicht mehr symmetrisch. Das Muster ist zerbrochen."

„Gebrochen oder absichtlich verzerrt?", fragte Lyria, ihre Stimme leise und wachsam. Sie ließ den Blick über die Dunkelheit schweifen, die wie eine Mauer vor ihnen lauerte.

Theron lief ein Stück voraus und spähte ins Unbekannte. „Egal was es ist, es fühlt sich verdammt falsch an." Seine Stimme klang nervöser, als er zugeben wollte.

Der Pfad endete abrupt. Vor ihnen klaffte ein Abgrund, so tief, dass er das Licht verschlang. Eine Brücke aus schwarzem Stein spannte sich darüber – oder vielmehr das, was davon übrig war. Große Teile fehlten, andere waren brüchig und ragten wie gebrochene Knochen aus der Dunkelheit. Ein kalter Luftzug stieg aus der Tiefe auf, trug das Echo von etwas mit sich, das sich kaum greifen ließ.

Kael trat näher an den Rand. Der Kompass in seiner Hand vibrierte, und die Gravuren unter seinen Füßen glühten matt, als versuchten sie, Leben in den Stein zurückzupressen. „Die Brücke ist nicht nur zerstört", sagte er, seine Stimme ein Hauch. „Sie ist ein Symbol. Die Balance selbst ist gebrochen."

Ein plötzlicher Windstoß fegte durch die Kluft, und die Dunkelheit bewegte sich. Etwas erhob sich aus der Tiefe – eine Gestalt aus purem Schatten und brodelnder Energie. Sie war unfassbar groß, amorph, ständig in Bewegung, und doch hatte sie eine Präsenz, die die Luft schwer werden ließ. Augen gab es keine, doch Kael spürte, dass sie ihn und die Gruppe fixierte.

„Das ist... anders", murmelte Theron und zog seine Waffe, als könne sie ihn schützen.

Ardan hob die Stimme, seine Ruhe klang gezwungen. „Es ist die Verkörperung der Instabilität. Eine Manifestation der Strömungen, die gegen uns kämpfen."

„Und es wird uns nicht durchlassen", ergänzte Lyria und zog ihr Schwert. Der silberne Stahl schimmerte schwach im Dunkel.

Die schattenhafte Gestalt verzerrte sich, als hätte sie den ersten Schlag bereits getan. Die Gravuren flackerten, und der Boden unter ihnen vibrierte. Kael kniete nieder und legte die Hand auf die erste Linie. „Die Gravuren müssen stabilisiert werden. Sie sind der Schlüssel zur Brücke."

„Dann beeil dich, sonst haben wir ein Problem!", rief Theron, der seine Waffe hob und Schüsse auf die Gestalt feuerte. Die Kugeln verschwanden, als hätte die Dunkelheit sie verschluckt.

Die erste Gravur leuchtete auf, ein sanfter Schimmer, der sich wie ein Atemzug über einen kleinen Teil der Brücke legte. Der Stein regenerierte sich, Risse verschlossen sich, und ein leises Summen drang aus der Tiefe.

Doch die Gestalt reagierte. Ein Strahl aus purer Schattenenergie schoss auf Kael zu, zu schnell, um auszuweichen. Lyria warf sich dazwischen. Ihr Schwert brach den Angriff, aber die Wucht schleuderte sie mehrere Meter zurück.

„Lyria!", rief Kael, doch sie stand zitternd wieder auf, das Schwert fest in der Hand. „Beeil dich", keuchte sie.

Ardan analysierte die Gravuren, die sich unter ihnen verzweigten. „Sie sind verbunden! Wir müssen sie in der richtigen Reihenfolge aktivieren, sonst reißt die Balance noch weiter ein."

Kael rannte zur nächsten Gravur. Die Frucht in seiner Hand begann heller zu leuchten, als spüre sie die Nähe zur Wahrheit. „Sie führt uns", murmelte er, als er seine Hand auf die nächste Linie legte.

Theron zog die Gestalt mit gezielten Schüssen auf sich. „Beeilt euch! Ich weiß nicht, wie lange das hier funktioniert!" Seine Schüsse waren nicht mehr als Ablenkung, doch es reichte, um Kael Zeit zu verschaffen.

Die Gravuren begannen, sich wie ein leuchtendes Netz auszubreiten. Die Brücke heilte weiter, doch die Gestalt wurde aggressiver, ihre Schatten schossen wie Tentakel aus und peitschten durch die Luft.

„Noch eine!", rief Ardan, seine Stimme schrill vor Anspannung. „Die zentrale Gravur!"

Kael sprintete los, das Gewicht der Frucht wie eine Fackel in seiner Hand. Die Schatten schlossen sich um ihn, die Luft vibrierte von der rohen Energie des Wesens. Als er die zentrale Gravur erreichte und seine Hand darauflegte, schoss ein gleißender Lichtstrahl aus dem Boden.

Ein Schrei erfüllte die Kammer, tief und verzweifelt, während die Gestalt in sich zusammenfiel. Ihre Schatten verglühten, aufgelöst vom Licht der stabilisierten Gravuren. Die Brücke unter ihren Füßen war wieder ganz, und das Licht der Linien pulsierte ruhig, wie ein langsamer Herzschlag.

Kael sank keuchend auf die Knie. Die Frucht in seiner Hand war warm, ihr Leuchten sanft und ruhig.

„Es... ist vorbei", murmelte Lyria und ließ sich erschöpft neben ihm nieder.

Theron ließ seine Waffe sinken und spähte in die Tiefe, die nun still war. „Für jetzt. Aber das war zu knapp."

Ardan stand still, seine Augen auf die Brücke gerichtet. „Die Eden-Früchte haben uns eine Wahl gegeben. Aber die Balance... sie bleibt zerbrechlich. Unser Weg ist noch nicht zu Ende."

Kael stand langsam auf, seine Finger fest um die Frucht geschlossen. „Nein", sagte er leise. „Das war nur der Anfang."

Die Gruppe setzte ihren Weg über die reparierte Brücke fort. Hinter ihnen verblassten die Gravuren, als hätte der Ort sie aus der Erinnerung entlassen. Doch tief in Kaels Brust pulsierte ein leises

Flüstern – das Wissen, dass die Balance nicht nur bewahrt, sondern getragen werden musste.

Das Herz der Ketten

Der Pfad der Gravuren führte die Gruppe immer tiefer in das Unbekannte, bis es sich anfühlte, als würde die Dunkelheit selbst atmen. Die Luft war dick, schwer wie flüssiges Blei, und jeder ihrer Schritte hallte durch die Umgebung, als würde der Raum sie nicht nur beobachten, sondern jede Bewegung bewerten. Kael spürte die kalte, fast lebendige Energie der grünen Frucht in seiner Hand. Sie pulsierte langsam, ein dröhnendes Echo in seiner Brust, das den Herzschlag eines schlafenden Riesen imitierte.

„Das Licht wird schwächer", murmelte Lyria und streifte mit ihren Fingern über die Gravuren. Ihre Stimme war kaum mehr als ein Flüstern, das die erdrückende Stille des Raums zu durchbrechen wagte. Die Linien am Boden flackerten und verblassten wie ein letzter Atemzug vor dem Sterben. „Es fühlt sich an, als ob dieser Ort uns nicht mehr will."

„Es ist nicht, dass er uns nicht will", sagte Ardan, der sich zu den zerbröckelnden Gravuren hinunterbeugte. Seine Fingerspitzen berührten das Licht, das sofort zuckte, als wäre es ein verletztes Tier. „Hier endet der Einfluss der Ketten. Was uns bleibt, ist das Chaos, das sie gebändigt haben."

Theron hob seinen Kopf, sein scharfes Lächeln in der Dunkelheit sichtbar. „Sag's doch gleich: Hier endet die Reise. Entweder durch unsere Wahl oder weil wir in Stücke gerissen werden." Doch seine Finger, die fest um den Lauf seiner Waffe geschlossen waren, verrieten seine Anspannung.

Kael blieb stehen. Die Frucht in seiner Hand wurde schwerer, und der Rhythmus ihres Pulsierens nahm zu. „Wir haben die Prüfungen überstanden. Wir schaffen auch das."

Dann öffnete sich der Tunnel vor ihnen, und die Gruppe trat in eine gewaltige Kammer ein. Die Stille wurde absolut. Alles, was sie zuvor gehört hatten – ihre Schritte, ihr Atem – verstummte, als hätten sie die Welt selbst hinter sich gelassen.

Im Zentrum der Kammer schwebte ein Monolith aus Licht. Der Kristall war gewaltig, größer als jeder Turm, den sie je gesehen hatten, und von einer goldenen Energie umgeben, die in unberechenbaren Wellen pulsierte. Die Gravuren auf dem Boden unter ihm bewegten sich, kräuselten und verschoben sich wie lebendige Strömungen, die auf die Anwesenheit der Gruppe reagierten.

„Das ist... das Herz der Ketten", sagte Ardan, seine Stimme rau vor Ehrfurcht. „Der Ursprung aller Strömungen. Der Ort, an dem alles beginnt und endet."

Lyria trat einen Schritt näher, doch ihre Augen blieben wachsam. „Es sieht nicht stabil aus." Sie deutete auf die unruhigen Bewegungen der Gravuren. „Irgendetwas stimmt hier ganz und gar nicht."

Kael näherte sich dem Kristall. Der Aetherkompass in seiner Tasche vibrierte heftig, und die grüne Frucht in seiner Hand pulsierte schneller, als ob sie in Resonanz mit der Energie der Kammer trat. „Die Balance ist hier am zerbrechlichsten", sagte er leise. „Die Ketten kämpfen gegen das Chaos – und wir sind mittendrin."

Ein tiefes Beben durchfuhr den Raum. Die Gravuren glühten plötzlich in einem gleißenden Licht auf, und die Wellen des Kristalls wurden hektisch, fast panisch. Dann erklang eine Stimme.

„Ihr seid bis ins Herz vorgedrungen." Das Dröhnen der Stimme vibrierte in ihren Knochen und ließ die Luft um sie erzittern. Sie klang uralt, älter als die Ketten selbst. „Doch die Balance ist nicht sicher. Um das Herz zu heilen, müsst ihr geben, was ihr schützt. Opfert euer Selbst, um die Ketten zu bewahren."

Theron lachte trocken, doch seine Augen waren hart. „Opfern? Was wollen diese Ketten von uns? Blut? Unsere Seele? Sagt es mir, verdammt!"

„Alles hat seinen Preis", flüsterte Ardan, während sein Blick über die Gravuren glitt, die sich zu verschieben begannen. „Das Herz verlangt das, was wir sind. Unsere Wahrheit."

Die Gravuren teilten sich in drei Linien, jede pulsierte in einem anderen Rhythmus. Der erste Pfad war ruhig, gleichmäßig, fast einladend. Der zweite war wild, chaotisch und funkelte wie zersplittertes Glas. Der dritte war dunkel und still, als hätte er alles Licht verschluckt.

„Eine Wahl", sagte Ardan. „Jeder Pfad ist ein Schicksal."

Lyria trat vor. Ihr Schwert war noch in der Scheide, doch ihre Hand lag fest auf dem Griff. „Egal, was kommt – wir gehen zusammen."

Kael nickte und sah auf den mittleren Pfad. Das Chaos war unvorhersehbar, doch es war auch die Wahrheit dieses Ortes. „Wir nehmen die Mitte. Wenn wir die Balance wiederherstellen wollen, müssen wir dem Chaos begegnen."

Sie setzten ihren ersten Schritt, und die Kammer explodierte förmlich in Licht. Der Kristall begann zu toben, und aus seiner Mitte erhob sich eine Gestalt. Sie war riesig, formlos, ein Wesen aus reiner goldener Energie, deren Präsenz erdrückend war. Zwei brennende Punkte, die Augen, schienen sie zu durchbohren.

„Seid ihr bereit, die Last der Balance zu tragen?", donnerte die Gestalt.

Kael trat vor, das Licht der Frucht in seiner Hand wurde gleißend hell. „Wir sind bereit. Was immer es braucht."

Die Gravuren begannen zu leuchten, doch die Gestalt hob eine Hand, und ein gewaltiger Energiestoß raste durch die Kammer. Kael wurde zurückgeworfen, doch Lyria stellte sich zwischen ihn und die Gestalt, ihr Schwert funkelte im gleißenden Licht.

„Die Gravuren!", rief Ardan, der zur nächsten Linie rannte. „Sie stabilisieren die Balance. Aktiviert sie, bevor es zu spät ist!"

Kael stürzte zur ersten Gravur, seine Finger glitten über die flimmernden Linien. Das Licht reagierte sofort und breitete sich wie ein Netz aus. Die Gestalt schrie, doch sie richtete eine weitere Energie-Welle auf ihn.

Lyria lenkte den Angriff ab, während Theron mit seiner Waffe die Aufmerksamkeit der Gestalt auf sich zog. „Hast du das bald, Kael?", rief er und sprang zur Seite, als ein weiterer Energiestoß den Boden traf.

„Noch eine Gravur!", rief Ardan, der gerade die zweite Linie aktivierte.

Kael erreichte die zentrale Linie. Die Frucht in seiner Hand begann zu glühen, heller als jemals zuvor. Als er die Gravur berührte, durchzog ein gewaltiges Licht die Kammer. Die Gestalt schrie, ihre Form zerbrach, und die chaotischen Wellen begannen, sich aufzulösen.

Die Kammer wurde still. Der Kristall pulsierte nun ruhig, ein gleichmäßiger Rhythmus, der die Luft mit einer unerwarteten Stille erfüllte.

Kael sank auf die Knie. Die Frucht in seiner Hand leuchtete noch schwach. „Es ist vorbei", sagte er rau. „Die Balance... ist geheilt."

Ardan trat an seine Seite und legte ihm eine Hand auf die Schulter. „Wir haben es geschafft. Doch die Balance ist zerbrechlich. Sie wird immer ein Kampf sein."

Lyria half Kael auf. „Dann kämpfen wir weiter."

Kael nickte, während die Gruppe zum Ausgang der Kammer ging. Die Gravuren formten einen neuen Pfad – den letzten Schritt ihrer Reise.

Der Widerhall der Opfer

Die Gravuren, die den neuen Pfad wiesen, leuchteten intensiver als zuvor. Sie wanden sich wie lebendige Adern durch die Kammer, pulsierend in einem Rhythmus, der der Gruppe beinahe wie ein Herzschlag erschien. Die Luft war klar, aber sie bebte unter einem kaum wahrnehmbaren Summen, wie das Flüstern einer uralten Macht, die auf ihre Ankunft gewartet hatte. Kael hielt die grüne Frucht fest in der Hand. Ihr Licht war nicht schwächer geworden – es war gebündelt, scharf wie der Moment vor einem unausweichlichen Sturm.

Lyria drehte sich langsam, ihr Blick glitt an den Wänden entlang, die mit jeder Bewegung zu atmen schienen. „Es fühlt sich an, als ob der Raum... lebt. Als ob er auf uns wartet."

„Er tut mehr als das", sagte Ardan leise. „Wir haben das Herz der Ketten erreicht. Aber die Balance – sie ist noch immer zerbrechlich. Noch immer unvollständig."

„Zerbrechlich?" Therons Stimme war schneidend, die Müdigkeit kaum verborgen. „Das ist eine schöne Umschreibung für ‚wir sterben wahrscheinlich, wenn wir hier versagen'." Seine Hand ruhte an seiner Waffe, doch der sonst so gewohnte Trotz in seinem Blick war von etwas anderem durchzogen – von einer leisen Angst.

„Es wird keine weiteren Prüfungen geben", sagte Kael plötzlich. Seine Stimme war ruhig und klar, als wäre die Entscheidung bereits gefallen. „Die Ketten haben uns geprüft. Jetzt verlangen sie unser Opfer."

Das Wort schwebte zwischen ihnen wie ein Dolch.

„Opfer?", wiederholte Lyria, ihre Stimme kaum mehr als ein Flüstern. Ihre Finger krampften sich um den Griff ihres Schwertes.

Kael hob die Frucht, und ihr Licht spiegelte sich in seinen Augen wider. „Die Stimme hat es gesagt. Die Eden-Früchte haben uns akzeptiert, aber sie verlangen ihren Preis. Die Balance kann nur durch einen endgültigen Akt der Hingabe wiederhergestellt werden."

Ardan trat näher, seine Stirn in Falten gelegt. „Du glaubst, sie verlangen dein Leben?"

Kael nickte langsam. „Vielleicht ist es mein Leben. Vielleicht ist es mehr. Aber was auch immer es ist, ich bin bereit."

Therons Schritte hallten laut durch die Kammer, als er auf Kael zutrat. „Das kannst du nicht ernst meinen." Seine Stimme zitterte vor Wut. „Wir haben alles gegeben, um hierher zu kommen. Alles! Und jetzt willst du dich auf ein paar leuchtende Linien verlassen, die uns erzählen, dass du dich opfern musst?"

„Es geht nicht um mich", sagte Kael leise, aber unerschütterlich. „Es geht um die Welt. Um die Balance. Wenn ich mich weigere, zerbricht alles – nicht nur die Strömungen, sondern die Welt, die von ihnen abhängt."

Ein Ruck ging durch die Gravuren. Der Boden vibrierte, und ein neues Muster begann sich zu formen. Es führte zu einer Plattform am Ende des Pfades, wo ein weiteres Leuchten sichtbar wurde: eine Kugel aus reinem, weißem Licht. Sie schwebte über dem Boden, ein atmendes Herz, das die Luft mit jeder pulsierenden Welle dichter machte.

„Das ist der Kern", sagte Ardan, seine Stimme ehrfürchtig. „Die Strömungen konzentrieren sich dort. Es ist das Zentrum der Balance."

„Oder der Ort, an dem alles endet", murmelte Theron, doch er folgte Kael und den anderen. Gemeinsam erklommen sie die Plattform.

Die Kugel schwebte vor ihnen, majestätisch und unnahbar. Gravuren bildeten einen Kreis um sie, pulsierend im Gleichklang mit dem Licht. Kael spürte, wie seine Brust eng wurde, als er näher trat. *Das ist der Punkt ohne Rückkehr.*

„Das ist es", sagte er und hob die Frucht. Ihr Licht antwortete dem der Kugel, als gehörten sie demselben Lied an.

Plötzlich sprach die Kugel. Ihre Stimme war kein Geräusch, sondern ein Echo, das in ihren Köpfen widerhallte, tief und uralt.

„Ihr habt die Prüfungen bestanden. Ihr habt Balance gezeigt. Doch die Strömungen verlangen ein Opfer. Nur durch Hingabe kann die Welt stabil bleiben."

„Was verlangt ihr?", fragte Kael. Seine Stimme war ruhig, aber sein Herz schlug gegen seine Rippen wie ein gefangenes Tier.

„Die Frucht ist die Essenz der Balance", antwortete die Kugel. „Um sie zu vollenden, müsst ihr das geben, was euch am meisten hält –

euren Willen. Eure Freiheit. Eure Entscheidungen. Ihr werdet Teil der Ketten."

Lyria starrte die Kugel an, als könne sie die Worte nicht begreifen. „Unseren Willen? Unsere Freiheit?" Ihre Stimme war brüchig. „Das ist kein Opfer. Das ist... ein Ende."

Theron schüttelte den Kopf, seine Hände zu Fäusten geballt. „Sie verlangen alles. Alles, was wir sind. Wofür haben wir dann gekämpft? Für Ketten, die uns festhalten?"

„Vielleicht ist es das", sagte Ardan. Seine Stimme war sanft, aber voller Schwere. „Aber ohne Balance gibt es keine Welt, in der wir frei sein könnten. Wir kämpfen nicht nur für uns. Wir kämpfen für das Ganze."

Kael hob die Frucht, das Licht darin pulsierte in seinem Rhythmus. „Es ist nicht nur meine Entscheidung", sagte er leise. „Es ist unsere. Aber ich werde es tun, wenn ihr es nicht könnt."

Lyria packte seinen Arm, ihre Augen voller Entschlossenheit. „Warte. Wir sind nicht allein. Wenn wir die Balance tragen, dann tragen wir sie zusammen."

Theron trat neben sie, seine Züge hart, doch seine Augen waren klar. „Wenn das unser Schicksal ist, dann teilen wir es."

Ardan nickte. „Die Balance verlangt Opfer – aber sie verlangt auch Einheit. Das ist die letzte Prüfung."

Gemeinsam traten sie an die Kugel heran. Kael hob die Frucht und ließ sie in das Licht gleiten.

Die Explosion des Lichts war wie ein Sturm. Die Kammer wurde von purer Energie erfüllt, Gravuren schossen in alle Richtungen und zeichneten ein Netz aus glühenden Linien in die Dunkelheit. Kael spürte, wie etwas an ihm zog – an seinen Gedanken, seinen

Erinnerungen, seinem Selbst. Ein Teil von ihm wurde mitgerissen, in die Ketten gesogen, bis er wusste, dass er nicht mehr *nur* Kael war. Er war ein Teil der Strömungen. Ein Teil der Balance.

Als das Licht verblasste, standen sie wieder in der stillen Kammer. Die Gravuren unter ihren Füßen leuchteten gleichmäßig, ruhig – die Strömungen waren stabil.

Kael blickte auf seine leere Hand, wo zuvor die Frucht gewesen war. „Ein Teil von uns bleibt hier. Aber die Welt... sie lebt weiter."

Schweigend verließen sie die Plattform, und die Gravuren zeichneten einen neuen Pfad. Die Balance war bewahrt – doch der Preis, den sie gezahlt hatten, würde für immer ein Teil von ihnen bleiben.

Die neuen Strömungen

Die Gravuren unter ihren Füßen leiteten die Gruppe weiter, doch ihre Schritte waren langsamer, schwerer. Die Kammer des Opfers lag hinter ihnen, doch die Spuren dessen, was sie dort zurückgelassen hatten, blieben in ihren Gedanken präsent. Die grüne Frucht, das Licht des Kerns, die Stimme der Strömungen – alles fühlte sich jetzt wie ein Traum an, und doch trugen sie die Last ihrer Entscheidung weiter.

Kael führte die Gruppe, doch seine Schultern waren gesenkt. Er hielt den Aetherkompass in der Hand, dessen Licht jetzt konstant pulsierte, doch die Nadel bewegte sich nicht mehr. Sie wies keinen klaren Weg mehr, sondern schien nur zu bestätigen, dass sie sich noch in den Strömungen befanden.

„Der Kompass zeigt nichts mehr an", sagte Kael schließlich, seine Stimme war gedämpft. „Es ist, als ob die Strömungen uns nicht mehr leiten."

„Vielleicht brauchen sie das nicht", sagte Ardan und betrachtete die Gravuren, die nun in regelmäßigen Abständen leuchteten. „Die Balance ist wiederhergestellt. Wir haben unsere Aufgabe erfüllt."

„Erfüllt?" Therons Stimme war angespannt, fast wütend. „Wir haben alles gegeben, um diese verdammten Ketten zu stabilisieren, und jetzt sagen sie uns nicht mal, was als Nächstes kommt?"

Lyria schüttelte den Kopf. „Vielleicht ist das der Punkt, Theron. Es gibt nichts mehr, was uns hält. Die Balance ist wiederhergestellt – die Ketten verlangen nichts mehr von uns."

Die Gruppe ging weiter, bis der Tunnel sich öffnete und sie in eine neue Landschaft führte. Es war ein weiter Raum, gefüllt mit schwebenden Lichtpartikeln, die wie Sterne in einem endlosen Himmel glitzerten. Der Boden war glatt und reflektierend, als ob sie auf einer stillen Wasseroberfläche gingen.

„Das sieht anders aus", murmelte Lyria und drehte sich langsam, um die schimmernden Partikel zu betrachten, die um sie herum schwebten.

„Das ist das Ende der Strömungen", sagte Ardan. „Ein Ort, an dem die Energie ruht – wo sie auf die nächste Bewegung wartet."

„Das fühlt sich nicht wie ein Ende an", sagte Kael, während er sich weiter umsah. „Es fühlt sich an wie ein Anfang."

Plötzlich begann das Licht um sie herum, sich zu bewegen. Die Partikel sammelten sich in der Mitte des Raumes und formten eine Gestalt, die aus reinem Licht bestand. Ihre Umrisse waren weich, beinahe unklar, doch sie strahlte eine unbeschreibliche Präsenz aus, die die Gruppe dazu brachte, innezuhalten.

„Ihr habt die Balance bewahrt", sagte die Gestalt, ihre Stimme war ruhig, aber durchdringend. „Die Ketten sind stabil, und die

Strömungen können wieder fließen. Doch eure Reise ist nicht zu Ende."

„Nicht zu Ende?", fragte Theron und trat vor. „Wir haben alles getan, was ihr verlangt habt. Was wollt ihr noch von uns?"

„Die Balance ist ein fortwährender Prozess", sagte die Gestalt. „Sie erfordert Pflege, Schutz und Hingabe. Ihr habt sie bewahrt, doch die Welt jenseits der Strömungen wird weiterhin ihre eigenen Prüfungen stellen. Ihr seid nun die Wächter der Balance."

Kael spürte, wie die Worte in seinem Geist widerhallten. „Wächter der Balance? Heißt das, wir sind an die Ketten gebunden?"

Die Gestalt neigte den Kopf. „Nicht gebunden. Verbunden. Eure Entscheidungen haben die Strömungen geformt, und nun tragen sie euren Einfluss. Ihr habt die Macht, die Balance zu wahren – oder sie zu zerstören."

Lyria trat vor, ihre Augen waren schmal. „Was passiert, wenn wir ablehnen? Wenn wir einfach zurückkehren und dieses Kapitel hinter uns lassen?"

„Ihr könnt gehen", sagte die Gestalt. „Doch die Balance wird ohne euch schwächer. Die Ketten werden zerbrechen, und die Welt wird in Chaos stürzen. Die Wahl liegt bei euch."

Die Gruppe schwieg, jeder versunken in seinen eigenen Gedanken. Kael spürte die Schwere der Entscheidung, doch in seinem Inneren wusste er, dass es keine Wahl gab. Sie hatten die Balance bewahrt – es war ihre Verantwortung, sie zu schützen.

„Ich werde bleiben", sagte er schließlich, seine Stimme war fest. „Ich werde die Balance schützen."

Lyria sah ihn lange an, bevor sie nickte. „Ich auch. Es gibt keinen Sinn, zu kämpfen, wenn wir die Balance nicht bewahren können."

Theron seufzte und schüttelte den Kopf. „Ich habe keine Lust, ewig in diesen verdammten Ketten festzuhängen. Aber wenn ihr bleibt... bleibe ich auch."

Ardan lächelte schwach. „Es war nie wirklich eine Wahl, oder?"

Die Gestalt erhob sich, ihr Licht wurde heller, und die schwebenden Partikel begannen, sich um die Gruppe zu sammeln. „Ihr habt gewählt. Ihr seid die neuen Wächter der Balance."

Das Licht um sie herum wurde intensiver, und die Strömungen schienen sich zu bewegen, als ob sie die Entscheidung der Gruppe akzeptierten. Kael spürte, wie die Energie ihn durchströmte, doch diesmal war sie nicht überwältigend – sie fühlte sich natürlich an, wie ein Teil von ihm.

Als das Licht verblasste, standen sie wieder auf festem Boden. Die Gravuren unter ihnen leuchteten ruhig, und der Kompass in Kaels Hand begann wieder, sich zu bewegen.

„Das ist es", sagte er leise. „Unsere Reise hat gerade erst begonnen."

Die Gruppe ging weiter, den neuen Pfad entlang, der sich vor ihnen erstreckte. Sie waren keine Suchenden mehr – sie waren die Wächter der Balance, bereit, die Welt zu schützen, die sie gerettet hatten.

Kapitel 8: Die Schatten der Balance

Das erste Zeichen

Die Siedlung lag still unter einem grauen, dämpfenden Himmel. Jedes Haus schien seine Bewohner verloren zu haben, doch die Spuren des Lebens waren noch frisch – eine Schale mit dampfender Suppe auf einem Tisch, ein umgestoßener Stuhl auf der Veranda, ein Kinderwagen in der Mitte der Straße. Kael stand regungslos, die Hand fest um den Aetherkompass geschlossen, dessen Licht flackerte wie eine zitternde Flamme.

„Hier stimmt etwas nicht", sagte Lyria, die langsam durch die verlassenen Straßen ging. Ihre Finger ruhten auf dem Griff ihres Schwertes, bereit, es bei der geringsten Bewegung zu ziehen.

„Es ist mehr als nur seltsam", sagte Ardan, während er ein Haus betrat. „Es ist, als ob die Menschen nicht einfach verschwunden sind. Sie wurden... verdrängt."

Theron trat aus dem Schatten eines Hauses und blickte die leere Hauptstraße hinunter. „Oder sie sind vor etwas geflohen. Ich wette, was auch immer sie verjagt hat, ist noch hier."

Kael spürte die Spannung in der Luft, ein Druck, der auf ihn einwirkte wie eine unsichtbare Welle. Er schloss die Augen und konzentrierte sich auf die Strömungen, die tief in ihm pulsierten. Es war da – eine Präsenz, schwer und unruhig, die die Energie um sie herum verzerrte.

„Wir sind nicht allein", sagte er schließlich.

Ein plötzlicher Windstoß fuhr durch die Straße, und der Nebel, der die Siedlung wie ein feuchter Schleier bedeckte, begann sich zu bewegen. Die Gruppe zog sich instinktiv zusammen, ihre Blicke folgten den wirbelnden Schwaden, die sich in der Mitte der Straße verdichteten.

„Das ist nicht normal", murmelte Theron, dessen Finger nervös über den Lauf seiner Waffe strichen.

„Nein, das ist es nicht", antwortete Ardan, seine Stimme war flach, aber angespannt. „Das ist verzerrte Energie. Sie hat keine Form – und doch zwingt sie sich eine auf."

Vor ihnen nahm der Nebel die Gestalt eines humanoiden Wesens an, doch es war unvollständig, als ob die Energie selbst zerrissen wäre. Sein Körper schimmerte in dunklen, trüben Farben, und aus seiner Mitte strömte ein schwaches, rotes Licht, das unregelmäßig pulsierte.

„Was auch immer das ist", sagte Lyria und zog ihr Schwert, „es sieht nicht aus, als wolle es uns freundlich begrüßen."

Kael trat vor, das Licht in seinen Augen wurde heller, als die Verbindung zu den Strömungen in ihm aufleuchtete. „Es ist keine Kreatur. Es ist ein Fragment der Strömungen – aber es ist verzerrt. Es testet uns."

Die Gestalt bewegte sich langsam auf sie zu, ihre Bewegungen waren fließend und doch unheimlich. Mit jedem Schritt wurde die Luft schwerer, und die Gravuren auf den Häusern, die zuvor nicht aktiv gewesen waren, begannen zu leuchten.

„Es nutzt die Energie der Strömungen", sagte Ardan und deutete auf die Gravuren. „Wenn wir das nicht kontrollieren, wird es alles zerstören."

„Dann kontrollieren wir es", sagte Kael ruhig, während er den Aetherkompass in der einen Hand hielt und die andere in Richtung der Gestalt ausstreckte. „Die Balance ist unser Anker."

Die Gestalt reagierte, indem sie eine Welle aus roter Energie aussandte, die auf die Gruppe zuflog. Lyria sprang nach vorne und parierte den Angriff mit ihrem Schwert, das kurz aufleuchtete, bevor sie zurücktaumelte. „Das Ding ist stark!", rief sie.

Theron feuerte mehrere Schüsse ab, doch die Kugeln wurden von der Energie der Gestalt absorbiert. „Das funktioniert nicht! Wir brauchen einen anderen Plan!"

Kael kniete sich hin und konzentrierte sich auf die Gravuren, die unter seinen Füßen leuchteten. Das Licht des Kompasses begann, sich mit den Gravuren zu verbinden, und ein schwaches, grünes Leuchten breitete sich aus. „Die Gravuren sind der Schlüssel! Sie sind noch mit der Balance verbunden – wir müssen sie aktivieren!"

„Wie?", fragte Ardan, während er die Gestalt beobachtete, die eine weitere Welle aus Energie vorbereitete.

„Wir lenken sie ab, während Kael die Gravuren aktiviert", sagte Lyria entschlossen.

Lyria und Theron bewegten sich auf die Gestalt zu, während Ardan Kael dabei half, die Gravuren zu entschlüsseln. Jeder aktivierte Kreis verstärkte das Licht in der Siedlung, doch die Gestalt wurde aggressiver. Sie sandte eine Welle aus Energie aus, die Theron zurückwarf, doch Lyria hielt stand, ihr Schwert glühte vor Hitze, als sie erneut angriff.

„Beeil dich, Kael!", rief sie, während sie einen weiteren Schlag abwehrte.

Kael legte die Hand auf die letzte Gravur, und ein grelles Licht erfüllte die Straße. Die Gestalt hielt inne, ihre Bewegungen wurden langsamer, und das rote Licht in ihrer Mitte begann zu flackern.

„Das Licht schwächt sie!", rief Ardan. „Kael, beende es!"

Mit einem letzten Schritt legte Kael die Hand auf den Kompass, der in einem intensiven grünen Licht aufleuchtete. Die Gestalt schrie auf, ihr Körper begann sich aufzulösen, und die Energie, die sie gebunden hatte, wurde in die Strömungen zurückgeführt.

Die Gruppe stand keuchend in der Mitte der Straße, umgeben von den leuchtenden Gravuren, die langsam wieder verblassten.

„Was war das?", fragte Theron und rieb sich den schmerzenden Arm.

„Es war eine Warnung", sagte Kael leise. „Die Strömungen sind nicht stabil. Wir haben die Balance wiederhergestellt, aber die Verzerrungen sind immer noch da."

„Und sie greifen auf die Welt über", sagte Ardan. „Das bedeutet, unsere Aufgabe ist noch nicht vorbei."

Lyria nickte langsam. „Was auch immer das war, es war nur der Anfang."

Kael richtete sich auf, der Kompass in seiner Hand vibrierte leicht. „Wir müssen herausfinden, was diese Verzerrungen verursacht – und sie stoppen, bevor sie die Balance erneut gefährden."

Die Gruppe sammelte sich, und Kael führte sie weiter durch die Siedlung. Die Gravuren zeigten keinen klaren Pfad mehr, doch die Verbindung zur Balance führte sie tiefer in das Unbekannte, wo die wahre Gefahr lauerte.

Der Ruf aus der Tiefe

Die Gruppe verließ die verlassene Siedlung, doch die seltsame Präsenz, die sie gespürt hatten, schien ihnen zu folgen. Die Luft wurde kühler, und die Landschaft um sie herum wirkte zunehmend surreal – als ob die Strömungen begonnen hatten, ihre Realität zu verzerren. Bäume wuchsen in unnatürlichen Winkeln, der Himmel verfärbte sich in seltsamen Mustern, und die Geräusche der Umgebung waren gedämpft, fast unwirklich.

„Es wird immer schlimmer", sagte Lyria, ihre Stimme war kaum mehr als ein Flüstern. „Die Welt fühlt sich... falsch an."

„Das ist keine normale Instabilität", antwortete Ardan, der den Boden unter ihren Füßen beobachtete. „Die Gravuren sind verschwunden. Es gibt keine Struktur mehr – nur Chaos."

Theron knurrte leise. „Großartig. Kein Licht, keine Gravuren und keine Hinweise, was zur Hölle wir hier machen sollen."

„Es gibt Hinweise", sagte Kael ruhig, während er den Aetherkompass in der Hand hielt. Das Licht des Kompasses flackerte, als ob es mit der Umgebung kämpfte. „Die Strömungen führen uns. Aber sie testen uns auch. Die Verzerrungen sind ein Teil davon."

Der Pfad vor ihnen führte in eine tiefe Schlucht, deren Wände von seltsamen, glühenden Linien durchzogen waren. Die Linien bewegten sich wie Adern, pulsierend und unruhig, und in der Mitte der Schlucht lag ein riesiger See, dessen Oberfläche in einem trüben Schwarz glänzte.

„Das sieht nicht gerade einladend aus", sagte Theron und blieb am Rand der Schlucht stehen.

„Es sieht aus wie eine Quelle der Verzerrung", sagte Ardan und deutete auf die glühenden Linien. „Die Energie fließt in den See – oder aus ihm heraus."

Kael kniff die Augen zusammen und betrachtete die dunkle Wasseroberfläche. „Es fühlt sich an, als ob etwas dort unten ist. Etwas... Altes."

Die Gruppe begann, vorsichtig in die Schlucht hinabzusteigen. Die Wände waren rutschig, und das pulsierende Licht der Linien blendete ihre Augen. Doch das größte Problem war die Kälte – je tiefer sie gingen, desto eisiger wurde die Luft, bis sie schließlich bei jedem Atemzug weiße Wolken ausstießen.

„Ich dachte, die Strömungen wären Energie", sagte Lyria, während sie sich an einem Felsen abstützte. „Warum fühlt sich das an wie Tod?"

„Weil das hier keine reine Energie ist", sagte Ardan. „Es ist verzerrt. Korrupt. Wenn wir nicht herausfinden, was das verursacht, wird es die Balance zerstören."

„Wir haben verstanden, Ardan", murmelte Theron, der voranging. „Lass uns einfach rausfinden, was wir tun müssen, bevor wir erfrieren."

Am Fuß der Schlucht angekommen, standen sie am Rand des schwarzen Sees. Die Oberfläche war vollkommen still, doch das pulsierende Licht der Linien, die in ihn mündeten, machte deutlich, dass die Energie unter der Oberfläche tobte.

„Ich fühle es", sagte Kael und trat näher an das Wasser heran. „Die Strömungen... sie sind hier, aber sie sind blockiert. Irgendetwas hält sie zurück."

Plötzlich begann die Oberfläche des Sees zu beben, und das Wasser zog sich langsam zurück, als ob etwas darunter sich bewegte. Die Gruppe wich zurück, ihre Waffen bereit, während ein tiefes, bedrohliches Grollen die Schlucht erfüllte.

„Das ist nicht gut", sagte Lyria und zog ihr Schwert.

Aus der Mitte des Sees erhob sich eine massive Gestalt. Sie war nicht vollständig sichtbar, doch ihre Konturen waren gigantisch, und ihre Form war undefiniert, als ob sie aus der dunklen Energie des Wassers selbst bestand. Zwei leuchtende, rote Augen öffneten sich in ihrem Zentrum, und ein tiefes Brummen ließ die Luft um sie herum vibrieren.

„Das ist die Quelle", sagte Kael leise. „Die Verzerrung – sie kommt von diesem Ding."

„Wie töten wir das?", fragte Theron und hob seine Waffe.

„Vielleicht können wir es nicht töten", sagte Ardan, dessen Augen die Linien auf dem Boden verfolgten. „Aber wir können die Energie umleiten – sie in die Strömungen zurückführen."

„Dann sag uns, wie", sagte Lyria, während sie die Gestalt beobachtete, die langsam auf sie zukam.

Ardan kniete sich hin und berührte eine der pulsierenden Linien. „Die Gravuren sind hier – verborgen, aber sie sind da. Wir müssen sie aktivieren, um die Energie zu entlasten."

„Und wer hält das Ding auf, während du an den Gravuren arbeitest?", fragte Theron und trat vor.

„Wir", sagte Kael ruhig. „Lyria, Theron – haltet es auf. Ardan, zeig mir, wo ich anfangen soll."

Der Kampf begann, als die Gestalt eine Welle aus schwarzer Energie aussandte, die auf die Gruppe zuflog. Lyria parierte den Angriff mit ihrem Schwert, das kurz aufleuchtete, während Theron mehrere gezielte Schüsse abgab. Kael und Ardan konzentrierten sich auf die Gravuren, die unter der Oberfläche der Linie verborgen waren.

„Hier!", rief Ardan und deutete auf eine Stelle, die intensiver pulsierte. „Das ist der zentrale Punkt!"

Kael kniete sich hin und legte die Hand auf die Gravur. Das Licht des Kompasses begann zu leuchten, und die Energie um ihn herum wurde ruhiger. Doch die Gestalt reagierte, indem sie einen weiteren Angriff startete.

„Haltet sie zurück!", rief Kael, während er sich auf die Gravuren konzentrierte.

Lyria sprang nach vorne und landete einen gezielten Schlag auf die Gestalt, die kurzzeitig ins Wanken geriet. Theron feuerte mehrere Schüsse auf ihre leuchtenden Augen, doch die Angriffe schienen sie nur zu verlangsamen.

„Beeil dich, Kael!", rief Lyria, während sie einem weiteren Schlag auswich.

Mit einem letzten Impuls leitete Kael die Energie in die Strömungen um. Ein grelles Licht erfüllte die Schlucht, und die Gestalt schrie auf, bevor sie sich langsam auflöste. Das Wasser des Sees begann sich zu klären, und die Gravuren auf dem Boden stabilisierten sich.

Die Gruppe stand keuchend am Rand des Sees, der nun ruhig und klar war.

„Das war... intensiver als erwartet", murmelte Theron.

„Wir haben die Verzerrung beseitigt", sagte Ardan. „Aber das war nur ein Fragment. Es gibt mehr da draußen."

Kael blickte in die Ferne, wo die Gravuren einen neuen Pfad formten. „Dann finden wir sie", sagte er leise. „Wir sind Wächter der Balance. Das hier ist unsere Aufgabe."

Die Gruppe sammelte sich und folgte den Gravuren, die tiefer in die unbekannten Strömungen führten.

Farriks Geheimnis

Die Gravuren schimmerten schwach in der hereinbrechenden Dunkelheit, ihr Licht flackerte wie ein sterbendes Feuer. Die Gruppe hatte eine geschützte Lichtung am Rand des Pfades gefunden, eine kleine Oase zwischen den hoch aufragenden Felsen, die wie stumme Wächter über ihnen thronten. Der Wind war kalt und trug das Gefühl mit sich, dass die Strömungen ihnen zusahen.

„Das hier sollte uns für die Nacht sicher halten", sagte Lyria, während sie das Gelände absuchte. Sie blieb an einem großen Felsen stehen und überprüfte dessen Standfestigkeit, bevor sie nickte. „Kein Nebel, keine Sichtlinie für irgendetwas da draußen."

Theron schnaubte. „Weil wir sicher sind, bis wir es nicht mehr sind. Wenn ich eines gelernt habe, dann, dass Sicherheit nur ein Gefühl ist."

„Ein beruhigendes Gefühl", murmelte Ardan, der bereits seinen Notizblock herausgeholt hatte und mit ruhiger Konzentration Gravuren aus der Umgebung skizzierte.

Kael jedoch hielt den Blick auf Farrik gerichtet, der mit gebeugtem Rücken über etwas kniete. Ein flackerndes Licht erhellte die Ränder einer seltsamen Gravur, die Farrik mit den Fingerspitzen verfolgte.

„Was hast du da gefunden?", fragte Kael und trat näher, während das Feuer hinter ihm die Szene mit einem warmen Schein füllte.

Farrik richtete sich auf, doch er hielt den Blick weiterhin auf die Gravur gerichtet. „Es ist… anders", murmelte er und strich mit der Hand über die leuchtenden Linien. „Ich habe viele Gravuren gesehen – Aetherleitungen, Energiekanäle, Steuerkreise. Aber das hier…"

Kael kniete sich neben ihn und betrachtete die Gravur genauer. Es war ein komplexes Muster aus sich überlappenden Linien, die wie die Adern eines lebenden Organismus wirkten. Das Licht darin war nicht stabil; es flackerte, als ob es atmete.

„Was meinst du mit ‚anders'?", fragte Kael, dessen Stimme leise, aber drängend war.

Farrik zögerte, bevor er antwortete. „Ich kenne diese Linien. Nicht genau diese, aber… sie erinnern mich an etwas."

„An was?" Kael hielt inne und beobachtete, wie Farriks Hände zu zittern begannen.

Der Mechaniker atmete tief ein, seine Augen verengten sich, als er zurück in seine Erinnerungen wanderte. „Mein Vater… Er war ein brillanter Mechaniker, aber er hat Dinge gesehen, die niemand hätte sehen sollen. Als ich noch ein Junge war, hat er mir von Mustern wie diesem erzählt. Gravuren, die wie Maschinen arbeiten – aber nicht wie die, die wir kennen. Sie sind… lebendig."

Kael runzelte die Stirn. „Lebendig? Meinst du, dass diese Gravuren ein Bewusstsein haben?"

Farrik nickte langsam. „Vielleicht. Oder sie sind Teil von etwas Größerem – einem System, das uns beobachtet und auf uns reagiert. Mein Vater hat solche Gravuren dokumentiert, bevor er verschwand. Alles, was ich fand, war ein zerfetztes Notizbuch voller Skizzen. Skizzen, die genau wie das hier aussehen."

„Das ist mehr als nur ein Zufall", sagte Kael, dessen Stimme nun voller Dringlichkeit war. „Was glaubst du, wollte dein Vater damit herausfinden?"

Farrik zuckte mit den Schultern, doch seine Augen waren von einer Mischung aus Angst und Neugier erfüllt. „Ich weiß es nicht. Aber ich glaube, er hat etwas entdeckt, das er nicht sollte. Etwas, das mit den Ketten zu tun hat."

Kael legte ihm eine Hand auf die Schulter. „Dann finden wir es heraus. Du bist ein Teil davon, Farrik. Deine Mechanik, dein Wissen – sie könnten der Schlüssel sein."

Farrik nickte langsam, doch seine Hände zitterten noch immer, als er erneut auf die Gravur blickte.

Theron, der in der Nähe stand und nur halb zugehört hatte, trat nun näher. „Also willst du uns sagen, dass dein Vater sich mit diesem Kram eingelassen hat und dann verschwunden ist? Klingt, als ob das ein schlechter Plan war."

„Theron", sagte Lyria warnend, doch Farrik schüttelte den Kopf.

„Nein, er hat recht. Mein Vater hat mich gewarnt, die Gravuren nicht zu studieren. Er hat gesagt, sie sind gefährlich. Aber ich... ich wollte verstehen, warum. Jetzt, wo ich hier bin, fühle ich, dass er recht hatte. Sie fühlen sich an, als ob sie etwas von mir wollen."

„Das tun sie vielleicht", sagte Kael leise. „Die Ketten beobachten uns. Sie prüfen uns, testen uns. Vielleicht haben sie deinen Vater getestet – und jetzt testen sie dich."

Das Gespräch wurde durch ein plötzlichen, tiefen Brummen unterbrochen, das aus der Gravur kam. Die Linien begannen, intensiver zu leuchten, und eine Welle aus Energie durchströmte die Umgebung. Farrik sprang zurück, doch Kael blieb ruhig und betrachtete das Licht.

„Sie reagieren auf dich", sagte Ardan, der nähertrat und die Gravur mit seinen Notizen verglich. „Farrik, was auch immer dein Vater wusste, es hat etwas mit dir zu tun. Du bist der Schlüssel."

Farrik sah Kael an, seine Stimme war kaum mehr als ein Flüstern. „Ich weiß nicht, ob ich das will."

Kael legte eine Hand auf seine Schulter. „Niemand will das. Aber wir haben keine Wahl. Die Balance hängt von uns ab – von dir."

Das Licht verblasste langsam, doch das Summen blieb in der Luft hängen, als ob die Gravur darauf wartete, dass Farrik seine Entscheidung traf.

Die Entscheidung der Gruppe

Die Nacht lag schwer über der Lichtung, doch der Schlaf fand die Gruppe nicht. Farrik saß abseits des Lagers, seine Gedanken so unruhig wie das schwache Glühen der Gravur, die noch immer schwach pulsierte. Kael beobachtete ihn aus der Ferne und wusste, dass die Entscheidung, die vor ihnen lag, nicht nur Farrik betraf.

„Er grübelt zu viel", sagte Theron leise, während er das Feuer mit einem Stock umrührte. „Das ist nicht gut. Wir können es uns nicht leisten, dass er anfängt, die Kontrolle zu verlieren."

„Er verliert nicht die Kontrolle", entgegnete Lyria und warf Theron einen scharfen Blick zu. „Er versucht, eine Antwort zu finden – genau wie wir alle."

„Vielleicht", murmelte Theron. „Aber wir haben keine Zeit für Grübeleien. Diese Verzerrungen warten nicht auf uns."

Ardan, der in Gedanken versunken auf seinen Notizen gekritzelt hatte, sah auf. „Theron hat nicht ganz unrecht. Die Verzerrungen destabilisieren die Strömungen weiter. Wenn wir zu lange zögern, könnte das Gleichgewicht kippen, bevor wir eine Lösung finden."

Kael nickte, doch seine Augen blieben auf Farrik gerichtet. „Wir müssen eine Entscheidung treffen. Nicht nur, wie wir die Balance schützen – sondern ob wir bereit sind, den Preis dafür zu zahlen."

Kael stand auf und ging zu Farrik, der auf einem Stein saß und die Gravur beobachtete, die noch immer schwach pulsierte. „Farrik", begann er, seine Stimme ruhig.

Der Mechaniker sah auf, sein Gesicht gezeichnet von Müdigkeit und Zweifel. „Ich weiß nicht, ob ich das kann, Kael. Ich wollte nie mehr sein als ein Mechaniker. Ich wollte Dinge reparieren, nicht Teil von... diesem hier werden."

„Ich verstehe das", sagte Kael. „Aber du bist mehr als nur ein Mechaniker. Diese Gravuren, diese Ketten – sie reagieren auf dich. Sie brauchen dich, so wie wir dich brauchen."

Farrik lachte trocken. „Das ist es, was mich erschreckt. Was, wenn ich sie enttäusche? Was, wenn ich das Falsche tue und die Balance zerstöre, anstatt sie zu retten?"

Kael legte eine Hand auf seine Schulter. „Jeder von uns hat Angst davor, das Falsche zu tun. Aber es geht nicht darum, keine Fehler zu machen. Es geht darum, es überhaupt zu versuchen. Die Ketten haben dich nicht ohne Grund gewählt, Farrik. Dein Vater hat dir diese Gravuren hinterlassen, weil er wusste, dass du etwas damit tun kannst."

Farrik schwieg, doch Kael konnte sehen, wie die Worte in ihm arbeiteten.

Am Lagerfeuer versammelte sich die Gruppe schließlich wieder. Die Kälte der Nacht wurde von der flackernden Wärme des Feuers gemildert, doch die Spannung in der Luft war greifbar.

„Wir müssen weiterziehen", sagte Kael schließlich und sah in die Runde. „Die Gravuren führen uns tiefer in die Strömungen, und die Verzerrungen werden stärker. Wir können nicht stehen bleiben."

„Und was dann?", fragte Theron, dessen Stimme hart klang. „Wir lösen ein Problem, nur um ein anderes zu finden. Wie lange soll das noch so weitergehen?"

„Solange es nötig ist", sagte Lyria leise, aber bestimmt. „Wir sind die Wächter der Balance. Das bedeutet, dass wir handeln müssen, ob wir wollen oder nicht."

Theron schnaufte. „Leichter gesagt, wenn man nicht derjenige ist, der ständig einen Fuß in die Gräben setzen muss."

„Niemand zwingt dich, zu bleiben", erwiderte Lyria kühl.

Kael hob die Hand, um sie zu unterbrechen. „Wir sind zusammen hier, weil wir uns dafür entschieden haben. Aber wir müssen mehr als nur zusammenarbeiten. Wir müssen uns vertrauen – nicht nur einander, sondern auch der Balance."

Ardan zog eine seiner Skizzen hervor und legte sie vor sich ins Licht des Feuers. „Die Verzerrungen, die wir gesehen haben, stammen aus einem Bruch in der Balance. Sie sind nicht natürlich – sie wurden ausgelöst. Wenn wir sie aufhalten wollen, müssen wir die Quelle finden."

„Und was ist die Quelle?", fragte Lyria.

„Die Ketten selbst", sagte Ardan. „Sie sind ein System, das die Balance hält. Aber sie sind alt, und etwas hat sie gestört. Wir wissen nicht, was, aber es gibt Hinweise, dass die Verzerrungen nicht zufällig sind."

„Jemand oder etwas hat sie verursacht", sagte Kael und sah in die Runde. „Das bedeutet, dass wir nicht nur gegen die Verzerrungen kämpfen – wir kämpfen gegen den Grund, warum sie existieren."

Farrik, der bisher geschwiegen hatte, hob den Kopf. „Wenn das stimmt, dann müssen wir tiefer in die Ketten vordringen. Die Gravuren, die ich gesehen habe, sind wie ein Bauplan. Sie führen uns, aber sie könnten auch zeigen, wo die Schwachstellen sind – oder wer sie verursacht hat."

Theron runzelte die Stirn. „Und du bist sicher, dass wir das tun sollten? Wenn diese Gravuren so gefährlich sind, wie du sagst, könnte es uns umbringen, sie zu aktivieren."

„Es könnte uns umbringen, wenn wir es nicht tun", sagte Farrik mit plötzlicher Festigkeit in der Stimme. „Wenn mein Vater recht hatte, dann führen diese Gravuren zu einem Ort, an dem wir Antworten finden können. Ich werde es versuchen – mit oder ohne euch."

Kael sah ihn an, ein leichtes Lächeln auf den Lippen. „Du wirst es nicht allein tun. Wir sind dabei."

Die Gruppe einigte sich darauf, dem Pfad der Gravuren weiter zu folgen. Die Zweifel und Spannungen blieben, doch sie wurden durch einen gemeinsamen Zweck überlagert. Das Feuer wurde gelöscht, die Ausrüstung gepackt, und bevor der erste Schein des Morgens den Himmel berührte, machten sie sich auf den Weg.

Die Stimmen der Gravuren

Der Pfad der Gravuren führte die Gruppe tiefer in die Strömungen, doch die Umgebung veränderte sich merklich. Die Luft wurde schwerer, und ein feiner, vibrierender Ton durchzog die Stille. Es war, als ob die Gravuren selbst zu atmen begannen, ein Echo, das aus der Tiefe der Strömungen kam.

„Das fühlt sich anders an", sagte Lyria und drehte sich zu Kael, der den Aetherkompass fest in der Hand hielt. Das Licht des Kompasses leuchtete jetzt gleichmäßig, ohne das vorherige Flackern.

„Es ist, als ob sie uns führen", sagte Kael leise. „Aber nicht zu einem Ort – zu etwas, das auf uns wartet."

Theron schulterte seine Waffe und spähte misstrauisch in die Dunkelheit vor ihnen. „Ich mag es nicht, wenn Dinge auf uns warten. Das endet nie gut."

Ardan schüttelte den Kopf, während er sich über eine der leuchtenden Gravuren beugte. „Die Gravuren werden stärker. Sie sind keine einfachen Muster mehr. Es ist, als ob sie miteinander kommunizieren."

Farrik trat näher, seine Augen fixierten die Gravur, die unter Ardans Fingern pulsierte. „Sie kommunizieren nicht", sagte er. „Sie sind... Stimmen."

„Stimmen?", fragte Theron skeptisch. „Das klingt ja immer besser."

Farrik ignorierte den Kommentar und kniete sich hin, während er die Gravur mit seinen Händen berührte. Das Pulsieren wurde intensiver, und plötzlich durchzog ein leises Flüstern die Luft, so schwach, dass es fast unhörbar war.

„Hört ihr das?", fragte Farrik und blickte auf.

Kael nickte langsam. „Es sind keine Worte. Es ist wie ein Summen, das in den Gedanken nachhallt."

„Es sind Fragmente", sagte Ardan, dessen Augen vor Aufregung leuchteten. „Die Gravuren sind ein Archiv. Sie tragen Informationen – und sie versuchen, mit uns zu sprechen."

Plötzlich wurde das Flüstern lauter, und das Licht der Gravuren flammte auf. Die Gruppe zog sich zurück, als ein greller Lichtstrahl in die Dunkelheit schoss und einen Teil des Pfades vor ihnen erhellte. In der Mitte des neuen Bereichs, den das Licht enthüllte, stand eine riesige Struktur – ein monolithischer Stein, der von denselben Gravuren bedeckt war, die sie die ganze Zeit begleitet hatten.

„Das ist ein Nexus", sagte Ardan ehrfürchtig. „Ein Punkt, an dem die Strömungen zusammenfließen."

„Es sieht aus wie eine Falle", murmelte Theron, doch er trat vorsichtig näher.

Kael trat vor und spürte, wie der Kompass in seiner Hand vibrierte. „Das ist es", sagte er leise. „Die Gravuren haben uns hierher geführt."

Als sie sich dem Monolithen näherten, begann das Flüstern intensiver zu werden. Farrik blieb stehen und hielt sich die Hände an die Schläfen. „Es ist zu laut", sagte er. „Ich kann mich kaum konzentrieren."

Kael legte ihm eine Hand auf die Schulter. „Farrik, konzentrier dich. Die Gravuren reagieren auf dich. Vielleicht kannst du sie... entschlüsseln."

Farrik atmete tief ein und schloss die Augen, seine Hände zitterten, als er sie auf den Monolithen legte. Das Flüstern wurde ruhiger, und das Licht der Gravuren stabilisierte sich.

„Es ist eine Botschaft", sagte Farrik schließlich, seine Stimme war kaum mehr als ein Flüstern. „Aber sie ist fragmentiert. Ich sehe... ein Bild. Ein Ort, der von den Ketten geschützt wird. Und etwas Dunkles, das versucht, ihn zu zerstören."

Ardan trat näher und betrachtete die Muster. „Das ist eine Karte", sagte er und deutete auf eine Reihe von Linien, die sich über die Oberfläche des Monolithen zogen. „Die Ketten haben uns einen Weg gezeigt – zu einem Ort, an dem wir die Quelle der Verzerrungen finden können."

„Und was ist mit dem Dunklen, das Farrik erwähnt hat?", fragte Lyria.

Kael blickte auf die Gravuren und spürte, wie eine seltsame Kälte durch ihn zog. „Das ist, was wir aufhalten müssen. Das Dunkle ist der Grund, warum die Ketten zerbrechen."

Plötzlich begann der Monolith zu vibrieren, und das Licht der Gravuren wurde unruhig. Ein tiefes Dröhnen erfüllte die Luft, und ein neuer Ton mischte sich unter das Flüstern – ein tiefes, bedrohliches Grollen.

„Was passiert jetzt?", fragte Theron und zog seine Waffe.

Farrik zog sich zurück, seine Augen weit vor Schreck. „Die Ketten sind nicht nur ein System. Sie... sie verteidigen sich."

Kael zog den Kompass hervor, dessen Licht jetzt pulsierte, als ob es synchron mit dem Monolithen war. „Das ist eine Prüfung", sagte er leise. „Die Ketten wollen wissen, ob wir würdig sind, den Weg zu gehen."

Die Prüfung des Monolithen

Das Grollen des Monolithen wurde tiefer, vibrierender, als ob die Gravuren auf seiner Oberfläche zum Leben erwachten. Die Luft um die Gruppe herum schien zu flimmern, als ein unsichtbarer Druck sie erfasste. Kael spürte, wie der Aetherkompass in seiner Hand heiß wurde, sein pulsierendes Licht wurde intensiver und begann, sich mit den Gravuren auf dem Monolithen zu synchronisieren.

„Das ist keine einfache Prüfung", sagte Lyria, ihr Schwert fest in der Hand, während sie die wachsenden Lichtmuster auf der Oberfläche des Monolithen beobachtete. „Das Ding testet uns – oder will uns zerstören."

„Vielleicht beides", sagte Ardan und trat zurück, seine Augen fixierten die sich bewegenden Gravuren. „Die Ketten schützen ihren Kern. Sie wollen sicherstellen, dass wir würdig sind, ihn zu erreichen."

„Großartig", murmelte Theron, während er seine Waffe hob. „Ich liebe es, getestet zu werden, während wir fast sterben."

Plötzlich schoss ein Lichtstrahl aus dem Monolithen, der den Boden vor ihnen zerschnitt und eine Reihe von Symbolen aufleuchten ließ. Sie formten ein Muster, das sich mit jeder Sekunde veränderte, und in der Luft begann ein tiefes Flüstern zu erklingen.

„Das ist ein Rätsel", sagte Farrik und trat näher an die Symbole heran. Seine Hände zitterten leicht, doch seine Augen waren fest auf die Gravuren gerichtet. „Die Ketten stellen uns Fragen. Wir müssen die Symbole in der richtigen Reihenfolge aktivieren."

„Und was passiert, wenn wir die falsche Reihenfolge wählen?", fragte Theron, dessen Blick skeptisch war.

„Ich denke, das willst du nicht herausfinden", sagte Ardan trocken.

Kael trat neben Farrik und betrachtete die pulsierenden Symbole. „Farrik, du kannst das", sagte er leise. „Du hast die Gravuren verstanden, die uns hierher geführt haben. Du bist der Einzige, der dieses Muster entschlüsseln kann."

Farrik nickte zögernd und streckte die Hand aus, doch bevor er das erste Symbol berühren konnte, begann der Monolith erneut zu beben. Aus seiner Oberfläche löste sich eine Gestalt, die wie ein Wächter aussah, doch ihre Konturen waren undeutlich und ihre Bewegungen ruckartig. Die Energie, die sie ausstrahlte, war bedrohlich und drückte schwer auf die Umgebung.

„Das ist keine reine Energie", sagte Ardan, dessen Stimme angespannt war. „Es ist eine physische Manifestation der Ketten. Ein Wächter."

„Wunderbar", murmelte Theron, während er die Waffe auf die Gestalt richtete. „Ich kümmere mich um das Ding, während ihr das Rätsel löst."

Die Gestalt bewegte sich mit unerwarteter Geschwindigkeit auf die Gruppe zu. Lyria sprang nach vorne, ihr Schwert blitzte im Licht der Gravuren, als sie einen schnellen Schlag ausführte. Doch die Gestalt wich aus und schlug zurück, eine Welle aus Energie raste auf sie zu.

„Es ist stärker als die Wächter, die wir zuvor gesehen haben!", rief Lyria, während sie sich in die Defensive zurückzog.

„Haltet es abgelenkt!", rief Kael, während er sich zu Farrik wandte. „Wir haben nicht viel Zeit."

Farrik nickte, seine Hände glitten über die Symbole. „Es ist ein Muster. Ich muss die Linien verbinden, die die Gravuren stabilisieren. Aber wenn ich einen Fehler mache, wird die Energie des Monolithen instabil."

„Dann mach keinen Fehler", sagte Theron, während er mehrere Schüsse auf die Gestalt abfeuerte, die kurz ins Wanken geriet.

Farrik konzentrierte sich, seine Finger flogen über die leuchtenden Symbole. Jedes Mal, wenn er die richtige Verbindung herstellte, wurde das Flüstern in der Luft leiser, und das Licht der Gravuren stabilisierte sich. Doch die Gestalt wurde aggressiver, ihre Bewegungen unberechenbar.

Lyria landete einen gezielten Schlag auf den Arm der Gestalt, die sich für einen Moment zurückzog, bevor sie eine neue Welle aus Energie freisetzte. Der Druck war überwältigend, und Farrik musste sich ducken, um nicht von der Kraft umgeworfen zu werden.

„Beeil dich, Farrik!", rief Kael, während er den Kompass fest in der Hand hielt. „Der Monolith reagiert auf dich. Du kannst das beenden!"

Mit einem letzten, entschlossenen Atemzug berührte Farrik das finale Symbol. Ein grelles Licht erfüllte die Kammer, und die Gravuren auf dem Monolithen leuchteten auf, während das Flüstern vollständig verstummte. Die Gestalt hielt inne, ihr Körper begann zu flackern, bevor sie sich in einem Schauer aus Licht auflöste.

Die Stille kehrte zurück, und der Monolith pulsierte ruhig, sein Licht gleichmäßig und stabil. Farrik sackte auf die Knie, sein Atem schwer, doch ein Lächeln spielte auf seinen Lippen. „Ich... ich habe es geschafft."

Kael kniete sich neben ihn und legte eine Hand auf seine Schulter. „Du hast mehr als das geschafft. Du hast uns einen Weg geöffnet."

Ardan trat näher und betrachtete den Monolithen, dessen Gravuren sich nun zu einer klaren Karte formten. „Das ist es", sagte er, seine Stimme voller Ehrfurcht. „Der Pfad zu der Quelle der Verzerrungen. Die Ketten haben uns die nächste Etappe gezeigt."

„Und was kommt jetzt?", fragte Theron, der seine Waffe wegsteckte und einen skeptischen Blick auf die Karte warf.

„Was auch immer es ist", sagte Lyria, „wir sind bereit."

Kael nickte, während er auf die Karte blickte, die vor ihnen leuchtete. „Die Prüfung des Monolithen war nur der Anfang. Der wahre Test liegt noch vor uns."

Der Pfad der Dunkelheit

Die Gravuren des Monolithen leuchteten schwach und formten eine Karte, die wie eine lebendige Struktur schien. Linien verbanden sich und zeigten Pfade, die durch die Strömungen führten. Kael betrachtete die Karte aufmerksam, während die anderen ihre Kräfte sammelten. Der Kampf gegen den Wächter hatte sie alle erschöpft, doch die Entschlossenheit, weiterzugehen, blieb ungebrochen.

„Das hier ist der nächste Weg", sagte Kael und deutete auf eine Gravur, die heller pulsierte als die anderen. „Die Ketten weisen uns die Richtung."

„Großartig", sagte Theron trocken. „Ein weiterer mysteriöser Pfad, der uns wahrscheinlich fast umbringen wird."

Lyria schüttelte den Kopf, ihre Stimme klang hart. „Hör auf zu jammern, Theron. Wir wussten, worauf wir uns eingelassen haben."

„Haben wir das?", erwiderte er mit einem schiefen Lächeln. „Ich dachte, wir jagen ein paar alte Relikte. Niemand hat gesagt, dass wir Teil eines uralten Balance-Kults werden."

Kael trat dazwischen, seine Stimme ruhig, aber fest. „Wir haben keine Wahl. Wenn wir das nicht tun, bricht die Balance zusammen – und mit ihr die Welt."

Die Gruppe machte sich auf den Weg, geführt von der pulsierenden Gravur auf Kaels Aetherkompass. Die Dunkelheit um sie herum schien dichter zu werden, als ob die Strömungen selbst sie umklammerten. Die Landschaft veränderte sich, wurde seltsam und fremd. Steine schwebten in der Luft, und der Boden schien mit jedem Schritt zu vibrieren.

„Das hier fühlt sich falsch an", murmelte Farrik, während er sich dicht an die anderen hielt.

„Es ist die Verzerrung", sagte Ardan, dessen Augen die Umgebung aufmerksam beobachteten. „Je näher wir der Quelle kommen, desto stärker wird sie."

Kael spürte den Druck in der Luft, ein Gewicht, das auf seine Brust drückte. Die Strömungen waren instabil, und er konnte fühlen, dass etwas sie beobachtete.

Plötzlich stoppte Lyria und hob die Hand. „Wartet."

Die Gruppe hielt inne, und ein seltsames Geräusch erfüllte die Stille – ein leises, rhythmisches Klicken, das aus der Dunkelheit kam.

„Was ist das?", fragte Farrik, seine Stimme zitterte leicht.

„Nichts Gutes", murmelte Theron und hob seine Waffe.

Aus der Dunkelheit tauchten Schatten auf, deren Umrisse undeutlich waren. Ihre Bewegungen waren ruckartig, und ihre Augen leuchteten in einem unheimlichen Rot. Es waren keine Wächter wie zuvor – diese Wesen wirkten verzerrt, als ob sie aus den Strömungen selbst gerissen worden wären.

„Das sind keine Kreaturen", sagte Ardan, dessen Stimme angespannt klang. „Das sind Überreste der Balance – Fragmente, die durch die Verzerrung entstellt wurden."

„Und sie kommen direkt auf uns zu", sagte Theron, dessen Finger über den Abzug seiner Waffe glitten.

Die Wesen stürmten vorwärts, und die Gruppe bereitete sich auf den Kampf vor. Lyria war die Erste, die zuschlug, ihr Schwert blitzte im schwachen Licht der Gravuren. Sie landete einen Treffer auf dem nächstgelegenen Schatten, der auseinanderbrach, als ob er aus Rauch bestand.

„Sie sind nicht stabil!", rief sie. „Wir können sie zerstören!"

Theron feuerte mehrere Schüsse ab, und die Kugeln zerrissen zwei weitere Schatten. Doch mit jedem zerstörten Wesen schienen zwei neue aus der Dunkelheit zu kommen.

„Sie hören nicht auf!", rief Farrik, der sich hinter Kael duckte.

„Das ist ein Ablenkungsmanöver", sagte Ardan, dessen Augen sich auf die Gravuren vor ihnen richteten. „Die Ketten testen uns erneut – sie wollen wissen, ob wir die Balance auch unter Druck wahren können."

Kael trat nach vorne und hielt den Kompass hoch. Sein Licht wurde intensiver, und die Schatten schienen zu zögern. „Haltet sie zurück!", rief er. „Ich muss die Gravuren aktivieren, um den Pfad zu stabilisieren!"

Lyria und Theron bildeten eine Verteidigungslinie, während Kael und Farrik sich zu den leuchtenden Linien bewegten. Farrik kniete sich hin und begann, die Gravuren zu berühren, während Kael den Kompass darauf ausrichtete.

„Es ist ein Muster", murmelte Farrik, seine Hände glitten schnell über die Linien. „Die Ketten wollen, dass wir die Verzerrung in den Strömungen umlenken."

„Dann mach es schnell!", rief Theron, der eine weitere Kugel abfeuerte und einen Schatten zerstörte, der sich zu nah herangewagt hatte.

Das Licht der Gravuren begann, sich zu stabilisieren, und die Schatten wurden langsamer, ihre Bewegungen weniger aggressiv.

Kael spürte, wie die Energie der Strömungen durch ihn floss, und er konzentrierte sich auf die Balance, die sie wiederherstellen mussten.

„Es funktioniert!", rief Farrik, als das Licht der Gravuren die Schatten zurückdrängte.

Ein letzter Impuls aus dem Kompass erhellte die Dunkelheit, und die Schatten verschwanden vollständig. Die Luft wurde klarer, und das Klicken verstummte.

Die Gruppe sank keuchend zu Boden, die Anspannung löste sich langsam.

„Das war knapp", murmelte Theron und wischte sich den Schweiß von der Stirn.

„Die Ketten haben uns wieder getestet", sagte Ardan, während er die Gravuren untersuchte, die nun ruhig leuchteten. „Aber sie haben uns auch etwas gezeigt. Diese Verzerrungen – sie sind keine natürlichen Phänomene. Sie werden kontrolliert."

Kael nickte und hielt den Kompass fest in der Hand. „Dann müssen wir herausfinden, wer sie kontrolliert – und warum."

Die Gravuren wiesen ihnen erneut den Weg, tiefer in die Strömungen, wo die Antworten auf sie warteten.

Die Stimme der Quelle

Die Gravuren führten die Gruppe tiefer in die Strömungen, wo die Dunkelheit begann, sich zu lichten. Vor ihnen leuchtete ein pulsierendes Licht, kalt und unheimlich, das aus der Substanz der Strömungen selbst zu bestehen schien. Jeder Schritt fühlte sich schwerer an, als ob die Energie des Lichts sie zurückhalten wollte.

„Das ist die Quelle der Verzerrung", sagte Kael, während er den Aetherkompass in seiner Hand betrachtete. Die Nadel vibrierte unruhig, doch das grüne Licht des Kompasses blieb stabil.

„Und wahrscheinlich der Ort, an dem wir all unsere Fragen beantworten – oder keine Zeit mehr haben, sie zu stellen", murmelte Theron.

„Das reicht, Theron", sagte Lyria mit einem scharfen Blick. „Wir sind hier, weil wir uns dafür entschieden haben. Hör auf, die Stimmung zu ruinieren."

Theron hob die Hände in einer Geste der Kapitulation, doch ein schwaches Lächeln huschte über sein Gesicht. „Ich ruinier nichts. Ich stelle nur sicher, dass wir die Realität nicht vergessen."

Kael ignorierte die Spannungen und konzentrierte sich auf das Licht. „Das ist mehr als nur die Quelle der Verzerrung. Es ist ein Knotenpunkt der Strömungen – und etwas kontrolliert ihn."

Farrik, der bisher schweigend gegangen war, blieb plötzlich stehen und betrachtete die Gravuren, die unter ihren Füßen in einem chaotischen Rhythmus pulsierten. „Die Gravuren sind instabil, aber sie folgen einem Muster. Es fühlt sich an, als ob sie... sprechen."

Ardan trat näher und kniete sich hin, um die Linien genauer zu betrachten. „Es ist kein Zufall. Diese Gravuren sind eine Nachricht – oder eine Warnung."

„Eine Warnung vor was?", fragte Lyria, während sie sich umsah.

Kael kniete sich ebenfalls hin, legte die Hand auf die Gravuren und spürte die kalte Energie, die von ihnen ausging. „Die Quelle. Sie ist nicht nur ein Ort. Sie ist ein Wächter – oder eine Prüfung."

Die Worte ließen die Gruppe innehalten. Das Licht in der Ferne schien intensiver zu werden, und ein tiefer Ton vibrierte durch die Luft. Es war kein Geräusch, sondern ein Gefühl, das in ihren Köpfen widerhallte.

„Es weiß, dass wir hier sind", sagte Kael leise und richtete sich auf.

„Dann lass uns hoffen, dass es nicht die Geduld hat, auf uns zu warten", murmelte Theron, seine Waffe fest in der Hand.

Die Gruppe bewegte sich näher an das Licht heran, als die Gravuren unter ihren Füßen plötzlich aufleuchteten. Farrik blieb erneut stehen, seine Augen fixierten die sich verändernden Muster. „Das ist ein Schloss", sagte er leise. „Ein Code, den wir entschlüsseln müssen, um weiterzukommen."

„Und was passiert, wenn wir es nicht schaffen?", fragte Theron, dessen Blick misstrauisch auf das pulsierende Licht gerichtet war.

„Dann lässt es uns nicht vorbei", sagte Farrik, während er sich hinkniete und begann, die Gravuren zu berühren.

Kael kniete sich neben ihn, der Aetherkompass in seiner Hand vibrierte. „Wir haben keine Wahl. Fang an."

Farrik konzentrierte sich, seine Hände glitten über die Gravuren, während er die Muster analysierte. Das pulsierende Licht in der Ferne wurde intensiver, und ein tiefes Grollen erfüllte die Luft. Kael spürte, wie die Energie der Strömungen um sie herum dichter wurde, als ob die Quelle selbst sich näherte.

„Es wird stärker", sagte Ardan. „Das Schloss muss stabilisiert werden, bevor die Verzerrung sich ausbreitet."

„Beeil dich, Farrik!", rief Lyria, die ihr Schwert zog, als ein Schatten aus der Dunkelheit auftauchte.

Eine massive Gestalt formte sich vor dem pulsierenden Licht. Ihre Konturen waren undeutlich, und ihre Augen leuchteten in einem kalten Weiß. Sie war keine Kreatur aus Fleisch und Blut, sondern eine Manifestation der Strömungen selbst.

„Das ist die Stimme der Quelle", sagte Ardan. „Oder das, was von ihr übrig ist."

Kael hielt den Kompass hoch, dessen Licht sich mit dem der Gravuren synchronisierte. „Es testet uns. Es will wissen, ob wir bereit sind."

Die Gestalt blieb regungslos, doch ihre Präsenz drückte schwer auf die Gruppe. Farrik atmete tief ein, während er die letzte Verbindung der Gravuren schloss. Das Licht unter ihren Füßen stabilisierte sich, und die Gestalt begann, sich zu bewegen.

„Es reicht nicht aus", sagte Farrik. „Das Schloss ist stabil, aber die Quelle verlangt mehr – sie verlangt eine Antwort."

Kael trat vor, das Licht des Kompasses wurde intensiver, und die Gestalt fixierte ihn. Er spürte, wie die Energie der Strömungen durch ihn floss, als ob sie seine Entschlossenheit prüfen wollte.

„Was willst du von uns?", fragte Kael leise.

Die Gestalt sprach nicht, doch das pulsierende Licht wurde ruhiger, als ob es seine Antwort gefunden hätte. Die Prüfung hatte begonnen.

Die Prüfung der Quelle

Die Gestalt der Quelle bewegte sich nicht, doch die Energie um sie herum begann sich zu verdichten. Die Gravuren am Boden pulsieren nun in einem regelmäßigen Rhythmus, und der Aetherkompass in Kaels Hand schien in das Muster einzustimmen. Die Gruppe stand in einer angespannten Stille, jeder bereit, zu reagieren, doch die Bedrohung war ungreifbar – sie lag in der Luft, in den Strömungen selbst.

Kael trat einen Schritt nach vorn, das Licht des Kompasses erhellte die Gestalt, deren Konturen weiterhin unklar blieben. Die Energie, die sie ausstrahlte, drang in Kaels Gedanken ein, ein sanftes, aber bestimmendes Flüstern, das keine Worte hatte, nur eine Präsenz.

„Es ist keine Kreatur", sagte Kael leise. „Es ist ein Teil der Strömungen. Es will uns prüfen."

Theron hob seine Waffe, bereit, zu reagieren. „Ich habe genug von Prüfungen. Können wir nicht einfach weitergehen?"

„Das wäre zu einfach", sagte Ardan, während er die Gravuren studierte. „Die Ketten verlangen mehr als bloßes Bestehen. Sie wollen Gewissheit – und Hingabe."

Kael hielt inne, sein Blick fixierte die Gestalt. „Es ist kein Kampf. Es ist eine Frage."

Die Luft um die Gruppe begann sich zu bewegen, wie eine unsichtbare Welle, die sie in ihren Bann zog. Die Gestalt hob eine Hand, und aus dem Licht formten sich drei Bilder, die vor der Gruppe schwebten. Es waren keine klaren Szenen, sondern Fragmente: ein zerstörter Nexus, die Erde, die von Dunkelheit verschluckt wurde, und eine letzte Gravur, die in einer strahlenden, unermesslichen Helligkeit leuchtete.

„Was ist das?", fragte Lyria, die einen Schritt näher trat.

„Es zeigt uns die Konsequenzen", sagte Farrik mit zittriger Stimme. „Wenn wir scheitern – oder wenn wir Erfolg haben."

„Die Balance kann genauso zerstörerisch sein wie die Verzerrung, wenn wir sie nicht richtig handhaben", sagte Ardan. „Die Ketten verlangen nicht nur Gehorsam. Sie verlangen Verständnis."

Kael trat vor, das Licht des Kompasses wurde intensiver, als er näher an die Gestalt herantrat. „Es verlangt, dass wir eine Entscheidung treffen. Aber wir können diese Entscheidung nicht für uns allein treffen. Wir müssen uns der Balance verpflichten – oder die Strömungen loslassen."

Die Gestalt streckte eine zweite Hand aus, und aus den Gravuren unter ihren Füßen schoss ein pulsierender Lichtstrahl in die Luft. Kael spürte, wie die Energie durch ihn hindurchströmte, wie ein Sturm, der ihn gleichzeitig prüfte und stärkte. Er drehte sich zu den anderen um.

„Das ist der Moment, an dem wir uns entscheiden müssen", sagte er. „Wir haben die Ketten geschützt, aber sie verlangen mehr als das. Sie wollen wissen, ob wir bereit sind, unsere Freiheit aufzugeben, um die Balance zu bewahren."

Theron senkte die Waffe, seine Augen suchten Kaels. „Und was bedeutet das? Dass wir nur noch für die Ketten leben? Dass wir nichts anderes mehr sein können?"

„Es bedeutet, dass wir Teil von etwas Größerem werden", sagte Lyria, ihre Stimme war ruhig, aber entschlossen. „Die Balance ist wichtiger als wir. Das wussten wir, als wir diesen Weg eingeschlagen haben."

Farrik schüttelte den Kopf, seine Hände zitterten. „Ich... Ich weiß nicht, ob ich das kann. Mein Vater... Er hat sein Leben geopfert, um die Gravuren zu studieren. Aber ich wollte nie wie er sein. Ich wollte nie alles verlieren."

Kael trat an seine Seite, seine Stimme war ruhig. „Niemand verlangt, dass du etwas verlierst, Farrik. Die Ketten wollen uns nicht zerstören. Sie wollen uns führen. Aber die Entscheidung liegt bei uns – und bei dir."

Die Gestalt bewegte sich, ihre Energie wurde intensiver, und die Gravuren begannen zu flackern. Kael hob den Kompass, und das Licht stabilisierte sich. Die drei Bilder vor ihnen wurden deutlicher, und jedes zeigte eine mögliche Zukunft: eine Welt in Dunkelheit, eine Welt in Chaos und eine Welt, in der die Strömungen in perfekter Harmonie flossen.

„Wir entscheiden, welche dieser Welten wir erschaffen", sagte Ardan. „Aber keine davon ist sicher. Die Balance ist kein Zustand – sie ist ein Kampf."

Die Gestalt streckte eine Hand direkt auf Kael aus, und das Licht um ihn herum wurde intensiver. Kael schloss die Augen und spürte die Strömungen, wie sie durch ihn hindurchflossen. Er sah nicht nur die Zukunft, sondern auch die Vergangenheit der Ketten, die Entscheidungen, die vor ihm getroffen worden waren, und die Konsequenzen, die daraus entstanden.

„Es ist nicht nur unsere Entscheidung", sagte er schließlich und öffnete die Augen. „Es ist unsere Hingabe."

Kael legte den Kompass in die Mitte der Gravuren, und das Licht explodierte in einem grellen Strahl, der die Gestalt umhüllte. Die Gravuren stabilisierten sich, und die drei Bilder verschwanden.

Stattdessen erschien eine neue Szene: ein klarer, stabiler Pfad, der tiefer in die Strömungen führte.

Die Gestalt löste sich langsam auf, doch bevor sie verschwand, hallte eine Stimme durch die Strömungen, klar und bestimmt: „Ihr habt die Prüfung bestanden. Die Balance bleibt bei euch – doch eure Reise ist noch nicht beendet."

Die Gruppe stand in der Stille, die zurückblieb, als das Licht verblasste. Die Gravuren zeigten einen klaren Weg, und der Aetherkompass, den Kael aufhob, war ruhiger als je zuvor.

„Wir sind nicht am Ziel", sagte Lyria, ihre Stimme war leise. „Aber wir wissen jetzt, wohin wir gehen."

Kael nickte und sah auf die Gravuren vor ihnen. „Die Ketten haben uns akzeptiert. Jetzt liegt es an uns, die Balance zu schützen."

Kapitel 9: Die Prüfung der Balance

Die Resonanz des Herzens

Die Plattform war still und zugleich lebendig, eine Symphonie aus fließender Energie, die durch die Gravuren unter ihren Füßen pulsierte. Jeder Schritt auf dieser schwebenden Ebene ließ die Strömungen in sanften Wellen reagieren, als ob der Ort selbst ihre Anwesenheit spürte. Kael hielt den Aetherkompass in seiner Hand, dessen Leuchten nun mit der Resonanz des Kreises übereinstimmte. Doch die Harmonie war unvollkommen. Dunkle Risse durchzogen die Gravuren, und das Licht, das sie aussandten, flackerte, als ob es gegen eine unsichtbare Kraft kämpfte.

„Das ist es", flüsterte Ardan, seine Stimme war von Ehrfurcht erfüllt. „Der Ursprung der Balance. Der Punkt, an dem alle Ketten zusammenlaufen."

Kael ließ den Blick über die Gravuren schweifen, die sich in konzentrischen Kreisen von der Mitte der Plattform aus erstreckten. Im Zentrum schwebte ein massiver Kristall, ein Prisma aus Licht, das in stetem Wandel zu sein schien. Doch selbst dieser Kern war nicht unversehrt. Risse zogen sich durch seine Oberfläche, und aus diesen Rissen sickerte eine dunkle, pulsierende Energie.

„Die Dunkelheit hat ihn erreicht", sagte Kael leise. „Das Herz der Balance ist beschädigt. Wenn wir es nicht stabilisieren, wird alles zusammenbrechen."

Theron trat vor, seine Hand locker um den Griff seines Schwertes. „Und wie genau reparieren wir ein Ding, das aussieht, als wäre es vor Jahrhunderten zerbrochen? Soll ich es zusammenschweißen?"

„Mit Stärke allein wird das hier nichts", sagte Ardan. Er kniete sich neben eine der Gravuren und legte die Hand darauf. Sofort begann das Licht in der Linie zu pulsieren, doch es war schwach, als ob es nicht genug Energie hatte, um sich auszuweiten. „Die Strömungen reagieren auf uns. Aber sie brauchen mehr als Kraft. Sie brauchen unsere Einheit."

Lyria betrachtete den Kristall, ihre Augen scharf und wachsam. „Die Balance prüft uns", sagte sie. „Es ist nicht nur eine Frage der Technik oder des Willens. Es ist ein Test, ob wir wirklich verstehen, was wir zu schützen versuchen."

Kael trat in die Mitte der Gruppe, den Kompass fest in der Hand. „Dann müssen wir uns verbinden", sagte er. „Mit der Balance. Mit den Strömungen. Und miteinander."

„Großartig", murmelte Theron und ließ seinen Blick über die Gravuren schweifen. „Ein Test der Einheit. Weil alles andere ja so einfach war."

„Hör auf zu reden und leg deine Hand auf die Gravuren", sagte Lyria mit einem leichten Lächeln, das aber schnell wieder verschwand. „Wir haben keine Zeit für Zweifel."

Farrik, der skeptisch die Gravuren beäugte, zog langsam ein Werkzeug hervor. „Das ist keine gewöhnliche Maschine", sagte er. „Aber vielleicht kann ich die Energie etwas umleiten, damit sie stabiler wird."

„Mach das", sagte Kael. Er kniete sich nieder und legte seine freie Hand auf die Gravuren. Sofort durchströmte ihn eine Welle aus Energie, die warm und drängend zugleich war. „Konzentriert euch. Die Balance reagiert auf uns. Wir müssen sie akzeptieren, so wie sie ist."

Einer nach dem anderen legten die anderen ihre Hände auf die Gravuren. Das Licht, das durch die Linien pulsierte, wurde heller, und der Kristall in der Mitte begann stärker zu leuchten. Doch gleichzeitig wuchs auch die Dunkelheit. Aus den Rissen im Kristall quoll eine schwarze, amorphe Masse, die sich über die Gravuren ausbreitete und die Luft mit einer bedrohlichen Kälte erfüllte.

„Das war zu erwarten", sagte Theron, während er sein Schwert zog. „Sie kommt."

Die Dunkelheit formte sich zu einer Gestalt, die zugleich vage und furchteinflößend war. Sie war kein Körper im klassischen Sinne, sondern ein Schatten, der wie eine lebendige Verkörperung von Chaos und Ungleichgewicht wirkte. Ihre Bewegungen waren unregelmäßig, doch jede Bewegung ließ die Plattform unter ihren Füßen erbeben.

„Das Herz verteidigt sich", sagte Ardan. „Die Balance will sicherstellen, dass wir würdig sind."

„Dann beweisen wir es ihr", sagte Lyria, ihre Klinge bereit, während sie sich neben Theron positionierte. „Kael, konzentriere dich auf den Kompass. Wir halten das Ding auf."

Kael nickte, sein Blick fest auf den Kompass gerichtet, der nun ein gleißendes Licht ausstrahlte. „Lenkt die Energie in die Gravuren", sagte er. „Farrik, hilf mir, den Fluss zu stabilisieren."

Farrik kniete sich neben Kael und begann, mit präzisen Bewegungen an den Gravuren zu arbeiten. „Die Energie fließt, aber sie ist instabil", sagte er. „Wir brauchen mehr Fokus."

Der Kampf entbrannte, während Lyria und Theron die Dunkelheit in Schach hielten. Jeder Schlag ihrer Waffen ließ Licht in die Schatten schneiden, doch das Wesen regenerierte sich schneller, als sie es beschädigen konnten. Die Plattform bebte, und die Gravuren begannen zu flackern.

„Wir können das nicht ewig halten!", rief Theron, während er einen weiteren Angriff des Wesens abwehrte.

„Noch einen Moment!", rief Farrik. „Wir sind fast soweit!"

Kael spürte, wie die Energie der Strömungen durch ihn floss. Es war eine überwältigende Kraft, die ihn fast zu Boden drückte, doch er hielt stand. „Gebt alles, was ihr habt!", rief er. „Wir müssen die Balance stabilisieren!"

In einem letzten, vereinten Moment bündelten sie ihre Energie. Das Licht der Gravuren wurde gleißend hell, und eine Welle aus purer Energie brach aus dem Kristall hervor. Die Dunkelheit schrie auf, ein durchdringender Laut, der die Luft erzittern ließ, bevor sie sich auflöste.

Die Plattform wurde still. Der Kristall in der Mitte leuchtete nun in einem klaren, ungebrochenen Licht, und die Gravuren pulsieren ruhig und gleichmäßig. Die Strömungen waren stabil.

„Wir haben es geschafft", sagte Kael, seine Stimme leise vor Erschöpfung. „Die Balance ist wiederhergestellt."

„Für jetzt", sagte Ardan. „Aber die Dunkelheit wird zurückkommen. Und wir müssen bereit sein."

Die Gruppe wusste, dass ihre Reise noch nicht vorbei war. Doch für diesen Moment hatten sie einen entscheidenden Sieg errungen.

Das Vermächtnis der Strömungen

Die Plattform war still geworden, aber die Luft um die Gruppe herum vibrierte weiterhin von der immensen Kraft der Strömungen. Das Licht des Kristalls in der Mitte pulsierte langsam, wie ein Herzschlag, der sich nach einem langen Kampf beruhigte. Die Gravuren unter ihren Füßen schienen nun stabil, und die dunklen Risse waren verschwunden. Doch die Spannung in der Gruppe war noch greifbar. Kael hielt den Aetherkompass fest in der Hand, dessen Licht nun in einem ruhigen Rhythmus pulsierte.

„Es ist vorbei", sagte Theron schließlich, das Schwert in der Hand, doch seine Haltung war noch immer angespannt. „Zumindest für den Moment."

Lyria betrachtete den Kristall aufmerksam, ihre Augen suchten nach Anzeichen für eine weitere Bedrohung. „Die Dunkelheit ist geschwächt, aber sie ist nicht fort. Sie lauert noch irgendwo da draußen."

Ardan nickte zustimmend, seine Finger strichen über die Gravuren, die noch warm von der zurückgekehrten Energie waren. „Das Herz ist stabilisiert, aber die Balance ist fragil. Wir haben sie gerettet, aber sie ist noch nicht vollständig geschützt."

„Also haben wir nur einen weiteren Aufschub erkauft", murmelte Farrik, der sich an den Rand der Plattform gesetzt hatte, ein Werkzeug in der Hand, das er unruhig drehte. „Wie lange wird das halten?"

Kael trat vor und stellte sich direkt vor den Kristall. Er konnte die Energie spüren, die von ihm ausging, wie ein stetiger Fluss, der die gesamte Plattform mit Leben erfüllte. „Es wird halten", sagte er schließlich, seine Stimme ruhig. „Aber nicht ohne uns. Die Balance verlangt nicht nur nach Schutz. Sie verlangt nach Verantwortung."

„Und was heißt das für uns?", fragte Theron und hob eine Augenbraue. „Sollen wir hier Wache stehen, bis wir alt und grau sind?"

Lyria lächelte schwach. „Die Balance verlangt mehr als Wache. Sie verlangt, dass wir verstehen, was wir schützen. Dass wir sie nicht als etwas Selbstverständliches betrachten."

Ardan trat näher und sah Kael direkt an. „Die Balance hat uns akzeptiert. Aber sie hat auch gezeigt, dass wir nicht perfekt sind. Sie hat uns getestet, um uns das zu lehren."

„Und trotzdem hat sie uns gebraucht", sagte Farrik leise, seine Augen auf die Gravuren gerichtet. „Ohne uns hätte sie es nicht geschafft."

Plötzlich begann der Kristall erneut zu leuchten, diesmal in einem sanften, goldenen Licht, das die gesamte Plattform erfüllte. Eine Stimme, leise und doch durchdringend, schien direkt aus dem Kristall zu kommen. Es war keine Sprache, die sie kannten, aber die Bedeutung der Worte war klar: „Die Balance ist wiederhergestellt. Doch eure Reise ist nicht vorbei."

Die Gruppe sah einander an, überrascht und zugleich aufmerksam. Die Stimme fuhr fort, ihr Ton ruhig und voller Macht: „Die Dunkelheit ist nur ein Aspekt. Balance erfordert nicht nur Licht, sondern auch Schatten. Ihr habt den ersten Schritt getan. Doch die wahre Prüfung steht euch noch bevor."

„Was bedeutet das?", fragte Lyria, ihre Stimme voller Entschlossenheit. „Was verlangt die Balance von uns?"

„Verantwortung", sagte Kael, während er den Aetherkompass hochhob. Das Licht des Geräts begann sich mit dem des Kristalls zu synchronisieren. „Wir sind ihre Hüter. Aber das bedeutet auch, dass wir uns ihr vollkommen widmen müssen."

Theron schnaubte, doch sein Ton war weniger spöttisch als sonst. „Also mehr Prüfungen, mehr Kämpfe und wahrscheinlich weniger Schlaf. Klingt nach einem großartigen Plan."

„Es ist mehr als das", sagte Ardan. „Die Strömungen haben uns gezeigt, dass wir nur ein Teil eines größeren Ganzen sind. Aber dieses Ganze hängt von unseren Entscheidungen ab."

„Und wir müssen entscheiden, wie weit wir gehen wollen", sagte Kael, während er den Blick auf den Kristall richtete. „Die Balance hat uns hierher geführt, aber der Weg, der vor uns liegt, ist unser eigener."

Der Kristall begann, heller zu leuchten, und die Gravuren auf der Plattform pulsierten ein letztes Mal, bevor sie in einen ruhigen Rhythmus zurückfielen. Es war, als ob der Ort selbst sich verabschiedete, bereit, die Gruppe auf ihren nächsten Schritt vorzubereiten.

„Es gibt keinen Weg zurück", sagte Lyria leise, ihre Stimme fest. „Aber das wussten wir bereits, bevor wir diesen Pfad betreten haben."

Kael drehte sich zu den anderen um, der Aetherkompass noch immer in seiner Hand. „Dann lassen wir es nicht umsonst gewesen sein", sagte er. „Wir haben einen Teil der Balance wiederhergestellt. Jetzt müssen wir sicherstellen, dass sie bestehen bleibt."

Mit entschlossenen Schritten verließ die Gruppe die Plattform, das sanfte Leuchten des Kristalls hinter sich lassend. Der Weg vor ihnen war ungewiss, aber sie waren vereint, und das Wissen um ihre Verantwortung trieb sie an.

Der Weg in die Leere

Die Gruppe hatte die Plattform des Herzens verlassen, doch die Luft um sie herum blieb dicht und voller elektrisierender Energie. Die Gravuren, die sie zuvor stabilisiert hatten, leuchteten schwach im Hintergrund, als sie einem neuen Pfad aus Licht folgten. Dieser Pfad führte sie weiter in eine Dunkelheit, die nicht einfach Abwesenheit von Licht war, sondern eine greifbare, lebendige Präsenz.

Kael ging an der Spitze, den Aetherkompass vor sich haltend. Das Gerät pulsierte in einem gleichmäßigen Rhythmus, der ihm Sicherheit gab, selbst als die Umgebung immer bedrohlicher wurde. „Das Licht des Pfades wird schwächer", sagte er, während er den Kompass fester umklammerte. „Die Strömungen sind hier instabil."

„Oder die Dunkelheit wird stärker", sagte Lyria, ihre Augen aufmerksam auf die Schatten gerichtet, die sich an den Rändern des Pfades bewegten. „Wir sollten wachsam bleiben."

„Wachsam?", fragte Theron und ließ seine Hand auf den Griff seines Schwertes sinken. „Ich bin so wachsam, dass ich wahrscheinlich die nächsten Wochen nicht schlafen kann."

Farrik, der hinter ihnen ging, warf ihm einen flüchtigen Blick zu. „Das ist gut, denn wenn der Pfad verschwindet, wirst du nicht die Zeit haben, über Schlaf nachzudenken."

Der Weg führte sie tiefer in die Leere, und die Luft wurde schwerer, als ob sie sich gegen jeden ihrer Schritte wehrte. Die Gravuren auf dem Pfad flackerten, und die Dunkelheit schien sich zu verdichten, als ob sie sie verschlingen wollte. Ardan blieb plötzlich stehen, seine Augen fixierten etwas in der Ferne.

„Da vorne", sagte er leise. „Die Strömungen sind blockiert."

Die anderen folgten seinem Blick. Vor ihnen war der Pfad abrupt unterbrochen, und stattdessen hing ein dunkler, schimmernder Schleier in der Luft. Es war, als ob die Dunkelheit selbst eine Barriere errichtet hätte, die sie am Weitergehen hinderte.

„Großartig", sagte Theron, sein Ton sarkastisch. „Noch eine Prüfung. Als ob wir nicht schon genug durchgemacht hätten."

Kael trat näher an die Barriere heran, den Kompass in der Hand. Das Licht des Geräts wurde schwächer, als ob die Dunkelheit es unterdrücken wollte. „Das ist kein gewöhnlicher Schatten", sagte er. „Es ist die Dunkelheit der Balance. Sie blockiert uns, weil wir etwas beweisen müssen."

„Und was genau?", fragte Farrik, während er die Barriere mit misstrauischem Blick musterte. „Dass wir wahnsinnig genug sind, weiterzumachen?"

Ardan kniete sich nieder und legte eine Hand auf die Gravuren, die direkt vor der Barriere endeten. „Es ist eine Frage der Resonanz", sagte er. „Die Dunkelheit prüft uns erneut, aber diesmal verlangt sie keine Kraft. Sie verlangt Harmonie."

„Harmonie?", fragte Lyria. „Was bedeutet das?"

„Es bedeutet, dass wir im Einklang sein müssen", sagte Kael. „Mit den Strömungen, mit der Balance... und miteinander."

Theron seufzte tief. „Das klingt nach einem schlechten Gruppentherapie-Experiment."

„Es ist ernst, Theron", sagte Lyria mit einem warnenden Blick. „Wir sind hier, weil die Balance uns braucht. Wenn wir versagen, war alles umsonst."

„Also gut", sagte Theron, während er sein Schwert wieder schulterte. „Was müssen wir tun? Hand halten und Lieder singen?"

Kael ignorierte den Kommentar und kniete sich vor die Gravuren. Er legte den Kompass auf den Boden und schloss die Augen. „Farrik, Ardan, Lyria – legt eure Hände auf die Gravuren. Theron, du kannst auf die Dunkelheit achten. Aber konzentriert euch. Wir müssen unsere Energien bündeln."

Einer nach dem anderen legten die anderen ihre Hände auf die Gravuren, und ein schwaches Licht begann, sich entlang des Pfades auszubreiten. Es war kein großes Leuchten, sondern ein zarter Schein, der durch ihre Verbindung verstärkt wurde. Kael spürte, wie die Strömungen durch ihn flossen, chaotisch, aber voller Potenzial.

„Konzentriert euch auf das Licht", sagte Kael. „Lasst die Dunkelheit nicht in euren Geist eindringen."

Die Barriere vor ihnen begann zu flackern, doch die Dunkelheit ließ nicht nach. Stattdessen verstärkte sie ihren Druck, und die Gravuren unter ihren Händen begannen zu zittern.

„Es ist nicht genug", sagte Farrik durch zusammengebissene Zähne. „Die Dunkelheit ist zu stark."

Kael öffnete die Augen und sah die anderen an. „Es fehlt etwas", sagte er. „Die Dunkelheit kämpft, weil sie weiß, dass wir uns zurückhalten. Sie will, dass wir uns vollständig öffnen."

„Das klingt gefährlich", sagte Theron. „Was, wenn sie uns verschlingt?"

„Dann ist das der Preis, den wir zahlen müssen", sagte Kael entschlossen. „Die Balance verlangt alles von uns. Es gibt keinen anderen Weg."

Ardan nickte langsam. „Er hat recht. Wir können nicht nur einen Teil von uns geben. Wir müssen bereit sein, alles zu opfern."

Die Gruppe sah einander an, und für einen Moment herrschte Stille. Dann legten sie erneut ihre Hände auf die Gravuren, und diesmal war ihre Verbindung stärker. Die Energie der Strömungen floss frei, und das Licht breitete sich wie ein Strom aus.

Die Dunkelheit schrie auf, ein Laut, der durch die Luft schnitt, als ob sie selbst Schmerzen empfand. Die Barriere begann, sich aufzulösen, und der Pfad wurde wieder sichtbar.

Die Gruppe stand einen Moment lang still, das Echo der Dunkelheit hallte noch in der Luft nach. „Wir haben es geschafft", sagte Lyria leise. „Zumindest diesen Teil."

„Ja", sagte Kael, während er den Kompass aufhob. „Aber die Balance wird uns weiter prüfen. Das war erst der Anfang."

Mit vorsichtigen Schritten setzten sie ihren Weg fort, das Licht des Pfades vor ihnen und die Dunkelheit hinter sich. Doch sie wussten, dass die größte Prüfung noch auf sie wartete.

Das Auge der Dunkelheit

Der Pfad aus Licht führte die Gruppe weiter, doch die Dunkelheit um sie herum blieb eine konstante Präsenz. Es war nicht mehr die bedrohliche, greifbare Masse, die sie zuvor bekämpft hatten, sondern etwas Subtileres – eine Stille, die sich in ihren Gedanken ausbreitete und jede Bewegung schwer erscheinen ließ. Die Gravuren unter ihren Füßen flackerten hin und wieder, als ob sie die Anwesenheit der Gruppe stabil hielten, aber auch an ihrer Grenze standen.

Kael führte die Gruppe, den Aetherkompass vor sich haltend, dessen Licht das einzige war, das die Dunkelheit durchdrang. „Wir sind nah", sagte er leise. „Die Strömungen führen uns direkt zum Kern der Balance."

„Ich hoffe, sie wissen, dass wir den ganzen Weg gekommen sind, ohne ein einziges Mal nach einer Pause zu fragen", murmelte Theron. „Das sollte ihnen Punkte für unsere Entschlossenheit geben."

Lyria schenkte ihm einen kurzen Blick, ihr Gesicht ernst. „Die Balance interessiert sich nicht für Punkte. Es interessiert sie nur, ob wir sie verdienen."

„Sie ist klug genug, Sarkasmus zu ignorieren", fügte Farrik hinzu, während er seine Werkzeuge überprüfte, als ob sie ihm in diesem Moment Sicherheit boten.

Ardan ging schweigend neben ihnen, seine Augen auf den flackernden Pfad gerichtet. „Die Dunkelheit ist nicht verschwunden", sagte er schließlich. „Sie beobachtet uns. Sie wartet."

Plötzlich begann der Pfad unter ihnen stärker zu flackern, und das Licht des Aetherkompasses wurde schwächer. Kael blieb stehen und hielt das Gerät höher, doch das Flimmern wurde intensiver, und die Gravuren begannen, sich zu verschieben. „Was passiert hier?", fragte er, während er versuchte, die Energie des Kompasses zu stabilisieren.

„Die Dunkelheit bewegt sich", sagte Lyria, während sie ihre Waffe zog. „Es ist ein Hinterhalt."

Bevor jemand reagieren konnte, brach eine massive Welle aus Schatten von beiden Seiten des Pfades hervor. Sie schloss die Gruppe in einem dichten, pulsierenden Nebel ein, der jede Orientierung unmöglich machte. Die Gravuren unter ihren Füßen verschwanden, und das Licht des Kompasses wurde vollständig verschluckt.

„Bleibt zusammen!", rief Kael, doch seine Stimme wurde von einem dröhnenden Laut übertönt, der wie ein unendliches Echo klang. Es war kein Angriff, sondern eine Präsenz – überwältigend und lähmend.

„Das ist... nicht wie zuvor", sagte Ardan, seine Stimme war kaum mehr als ein Flüstern. „Das ist das Zentrum der Dunkelheit. Es ist hier."

Die Dunkelheit begann, sich vor ihnen zu verdichten, und eine Gestalt nahm langsam Form an. Sie war keine amorphe Masse mehr, sondern ein Wesen, das aus den Strömungen selbst geboren zu sein schien. Es war gewaltig, seine Augen glühten in einem kalten, blauen Licht, und jede Bewegung ließ die Dunkelheit wie Wellen über den Pfad fließen.

„Was in aller Welt ist das?", fragte Farrik, seine Stimme klang panisch.

„Es ist das Herz der Dunkelheit", sagte Ardan. „Die Balance hat es uns geschickt. Es ist nicht nur ein Feind – es ist die Dunkelheit, die sich selbst verteidigt."

„Dann zerstören wir es", sagte Theron, sein Schwert bereit. „Wie alles andere, was uns den Weg blockiert hat."

„Nein", sagte Kael schnell. „Das ist kein einfacher Gegner. Die Balance hat uns nicht hierhergebracht, um es zu vernichten. Es will uns testen."

Das Wesen sprach, doch es waren keine Worte. Es war ein Klang, der direkt in ihren Geist drang, chaotisch und doch von einer unmissverständlichen Botschaft durchdrungen: „Ihr habt die Balance berührt, aber ihr versteht sie nicht. Beweist euer Wissen. Beweist eure Einheit."

Kael fühlte das Gewicht der Worte in seinem Inneren, als ob sie ihm die Luft raubten. „Es will uns auseinanderreißen", sagte er, während er sich gegen die Präsenz des Wesens stemmte. „Das ist die letzte Prüfung. Es will sehen, ob wir wirklich eins sind."

„Wir haben schon genug Prüfungen bestanden", sagte Theron, seine Stimme voller Trotz. „Was macht diese so anders?"

„Es ist die Dunkelheit selbst", sagte Ardan. „Sie ist nicht unser Feind. Sie ist ein Teil der Balance. Wir müssen sie akzeptieren, nicht bekämpfen."

Kael trat einen Schritt nach vorne, den Kompass in der Hand, der nun ein schwaches Licht ausstrahlte. „Ihr seid nicht hier, um uns zu zerstören", sagte er, seine Stimme fest. „Ihr seid hier, um uns zu zeigen, was es bedeutet, die Balance zu wahren."

Das Wesen blieb reglos, doch die Dunkelheit um sie herum begann sich zu bewegen, als ob sie auf Kaels Worte reagierte. Die Gravuren auf dem Boden flackerten und erhellten sich langsam wieder, und die Gruppe spürte, wie sich eine neue Verbindung zwischen ihnen formte.

„Konzentriert euch", sagte Kael zu den anderen. „Die Balance hat uns hierhergeführt, um uns zu vereinen. Lasst die Strömungen durch euch fließen."

Einer nach dem anderen legten sie ihre Hände auf die Gravuren, und das Licht wurde stärker. Die Dunkelheit begann sich zurückzuziehen, doch das Wesen blieb, seine Augen auf sie gerichtet.

Die Prüfung erreichte ihren Höhepunkt, als das Wesen einen letzten Angriff startete. Es war kein physischer Schlag, sondern eine Welle aus Energie, die ihre Gedanken und Gefühle durchdrang.

Kael spürte Zweifel, Angst und Schmerz, doch er hielt an der Verbindung zur Balance fest.

„Wir sind eins", sagte er, seine Stimme zitterte, doch sie war voller Entschlossenheit. „Wir sind die Hüter der Balance."

Die Gruppe schloss die Augen, und in diesem Moment floss die Energie der Strömungen frei durch sie. Das Licht erhellte die Dunkelheit vollständig, und das Wesen verschwand in einem letzten, leisen Echo.

Die Gravuren stabilisierten sich, und der Pfad vor ihnen wurde klar. Die Dunkelheit war fort – für jetzt.

„Es ist vorbei", sagte Lyria leise. „Aber der Weg ist noch nicht zu Ende."

„Noch nicht", stimmte Kael zu. „Aber wir sind bereit."

Der strahlende Pfad

Das Licht kehrte zurück, schimmernd und klar, und ließ den Pfad vor ihnen deutlich sichtbar werden. Die Dunkelheit, die sie umgeben hatte, war verschwunden, doch die Luft blieb dicht mit Energie geladen. Die Gravuren auf dem Boden pulsieren ruhig, und die Strömungen, die sie zuvor fast zerrissen hatten, flossen nun harmonisch. Doch die Gruppe wusste, dass dies nicht das Ende war.

Kael hielt den Aetherkompass fest, dessen Licht jetzt in einem gleichmäßigen Rhythmus mit den Gravuren pulsierte. „Das war die Dunkelheit", sagte er, seine Stimme leise. „Sie hat uns nicht bekämpft, um uns zu vernichten. Sie wollte, dass wir sie verstehen."

„Verstehen?", fragte Theron, sein Schwert noch immer in der Hand. „Was gibt es an dieser Verdammnis zu verstehen? Sie wollte uns zerreißen."

„Es ist nicht so einfach", sagte Ardan. „Die Dunkelheit ist ein Teil der Balance, genauso wie das Licht. Sie existieren nicht getrennt voneinander. Sie brauchen sich, um vollständig zu sein."

„Und wir müssen sie akzeptieren", fügte Lyria hinzu. Sie ließ ihre Waffe sinken und sah Kael an. „Das war die Prüfung. Nicht, ob wir stark genug sind, sondern ob wir bereit sind, das Ganze zu sehen."

Farrik, der den Kristall in der Mitte des Pfades betrachtete, runzelte die Stirn. „Also haben wir die Balance akzeptiert. Großartig. Aber was jetzt? Bleiben wir hier stehen, bis sie uns eine neue Prüfung gibt?"

Kael schüttelte den Kopf. „Die Balance hat uns erlaubt, weiterzugehen. Das Licht hat uns den Weg freigemacht." Er drehte sich zu den anderen um, sein Blick entschlossen. „Aber sie hat uns auch gezeigt, dass dies nur der Anfang ist. Unsere Aufgabe endet nicht hier."

„Großartig", murmelte Theron und schulterte sein Schwert. „Ich habe gehofft, dass wir noch mehr Prüfungen bekommen. Es wäre zu einfach gewesen, hier aufzuhören."

„Die Balance ist kein Ziel", sagte Ardan. „Sie ist ein Weg. Und sie hat uns auf diesen geführt."

Kael trat vor und ließ den Aetherkompass über die Gravuren gleiten. Das Licht des Geräts begann, sich mit dem Pfad zu synchronisieren, und eine neue Linie aus Licht erschien, die tiefer in die Leere führte.

„Dann gehen wir weiter", sagte Kael. „Die Strömungen führen uns. Und wir folgen."

Der neue Pfad war schmaler, und die Gravuren darauf wirkten komplexer, als ob sie nicht nur Energie leiteten, sondern auch eine

Botschaft trugen. Kael ging an der Spitze, während die anderen dicht hinter ihm blieben. Die Dunkelheit, die sie zuvor umgeben hatte, war fort, doch eine seltsame Stille lag über dem Pfad, die sie alle unruhig machte.

„Ich mag das nicht", sagte Farrik, seine Stimme gedämpft. „Es ist zu ruhig. Wo sind die üblichen Schattenmonster, die uns angreifen?"

„Vielleicht haben wir sie alle besiegt", sagte Theron. Doch selbst er klang nicht überzeugt.

„Oder vielleicht ist das die nächste Prüfung", sagte Lyria. Ihre Augen scannten die Umgebung, doch da war nichts – nur der leuchtende Pfad vor ihnen und die Leere um sie herum.

Plötzlich begann der Pfad unter ihren Füßen zu vibrieren. Das Licht der Gravuren flackerte, und der Aetherkompass in Kaels Hand wurde heiß. „Etwas kommt", sagte er und hielt das Gerät fester. „Die Strömungen sind unruhig."

Die Gravuren vor ihnen begannen, sich zu verändern, als ob sie von einer unsichtbaren Hand gezeichnet würden. Neue Linien bildeten sich, und das Licht wurde intensiver, bis es eine Art Tor formte, das mitten auf dem Pfad erschien.

„Was ist das?", fragte Theron, während er sich neben Kael stellte. „Ein Ausgang oder eine Falle?"

„Es ist ein Übergang", sagte Ardan. „Die Balance führt uns durch. Aber wir müssen entscheiden, ob wir bereit sind, zu folgen."

„Haben wir wirklich eine Wahl?", fragte Farrik.

„Die Wahl liegt nicht darin, ob wir hindurchgehen", sagte Lyria. „Sondern darin, wie wir es tun."

Kael trat näher an das Tor heran, den Kompass in der Hand. Das Licht des Geräts pulsierte im Einklang mit dem Tor, und er konnte die Energie spüren, die durch es hindurchströmte. Es war wie eine lebendige Präsenz, die sie beobachtete, sie erwartete.

„Bereitet euch vor", sagte er und drehte sich zu den anderen um. „Dies ist kein gewöhnlicher Übergang. Die Balance wird uns wieder prüfen. Aber wir gehen zusammen."

Die anderen nickten, und einer nach dem anderen traten sie auf das Tor zu. Als Kael den ersten Schritt durch die leuchtende Öffnung machte, spürte er, wie die Energie der Strömungen ihn umhüllte. Es war, als ob er durch eine Wand aus Licht ging, die gleichzeitig schwer und leicht war, warm und kühl.

Die Gruppe fand sich auf der anderen Seite wieder, auf einer neuen Plattform, die anders war als alles, was sie bisher gesehen hatten. Die Gravuren hier waren nicht länger nur Linien – sie waren Muster, die Geschichten erzählten, Geschichten von Licht und Dunkelheit, von Balance und Chaos.

In der Mitte der Plattform schwebte ein weiterer Kristall, doch dieser war anders. Er war rein, ohne Makel oder Risse, und das Licht, das von ihm ausging, war so intensiv, dass es die Dunkelheit um sie herum vollständig verdrängte.

„Das ist es", sagte Ardan, seine Stimme ehrfürchtig. „Das Herz der Balance."

Kael spürte, wie der Aetherkompass in seiner Hand vibrierte, als ob er auf den Kristall reagierte. „Das ist unser Ziel", sagte er. „Aber es ist noch nicht vorbei."

Die Gruppe wusste, dass dies der Ort war, an dem alles entschieden werden würde. Doch sie wussten auch, dass die Balance sie erneut prüfen würde – und diesmal war der Einsatz höher als je zuvor.

Das Herz der Entscheidung

Die Plattform, auf der sie standen, war anders als jede zuvor. Die Gravuren, die sie bedeckten, formten keine bloßen Linien oder Energiekanäle, sondern ein gewaltiges Mosaik aus Licht und Schatten, das sich wie eine lebendige Geschichte über den Boden spannte. Kael konnte die Motive darin erkennen – den Beginn der Strömungen, die Ketten, die Balance selbst, dargestellt als ein ewiger Tanz zwischen Licht und Dunkelheit.

In der Mitte schwebte der Kristall, ein reines Prisma aus Licht, das keinen Makel aufwies. Es war atemberaubend und beängstigend zugleich. Das Licht, das es aussandte, war so intensiv, dass es sich wie ein Gewicht auf ihrer Haut anfühlte, und doch war da eine erdrückende Ruhe, die alles um sie herum erfüllte.

„Das ist es", sagte Ardan, seine Stimme leise, als ob er die heilige Aura des Ortes nicht stören wollte. „Das Herz der Balance. Hier beginnt und endet alles."

„Sieht weniger kaputt aus als die anderen Teile, die wir gesehen haben", sagte Theron und musterte den Kristall skeptisch. „Vielleicht lässt es uns diesmal einfach in Ruhe?"

Lyria schüttelte den Kopf, ihre Augen auf das pulsierende Licht fixiert. „Das Herz mag unversehrt wirken, aber das bedeutet nicht, dass es keine Prüfung gibt. Es ist die Quelle der Balance. Es wird von uns mehr verlangen als alles andere zuvor."

Kael trat langsam nach vorne, den Aetherkompass in der Hand, dessen Licht sich mit dem des Kristalls synchronisierte. Das Pulsieren der Gravuren unter seinen Füßen wurde intensiver, je näher er der Mitte kam. „Die Balance erwartet uns", sagte er, ohne sich umzudrehen. „Wir sind hier, weil sie uns braucht. Aber auch, weil wir sie brauchen."

Farrik, der am Rand der Plattform stehen geblieben war, hob eine Augenbraue. „Hört sich an, als ob du weißt, was sie von uns will. Hast du eine Ahnung, oder rätst du nur?"

„Ich weiß es nicht genau", gab Kael zu, seine Stimme ruhig, aber fest. „Aber ich spüre es. Die Balance hat uns geprüft, uns an unsere Grenzen gebracht. Jetzt will sie wissen, ob wir bereit sind, sie wirklich zu verstehen."

„Verstehen?", fragte Theron und ließ seine Hand auf den Griff seines Schwertes sinken. „Ich dachte, wir wären schon durch genug gegangen, um das zu beweisen."

„Es ist nicht genug, die Balance zu schützen", sagte Ardan. „Man muss sie akzeptieren. Und das bedeutet, sowohl das Licht als auch die Dunkelheit zu akzeptieren."

Plötzlich begann der Kristall heller zu leuchten, und die Gravuren auf der Plattform reagierten, ihr Licht bewegte sich wie Wellen durch das Mosaik. Doch gleichzeitig tauchten aus den Rändern der Plattform Schatten auf, amorphe Gestalten, die die Harmonie der Gravuren störten.

„Natürlich", murmelte Theron, während er sein Schwert zog. „Es wäre zu einfach gewesen, wenn wir einfach nur zugesehen hätten, wie es leuchtet."

„Das ist die Dunkelheit", sagte Lyria, ihre Augen fixierten die Schatten. „Sie gehört hierher. Aber sie will uns testen."

„Haltet sie auf", sagte Kael, ohne sich umzudrehen. „Ich muss den Kompass mit dem Kristall synchronisieren. Nur dann können wir die Balance erreichen."

Theron und Lyria stellten sich vor Kael, ihre Waffen bereit, während die Schatten näherkamen. Sie waren schneller und aggressiver als alles, was sie zuvor gesehen hatten, und jeder Schlag, den sie führten, ließ die Gravuren unter ihnen flackern.

„Das ist nicht wie die anderen Kämpfe", rief Lyria, während sie einen Angriff abwehrte. „Sie greifen nicht nur uns an. Sie greifen die Balance an."

„Dann sollten wir sie besser zurückhalten", rief Theron und zerschmetterte einen Schatten mit einem wuchtigen Hieb.

Währenddessen kniete Kael sich vor den Kristall und legte den Aetherkompass auf die Gravuren. „Farrik, ich brauche deine Hilfe", sagte er. „Die Gravuren sind instabil. Du musst die Energie umlenken."

„Na großartig", murmelte Farrik, zog seine Werkzeuge hervor und kniete sich neben Kael. „Warum bin ich immer der, der die instabilen Dinge anfassen muss?"

Die Gravuren begannen, sich schneller zu bewegen, und das Licht wurde intensiver. Kael konnte spüren, wie die Energie der Strömungen durch ihn floss, doch es war überwältigend, fast schmerzhaft. „Es ist zu viel", sagte er und biss die Zähne zusammen. „Die Balance ist zu mächtig. Ich kann sie nicht allein kontrollieren."

Ardan trat vor und legte seine Hände auf die Gravuren. „Du bist nicht allein", sagte er ruhig. „Die Balance verlangt Einheit. Lass sie durch uns alle fließen."

Einer nach dem anderen legten auch Lyria und Theron ihre Hände auf die Gravuren, während sie sich weiter gegen die Schatten verteidigten. Farrik schloss die Verbindung, und das Licht der Gravuren erreichte seinen Höhepunkt. Der Kristall begann, heller zu leuchten, bis er das gesamte Mosaik in strahlendes Licht tauchte.

Die Schatten schrien auf, ihre Gestalten lösten sich auf, und die Plattform wurde still. Das Licht des Kristalls beruhigte sich, und die Gravuren pulsieren nun in einem harmonischen Rhythmus.

Kael stand langsam auf, den Aetherkompass in der Hand, dessen Licht nun vollständig mit dem des Kristalls übereinstimmte. „Es ist vollbracht", sagte er leise. „Die Balance ist stabil."

„Für jetzt", sagte Ardan. „Aber sie wird immer jemanden brauchen, der sie schützt."

„Das sind wir", sagte Lyria entschlossen. „Das ist unsere Aufgabe."

Die Gruppe sah sich an, erschöpft, aber voller Erleichterung. Sie hatten es geschafft – zumindest diesen Teil ihrer Reise. Doch sie wussten, dass ihre Aufgabe noch nicht vorbei war.

Kapitel 10: Der Preis der Balance

Der Neubeginn

Die Plattform unter ihnen begann, sich zu verändern, als das Licht des Kristalls zu verblassen begann. Die Gravuren, die zuvor pulsierend und lebendig gewesen waren, beruhigten sich zu einem sanften Schimmer, während die Energie der Strömungen sich stabilisierte. Doch trotz des Erfolges lag eine Schwere in der Luft – die Gruppe konnte spüren, dass ihre Reise noch nicht vorbei war.

Kael hielt den Aetherkompass in der Hand, dessen Leuchten nun ein schwaches, aber beständiges Pulsieren war. „Die Balance ist stabil," sagte er, ohne seinen Blick von dem schimmernden Kristall abzuwenden. „Aber das fühlt sich nicht wie ein Ende an."

„Das liegt daran, dass es das nicht ist," sagte Ardan ruhig. Er kniete sich neben die Gravuren und legte seine Hand darauf. „Die Balance hat sich selbst geheilt, aber sie hat auch etwas hinterlassen – eine Leere, die gefüllt werden muss."

„Eine Leere?" fragte Theron und hob eine Augenbraue. „Das klingt nach einem weiteren Problem, das uns an den Hals geworfen wird."

„Es ist mehr als das," sagte Lyria, ihre Stimme leise, aber fest. „Die Strömungen sind ruhig, aber sie haben sich verändert. Sie erwarten etwas – oder jemanden."

Die Plattform begann, sich langsam zu bewegen, und die Gravuren zogen sich zurück, als ob sie die Gruppe sanft zum Aufbruch drängten. Der Kristall in der Mitte verblasste weiter, bis er schließlich verschwand, und die Luft wurde leichter, als die intensive Energie nachließ.

„Ich glaube, das ist unser Zeichen, dass wir gehen sollen," sagte Farrik und trat vorsichtig zurück. „Aber wohin? Es gibt hier keinen Weg."

Kael blickte auf den Kompass, dessen Licht nun in eine Richtung zeigte – eine Linie aus schimmerndem Aether, die sich aus den Gravuren löste und wie ein schmaler Pfad in die Dunkelheit führte. „Die Balance zeigt uns den nächsten Schritt," sagte er. „Wir folgen dem Licht."

Der Pfad war schmal und schien keinen festen Boden zu haben. Es war, als ob sie auf reiner Energie gingen, die durch die Dunkelheit pulsierte. Die Gruppe bewegte sich vorsichtig, ihre Schritte schwer von der Erschöpfung, doch sie gingen weiter, getrieben von einem Ziel, das sie noch nicht vollständig verstehen konnten.

„Wo führt uns das hin?" fragte Farrik, während er seine Werkzeuge enger an sich drückte. „Wir haben das Herz der Balance gefunden, wir haben die Dunkelheit besiegt. Was könnte noch übrig sein?"

„Die Balance ist nicht nur eine Kraft," sagte Ardan. „Sie ist ein Kreislauf. Und jeder Kreislauf hat seinen Preis."

„Großartig," murmelte Theron. „Also nicht nur Prüfungen, sondern jetzt auch Opfer. Das wird ja immer besser."

Kael blieb stehen. Die Linie des Kompasses flackerte für einen Moment, als ob sie schwächer wurde, und die Strömungen um sie herum wurden unruhig. „Der Preis," sagte er leise, und ein Schauer lief ihm über den Rücken. „Die Balance... verlangt ein Opfer."

Die anderen sahen ihn an, ihre Blicke voller Unsicherheit.

„Ein Opfer? Was für ein Opfer?" fragte Lyria, ihre Stimme zitterte leicht.

Bevor Kael antworten konnte, begann der Pfad vor ihnen zu flimmern, und das Licht des Aetherkompasses wurde intensiver. Die Strömungen verdichteten sich, und plötzlich erklang eine Stimme – nicht laut, sondern tief und allgegenwärtig, wie ein Flüstern im Wind.

„Einer von euch muss gehen."

Die Worte hallten in der Dunkelheit wider, und die Strömungen schienen sie zu verstärken.

„Was?" Theron trat einen Schritt zurück, seine Augen verengt. „Das ist ein schlechter Scherz, oder?"

„Es ist der Preis der Balance," sagte Ardan, seine Stimme war schwer. „Die Ketten verlangen ein Opfer, um den Kreislauf zu schließen."

Kael sah auf den Kompass, dessen Licht jetzt in einem schnellen Puls pochte, wie ein Herzschlag, der ihn drängte. „Ohne das Opfer wird die Balance zerbrechen," flüsterte er.

Ein langer Moment der Stille folgte, unterbrochen nur vom Summen der Strömungen. Dann trat Farrik vor, sein Gesicht entschlossen, aber ruhig. „Ich werde es tun," sagte er.

Die anderen starrten ihn an, geschockt.

„Nein," sagte Kael sofort. „Das ist nicht deine Aufgabe, Farrik. Du musst nicht…"

„Doch, das muss ich," unterbrach Farrik ihn. „Ich habe euch begleitet, weil ich daran geglaubt habe, dass ihr etwas Großes erreichen könnt. Und jetzt habt ihr die Chance, die Balance zu retten. Ich bin nur ein Mechaniker, Kael. Aber ihr? Ihr könnt die Welt verändern."

„Du bist mehr als das," sagte Lyria, ihre Stimme bebte.

„Vielleicht," sagte Farrik und lächelte schwach. „Aber manchmal ist es genug, einfach das zu tun, was richtig ist."

Er ging auf das Tor zu, das sich in der Dunkelheit öffnete, sein Licht blendend und unwiderstehlich. Die Strömungen schienen ihn zu umhüllen, und ein letztes Mal drehte er sich zu ihnen um.

„Macht es besser, als wir es je getan haben," sagte er, bevor er verschwand.

Das Licht des Tores verblasste, und die Strömungen wurden ruhig. Die Gruppe blieb zurück, überwältigt von Stille und Verlust.

Kael hielt den Kompass, dessen Licht nun wieder ruhig pulsierte. „Er hat es für uns getan," sagte er, seine Stimme war brüchig.

„Das war sein Opfer," flüsterte Lyria, während sie auf den leeren Pfad vor ihnen starrte.

„Und jetzt liegt es an uns," sagte Ardan leise. „Wir müssen dafür sorgen, dass es nicht umsonst war."

Kael nickte langsam. „Die Balance zeigt uns den Weg," sagte er schließlich. „Wir gehen weiter."

Die Gruppe wandte sich dem Ausgang zu, doch die Schwere ihres Verlustes blieb. Als sie durch das Tor traten, fühlten sie die Welle aus Licht, die sie umgab, nicht als beruhigend, sondern als Mahnung – eine Erinnerung daran, dass der Preis der Balance nie leicht war.

Stimmen aus der Vergangenheit

Die Gruppe stand in der Ebene aus Licht, umgeben von den pulsierenden Linien der Strömungen, die sich durch die Luft zogen wie die Adern eines lebendigen Organismus. Der Boden unter ihren Füßen war fest, aber schimmernd, als ob er aus verdichtetem Aether bestand. Die Energie des Ortes war nicht bedrohlich, doch sie war allgegenwärtig und machte jede Bewegung schwer. Es war, als ob die Balance selbst sie hier hielt, um ihre nächste Prüfung vorzubereiten.

Kael hielt den Aetherkompass in der Hand, doch das Gerät war nun still, sein Licht verschmolz mit der Umgebung, als ob es nicht länger notwendig war. „Dies ist der Kern", sagte er leise. „Der Punkt, an dem die Balance wirklich lebt."

„Sieht weniger beeindruckend aus, als ich gedacht hätte", murmelte Theron, doch selbst er klang von der Atmosphäre des Ortes beeindruckt.

„Es ist nicht das, was wir sehen", sagte Ardan. „Es ist das, was wir fühlen. Dies ist kein Ort – es ist ein Zustand. Die Balance zeigt uns, was sie wirklich ist."

Plötzlich begann die Luft um sie herum zu vibrieren, und die schwebenden Aetherlinien wurden heller. Stimmen, leise und kaum hörbar, drangen an ihre Ohren. Es waren keine Worte, sondern Töne, die direkt in ihre Gedanken einzudringen schienen. Kael spürte, wie die Energie ihn durchfloss, und er schloss die Augen, um sich zu konzentrieren.

„Die Strömungen... sie sprechen", sagte er. „Aber es ist nicht klar. Es ist, als ob sie uns etwas zeigen wollen."

Lyria trat neben ihn, ihre Augen auf die schwebenden Linien gerichtet. „Vielleicht wollen sie, dass wir zuhören. Nicht mit unseren Ohren, sondern mit unserem Geist."

„Großartig", sagte Farrik, seine Stimme ein Flüstern. „Jetzt sind wir nicht nur Hüter der Balance, sondern auch Hellseher."

„Das ist kein Witz, Farrik", sagte Ardan. „Die Balance spricht nicht in Worten. Sie kommuniziert durch uns. Wir müssen uns öffnen, wenn wir verstehen wollen."

Die Gruppe stellte sich in einem Kreis um die hellste der Aetherlinien, die nun wie eine pulsierende Säule vor ihnen schwebte. Kael kniete sich hin und legte eine Hand auf den Boden, der warm und lebendig war. „Konzentriert euch", sagte er. „Die Balance will uns etwas zeigen. Wir müssen es zulassen."

Einer nach dem anderen folgten die anderen seinem Beispiel, legten ihre Hände auf den Boden oder richteten ihre Aufmerksamkeit auf die Strömungen. Die Stimmen wurden lauter, klarer, und plötzlich waren sie nicht mehr nur Klänge. Sie waren Bilder, Erinnerungen, die vor ihren Augen auftauchten wie Visionen.

Kael sah eine schwebende Insel, umgeben von tosenden Aetherstürmen, und eine Gruppe von Gestalten, die kämpften, um sie zu schützen. Es waren nicht sie selbst, sondern andere – Menschen, die die Balance vor langer Zeit gehütet hatten.

„Das ist die Vergangenheit", sagte er leise. „Die Hüter vor uns."

Lyria sah etwas anderes. Sie sah einen Raum voller schwebender Artefakte, jedes davon mit Gravuren bedeckt, die ähnlich waren wie die auf den Ketten. In der Mitte des Raumes stand eine Gestalt, gehüllt in Schatten, die einen der Artefakte berührte. Das Licht im Raum erlosch, und die Gestalt verschwand.

„Die Dunkelheit", sagte sie, ihre Stimme zitterte leicht. „Sie war hier. Sie hat die Balance schon einmal gebrochen."

Theron schloss die Augen und atmete tief durch. Vor seinem inneren Auge sah er eine Stadt, zerstört von chaotischen Strömungen, ihre Bewohner in Panik, während die Dunkelheit sich wie ein Schatten über sie legte. „Das ist das, was passiert, wenn wir scheitern", sagte er. „Das ist, was uns erwartet, wenn wir nicht stark genug sind."

Die Visionen verschwanden, und die Gruppe saß einen Moment lang schweigend da, jeder von ihnen war in Gedanken versunken. Es war, als ob die Balance ihnen nicht nur ihre Geschichte gezeigt hatte, sondern auch ihre Verantwortung.

„Das ist es, was sie uns sagen wollte", sagte Ardan schließlich. „Die Balance ist kein ewiger Zustand. Sie ist ein Kreislauf, der immer wieder gebrochen werden kann. Es liegt an uns, ihn zu schützen."

„Und wenn wir versagen?", fragte Farrik, seine Stimme war kaum hörbar. „Wenn wir nicht ausreichen?"

„Dann beginnt alles von vorn", sagte Kael. „Aber das ist nicht unser Ziel. Unser Ziel ist es, sicherzustellen, dass sie hält. Nicht für immer, aber für so lange wie möglich."

Das Licht der Strömungen begann, sich zu verändern, und ein neuer Pfad erschien vor ihnen, schimmernd und klar. Die Balance hatte ihre Botschaft übermittelt, und nun zeigte sie ihnen den Weg.

„Das war ihre Prüfung", sagte Lyria. „Nicht ein Kampf. Nicht Dunkelheit. Sondern ein Verständnis."

„Und das macht es nicht einfacher", sagte Theron, während er aufstand. „Aber ich schätze, wir sind nicht hier, weil wir einfache Wege mögen."

Kael nickte und hob den Aetherkompass, der nun wieder zu leuchten begann. „Der Pfad ist klar", sagte er. „Die Balance hat uns den nächsten Schritt gezeigt. Und wir folgen."

Die Gruppe trat vorsichtig auf den neuen Pfad, das Licht der Strömungen wies ihnen den Weg. Hinter ihnen verblasste die Ebene aus Licht, und vor ihnen lag das Unbekannte – die nächste Prüfung, die nächste Entscheidung.

Der Zerbrochene Ring

Der neue Pfad war klar und strahlend, doch die Dunkelheit, die sie zuvor hinter sich gelassen hatten, schien sich nicht vollständig aufgelöst zu haben. Sie spürten sie noch – ein leises Flüstern in der Ferne, ein Schatten am Rande ihres Blickfeldes. Die Gravuren unter ihren Füßen pulsieren ruhig, als ob sie die Gruppe in Bewegung hielten, doch die Luft um sie herum war schwer, fast bedrückend.

Kael führte die Gruppe, den Aetherkompass fest in der Hand, dessen Licht mit dem Pfad vor ihnen verbunden blieb. „Es ist anders hier", sagte er, während sie sich vorwärts bewegten. „Die Balance fühlt sich... gebrochen an."

„Großartig", murmelte Theron. „Ich dachte, wir hätten das repariert."

„Vielleicht haben wir nur die Oberfläche berührt", sagte Lyria, ihre Augen wachsam auf die Umgebung gerichtet. „Die Balance ist nicht nur ein Ort oder eine Kraft. Sie hat Ebenen, und wir sind noch nicht am tiefsten Punkt angekommen."

„Ebenen?", fragte Farrik, während er nervös an einem seiner Werkzeuge herumspielte. „Wie viele müssen wir noch durchmachen, bevor wir endlich fertig sind?"

„So viele, wie nötig sind", sagte Ardan ruhig. „Die Balance wird uns nicht gehen lassen, bevor wir verstehen, was wirklich auf dem Spiel steht."

Der Pfad begann, sich zu verändern. Die Gravuren wurden komplexer, verschlungener, und das Licht, das sie ausstrahlten, wurde schwächer, als ob es von einer unsichtbaren Kraft unterdrückt würde. Schließlich erreichten sie eine weitere Plattform, die größer und massiver war als die vorherigen. Doch diese war nicht ruhig oder harmonisch. Sie war zerstört.

Risse zogen sich durch die Gravuren, und die Energie, die durch sie floss, war chaotisch und unregelmäßig. In der Mitte der Plattform lag ein Ring aus schwebendem Aether, doch er war gebrochen – ein Teil fehlte, und die Strömungen, die durch ihn liefen, waren instabil.

„Was ist das?", fragte Farrik und starrte auf den Ring. „Das sieht aus wie... wie eine Verbindung, die fehlt."

„Es ist ein Knotenpunkt", sagte Ardan, während er sich näherte. „Ein Teil der Balance, der die Strömungen zusammenhält. Aber er ist beschädigt."

„Das ist nicht nur beschädigt", sagte Lyria, ihre Stimme war angespannt. „Das ist zerstört. Die Balance hat hier versagt."

Kael trat näher an den Ring heran, den Kompass fest in der Hand. Das Licht des Geräts begann zu flackern, und er konnte die Energie spüren, die durch die Plattform floss – chaotisch, widersprüchlich, voller Schmerz.

„Das ist die Dunkelheit", sagte er leise. „Sie hat hier begonnen, die Balance zu brechen. Und sie hat diesen Ort zurückgelassen, um uns zu zeigen, was passiert, wenn wir scheitern."

„Großartig", sagte Theron und zog sein Schwert. „Wollen wir wetten, dass sie auch einen Wächter hier gelassen hat?"

„Das ist nicht ihre Art", sagte Ardan. „Die Dunkelheit kämpft nicht immer mit Waffen. Manchmal lässt sie uns mit unseren eigenen Zweifeln kämpfen."

Kael kniete sich vor den Ring und legte eine Hand auf die Gravuren. Sofort spürte er die chaotische Energie, die durch sie floss, und er schloss die Augen, um sich zu konzentrieren. „Wir müssen das stabilisieren", sagte er. „Die Balance verlangt, dass wir diesen Punkt wiederherstellen."

„Und wie genau machen wir das?", fragte Farrik und hielt sein Werkzeug bereit. „Das hier ist kein einfacher Motor."

„Mit uns", sagte Kael. „Die Balance reagiert auf uns. Wir müssen die Energie leiten."

Die Gruppe stellte sich um den Ring, ihre Hände auf die Gravuren gelegt, die noch immer chaotisch flackerten. Kael hielt den Kompass über den Ring, dessen Licht nun stärker wurde, als ob es die chaotische Energie anziehen wollte.

„Konzentriert euch", sagte Kael. „Die Balance braucht uns, um den Fluss der Strömungen zu stabilisieren. Wir müssen die Dunkelheit akzeptieren, um das Licht zu leiten."

„Das klingt, als ob wir uns absichtlich in Gefahr bringen", sagte Theron, doch er legte seine Hand auf die Gravuren und schloss die Augen.

„Das ist genau, was wir tun", sagte Lyria. „Die Balance verlangt Opfer. Und das hier ist unser Beitrag."

Die Energie begann, sich durch die Gruppe zu bewegen, erst schwach, dann stärker, bis sie das Gefühl hatten, Teil der

Strömungen selbst zu sein. Der Ring begann zu leuchten, die chaotischen Ströme wurden ruhiger, doch die Dunkelheit, die ihn durchdrang, ließ nicht nach.

„Es ist nicht genug", sagte Ardan, seine Stimme war angespannt. „Der Ring ist immer noch gebrochen. Die Balance kann sich nicht vollständig stabilisieren."

„Dann müssen wir mehr geben", sagte Kael. Er hielt den Kompass fester und ließ die Energie durch sich fließen, doch es war überwältigend, fast unerträglich.

„Kael, das ist zu viel!", rief Lyria, doch er schüttelte den Kopf.

„Es ist der einzige Weg", sagte er. „Die Balance verlangt alles von uns. Ich werde nicht zurückweichen."

Die anderen folgten seinem Beispiel, ihre Hände fest auf den Gravuren, ihre Energien verbunden. Der Ring begann, sich langsam zu schließen, die fehlenden Teile wurden durch Licht ersetzt, und die Strömungen wurden stabiler.

Plötzlich brach eine Welle aus Licht aus dem Ring hervor, die die Gruppe zurückdrängte. Der Ring war wieder intakt, doch die Energie, die ihn durchfloss, war anders – sie war vollständig, harmonisch, aber auch schwer.

Die Gruppe stand langsam auf, erschöpft, aber erleichtert. Der Ring war stabil, die Balance wiederhergestellt, doch sie wussten, dass dies nur ein kleiner Schritt auf ihrem Weg war.

„Wir haben es geschafft", sagte Farrik und ließ sich auf den Boden fallen. „Aber ich hoffe, das war der letzte zerbrochene Ring, den wir reparieren müssen."

„Das war es nicht", sagte Ardan leise. „Die Balance hat uns diesen Ort gezeigt, um uns vorzubereiten. Das war nur der Anfang."

Kael stand auf, den Kompass in der Hand, dessen Licht nun ruhiger und heller war. „Wir haben den Ring geschlossen", sagte er. „Aber die Balance ist noch nicht vollständig. Der Weg ist noch nicht zu Ende."

Die Gruppe bereitete sich darauf vor, den Pfad fortzusetzen, bereit für die nächste Prüfung, die die Balance für sie bereithielt.

Das Versprechen des Lichts

Die Gruppe hatte die Plattform mit dem zerbrochenen Ring verlassen. Die Gravuren unter ihren Füßen pulsieren ruhig, doch die Energie des Aethers, die sie umgab, hatte sich verändert. Es war nicht mehr nur eine Kraft, die sie führte – sie forderte sie heraus, weiterzugehen. Der Aetherkompass in Kaels Hand pulsierte in einem beständigen Rhythmus, wie ein Herzschlag, der das Echo der Balance trug.

„Der Ring ist wiederhergestellt," sagte Kael, während sie den schmalen Pfad entlanggingen. „Aber die Balance ist noch nicht vollständig. Es fühlt sich an, als ob etwas fehlt."

„Was könnte das sein?" fragte Farrik, seine Augen wanderten über die Gravuren, die den Pfad säumten. „Wir haben die Dunkelheit bekämpft, wir haben die Strömungen stabilisiert. Was bleibt noch übrig?"

„Uns selbst," sagte Ardan leise. „Die Balance verlangt nicht nur unsere Taten. Sie verlangt unsere Hingabe."

„Großartig," murmelte Theron. „Ich dachte, wir hätten bereits genug gegeben."

Der Pfad führte sie in eine neue Ebene. Es war keine Plattform wie zuvor, sondern ein endloser Raum, durchzogen von schwebenden Aetherlinien, die ein schwaches Licht ausstrahlten. Das Leuchten war unruhig, wie das letzte Flackern einer Flamme, die zu erlöschen drohte.

In der Mitte des Raumes ragte ein Obelisk empor, gezeichnet von Gravuren, die dieselben Muster trugen wie der Ring. Doch auch er war beschädigt: Risse durchzogen seine Oberfläche, und die Energie, die ihn durchfloss, war instabil.

„Das ist der nächste Schritt," sagte Lyria und betrachtete den Obelisken. „Die Balance führt uns hierher, weil sie uns braucht."

„Oder weil sie uns testen will," fügte Theron hinzu, seine Hand ruhte auf dem Schwert. „Ich habe das Gefühl, dass das hier nicht einfach wird."

Kael trat näher an den Obelisken heran. Der Aetherkompass in seiner Hand begann intensiver zu leuchten, als ob er auf die Nähe zur Energie reagierte. „Das ist kein gewöhnlicher Knotenpunkt," sagte Kael, während er die Hand auf eine der Gravuren legte. „Es ist ein Resonanzpunkt. Die Balance fließt durch ihn, aber sie ist blockiert."

„Blockiert von was?" fragte Farrik, seine Stirn legte sich in Falten. „Von der Dunkelheit?"

„Nein," sagte Ardan, während er den Obelisken betrachtete. „Von uns selbst. Die Balance hat uns bis hierher geführt, aber sie braucht mehr. Es geht nicht mehr nur darum, zu kämpfen oder zu reparieren. Es geht darum, zu akzeptieren."

Kael schloss die Augen und ließ die Energie des Obelisken durch sich fließen. Es war, als würde ein Strom aus Licht und Dunkelheit durch seine Adern fließen, ein Konflikt, der sich tief in seinem Inneren abspielte. „Es verlangt Hingabe," sagte er schließlich. „Wir müssen uns der Balance vollständig anvertrauen."

„Das klingt wie eine Falle," sagte Theron, seine Stimme war schneidend. „Was passiert, wenn wir uns irren?"

„Dann war alles umsonst," sagte Lyria, ihre Stimme war fest. „Aber ich glaube nicht, dass die Balance uns hierhergeführt hat, um uns zu zerstören. Sie hat uns gelehrt, zu vertrauen."

Einer nach dem anderen legten sie ihre Hände auf den Obelisken, und das Licht der Gravuren begann, sich zu verändern. Es wurde heller, intensiver – und mit dem Licht kamen Visionen, die durch ihre Gedanken strömten.

Kael sah die Ketten, die Kythera zusammenhielten. Sie waren von Dunkelheit umschlungen, doch das Licht der Strömungen brach durch, drängte die Schatten zurück und erneuerte die Verbindung.

Lyria sah die Menschen, die sie beschützen wollte, und das Licht, das durch ihre Entscheidungen hindurchfloss, sie leitete und ihre Stärke formte.

Theron sah das, was er verloren hatte, doch das Licht zeigte ihm auch, wie seine Handlungen einen Weg für andere schufen – einen Weg, den er zuvor nicht gesehen hatte.

Ardan sah die Balance selbst, ein ewiger Kreislauf aus Aufbau und Zerstörung, eine unaufhörliche Bewegung, die nur durch die Akzeptanz der Wahrheit harmonisch wurde.

Mit jedem Moment wurden die Visionen intensiver, und die Gruppe spürte die Bürde der Balance. Es war nicht nur eine Aufgabe – es war eine Verantwortung, eine Verpflichtung, die sie nicht mehr ablegen konnten. Das Licht war nicht nur Hoffnung; es war auch das Versprechen, dass ihre Taten eine Bedeutung hatten, auch wenn sie den Preis noch nicht vollständig verstanden.

Der Obelisk begann, heller zu leuchten. Die Risse auf seiner Oberfläche schlossen sich, und die Aetherlinien im Raum pulsieren in einem harmonischen Rhythmus, der sich wie ein Herzschlag durch ihre Körper zog.

„Wir haben es geschafft," sagte Farrik, seine Stimme war leise, aber erleichtert.

„Für jetzt," sagte Ardan. „Aber die Balance ist ein ewiger Kreislauf. Unsere Aufgabe endet nicht hier."

Kael hob den Aetherkompass, dessen Licht nun in perfektem Einklang mit dem Obelisken strahlte. Es war stärker, heller – und dennoch fühlte es sich nicht abschließend an.

„Das Licht hat uns verändert," sagte Lyria. „Es hat uns gezeigt, wer wir sind. Und was wir sein müssen."

„Die Balance hat uns einen neuen Pfad gezeigt," sagte Kael schließlich. „Und wir werden ihn gehen."

Die Gruppe wandte sich dem Ausgang zu. Das Licht des Obelisken begleitete sie, ein leiser Puls, der sowohl eine Erinnerung als auch ein Versprechen war.

Die Entscheidung des Pfades

Der neue Pfad, den die Balance ihnen zeigte, war wie ein glühender Faden, der sich in die endlose Dunkelheit spann. Es war kein klarer, gerader Weg, sondern ein verworrenes Netz aus Licht, das sich in alle Richtungen erstreckte. Kael hielt den Aetherkompass in der Hand, dessen Licht wie ein Leuchtfeuer den Hauptpfad markierte. Dennoch schien die Dunkelheit um sie herum wieder zuzunehmen, schwer und allgegenwärtig.

„Das ist anders", sagte Farrik, seine Stimme war angespannt. „Es fühlt sich an, als ob wir durch ein Labyrinth gehen."

„Ein Labyrinth, das uns testen will", sagte Ardan. „Die Balance hat uns hierhergeführt, aber sie verlangt, dass wir den Weg selbst finden."

„Großartig", murmelte Theron und zog sein Schwert. „Noch mehr Prüfungen. Langsam fühle ich mich wie ein Aethermäusefänger, der durch Fallen rennt."

Die Gruppe bewegte sich vorsichtig auf dem glühenden Pfad, die Gravuren unter ihren Füßen pulsierten mit jedem Schritt. Doch je weiter sie gingen, desto mehr verzweigten sich die Linien, bis sie vor einer Kreuzung standen, an der sich drei Wege auftaten.

„Was jetzt?", fragte Lyria, ihre Augen scannten die Umgebung. „Die Balance zeigt uns keinen klaren Hinweis."

Kael hielt den Kompass hoch, doch das Licht des Geräts blieb ruhig und zeigte in keine spezifische Richtung. „Es liegt an uns", sagte er. „Die Balance testet unsere Entscheidungen."

„Drei Wege, drei Möglichkeiten", sagte Ardan nachdenklich. „Das Licht bleibt stabil. Es gibt keine falsche Wahl – nur Konsequenzen."

Theron seufzte und trat einen Schritt vor. „Ich hasse diese Philosophie-Spielchen", sagte er. „Also, was schlagen wir vor? Werfen wir einen Würfel?"

„Nein", sagte Lyria. „Wir müssen das gemeinsam entscheiden. Die Balance prüft nicht nur unsere Entscheidungen, sondern auch unsere Einheit."

Farrik kniete sich hin und untersuchte die Gravuren, die sich entlang jedes Pfades erstreckten. „Alle drei Wege führen irgendwohin", sagte er. „Aber sie fühlen sich unterschiedlich an. Einer ist ruhig, einer ist intensiv, und der dritte... ist chaotisch."

Kael schloss die Augen und ließ die Energie des Kompasses durch sich fließen. „Es geht nicht darum, welcher Weg einfacher ist", sagte er. „Es geht darum, welcher uns am meisten lehrt."

Nach einem Moment der Stille sprach Ardan: „Der chaotische Pfad. Die Balance hat uns immer wieder gezeigt, dass wir lernen müssen, mit Chaos und Dunkelheit umzugehen. Das ist unser Weg."

„Natürlich ist es der schwierigste Weg", sagte Theron trocken. „Warum sollte es auch anders sein?"

Lyria nickte. „Dann ist es entschieden. Wir nehmen den chaotischen Pfad. Aber wir müssen zusammenbleiben."

Die Gruppe stellte sich enger zusammen, und Kael führte sie vorsichtig auf den Pfad, der sich in scharfen, unregelmäßigen Linien wand. Die Gravuren unter ihren Füßen flackerten, und die Energie war unruhig, fast feindselig. Es fühlte sich an, als ob der Pfad selbst sie ablehnen wollte.

Plötzlich begann die Dunkelheit um sie herum, sich zu bewegen. Schatten formten sich aus dem Nichts, lebendig und aggressiv, und die Gravuren unter ihnen reagierten mit intensiven Lichtimpulsen.

„Natürlich", sagte Theron, sein Schwert blitzte auf. „Es wäre zu viel verlangt gewesen, einen ruhigen Spaziergang zu haben."

Die Schatten griffen an, doch sie waren nicht wie die vorherigen Wesen, die sie bekämpft hatten. Diese waren schneller, intelligenter, und sie schienen auf die Bewegungen der Gruppe zu reagieren. Kael spürte die chaotische Energie um sie herum und versuchte, sie durch den Kompass zu leiten, doch es war überwältigend.

„Wir müssen die Gravuren stabilisieren!", rief er. „Die Strömungen sind außer Kontrolle!"

Farrik kniete sich neben eine der Gravuren und begann, sie mit einem seiner Werkzeuge zu bearbeiten. „Ich weiß nicht, ob ich das in den Griff bekomme! Das ist keine Maschine, Kael!"

Lyria und Theron hielten die Schatten in Schach, während Ardan sich neben Farrik kniete. „Es geht nicht nur um Technik", sagte Ardan. „Die Balance reagiert auf uns. Wir müssen uns konzentrieren."

Kael schloss die Augen und ließ die Energie des Kompasses fließen. „Vertraut den Strömungen", sagte er. „Lasst sie durch euch fließen. Die Balance wird uns führen."

Die Gruppe folgte seinem Beispiel, und langsam begannen die Gravuren, sich zu stabilisieren. Das Licht wurde ruhiger, und die Schatten zogen sich zurück, doch der Pfad blieb unberechenbar.

Nach einem langen und anstrengenden Marsch erreichten sie eine neue Plattform. Diese war kleiner und weniger komplex, doch sie hatte eine klare Funktion. In der Mitte der Plattform stand ein weiterer Kristall, doch dieser war schwach, sein Licht flackerte und war fast erloschen.

„Das ist es", sagte Kael, seine Stimme war leise. „Der Pfad hat uns hierhergeführt."

„Und jetzt?", fragte Farrik. „Noch mehr Reparaturen?"

„Nein", sagte Ardan. „Das Licht des Kristalls ist schwach, weil es uns braucht. Es ist ein Teil der Balance, das unsere Energie verlangt."

Kael trat vor und legte den Kompass auf den Kristall. Das Licht des Geräts begann zu pulsieren, und die Gravuren auf der Plattform reagierten. „Es verlangt von uns, dass wir ihm geben, was wir gelernt haben", sagte er. „Unsere Hingabe, unser Vertrauen."

Einer nach dem anderen legten die anderen ihre Hände auf den Kristall, und das Licht wurde heller. Die Plattform begann zu pulsieren, und die Dunkelheit um sie herum löste sich langsam auf. Der Pfad, der vor ihnen lag, wurde klarer, und das Licht des Kristalls kehrte zurück.

„Wir haben es geschafft", sagte Lyria leise. „Aber die Balance verlangt noch mehr."

Kael hob den Kompass, dessen Licht wieder ruhig und gleichmäßig war. „Der Pfad ist wieder klar", sagte er. „Wir gehen weiter."

Die Stimmen der Strömungen

Die Gruppe folgte dem wieder klaren Pfad, doch die Atmosphäre hatte sich verändert. Die Dunkelheit war nicht verschwunden, sondern hielt sich am Rande ihrer Wahrnehmung – ein Schatten, der sie beobachtete, ohne direkt einzugreifen. Die Gravuren unter ihren Füßen pulsieren in einem harmonischen Rhythmus, doch jeder Schritt fühlte sich schwerer an, als ob der Pfad selbst sie prüfte.

„Es ist merkwürdig ruhig", sagte Theron, während er seinen Blick durch die Dunkelheit wandern ließ. „Ich mag das nicht. Wo ist der nächste Angriff? Die nächste Prüfung?"

„Nicht jede Prüfung kommt mit Klingen und Schatten", sagte Lyria, ihre Stimme war ruhig, aber wachsam. „Manche Prüfungen sind subtiler."

„Subtilität ist nicht gerade meine Stärke", murmelte Theron, doch er hielt sich dicht hinter Kael, der den Aetherkompass führte.

Der Pfad führte sie zu einer weiteren Plattform, doch diese war anders als die bisherigen. Es gab keine Kristalle, keine Gravuren, die sich auf einen Punkt konzentrierten. Stattdessen war die Plattform leer, abgesehen von einem leichten Schimmer, der sich wie Nebel über den Boden zog.

„Was ist das?", fragte Farrik, während er vorsichtig einen Fuß auf die Plattform setzte. „Das sieht aus wie... nichts."

„Es ist nicht nichts", sagte Ardan. Er kniete sich nieder und ließ seine Hand über den Boden gleiten. „Die Balance spricht hier nicht durch Symbole oder Strukturen. Sie spricht durch uns."

„Klingt großartig", sagte Theron. „Aber was heißt das?"

Kael trat in die Mitte der Plattform und hielt den Kompass hoch. Das Licht des Geräts begann zu pulsieren, und die Luft um sie herum vibrierte leicht. „Es ist eine Resonanz", sagte er. „Die Balance prüft uns, indem sie uns zeigt, was wir sind. Was wir sein könnten."

Plötzlich wurde der Nebel auf der Plattform dichter, und Stimmen drangen durch die Stille. Es waren keine klaren Worte, sondern Töne, die direkt in ihre Gedanken eindrangen. Kael spürte, wie die Energie der Balance durch ihn floss, und er schloss die Augen, um sich darauf zu konzentrieren.

„Die Balance will uns zeigen, was sie sieht", sagte er. „Unsere Stärken, unsere Schwächen. Alles."

„Ich habe genug von Visionen und philosophischen Tests", sagte Theron, doch er legte seine Hand auf das Schwert, bereit für alles, was kommen könnte.

Die Stimmen wurden lauter, und plötzlich wurden sie von Bildern begleitet. Vor Kaels innerem Auge sah er sich selbst, aber es war nicht nur er. Es war eine Version von ihm, die von der Dunkelheit verschlungen worden war, die die Balance verlassen hatte und von den Strömungen gezeichnet war.

„Das ist... nicht real", flüsterte er. Doch die Vision war klar, lebendig, und sie sprach direkt zu ihm.

„Es ist eine Möglichkeit", sagte Ardan, der ebenfalls eine Vision hatte. „Die Balance zeigt uns, was passieren könnte. Was wir verhindern müssen."

Lyria sah sich selbst in einer Stadt, die von Aetherstürmen zerstört wurde. Sie stand allein, ihre Klinge war gebrochen, und die Dunkelheit hatte alles verschlungen. „Das ist nicht das, was ich will", sagte sie leise. „Das ist nicht das, was passieren wird."

Die Gruppe stand still, jeder in seine eigene Vision vertieft. Die Stimmen der Strömungen sprachen durch die Bilder, und es war, als ob die Balance sie auf die härteste Prüfung vorbereitete – sich selbst zu sehen, ohne wegzusehen.

Farrik sah sich selbst, gescheitert an einer Maschine, die die Strömungen stabilisieren sollte. Der Knotenpunkt zerbrach, und er stand allein in den Ruinen. „Das ist... nicht fair", sagte er. „Ich bin nicht dafür gemacht, alles zu tragen."

„Keiner von uns ist das", sagte Ardan, dessen Stimme ruhig war. „Aber die Balance zeigt uns diese Bilder nicht, um uns zu bestrafen. Sie zeigt uns, dass wir mehr sein können."

Kael öffnete die Augen, das Licht des Kompasses strahlte heller als zuvor. „Die Balance zeigt uns unsere Ängste", sagte er. „Aber sie zeigt uns auch, dass wir sie überwinden können. Wir sind nicht allein."

Die Stimmen wurden leiser, und die Visionen verblassten. Die Plattform wurde wieder ruhig, und der Nebel löste sich auf. Doch die Gruppe wusste, dass sie verändert worden war – sie hatten nicht nur die Balance gesehen, sondern auch sich selbst.

„Das war... unangenehm", sagte Theron, seine Stimme war ungewöhnlich leise. „Aber ich schätze, das war nötig."

„Es war mehr als nötig", sagte Lyria. „Es war der Kern der Prüfung. Die Balance wollte wissen, ob wir uns selbst sehen können, ohne aufzugeben."

Kael hob den Aetherkompass, dessen Licht nun klar und ruhig pulsierte. „Der Pfad ist wieder klar", sagte er. „Die Balance hat uns eine Lektion erteilt. Jetzt müssen wir sie anwenden."

Die Gruppe setzte sich wieder in Bewegung, doch die Erfahrung hatte sie verändert. Die Balance hatte sie geprüft, nicht durch Dunkelheit oder Kampf, sondern durch Selbsterkenntnis. Und sie wussten, dass dies die schwerste Prüfung von allen gewesen war.

Der Nexus der Strömungen

Die Gruppe bewegte sich vorsichtig weiter, die Erfahrungen der vorherigen Plattform noch frisch in ihren Gedanken. Der Pfad vor ihnen leuchtete klarer, doch die Gravuren pulsierten nun mit einer ungewohnten Intensität, als ob sie selbst die Spannung des Augenblicks spürten. Der Aetherkompass in Kaels Hand begann erneut zu leuchten, diesmal in einem tieferen, kräftigeren Ton, der die Aufmerksamkeit aller auf sich zog.

„Der Kompass reagiert", sagte Kael, während er das Licht beobachtete. „Wir nähern uns etwas. Etwas Wichtigem."

„Großartig", sagte Theron, der immer noch angespannt war. „Nach Visionen und chaotischen Pfaden bin ich gespannt, was uns jetzt erwartet."

„Das hier fühlt sich anders an", sagte Lyria, ihre Stimme war ruhig, aber wachsam. „Es ist keine Prüfung. Es ist... ein Ziel."

Der Pfad endete an einem Ort, der gleichzeitig vertraut und fremdartig wirkte. Es war eine gewaltige Plattform, größer als jede, die sie zuvor gesehen hatten. Die Gravuren auf dem Boden waren komplizierter, verwobener, und sie schimmerten in einem kaleidoskopischen Muster, das sich ständig bewegte. In der Mitte der Plattform schwebte eine riesige Sphäre aus Aether, umgeben von fließenden Strömungen, die wie Flüsse aus Licht aussahen.

„Das ist es", flüsterte Ardan, seine Stimme war voller Ehrfurcht. „Der Nexus der Strömungen. Der Mittelpunkt der Balance."

Kael hielt den Kompass fest, dessen Licht nun vollständig mit der Sphäre in der Mitte synchronisiert war. „Die Balance hat uns hierhergeführt", sagte er. „Aber warum?"

„Um die Strömungen zu verstehen", sagte Lyria. „Um zu sehen, was wir schützen."

Die Gruppe trat näher an die Sphäre heran, doch je näher sie kamen, desto mehr spürten sie die immense Kraft, die von ihr ausging. Es war nicht nur Energie – es war Leben, ein pulsierender Rhythmus, der sich wie ein Herzschlag durch die Gravuren ausbreitete.

„Das ist überwältigend", sagte Farrik, seine Augen weit vor Staunen. „Das ist die Quelle der Balance. Alles beginnt hier."

„Und alles endet hier", sagte Ardan leise. „Die Balance hat uns nicht nur gezeigt, was sie ist. Sie hat uns gezeigt, was auf dem Spiel steht."

Kael kniete sich vor der Sphäre nieder und legte den Kompass auf die Gravuren. „Es fühlt sich an, als ob sie uns etwas sagen will", sagte er. „Aber ich kann es nicht klar erkennen."

Plötzlich begann die Sphäre, heller zu leuchten, und die Strömungen um sie herum wurden schneller. Die Gravuren auf dem Boden reagierten, und das Licht breitete sich in Wellen aus, die die gesamte Plattform erfüllten. Die Gruppe spürte, wie die Energie durch sie floss, stark und doch beruhigend.

„Es zeigt uns etwas", sagte Lyria. „Konzentriert euch. Die Balance spricht durch die Strömungen."

Die Gruppe schloss die Augen und ließ die Energie durch sich fließen. Bilder tauchten vor ihnen auf, wie Visionen, doch sie waren klarer, lebendiger. Sie sahen Kythera, die schwebenden Inseln, die

Strömungen, die das Leben verbanden. Doch sie sahen auch die Dunkelheit, die Risse in den Ketten, die drohende Zerstörung.

„Das ist die Zukunft", sagte Ardan. „Die Balance zeigt uns, was passieren wird, wenn wir scheitern."

Die Visionen wurden intensiver, und die Gruppe sah sich selbst, kämpfend, schützend, opfernd. Doch sie sahen auch den Preis, den die Balance forderte – die ständige Hingabe, die ständige Wachsamkeit.

„Es ist kein Sieg", sagte Kael. „Es ist ein Kreislauf. Wir können die Balance nicht endgültig retten. Wir können sie nur bewahren."

„Das ist entmutigend", sagte Theron. „Aber ich schätze, wir wussten, dass es nicht einfach werden würde."

„Es ist nicht entmutigend", sagte Lyria. „Es ist eine Aufgabe. Und wir sind diejenigen, die sie tragen müssen."

Das Licht der Sphäre begann sich zu beruhigen, und die Visionen verblassten. Die Plattform wurde still, und die Gravuren kehrten zu ihrem gleichmäßigen Pulsieren zurück. Doch die Gruppe wusste, dass sie eine weitere Lektion gelernt hatten.

„Der Nexus hat uns gezeigt, warum wir hier sind", sagte Kael. „Wir sind nicht hier, um die Balance zu retten. Wir sind hier, um sie zu bewahren, um sicherzustellen, dass sie nicht zerbricht."

„Das ist eine schwere Bürde", sagte Farrik. „Aber es ist auch eine Ehre."

Kael hob den Kompass, dessen Licht nun klarer und heller war als je zuvor. „Der Weg ist noch nicht zu Ende", sagte er. „Aber wir sind bereit."

Die Gruppe verließ den Nexus, das Wissen und die Verantwortung, die sie erlangt hatten, tief in sich tragend. Die Balance hatte sie geprüft, gelehrt und gestärkt. Und sie wusste, dass sie bereit waren, den nächsten Schritt zu machen.

Kapitel 11: Die Dracheninseln

Der Sturm der Essenz

Die Sturmfalken brach durch eine Wand aus tosenden Aetherstürmen, die die Dracheninseln wie ein unüberwindbarer Schutzschild umgaben. Der Himmel war erfüllt von einem Kaleidoskop aus Blitzen und Energie, die wie lebendige Wesen durch die Luft schossen. Die Mannschaft arbeitete fieberhaft an den Instrumenten, während Kael auf der Brücke stand, den Aetherkompass fest in der Hand.

„Das ist Wahnsinn", sagte Farrik, während er über die Steuerkonsole gebeugt war. „Wir haben keine Ahnung, was uns erwartet, und diese Stürme könnten uns jederzeit zerreißen!"

„Wir haben keine Wahl", antwortete Kael, seine Stimme fest. „Die Balance braucht die Essenz der Drachen. Ohne sie können wir die Strömungen nicht stabilisieren."

Lyria trat neben ihn, ihre Augen suchten den chaotischen Horizont ab. „Dort", sagte sie und deutete auf eine schwebende Insel, die inmitten der tobenden Stürme lag. „Das ist unser Ziel."

Die Sturmfalken manövrierte sich durch die Aetherströme, die sie wie unsichtbare Hände zu greifen schienen. Theron stand auf der Reling, sein Schwert in der Hand, bereit für alles, was kommen könnte. „Ich mag das nicht", sagte er. „Diese Stille vor dem nächsten Chaos fühlt sich falsch an."

Kael nickte, doch bevor er antworten konnte, brach ein ohrenbetäubender Schrei durch die Luft. Ein gewaltiger Schatten erhob sich aus den Stürmen, seine schuppige Haut glitzerte im Licht der Blitze. Ein Drache, riesig und uralt, mit Augen, die wie brennende Aetherflammen leuchteten, stürzte auf das Schiff zu.

„Ausweichen!", schrie Farrik, während er an den Steuerinstrumenten riss.

Die Sturmfalken drehte sich in einer halsbrecherischen Bewegung zur Seite, doch die Krallen des Drachen streiften die Reling und hinterließen tiefe Risse im Metall.

„Was sollen wir tun?", rief Theron, während er sein Schwert zog. „Das Ding zerreißt uns!"

„Nicht kämpfen", sagte Lyria schnell. „Drachen greifen nicht ohne Grund an. Es testet uns."

„Testet uns?", wiederholte Farrik ungläubig. „Es versucht uns zu töten!"

„Nein", sagte Kael, seine Augen waren auf den Aetherkompass gerichtet, der jetzt in einem hellen, unregelmäßigen Rhythmus pulsierte. „Es spürt die Balance. Wir müssen zeigen, dass wir würdig sind."

„Und wie genau machen wir das?", fragte Theron, während der Drache erneut auf das Schiff zustürmte.

„Indem wir uns nicht verstecken", sagte Lyria. „Kael, lenke das Schiff näher an den Drachen heran."

„Bist du verrückt?", rief Farrik.

„Tu es!", sagte Kael, seine Stimme entschlossen. „Lyria hat recht. Wir müssen ihm zeigen, dass wir keine Bedrohung sind."

Die Sturmfalken drehte sich, und Kael steuerte das Schiff direkt auf den Drachen zu. Das gewaltige Wesen stoppte in der Luft, seine Augen fixierten das Schiff, und ein weiterer durchdringender Schrei hallte durch die Stürme.

„Haltet euch bereit", sagte Kael, während er den Kompass fest umklammerte.

Der Drache stieß nach vorne, doch im letzten Moment zog er sich zurück. Stattdessen landete er auf einer schwebenden Plattform in der Nähe, seine Augen immer noch wachsam auf die Gruppe gerichtet.

„Er testet uns", sagte Lyria erneut. „Aber wir haben eine Chance. Kael, der Kompass... er reagiert auf den Drachen."

Kael nickte und hob den Kompass. Das Licht des Geräts schien den Drachen zu beruhigen, und das riesige Wesen legte seinen Kopf zur Seite, als ob es etwas spürte.

Die Gruppe verließ das Schiff und trat vorsichtig auf die Plattform. Der Drache beobachtete sie, seine Flügel leicht gespreizt, als ob er bereit war, jederzeit anzugreifen. Doch er blieb ruhig.

„Was jetzt?", fragte Farrik, der sich hinter Theron hielt.

„Wir müssen die Essenz gewinnen", sagte Kael. „Aber nicht durch Gewalt. Wir müssen mit dem Drachen kommunizieren – auf seine Weise."

Ardan trat vor, seine Augen waren auf die Gravuren gerichtet, die die Plattform bedeckten. „Die Balance hat uns hierhergeführt", sagte er. „Und der Drache ist ein Teil davon. Wenn wir ihn respektieren, wird er uns die Essenz geben."

Kael trat vor und hob den Kompass. Das Licht pulsierte, und der Drache bewegte sich langsam näher. Kael konnte die immense

Energie des Wesens spüren, wie eine lebendige Verkörperung der Balance.

„Wir sind hier, um die Balance zu bewahren", sagte er leise, seine Worte waren nicht nur an die Gruppe, sondern auch an den Drachen gerichtet. „Wir sind keine Feinde."

Der Drache schnaubte, doch er bewegte sich nicht. Stattdessen öffnete er seinen Mund, und ein kleines, glühendes Fragment aus reiner Aetherenergie schwebte heraus.

„Das ist es", sagte Ardan. „Die Essenz der Balance."

Kael trat vorsichtig näher und ließ den Kompass das Fragment aufnehmen. Das Licht des Geräts wurde intensiver, und der Drache stieß einen tiefen, resonanten Laut aus, bevor er sich zurückzog und in den Stürmen verschwand.

Die Gruppe kehrte zur Sturmfalken zurück, das Fragment sicher im Kompass verwahrt. Die Gravuren auf dem Schiff leuchteten sanft, als ob sie die neu gewonnene Energie spürten.

„Wir haben es geschafft", sagte Kael, doch seine Stimme war nachdenklich. „Aber das war nur ein Schritt. Die Balance wird noch mehr von uns verlangen."

„Dann sollten wir bereit sein", sagte Lyria.

Mit erneuertem Mut setzte die Gruppe ihre Reise fort, wissend, dass die Dracheninseln ihnen nicht nur eine Essenz, sondern auch eine Lektion über Mut und Respekt gebracht hatten.

Die Höhlen der Resonanz

Die Plattform, auf der die Gruppe den Drachen getroffen hatte, war erst der Anfang. Der Aetherkompass, dessen Licht nun ruhiger und beständiger pulsierte, zeigte den Weg weiter ins Innere der Dracheninsel. Ein schmaler Pfad aus leuchtenden Gravuren führte zu einem dunklen Höhleneingang, dessen Wände von pulsierenden Aetherlinien durchzogen waren.

„Das ist unser Weg", sagte Kael, während er den Kompass fest in der Hand hielt. „Die Balance führt uns tiefer hinein."

„Natürlich führt es uns in eine dunkle Höhle", murmelte Theron. „Weil das immer so gut läuft."

„Hör auf zu jammern", sagte Lyria, während sie ihre Waffe überprüfte. „Die Drachen haben uns die Essenz nicht vollständig gegeben. Etwas fehlt, und wir müssen es finden."

„Wahrscheinlich etwas, das uns umbringen will", fügte Farrik hinzu, während er unruhig auf den Pfad blickte.

Der Höhleneingang war von einer Aura aus Wärme und Licht umgeben, die weder bedrohlich noch einladend wirkte. Es war ein Gefühl von Macht, das die Gruppe in die Tiefe zog, als ob die Höhle selbst lebte. Die Gravuren an den Wänden erzählten eine Geschichte, ihre leuchtenden Linien formten Bilder von Drachen, die mit den Strömungen verschmolzen.

„Diese Gravuren...", sagte Ardan, während er sie vorsichtig berührte. „Sie sind älter als alles, was ich je gesehen habe. Sie erzählen von der Verbindung zwischen den Drachen und der Balance."

„Dann sollten wir sie respektieren", sagte Kael, während er weiterging. „Die Balance hat uns hierhergeführt, weil sie uns braucht. Und weil wir die Drachen brauchen."

Die Gruppe bewegte sich tiefer in die Höhle hinein, ihre Schritte hallten in der warmen, dichten Luft wider. Der Weg war schmal und kurvenreich, und die Gravuren an den Wänden wurden immer intensiver, als ob sie die Energie der Gruppe selbst reflektierten. Plötzlich öffnete sich der Tunnel zu einer gewaltigen Kammer, die von einem riesigen, leuchtenden Kristall dominiert wurde, der in der Mitte des Raumes schwebte.

„Das ist unglaublich", sagte Farrik, seine Stimme war ein Flüstern. „Das muss das Herz der Insel sein."

„Es ist mehr als das", sagte Ardan. „Es ist ein Resonanzpunkt, an dem die Strömungen zusammenfließen. Das ist, was die Drachen beschützt haben."

Der Kristall strahlte eine überwältigende Energie aus, die die Luft in der Kammer zum Knistern brachte. Doch inmitten dieser Schönheit war auch etwas Unheilvolles – ein Schatten, der sich um den Kristall wand, als ob er versuchte, ihn zu ersticken.

„Das ist die Dunkelheit", sagte Lyria, ihre Augen fixierten die schattenhaften Bewegungen. „Sie hat versucht, die Balance hier zu brechen."

„Dann müssen wir sie stoppen", sagte Kael, während er den Kompass hob. „Die Balance hat uns hierhergeführt, weil wir das können."

„Großartig", sagte Theron, während er sein Schwert zog. „Ich wusste, dass das zu einem Kampf führt."

Kael trat näher an den Kristall heran, doch die Dunkelheit reagierte sofort. Sie formte sich zu Gestalten, amorphen Kreaturen, die aus der Energie des Aethers entstanden. Sie waren schnell und aggressiv, und die Gruppe musste sich in Position bringen, um sich zu verteidigen.

„Wir müssen den Kristall stabilisieren!", rief Kael, während er den Kompass auf die Gravuren am Boden richtete. „Er ist der Schlüssel zur Balance!"

„Das ist leichter gesagt als getan!", rief Farrik, während er einem Schatten auswich.

Lyria und Theron kämpften Seite an Seite, ihre Waffen schnitten durch die Gestalten, doch für jeden besiegten Schatten tauchten zwei neue auf. Es war ein endloser Kampf, und die Gruppe wusste, dass sie die Dunkelheit nicht nur mit Waffen besiegen konnten.

„Wir brauchen eine andere Strategie!", rief Lyria. „Wir können sie nicht alle besiegen!"

„Es geht nicht um Kampf", sagte Ardan, während er die Gravuren am Boden untersuchte. „Die Balance verlangt Harmonie. Wir müssen den Kristall wieder in Einklang bringen."

Kael kniete sich vor den Kristall und legte den Kompass auf die Gravuren. „Haltet sie auf", sagte er zu den anderen. „Ich brauche Zeit."

Die anderen schützten Kael, während er sich auf die Energie des Kompasses konzentrierte. Die Gravuren begannen, stärker zu leuchten, und das Licht breitete sich aus, um die Dunkelheit zu verdrängen. Doch die Schatten wehrten sich, ihre Bewegungen wurden intensiver, und die Luft war erfüllt von einem bedrohlichen Dröhnen.

Kael spürte, wie die Energie durch ihn floss, doch es war überwältigend. „Es ist zu viel", sagte er, seine Stimme zitterte. „Ich kann es nicht allein."

„Du bist nicht allein", sagte Lyria, während sie ihre Hand auf den Kompass legte. „Wir machen das zusammen."

Einer nach dem anderen legten die anderen ihre Hände auf die Gravuren, und die Energie wurde stärker. Die Gruppe war vereint, und die Resonanz zwischen ihnen und der Balance begann, die Dunkelheit zurückzudrängen.

Der Kristall strahlte plötzlich in einem intensiven Licht, und die Schatten wurden vollständig aufgelöst. Die Kammer wurde still, und die Gravuren am Boden pulsieren ruhig.

„Wir haben es geschafft", sagte Kael, während er den Kompass aufhob. „Die Balance hat uns geholfen, aber wir mussten uns selbst beweisen."

„Das war mehr als ein Kampf", sagte Ardan. „Es war eine Lektion. Die Balance verlangt Einheit, nicht Stärke."

Die Gruppe verließ die Höhle, den Aetherkompass heller leuchtend als je zuvor. Sie wussten, dass dies nur ein weiterer Schritt war, aber sie fühlten sich gestärkt und bereit für die Herausforderungen, die vor ihnen lagen.

Das Vermächtnis der Drachen

Die Ketten der Balance waren repariert, und die Plattform, die zuvor von Dunkelheit umgeben gewesen war, erstrahlte nun in einem sanften, beständigen Licht. Doch der Aetherkompass zeigte, dass ihre Aufgabe auf der Dracheninsel noch nicht beendet war. Ein neuer Pfad formte sich vor der Gruppe, eine Brücke aus schwebenden Fragmenten, die tief ins Herz der Insel führte.

„Es hört nicht auf, oder?", fragte Theron und schulterte sein Schwert. „Jedes Mal, wenn wir denken, dass wir fertig sind, gibt es noch mehr."

„Das ist die Balance", sagte Ardan ruhig. „Sie ist kein Ziel, sondern ein Weg. Und wir sind noch nicht am Ende."

Kael führte die Gruppe über die schwebenden Fragmente, die unter ihren Schritten leicht erzitterten. Die Gravuren entlang des Pfades wurden komplizierter, ihre Linien verschlungen wie eine lebendige Sprache, die nur die Balance selbst verstand.

Der Pfad führte zu einer weiteren gewaltigen Höhle, deren Eingang von leuchtenden Gravuren umrahmt war, die in den Farben von Gold und Purpur schimmerten. Die Luft war dicht mit Energie, und ein tiefes, rhythmisches Brummen erfüllte die Stille.

„Das ist anders", sagte Lyria, ihre Stimme war gedämpft. „Hier ist etwas... mehr."

„Das ist das Herz der Dracheninsel", sagte Kael, während er den Kompass hob. „Die Balance führt uns zu ihrem Ursprung."

Sie traten vorsichtig ein, und die Höhle öffnete sich in eine gigantische Kammer, die wie ein heiliger Ort wirkte. Die Wände waren bedeckt mit kristallinen Formationen, die das Licht der Aetherlinien reflektierten und die gesamte Kammer in ein kaleidoskopisches Schimmern tauchten. In der Mitte thronte eine Statue eines Drachen, aus purem Licht und Schatten geformt, ihre Augen funkelten wie lebendige Sterne.

„Das ist...", begann Farrik, doch er konnte die Worte nicht finden.

„Das Vermächtnis der Drachen", sagte Ardan ehrfürchtig. „Sie haben nicht nur die Balance bewacht. Sie haben sie geformt."

Kael trat näher an die Statue heran, der Kompass in seiner Hand begann, intensiver zu pulsieren. „Die Balance hat uns hierhergeführt, um etwas zu lernen", sagte er. „Aber auch, um etwas zu hinterlassen."

„Hinterlassen?", fragte Theron skeptisch. „Was könnten wir einem Ort wie diesem geben?"

Plötzlich begann die Statue zu leuchten, und die gesamte Höhle reagierte. Die Gravuren an den Wänden pulsierten im Einklang mit dem Licht, und die Luft wurde schwerer, dichter, als ob die Balance selbst präsent war.

Die Gruppe spürte, wie eine Welle aus Energie durch sie floss, und Bilder tauchten in ihren Gedanken auf – Visionen von Drachen, die durch die Strömungen flogen, von den ersten Hütern der Balance, die die Ketten schufen, und von den Prüfungen, die sie bestanden hatten.

„Das ist ihre Geschichte", sagte Lyria leise. „Die Geschichte der Drachen und der Balance."

„Und es ist auch unsere", sagte Kael. „Die Balance zeigt uns, dass wir ein Teil dieses Kreislaufs sind."

Die Statue begann, sich zu verändern, ihre Form löste sich in Licht und Schatten auf, die sich in der Luft vermischten. Ein Fragment aus reinem Licht schwebte langsam auf die Gruppe zu und hielt vor Kael inne.

„Das ist die Essenz", sagte Ardan. „Das Vermächtnis der Drachen. Es ist ihr Geschenk an uns, damit wir die Balance bewahren können."

Kael hob den Kompass, und das Fragment wurde von seinem Licht aufgenommen. Der Kompass begann, heller als je zuvor zu leuchten, und die Gravuren in der Höhle reagierten, indem sie in einem harmonischen Rhythmus pulsieren.

Doch mit der Essenz kam auch eine Warnung. Die Visionen, die die Gruppe gesehen hatte, kehrten zurück, doch diesmal waren sie düsterer. Sie sahen die Ketten zerbrechen, die Strömungen außer Kontrolle geraten, und Kythera in Dunkelheit versinken.

„Das ist, was passieren wird, wenn wir scheitern", sagte Kael, seine Stimme war angespannt. „Die Balance zeigt uns, was auf dem Spiel steht."

„Dann dürfen wir nicht scheitern", sagte Lyria entschlossen.

Die Statue erlosch, und die Höhle wurde wieder still. Die Gruppe wusste, dass ihre Aufgabe größer war, als sie jemals gedacht hatten, doch sie fühlten sich auch gestärkt durch das Vermächtnis, das ihnen anvertraut worden war.

Die Gruppe verließ die Höhle, den Kompass heller und klarer leuchtend als je zuvor. Die Dracheninsel hatte ihnen nicht nur die Essenz, sondern auch ein neues Verständnis für die Balance gegeben. Doch sie wussten, dass dies nur ein weiterer Schritt auf ihrem Weg war.

„Das war mehr als eine Prüfung", sagte Ardan, während sie den schimmernden Pfad zurückgingen. „Das war eine Erinnerung. Die Balance braucht uns nicht nur als Hüter. Sie braucht uns als Teil ihrer Geschichte."

„Dann schreiben wir diese Geschichte weiter", sagte Kael, und die Gruppe machte sich bereit für die nächste Etappe ihrer Reise.

Der Wächter der Essenz

Die Gruppe kehrte auf den schimmernden Pfad zurück, der von der Höhle des Drachenvermächtnisses wegführte. Das Licht des Kompasses strahlte nun in einem ruhigen, stabilen Rhythmus, doch eine Unruhe lag in der Luft. Die Gravuren auf dem Boden flackerten, als ob sie auf etwas Unsichtbares reagierten, und die Umgebung fühlte sich schwerer an.

„Das war... intensiv", sagte Farrik, während er seine Werkzeuge überprüfte. „Aber ich glaube, wir sind fertig, oder?"

„Noch nicht", sagte Kael, ohne den Blick vom Pfad zu nehmen. „Die Balance hat uns die Essenz gegeben, aber es fühlt sich an, als ob sie uns noch nicht gehen lässt."

„Natürlich lässt sie uns nicht gehen", sagte Theron trocken. „Es gibt immer noch eine letzte Überraschung."

Der Pfad führte sie zu einer weiteren Plattform, die zwischen schwebenden Inseln hing. Die Gravuren darauf waren dunkler als zuvor, ihre Linien tief in das Gestein eingeschnitten und von einem schwachen, pulsierenden Licht durchzogen. In der Mitte der Plattform stand eine gewaltige, schwebende Figur, die aus Licht und Schatten geformt war. Sie hatte die Gestalt eines Drachen, doch sie war größer, mächtiger, und ihre Präsenz war überwältigend.

„Das ist kein echter Drache", sagte Lyria leise. „Das ist... etwas anderes."

„Es ist der Wächter", sagte Ardan. „Ein Fragment der Balance, das hier geblieben ist, um die Essenz zu schützen."

Die schwebende Gestalt bewegte sich langsam, ihre Augen – zwei glühende Kugeln aus Aetherlicht – fixierten die Gruppe. Ein tiefes, resonantes Brummen erfüllte die Luft, als ob das Wesen sprach, doch keine Worte waren zu hören.

„Das fühlt sich nicht gut an", murmelte Farrik, während er einen Schritt zurücktrat.

„Bleibt ruhig", sagte Kael. „Die Balance hat uns hierhergeführt. Der Wächter ist kein Feind, es sei denn, wir machen ihn zu einem."

Die Gruppe blieb stehen, während der Wächter sich ihnen näherte. Sein Körper schien aus fließender Energie zu bestehen, und die Luft um ihn herum flackerte wie bei einer Fata Morgana. Doch trotz seiner Macht war seine Haltung nicht aggressiv. Es war, als ob er sie beobachtete, sie beurteilte.

„Er prüft uns", sagte Ardan. „Die Balance verlangt, dass wir ihm zeigen, wer wir sind."

Kael trat vor, den Kompass in der Hand, dessen Licht nun in einem Rhythmus pulsierte, der sich mit dem des Wächters zu synchronisieren begann. „Wir sind hier, um die Balance zu bewahren", sagte er. „Wir sind keine Feinde."

Der Wächter blieb stehen, doch das Brummen wurde intensiver, und die Gravuren auf der Plattform begannen, heller zu leuchten. Eine Welle aus Energie durchströmte die Gruppe, und Visionen blitzten in ihren Gedanken auf – Bilder von Kythera, von den Ketten, die sie zusammenhielten, und von der Dunkelheit, die alles zu verschlingen drohte.

„Er zeigt uns die Balance", sagte Lyria. „Aber auch die Gefahr, die sie bedroht."

Die Energie wurde stärker, und der Wächter begann, sich zu bewegen. Doch anstatt die Gruppe anzugreifen, führte er sie zu einem weiteren Punkt auf der Plattform, wo eine Gravur in den

Boden eingelassen war. Sie war größer und komplexer als alle zuvor, und ihr Licht war fast erloschen.

„Das ist ein weiterer Knotenpunkt", sagte Farrik, während er die Gravur betrachtete. „Aber er ist beschädigt."

„Dann wissen wir, was wir tun müssen", sagte Kael. „Die Balance verlangt, dass wir den Knotenpunkt stabilisieren."

Die Gruppe stellte sich um die Gravur, während Kael den Kompass darauf richtete. Das Licht des Geräts begann, mit den Linien der Gravur zu pulsieren, doch die Energie war instabil. Der Wächter beobachtete sie, seine Augen fixierten den Kompass, und das Brummen wurde intensiver.

„Er hilft uns", sagte Ardan. „Aber er verlangt, dass wir die Balance verstehen. Es ist nicht nur eine Frage von Kraft, sondern von Harmonie."

Die Gruppe konzentrierte sich, und langsam begann die Gravur, stärker zu leuchten. Doch die Energie war überwältigend, und die Plattform vibrierte unter ihrer Macht.

„Es ist zu viel", sagte Farrik. „Wir können das nicht kontrollieren!"

„Wir müssen es nicht kontrollieren", sagte Kael. „Wir müssen es fließen lassen."

Die Gruppe legte ihre Hände auf die Gravur, und das Licht begann, sich zu beruhigen. Der Kompass pulsierte in einem sanften, gleichmäßigen Rhythmus, und die Gravur leuchtete auf, während der Knotenpunkt stabilisiert wurde. Der Wächter senkte seinen Kopf, als ob er die Gruppe anerkennen würde, und löste sich langsam in Licht auf, das in den Kompass absorbiert wurde.

Die Plattform wurde still, und die Gravuren pulsieren nun in einem harmonischen Licht. Die Gruppe stand schweigend da, erschöpft, aber erleichtert.

„Das war... beeindruckend", sagte Lyria schließlich. „Die Balance hat uns getestet, aber wir haben bestanden."

„Für jetzt", sagte Ardan. „Die Balance ist ein Kreislauf. Und wir sind ein Teil davon."

Kael hob den Kompass, dessen Licht nun klarer und heller war als je zuvor. „Die Dracheninsel hat uns alles gegeben, was sie konnte", sagte er. „Jetzt liegt es an uns, die Balance zu bewahren."

Die Gruppe kehrte zur Sturmfalken zurück, wissend, dass ihre Reise noch lange nicht zu Ende war, doch sie fühlten sich gestärkt durch das, was sie auf der Dracheninsel gelernt hatten.

Kapitel 12: Der Markt von Azara

Das Netz der Schatten

Die Sturmfalken schwebte über dem schimmernden Aethernetzwerk des Marktes von Azara, dessen schillernde Lichter selbst in der Dunkelheit leuchteten wie ein lebendiges Kunstwerk. Die Stadt, auf einer schwebenden Plattform errichtet, war ein pulsierender Knotenpunkt des Handels und der Macht. Über den schmalen Straßen und kunstvollen Gebäuden wanden sich leuchtende Ströme aus Aetherenergie wie Flüsse, die das Leben der Stadt nährten und ihre Bedeutung definierten.

Kael stand an der Reling und beobachtete das Chaos unter ihnen. Die Plattform war voller schwebender Wagen, die Waren transportierten, und zahlloser Menschen, die sich durch die belebten Straßen bewegten. Die Geräusche von Stimmen, Hämmern und Maschinen füllten die Luft, ein beinahe überwältigender Kontrast zu den stillen Strömungen, die sie auf die Insel geführt hatten.

„Das ist Azara", sagte Kael leise, mehr zu sich selbst als zu den anderen. „Die Stadt, in der alles einen Preis hat."

„Und in der jeder bereit ist, dich zu verraten, wenn der Preis stimmt", fügte Theron hinzu, während er sein Schwert schulterte. „Haltet eure Augen offen und eure Hände an euren Beuteln."

Die Crew trat von Bord, und der Kontrast zwischen der ruhigen Sturmfalken und den schillernden Straßen von Azara war fast überwältigend. Überall waren Stände aufgebaut, beladen mit Waren, die von gewöhnlichem Schmuck bis zu schimmernden Aetherkristallen reichten. Händler riefen ihre Preise aus, während

Käufer feilschten, und in den Schatten der Gassen zogen Gestalten mit Kapuzen lautlos ihre Kreise.

„Das ist beeindruckend", sagte Farrik, seine Augen weiteten sich vor Staunen, als er an einem Stand vorbeiging, der mit mechanischen Aetherteilen gefüllt war. „Ich wusste nicht, dass so etwas existiert."

„Es ist nicht beeindruckend", sagte Lyria und legte ihre Hand auf den Griff ihrer Klinge. „Es ist gefährlich. Azara mag glänzen, aber dieser Glanz verbirgt mehr Dunkelheit, als du dir vorstellen kannst."

„Lyria hat recht", sagte Ardan, während er die Umgebung musterte. „Azara ist eine Stadt des Handels, aber auch des Verrats. Die Balance hier ist fragil, und wir müssen vorsichtig sein."

Der Aetherkompass in Kaels Hand begann schwach zu leuchten und führte sie tiefer in das Netz der Straßen. Jede Ecke der Stadt schien lebendig zu sein, doch es war keine einladende Lebendigkeit – es war die Hektik eines Ortes, an dem jeder um sein Überleben kämpfte. Die Gravuren des Kompasses zeigten den Weg zu einem unscheinbaren Stand, dessen Händler in einen langen Umhang gehüllt war und dessen Gesicht unter einer Kapuze verborgen lag.

„Ihr seid auf der Suche", sagte der Händler, bevor Kael ein Wort sagen konnte. Seine Stimme war rau und leise, als ob er sichergehen wollte, dass niemand anderes zuhören konnte. „Doch die Antworten, die ihr sucht, haben ihren Preis."

Kael hielt den Kompass hoch, dessen Licht die Gravuren auf dem Stand beleuchtete. „Wir sind nicht hier, um zu kaufen", sagte er. „Wir sind hier, weil die Balance uns geschickt hat."

Der Händler zog die Kapuze zurück, und seine Augen – tief und scharf wie der Blick eines Drachen – fixierten die Gruppe. „Die

Balance mag euch geführt haben", sagte er, „aber ihr werdet mehr brauchen als nur ihren Schutz, um zu überleben."

Während der Händler zu sprechen begann, erzählten seine Worte von den Eden-Früchten, deren Macht angeblich sowohl Licht als auch Dunkelheit trugen. „Sie sind keine einfachen Werkzeuge", sagte er. „Die Früchte sind ein Teil der Balance selbst. Doch die, die sie suchen, tragen oft mehr Dunkelheit als Licht in sich."

Kael wollte mehr erfahren, doch bevor der Händler weitersprechen konnte, verstummte plötzlich der Markt um sie herum. Die lebhaften Stimmen und Geräusche verebbten, und ein beunruhigendes Schweigen breitete sich aus. Schatten begannen, sich in den Gassen zu bewegen, und die Gruppe spürte die drohende Gefahr, bevor sie sichtbar wurde.

Eine Gruppe von Männern trat aus der Menge, ihre Gesichter hinter Masken verborgen, ihre Bewegungen schnell und präzise. Sie waren bewaffnet und hatten ihre Aufmerksamkeit eindeutig auf die Gruppe gerichtet.

„Ihr habt zu viele Fragen gestellt", sagte einer von ihnen mit kalter Stimme. „Und in Azara werden zu viele Fragen nicht geduldet."

Die Männer zogen ihre Waffen, und die Gruppe rückte instinktiv näher zusammen. Kael hielt den Kompass fest, dessen Licht nun unruhig pulsierte, als ob er auf die drohende Gefahr reagieren würde.

„Wir müssen uns zurückziehen", sagte Lyria leise, ihre Hand fest um den Griff ihrer Klinge.

„Wir können nicht", sagte Kael entschlossen. „Wir brauchen die Antworten, die der Händler uns geben wollte."

Doch als sie sich umdrehten, war der Händler verschwunden, und die Gruppe war allein mit ihren Angreifern.

„Natürlich ist er weg", murmelte Theron und zog sein Schwert. „Ich wusste, dass das schiefgeht."

Dunkle Geschäfte

Die Gruppe stand in den schmalen, schattigen Gassen von Azara, die plötzlich still geworden waren. Die zuvor so lauten Rufe der Händler waren verstummt, und die Luft schien schwer von einer unausgesprochenen Gefahr. Die Angreifer, maskierte Männer mit schnellen Bewegungen und gezückten Waffen, schlossen sich um sie. Ihre Augen waren unter den Kapuzen verborgen, aber ihre Absichten waren klar.

„Das ist keine Verhandlung", sagte der Anführer, ein großer Mann mit einer langen Narbe über der Wange. Seine Stimme war ruhig, aber scharf. „Ihr habt Fragen gestellt, die ihr nicht hättet stellen sollen."

„Das tun wir ständig", sagte Theron und hob sein Schwert. „Und meistens endet es nicht gut für diejenigen, die uns dabei stören."

„Wir haben keine Zeit für Spielchen", sagte Kael, seine Augen fest auf den Anführer gerichtet. „Die Balance hat uns hierhergeführt, und wir lassen uns nicht einschüchtern."

Der Mann lachte leise, ein tiefes, bedrohliches Geräusch, das von den Mauern widerhallte. „Balance? Die Balance ist hier ein Mythos. In Azara herrscht nur das, was man sich nimmt."

„Dann nehmt das hier", sagte Lyria und zog blitzschnell ihre Waffe. Ihre Klinge blitzte im schwachen Licht der Aetherlinien auf, und die Männer traten instinktiv einen Schritt zurück.

Doch der Kampf war unausweichlich. Die Angreifer stürmten vor, und die Gasse verwandelte sich in ein Chaos aus Klingen, Schlägen und schnellen Bewegungen. Theron kämpfte an der Front, sein Schwert wirbelte wie eine Erweiterung seines Körpers, während Lyria mit tödlicher Präzision neben ihm agierte.

„Haltet sie von Kael fern!", rief Farrik, der hinter einem umgestürzten Marktstand Deckung suchte.

Kael kniete sich hin, den Kompass in der Hand, dessen Licht unruhig flackerte. Er konzentrierte sich auf die Gravuren, die auf den Boden der Gasse führten – eine unsichtbare Strömung, die er zu entziffern versuchte.

Der Kampf tobte, doch die Angreifer waren mehr als einfache Söldner. Sie bewegten sich mit einer Präzision, die darauf hinwies, dass sie auf solche Situationen vorbereitet waren. Theron musste all seine Kraft und Geschicklichkeit einsetzen, um ihre Angriffe abzuwehren, und selbst Lyria, die immer einen kühlen Kopf bewahrte, wirkte angespannt.

„Das sind keine gewöhnlichen Diebe", sagte sie, während sie einem Angriff auswich und ihren Gegner mit einem gezielten Stoß zu Boden brachte. „Sie wissen genau, was sie tun."

„Vielleicht wissen sie auch, was wir tun", rief Ardan, der mit seiner Aethermagie eine Energiewelle aussandte, die zwei Angreifer zurückwarf.

Kael spürte die Energie des Kompasses intensiver werden, und plötzlich sah er, was die Gravuren ihm zeigen wollten – einen verborgenen Pfad, der aus der Gasse führte. „Hier entlang!", rief er, während er sich erhob. „Ich habe den Weg!"

Die Gruppe zog sich in Richtung des Pfades zurück, während Lyria und Theron die Angreifer in Schach hielten. Farrik nutzte die

Gelegenheit, um eine kleine Vorrichtung aus seiner Tasche zu werfen – ein winziger Aetherkristall, der beim Aufprall eine blendende Explosion erzeugte. Die Angreifer schreckten zurück, und die Gruppe nutzte die Ablenkung, um den verborgenen Weg zu erreichen.

Der Pfad führte sie durch eine schmale Passage, die hinter einem der Marktstände verborgen war. Die Gravuren an den Wänden leuchteten schwach, und die Luft war kühler, doch die Geräusche der Verfolger waren immer noch nah.

„Das war knapp", sagte Farrik und atmete schwer. „Aber ich schätze, das hier ist noch nicht vorbei."

„Nicht einmal ansatzweise", sagte Kael, während er den Kompass studierte. „Die Balance hat uns diesen Weg gezeigt, aber sie führt uns nicht in Sicherheit. Sie führt uns tiefer hinein."

Am Ende des Pfades erreichten sie eine dunkle Kammer, verborgen unter den Straßen des Marktes. Die Wände waren mit Aetherlinien durchzogen, die schwach glühten, und in der Mitte des Raumes stand eine schlanke Gestalt – eine Frau mit langem, schwarzem Haar und einem Umhang, der in den Schatten zu verschwinden schien. Ihre Augen funkelten wie die Sterne in einer mondlosen Nacht.

„Ihr seid also diejenigen, die den Kompass tragen", sagte sie, ihre Stimme war ruhig, aber von einer Autorität erfüllt, die keinen Widerspruch duldete.

„Und wer seid ihr?", fragte Kael, während er den Kompass senkte.

Die Frau lächelte, ein leichtes, aber unheimliches Lächeln. „Ihr dürft mich Selya nennen. Ich bewahre die Geheimnisse des Marktes, und ich weiß, was ihr sucht."

Die Hüterin der Geheimnisse

Die Kammer, in der die Gruppe angekommen war, schien vollständig vom Treiben des Marktes isoliert. Das einzige Licht kam von den Aetherlinien, die die Wände wie feine Spinnweben durchzogen. Sie pulsierten in einem langsamen Rhythmus, als ob sie auf den Herzschlag der Anwesenden abgestimmt wären. In der Mitte des Raumes stand die Frau, die sich als Selya vorgestellt hatte, und beobachtete die Gruppe mit einer Mischung aus Neugier und Vorsicht.

„Ihr seid also die Sucher", sagte Selya, während sie mit gemessenen Schritten um die Gruppe herumging. Ihr Mantel wehte leicht, obwohl kein Wind die Kammer durchströmte. „Diejenigen, die glauben, die Balance retten zu können."

Kael trat vor, den Aetherkompass fest in der Hand. „Wir haben keine Wahl", sagte er. „Die Balance braucht uns, und wir brauchen die Antworten, die ihr uns geben könnt."

Selya hielt inne, ihre funkelnden Augen fixierten Kael. „Die Balance braucht niemanden. Sie existiert seit Anbeginn der Zeit, unabhängig von den Versuchen der Sterblichen, sie zu verstehen oder zu manipulieren. Aber ihr... ihr seid anders. Der Kompass hat euch hierhergeführt, was bedeutet, dass ihr Teil ihrer Geschichte seid."

Die Spannung in der Kammer war greifbar. Lyria hielt ihre Hand an ihrer Waffe, während Theron einen Schritt zurücktrat, um die Umgebung im Auge zu behalten. Farrik schielte nervös zu den Aetherlinien, die an den Wänden pulsierten, als ob sie lebten.

„Was wisst ihr über die Eden-Früchte?", fragte Kael direkt. „Und wie hängen sie mit der Balance und den Ketten zusammen?"

Selya lächelte leicht, ein Lächeln, das sowohl Weisheit als auch eine Spur von Überlegenheit zeigte. „Die Eden-Früchte sind ein Teil der Balance, aber sie sind nicht das, was ihr denkt. Sie sind weder Heilung noch Rettung. Sie sind ein Spiegel – ein Symbol für das, was Licht und Dunkelheit gleichermaßen ausmacht."

„Was bedeutet das?", fragte Ardan, seine Stimme war ruhig, aber aufmerksam. „Sind sie eine Bedrohung oder eine Lösung?"

„Das hängt davon ab, wer sie benutzt", antwortete Selya. „Die Früchte können die Balance stabilisieren, aber sie können sie auch zerstören. Ihr seht, die Eden-Früchte sind wie die Strömungen selbst – sie nehmen die Absichten ihres Trägers an. Und in den falschen Händen könnten sie die Ketten zerreißen, anstatt sie zu reparieren."

Kael spürte, wie die Schwere ihrer Worte ihn traf. „Also sind sie ein Risiko."

„Alles, was Macht besitzt, ist ein Risiko", sagte Selya und trat näher an ihn heran. „Doch ihr habt die Balance nicht nur auf eurer Seite, sondern in euch. Der Kompass hat euch nicht ohne Grund hierhergeführt. Ihr seid nicht nur Sucher, ihr seid Werkzeuge der Balance."

Theron verschränkte die Arme und warf Kael einen skeptischen Blick zu. „Das klingt großartig, aber das hilft uns nicht, die Ketten zu reparieren oder die Dunkelheit aufzuhalten."

„Geduld, Kämpfer", sagte Selya mit einem leichten Lächeln. „Ihr seid näher an den Antworten, als ihr denkt."

Sie drehte sich um und berührte die Wand hinter ihr, die plötzlich aufleuchtete. Eine Gravur erschien, eine Karte, die in leuchtenden Linien die verschiedenen schwebenden Inseln Kytheras zeigte.

Doch im Zentrum war ein Punkt markiert, der nicht auf den bisherigen Karten der Gruppe zu finden war.

„Das ist der Nexus der Früchte", erklärte Selya. „Der Ort, an dem sie wachsen und an dem sie ihre Macht entfalten. Wenn ihr die Balance bewahren wollt, müsst ihr dorthin gehen. Aber seid gewarnt – dieser Ort ist so gefährlich wie er mächtig ist."

Kael trat näher und betrachtete die Karte. „Warum helft ihr uns? Was habt ihr davon?"

Selya sah ihn an, und für einen Moment schien ihr Blick durch ihn hindurchzugehen. „Ich bewahre Wissen, nicht Menschen. Doch die Balance hat euch hierhergeführt, und sie hat entschieden, dass ihr diesen Teil der Geschichte kennen müsst. Was ihr damit anstellt, liegt bei euch."

Die Gravur verblasste, und die Kammer wurde wieder still. Kael spürte, wie sich die Verantwortung auf seinen Schultern noch schwerer anfühlte, doch er wusste, dass sie keine andere Wahl hatten. Sie mussten den Nexus finden, und sie mussten herausfinden, ob die Eden-Früchte eine Rettung oder eine Katastrophe waren.

„Wir sollten aufbrechen", sagte Lyria, ihre Stimme war leise, aber bestimmt. „Die Zeit arbeitet nicht für uns."

„Das tut sie nie", murmelte Theron, während er sein Schwert zurück in die Scheide steckte.

Selya trat zurück in die Schatten, und ihre Gestalt löste sich fast vollständig in der Dunkelheit auf. „Viel Glück, Sucher", sagte sie, ihre Stimme hallte in der Kammer wider. „Und denkt daran – die Balance kennt keine Gnade."

Die Schatten der Verfolger

Die Gruppe verließ die geheime Kammer mit einem neuen Ziel vor Augen. Der Nexus der Früchte war der nächste Schritt auf ihrer Reise, doch die Worte von Selya hallten in ihren Köpfen nach. Der Markt von Azara war wieder voller Leben, als sie die engen Gassen betraten. Die Menschenmassen schoben sich an den Ständen vorbei, und das geschäftige Treiben schien nichts von der Spannung zu ahnen, die die Gruppe umgab.

„Wir sind nicht mehr allein", sagte Lyria leise, ihre Augen scannten die Umgebung. „Die Verfolger von vorhin haben uns nicht vergessen."

„Ich spüre es auch", sagte Ardan, während er einen schnellen Blick über die Schulter warf. „Sie lauern im Schatten."

„Großartig", murmelte Farrik, der die Spannung in der Luft spürte. „Wieder mal eine dieser Situationen, in denen ich wünschte, ich wäre woanders."

Kael hielt den Aetherkompass fest in der Hand, sein Licht pulsierte in einem beruhigenden Rhythmus, das die Gravuren auf den Straßen erhellte. „Wir folgen den Strömungen", sagte er. „Sie werden uns den Weg zeigen. Bleibt dicht zusammen."

Die Gruppe bewegte sich zügig durch die Menge, doch das Gefühl, beobachtet zu werden, ließ nicht nach. Theron hielt sein Schwert griffbereit, während Lyria eine Hand an ihrer Klinge hatte. Farrik zog den Kopf ein und blieb in der Mitte der Gruppe, seine Augen huschten nervös über die Menschenmassen.

Plötzlich spürte Kael eine Bewegung hinter sich, ein Schatten, der sich schneller bewegte als die Menge. „Sie sind hier", sagte er knapp, ohne sich umzudrehen.

Die Verfolger griffen an, schneller und entschlossener als zuvor. Sie kamen aus den Schatten, ihre Bewegungen präzise und koordiniert. Die Menschenmenge wich schreiend zurück, als die Angreifer auf die Gruppe zustürmten. Theron zog sein Schwert und parierte den ersten Schlag, während Lyria sich blitzschnell drehte und einen weiteren Angreifer abwehrte.

„Sie lassen nicht locker!", rief Theron, während er seinen Gegner zurückdrängte.

„Dann sollten wir sie abhängen", sagte Kael, während er den Kompass anhob. Das Licht reagierte sofort, seine Gravuren zeigten einen neuen Weg durch die Straßen.

„Dorthin!", rief Kael, und die Gruppe setzte sich in Bewegung.

Der Markt war ein Labyrinth aus schmalen Gassen, Treppen und schwebenden Plattformen. Die Gruppe bewegte sich so schnell sie konnte, doch die Angreifer blieben dicht hinter ihnen. Farrik stolperte beinahe, als er über eine lose Holzplanke rannte, doch Theron packte ihn und zog ihn weiter.

„Vielleicht könnten wir uns stellen und das beenden?", rief Theron, während sie eine scharfe Kurve nahmen.

„Das ist keine Option", sagte Lyria. „Sie sind zu viele, und wir wissen nicht, was sie wirklich wollen."

Kael blieb stehen, als sie eine breite, erhöhte Plattform erreichten, die von leuchtenden Aetherlinien durchzogen war. „Hier", sagte er. „Die Strömungen sind stark genug, um uns zu schützen."

Die Verfolger tauchten auf der Plattform auf, ihre Bewegungen vorsichtig, aber zielgerichtet. Ihre Anführer traten vor, maskiert und in dunkle Umhänge gehüllt, ihre Waffen bereit. Doch bevor sie angreifen konnten, hob Kael den Kompass. Das Licht des Geräts strahlte intensiver, und die Aetherlinien der Plattform begannen, zu leuchten.

„Was… was macht er?", murmelte Farrik, der gebannt auf das Spektakel starrte.

„Er nutzt die Strömungen", sagte Ardan. „Die Balance schützt uns, wenn wir sie richtig lenken."

Die Aetherlinien reagierten auf den Kompass, und eine Welle aus Licht durchzog die Plattform. Die Verfolger wichen zurück, ihre Bewegungen wurden unkoordiniert, und ihre Angriffe verloren an Präzision.

Die Gruppe nutzte die Gelegenheit und rannte weiter, während die Verfolger sich in den Schatten zurückzogen. Als sie sicher in einer ruhigeren Ecke des Marktes ankamen, atmeten sie schwer, doch die Anspannung ließ nicht nach.

„Das war knapp", sagte Farrik und wischte sich den Schweiß von der Stirn. „Aber sie werden wiederkommen, oder?"

„Ja", sagte Kael. „Aber wir haben Zeit gewonnen. Und die Balance hat uns erneut geholfen."

Lyria sah Kael ernst an. „Das bedeutet, dass sie uns nicht einfach so gehen lassen werden. Wir müssen uns vorbereiten. Der Nexus wird nicht weniger gefährlich sein."

Kael nickte und hielt den Kompass fest. „Wir haben keine andere Wahl. Wir folgen den Strömungen. Und wir werden bereit sein."

Kapitel 13: Der Nexus der Früchte

Der Weg ins Herz der Strömungen

Die Sturmfalken segelte durch die dunklen Strömungen, die sich wie ein endloses Netz aus Aetherlinien über den Himmel von Kythera spannten. Kael stand auf der Brücke, den Aetherkompass in der Hand, dessen Licht in einem stetigen Rhythmus pulsierte und den Weg zeigte. Die Gravuren auf dem Gerät waren jetzt klarer und komplexer, als ob sie von der Nähe zum Nexus der Früchte beeinflusst wurden.

„Der Kompass wird immer unruhiger", sagte Farrik, während er nervös die Anzeigen auf der Steuerkonsole überprüfte. „Ich weiß nicht, ob das gut oder schlecht ist."

„Es bedeutet, dass wir näher kommen", sagte Lyria, die neben Kael stand und in die Strömungen blickte. „Aber es bedeutet auch, dass die Balance uns auf die Probe stellen wird."

Theron lehnte an der Reling und beobachtete die Bewegungen der Strömungen. „Ihr redet immer davon, dass die Balance uns prüft. Ich hoffe nur, dass diese Prüfungen nicht wieder mit einer Horde Verfolger oder einer Horde Schatten enden."

Ardan trat aus dem Schatten der Brücke und betrachtete den Horizont. „Die Balance prüft uns nicht, um uns zu strafen", sagte er leise. „Sie will, dass wir verstehen, was auf dem Spiel steht. Der Nexus ist kein einfacher Ort. Es ist ein Knotenpunkt von Licht und Dunkelheit. Und was dort geschieht, wird die Balance für immer beeinflussen."

Die Worte des Mentors ließen die Gruppe nachdenklich werden. Kael spürte die Verantwortung schwer auf seinen Schultern. Der

Kompass fühlte sich heißer an, als ob er die Dringlichkeit ihrer Mission spürte.

„Dann sollten wir bereit sein", sagte Kael schließlich. „Wir wissen, dass wir keine zweite Chance bekommen."

Die Reise zum Nexus war gefährlich. Die Strömungen wurden unberechenbarer, die Luft vibrierte vor Energie, und die Gravuren auf dem Schiff leuchteten, als ob sie gegen eine unsichtbare Kraft ankämpften. Die Crew arbeitete fieberhaft, um die Sturmfalken stabil zu halten, während sie durch Aetherstürme und wirbelnde Energien navigierten.

„Das ist verrückt!", rief Farrik, während er an den Steuerkonsolen arbeitete. „Die Strömungen könnten uns jederzeit auseinanderreißen!"

„Halt die Linie!", rief Lyria, während sie einen Blick auf die Anzeigen warf. „Der Kompass führt uns. Wir müssen ihm vertrauen."

Kael spürte, wie die Energie der Strömungen ihn durchflutete, als ob die Balance selbst ihn führen wollte. „Wir sind fast da", sagte er, seine Stimme ruhig, obwohl sein Herz schneller schlug. „Bleibt konzentriert."

Schließlich brachen sie durch die letzte Wand aus wirbelnder Energie, und vor ihnen öffnete sich eine atemberaubende Szene. Der Nexus der Früchte war keine Insel wie die anderen. Es war eine schwebende Ebene, durchzogen von leuchtenden Aetherlinien, die in einem unregelmäßigen, aber harmonischen Muster pulsierten. In der Mitte der Ebene erhob sich ein gewaltiger Baum, dessen Äste sich wie Lichtstrahlen in den Himmel erstreckten.

Die Früchte, die an seinen Zweigen hingen, glühten in verschiedenen Farben – tiefes Rot, sanftes Blau, goldenes Licht und dunkle Schatten, die sich ineinander zu bewegen schienen. Der Baum selbst war wie aus einem anderen Zeitalter, seine Rinde schien zu atmen, und sein Wurzelsystem schwebte über der Ebene, gehalten von der Energie der Strömungen.

„Das ist unglaublich", flüsterte Farrik, der die Szene mit offenen Augen anstarrte. „Das ist... das Herz der Balance."

Kael trat näher an die Reling, den Kompass in der Hand. „Das ist der Nexus", sagte er. „Das ist, wo die Balance lebt."

„Und wo sie stirbt, wenn wir einen Fehler machen", sagte Theron mit ernster Stimme.

Die Sturmfalken landete vorsichtig auf der schwebenden Ebene, und die Gruppe stieg ab, ihre Schritte waren vorsichtig und ehrfürchtig. Die Energie des Ortes war überwältigend, als ob die Balance selbst hier stärker spürbar war als je zuvor.

„Wir müssen herausfinden, was die Früchte wirklich sind", sagte Lyria, während sie auf den Baum zuging. „Und wir müssen vorsichtig sein. Jede falsche Bewegung könnte die Balance zerstören."

„Keine Druck", murmelte Farrik und folgte dicht hinter ihr.

Der Baum der Entscheidungen

Die Gruppe stand vor dem Baum, der den Nexus der Früchte dominierte. Seine Äste erstreckten sich weit in den schimmernden Himmel, und die leuchtenden Früchte schienen in einem hypnotischen Rhythmus zu pulsieren, der mit den Aetherlinien unter ihren Füßen harmonierte. Kael hielt den Aetherkompass fest in der Hand, dessen Licht nun so intensiv strahlte, dass es fast blendete.

„Das ist der Ursprung der Balance", sagte Ardan leise. „Die Früchte sind nicht nur Symbole. Sie sind ein Teil des Geflechts, das Licht und Dunkelheit zusammenhält."

„Was bedeutet das für uns?", fragte Farrik, seine Stimme war ein Flüstern. „Müssen wir eine dieser Früchte nehmen?"

„Wenn wir das tun, könnten wir die Balance stören", sagte Lyria, die die Früchte aufmerksam betrachtete. „Oder wir könnten sie retten. Es gibt keinen klaren Weg."

Kael trat näher an den Baum heran, und das Licht des Kompasses änderte sich. Es wurde weniger grell, pulsierte jetzt in einem ruhigen, beständigen Rhythmus. Die Gravuren auf dem Boden unter ihnen leuchteten auf, als ob sie auf Kaels Bewegungen reagierten.

„Die Balance spricht durch den Kompass", sagte Kael. „Aber sie gibt uns keine klare Antwort. Es ist, als ob sie will, dass wir entscheiden."

„Das ist Wahnsinn", murmelte Theron. „Wenn wir die falsche Entscheidung treffen, könnten wir alles zerstören."

„Das Risiko besteht immer", sagte Ardan. „Aber die Balance vertraut uns. Sie führt uns nicht, sie gibt uns die Verantwortung."

Plötzlich bewegte sich etwas am Fuß des Baumes. Eine Gestalt trat aus den Schatten hervor, ein Wesen, das halb aus Licht und halb aus Dunkelheit bestand. Es hatte keine klare Form, sondern schien sich ständig zu verändern, als ob es zwischen den Strömungen schwebte.

„Ihr seid hierhergekommen, um Antworten zu finden", sagte die Gestalt mit einer Stimme, die sowohl ruhig als auch tief war. „Doch die Balance gibt keine Antworten. Sie stellt nur Fragen."

„Wer bist du?", fragte Kael, seine Stimme war fest, obwohl er die Energie der Gestalt spürte.

„Ich bin der Wächter des Nexus", sagte das Wesen. „Ein Fragment der Balance, geschaffen, um diejenigen zu prüfen, die den Baum erreichen."

Die Gruppe war wachsam, doch die Gestalt machte keine Anstalten, sie anzugreifen. Stattdessen bewegte sie sich näher an den Baum heran, als ob sie mit ihm verschmelzen würde.

„Ihr steht vor einer Entscheidung", sagte der Wächter. „Die Früchte tragen die Macht der Balance in sich, aber auch die Macht der Zerstörung. Welche Frucht ihr wählt, wird bestimmen, was ihr erschafft – und was ihr zerstört."

„Wir wollen die Balance bewahren", sagte Kael. „Das ist unser Ziel."

„Bewahren ist nicht immer die richtige Wahl", sagte der Wächter. „Manchmal muss etwas zerstört werden, um Platz für Neues zu schaffen. Ihr müsst verstehen, was ihr wirklich sucht."

Die Gruppe war still, während die Worte des Wächters in ihnen nachhallten. Der Baum schien lebendiger zu werden, seine Äste bewegten sich leicht, und das Licht der Früchte wurde intensiver. Kael spürte, wie die Energie des Kompasses ihn fast zu überfluten drohte.

„Was machen wir jetzt?", fragte Farrik. „Das ist zu groß für uns. Wir können das nicht entscheiden."

„Doch, das können wir", sagte Lyria, ihre Stimme war ruhig und bestimmt. „Das ist, warum die Balance uns hierhergeführt hat. Sie verlangt, dass wir die Verantwortung übernehmen."

Kael trat einen Schritt näher an den Baum heran. Der Kompass pulsierte stärker, und die Gravuren auf dem Boden bildeten ein leuchtendes Muster, das sich um den Baum herum ausbreitete. „Die Balance verlangt nicht, dass wir perfekt sind", sagte Kael. „Sie verlangt, dass wir ehrlich sind."

Die Gestalt des Wächters beobachtete ihn, ihre schimmernden Augen wirkten wie ein Spiegel. „Die Wahl liegt bei euch", sagte sie. „Aber bedenkt, dass jede Entscheidung Konsequenzen hat. Die Balance wird sich anpassen, doch der Weg, den ihr wählt, wird Kythera für immer prägen."

Kael hob den Kompass, und die Gravuren begannen, heller zu leuchten. Die Früchte des Baumes strahlten in einem kaleidoskopischen Licht, und der Moment der Entscheidung rückte näher.

Die Wahl des Gleichgewichts

Kael stand vor dem Baum, der Kompass pulsierte in seiner Hand wie ein lebendiges Herz. Die anderen hielten den Atem an, während die leuchtenden Früchte in einem hypnotischen Rhythmus pulsierten, der sich mit den Aetherlinien der Ebene zu synchronisieren schien. Die Worte des Wächters hallten in ihren Köpfen nach: Jede Entscheidung würde Konsequenzen haben, und die Balance würde sich anpassen – doch nicht ohne Verluste.

„Was passiert, wenn wir die falsche Frucht wählen?", fragte Farrik, seine Stimme zitterte leicht. „Wird die Balance zerstört?"

„Es gibt keine falsche Wahl", sagte der Wächter ruhig. „Nur Wege, die die Balance in verschiedene Richtungen lenken. Es liegt an euch, zu entscheiden, welche Kythera am besten dient."

Kael sah die Früchte an, jede ein lebendiges Symbol für die Strömungen der Balance. Einige strahlten in hellem, reinem Licht, während andere von tiefem, geheimnisvollem Schatten umgeben waren. Eine schien in sich zu flimmern, als ob sie zwischen Licht und Dunkelheit pendelte.

„Das ist eine Falle", sagte Theron, der seine Klinge gezogen hielt. „Es gibt keine Entscheidung, die niemanden verletzt. Was immer wir wählen, jemand wird leiden."

„Vielleicht ist das der Punkt", sagte Lyria, ihre Augen waren fest auf den Baum gerichtet. „Die Balance ist kein Zustand des Friedens. Sie ist ein Zustand des Wandels."

„Das hilft uns nicht", murmelte Farrik, der nervös über seine Schulter blickte. „Wir wissen immer noch nicht, welche Frucht die richtige ist."

„Es geht nicht um richtig oder falsch", sagte Ardan leise. „Es geht um Vertrauen. Die Balance verlangt, dass wir unserem Weg vertrauen – und ihr."

Kael atmete tief durch und trat einen Schritt näher an den Baum heran. Die Gravuren auf dem Boden leuchteten intensiver, als ob sie auf seine Entscheidung warteten. „Ich weiß nicht, was die Zukunft bringt", sagte er. „Aber ich weiß, dass wir hier sind, weil die Balance uns vertraut hat. Wir müssen diesem Vertrauen gerecht werden."

Er hob den Kompass, und das Licht des Geräts intensivierte sich, schoss in einer klaren Linie auf die Früchte zu. Es richtete sich auf eine der Früchte, die in einem schwachen, warmen Licht leuchtete. Kael spürte, wie die Energie des Baumes durch ihn hindurchfloss, als er die Hand ausstreckte und die Frucht berührte.

Die Frucht fühlte sich lebendig an, pulsierend mit einer Wärme, die sich durch Kaels Arm ausbreitete. Als er sie vom Baum nahm, begann die gesamte Ebene zu vibrieren. Die Aetherlinien flackerten, und das Licht der anderen Früchte verblasste, während die Energie in die Frucht in Kaels Hand zu strömen schien.

„Was passiert jetzt?", fragte Farrik panisch, während die Vibrationen stärker wurden.

„Die Strömungen reagieren auf die Entscheidung", sagte Ardan. „Die Balance passt sich an."

Der Wächter des Nexus beobachtete die Szene ruhig, als ob er bereits wusste, was geschehen würde. „Ihr habt gewählt", sagte er. „Nun liegt es an euch, den Weg zu gehen, den diese Wahl offenbart hat."

Plötzlich brach ein lautes Knacken durch die Luft. Der Baum begann, sich zu verändern, seine Äste zogen sich zurück, und seine Rinde begann, sich zu lösen. Aus den Wurzeln brach ein helles Licht hervor, das die gesamte Ebene durchflutete. Die Gruppe musste die Augen schließen, um sich vor der blendenden Helligkeit zu schützen.

Als das Licht verblasste, stand der Baum nicht mehr da. An seiner Stelle schwebte eine kristalline Struktur, in deren Mitte die Gravuren der Balance leuchteten. Der Kompass in Kaels Hand reagierte sofort, seine Gravuren formten ein neues Muster, das auf eine unbekannte Richtung deutete.

„Das war... intensiv", sagte Farrik, der sich auf die Knie fallen ließ. „Aber ich schätze, wir haben es überlebt."

„Wir haben mehr als das", sagte Lyria, während sie das Muster im Kompass betrachtete. „Wir haben eine neue Richtung."

„Aber wohin führt sie?", fragte Theron. „Und warum habe ich das Gefühl, dass es nicht einfacher wird?"

Kael sah den Kompass an, dessen Licht jetzt ruhiger, aber entschlossener schien. „Es führt uns zum nächsten Schritt", sagte er. „Die Balance ist noch nicht wiederhergestellt. Aber wir wissen jetzt, dass wir auf dem richtigen Weg sind."

Die Gestalt des Wächters begann zu verblassen, doch ihre letzten Worte hallten durch die Ebene. „Die Wahl ist getroffen. Die Balance hat sich bewegt. Nun liegt es an euch, das Gleichgewicht zu halten."

Die Gruppe kehrte zur Sturmfalken zurück, den Kompass fest in Kaels Händen. Der Nexus der Früchte war hinter ihnen, doch die Verantwortung, die sie trugen, war schwerer als je zuvor. Die Balance hatte sich ihnen offenbart, doch sie hatte auch gezeigt, dass der Weg, der vor ihnen lag, voller Herausforderungen sein würde.

Prüfungen des Herzens

Die Sturmfalken schwebte ruhig über der Ebene, als die Gruppe sich vom Baum zurückzog. Die Gravuren auf dem Boden hatten ihre ursprüngliche Helligkeit verloren, doch die Energie des Ortes war immer noch überwältigend spürbar. Kael hielt die Frucht fest in der Hand, deren Licht schwach, aber stetig in seinem Griff pulsierte. Sie schien ein eigenes Leben zu besitzen, ein Stück der Balance, das jetzt von ihrer Entscheidung geprägt war.

„Das war... intensiv", sagte Farrik und ließ sich auf einen Stein sinken. Er starrte auf den Boden und rieb sich die Stirn. „Aber was jetzt? Wir haben die Frucht, aber es fühlt sich an, als ob wir etwas ausgelöst haben, das wir nicht verstehen."

„Das hast du richtig erkannt", sagte Ardan und trat neben Kael. „Der Baum war nicht nur ein Symbol der Balance, er war ein Knotenpunkt. Seine Energie hat die Strömungen gestärkt, aber auch gestört."

„Also haben wir es schlimmer gemacht?", fragte Theron und zog die Augenbrauen zusammen.

„Nicht unbedingt", sagte Lyria, ihre Augen wanderten zum Himmel, wo die Aetherlinien in der Ferne flackerten. „Die Balance ist ein Kreislauf. Manchmal braucht es eine Störung, um eine neue Ordnung zu schaffen."

Kael betrachtete die Frucht in seiner Hand und fühlte das Gewicht ihrer Bedeutung. „Die Balance hat uns diese Wahl gegeben", sagte er leise. „Aber ich frage mich, ob wir bereit sind, mit den Konsequenzen zu leben."

„Wir müssen bereit sein", sagte Lyria. „Es gibt keinen anderen Weg."

Bevor Kael antworten konnte, änderte sich die Atmosphäre. Die Luft wurde dichter, und ein tiefer, dröhnender Ton erfüllte die Ebene. Die Aetherlinien begannen zu flackern, und Schatten bewegten sich am Rand ihres Sichtfeldes.

„Das ist nicht gut", sagte Farrik, der sich sofort erhob. „Ich hasse dieses Geräusch. Es ist nie ein gutes Zeichen."

„Bleibt wachsam", sagte Lyria, während sie ihre Waffe zog. „Etwas bewegt sich in den Strömungen."

Die Schatten formten sich zu Gestalten, die langsam auf die Gruppe zukamen. Sie hatten keine klaren Umrisse, nur flimmernde Konturen aus Licht und Dunkelheit, als ob sie selbst ein Teil der Strömungen waren. Doch ihre Bewegungen waren gezielt, und sie strahlten eine feindselige Energie aus.

„Was sind das?", fragte Theron, der sein Schwert zog und sich in Position brachte.

„Fragmente", sagte Ardan mit ernster Stimme. „Sie sind Überbleibsel der Balance, Stücke der Strömungen, die durch unsere Entscheidung freigesetzt wurden. Sie wollen zurück zum Baum, aber er existiert nicht mehr."

„Das bedeutet, dass sie uns als Ersatz ansehen", sagte Kael, während er den Kompass anhob. Das Licht des Geräts begann zu pulsieren, doch die Fragmente reagierten aggressiv darauf und bewegten sich schneller auf die Gruppe zu.

Die Fragmente griffen an, und die Gruppe hatte keine andere Wahl, als sich zu verteidigen. Theron warf sich in die erste Welle der Schatten, sein Schwert schnitt durch die flimmernden Gestalten, doch sie zerfielen nicht wie gewöhnliche Gegner. Stattdessen verschwanden sie kurz und tauchten dann an einer anderen Stelle wieder auf.

„Das ist nicht gut!", rief Theron, während er einem Angriff auswich. „Wir können sie nicht besiegen!"

„Vielleicht sollen wir das auch nicht", sagte Kael und konzentrierte sich auf den Kompass. „Sie sind Teil der Balance. Wir müssen sie beruhigen, nicht zerstören."

„Beruhigen?", fragte Farrik ungläubig, während er sich hinter einem Felsen duckte. „Und wie machen wir das? Mit einem Schlaflied?"

Kael kniete sich hin, die Frucht in der einen Hand und den Kompass in der anderen. Er konzentrierte sich auf das pulsierende Licht der Gravuren, die den Boden durchzogen. „Die Strömungen reagieren auf die Balance", sagte er. „Wir müssen sie in Einklang bringen."

„Was immer du tun musst, tu es schnell!", rief Lyria, die einen weiteren Angriff abwehrte.

Kael schloss die Augen und spürte, wie die Energie des Kompasses und der Frucht miteinander verschmolzen. Die Gravuren auf dem Boden begannen, schwach zu leuchten, und die Fragmente hielten inne, als ob sie die Veränderung spürten.

„Es funktioniert!", sagte Ardan. „Konzentrier dich, Kael!"

Mit jeder Sekunde wurde das Licht stärker, und die Fragmente begannen, sich aufzulösen. Sie wurden nicht zerstört, sondern schienen in die Gravuren auf dem Boden zu fließen, als ob sie Teil der Strömungen wurden. Die Luft klärte sich, und die Vibrationen ließen nach, bis schließlich wieder Stille herrschte.

Kael öffnete die Augen und atmete tief durch. Die Frucht in seiner Hand pulsierte ruhiger, und der Kompass leuchtete in einem gleichmäßigen, beruhigenden Rhythmus.

„Das war... seltsam", sagte Farrik und sah sich um. „Aber ich schätze, wir haben es überstanden."

„Für jetzt", sagte Lyria. „Doch die Balance hat uns gewarnt. Jede Entscheidung hat Konsequenzen."

Kael stand auf und sah auf die Frucht in seiner Hand. „Das war erst der Anfang", sagte er leise. „Die Balance hat uns eine Wahl gegeben, aber sie hat auch gezeigt, dass wir die Verantwortung dafür tragen müssen."

Kapitel 14: Die Strömungen der Schatten

Dunkle Strömungen

Die Sturmfalken segelte weiter, umgeben von einem schimmernden Nebel, der die Aetherlinien verdeckte und das Schiff wie in eine andere Dimension tauchte. Die Crew war erschöpft von den Ereignissen im Nexus der Früchte, doch die Spannung an Bord war greifbar. Kael hielt die Frucht fest in der Hand, deren Licht nun gedämpfter, aber gleichmäßig pulsierte. Der Kompass in seiner anderen Hand zeigte keine klaren Gravuren mehr – ein beunruhigendes Zeichen.

„Ich hasse es, wenn der Kompass still wird", murmelte Farrik, der nervös an den Steuerinstrumenten arbeitete. „Es fühlt sich an, als ob wir blind fliegen."

„Wir fliegen nicht blind", sagte Lyria mit fester Stimme. „Wir folgen der Balance. Sie hat uns noch nie im Stich gelassen."

„Aber was, wenn die Balance selbst verwirrt ist?", fragte Theron und lehnte sich an die Reling. „Nach allem, was wir gesehen haben, scheint sie selbst nicht mehr stabil zu sein."

Kael sah die Frucht an, deren Licht ein schwaches Muster in den Nebel warf. „Die Balance ist nicht verwirrt", sagte er. „Sie fordert uns heraus. Sie will, dass wir die Dunkelheit verstehen, bevor wir sie bekämpfen."

Die Stille des Nebels wurde plötzlich von einem tiefen, vibrierenden Geräusch durchbrochen, das wie ein Herzschlag klang, der sich durch die Aetherströmungen ausbreitete. Die Crew erstarrte, und Kael spürte, wie die Frucht in seiner Hand stärker zu pulsieren begann.

„Das war kein normales Geräusch", sagte Farrik, seine Stimme war kaum mehr als ein Flüstern. „Das war... lebendig."

„Es kommt näher", sagte Ardan, während er die Gravuren entlang der Reling betrachtete, die schwach zu leuchten begannen. „Etwas Großes bewegt sich in den Strömungen."

„Natürlich bewegt sich etwas Großes", sagte Theron und zog sein Schwert. „Es bewegt sich immer etwas Großes, wenn wir involviert sind."

Plötzlich brach der Nebel auf, und eine gewaltige Gestalt wurde sichtbar. Es war kein Schiff, kein Drache, sondern etwas völlig anderes. Eine Kreatur, die aus reinen Aetherströmen zu bestehen schien, ihre Form war ständig in Bewegung, als ob sie mit den Strömungen verschmolzen wäre. Ihre Augen glühten in einem tiefen Rot, und ihre Präsenz war überwältigend.

„Was ist das?", fragte Farrik, der einen Schritt zurücktrat.

„Das ist ein Schatten der Balance", sagte Ardan. „Ein Fragment, das aus der Dunkelheit geboren wurde, als die Strömungen ins Ungleichgewicht gerieten."

„Und jetzt?", fragte Theron. „Warten wir, bis es uns angreift, oder nehmen wir die Initiative?"

Kael trat vor, den Kompass und die Frucht in der Hand. „Es will nicht kämpfen", sagte er ruhig. „Es ist ein Teil der Balance, genauso wie die Strömungen. Es reagiert auf das, was wir getan haben."

„Dann sag ihm, dass wir nicht feindlich sind", sagte Farrik und duckte sich hinter die Steuerkonsole. „Bevor es entscheidet, dass wir doch feindlich sind!"

Die Kreatur bewegte sich näher, und ihre Präsenz ließ die Luft schwerer werden. Die Gravuren auf dem Boden des Schiffes begannen zu flackern, als ob sie die Energie nicht halten konnten. Kael konzentrierte sich auf den Kompass, dessen Licht nun stärker pulsierte.

„Ich werde es versuchen", sagte Kael. „Bleibt zurück."

Die Kreatur hielt inne, nur wenige Meter vom Schiff entfernt, und begann, sich um die Sturmfalken zu bewegen. Ihre Bewegungen waren flüssig, aber unberechenbar, und die Crew hielt den Atem an, während Kael den Kompass hob. Das Licht des Geräts schoss in einer klaren Linie auf die Kreatur zu, und für einen Moment schien sie stillzustehen.

„Es funktioniert", sagte Ardan leise. „Die Balance erkennt uns."

Doch dann änderte sich die Atmosphäre. Die Kreatur brüllte, ein lautes, durchdringendes Geräusch, das die Gravuren auf dem Schiff erzittern ließ. Sie stürzte auf Kael zu, und die Frucht in seiner Hand begann zu leuchten, als ob sie auf die Bedrohung reagieren wollte.

„Kael!", rief Lyria und zog ihre Waffe.

„Nein!", rief Kael zurück. „Wir dürfen es nicht angreifen! Es ist kein Feind. Es ist verwirrt."

Kael trat einen Schritt nach vorn, das Licht der Frucht wurde heller, und die Kreatur hielt inne. Ihre Bewegungen wurden langsamer, und das Brüllen verstummte. Es war, als ob die Energie der Frucht sie beruhigte, ihre Verbindung zur Balance wiederherstellte.

„Es reagiert auf die Frucht", sagte Ardan. „Sie ist ein Teil der Balance, und sie bringt das Fragment zurück ins Gleichgewicht."

Die Kreatur begann, sich aufzulösen, ihre Form zerfiel in fließende Aetherströme, die in den Nebel zurückkehrten. Die Gravuren auf dem Schiff leuchteten wieder stabil, und die Luft wurde klarer.

Kael senkte den Kompass und die Frucht, seine Hände zitterten leicht. „Das war keine einfache Kreatur", sagte er leise. „Das war die Balance selbst, die uns getestet hat."

„Dann sollten wir besser darauf achten, dass wir den nächsten Test bestehen", sagte Theron. „Ich habe das Gefühl, dass es nicht der letzte war."

Die Crew sammelte sich, während die Sturmfalken weiter durch die Strömungen glitt. Der Weg vor ihnen war noch ungewiss, doch die Gruppe wusste, dass sie sich aufeinander und auf die Balance verlassen mussten.

Ein Bündnis im Nebel

Die Sturmfalken setzte ihren Kurs durch die dichten Aetherströmungen fort, während die Crew die jüngste Begegnung mit dem Schatten der Balance verarbeitete. Die Stille, die auf den Konflikt folgte, war fast so drückend wie die Strömungen selbst. Kael stand auf der Brücke, den Aetherkompass in der Hand, dessen Gravuren wieder zu pulsieren begannen, diesmal jedoch in einem gleichmäßigeren Rhythmus.

„Das war knapp", sagte Farrik, der immer noch bleich war und sich an die Steuerkonsole klammerte. „Diese Kreatur hätte uns auseinanderreißen können."

„Aber sie hat es nicht", sagte Ardan ruhig. „Die Balance hat uns geprüft. Und Kael hat gezeigt, dass wir nicht nur mit Gewalt reagieren können."

„Trotzdem", murmelte Theron, „ich wünschte, sie hätte sich ein weniger... dramatisches Mittel ausgesucht."

Die Aetherlinien um das Schiff herum begannen, sich zu verändern. Ihr Licht wurde schwächer, und der Nebel, der die

Strömungen umgab, verdichtete sich. Das Gefühl von Gefahr und Unruhe lag in der Luft, und Lyria zog ihre Klinge ein Stück aus der Scheide.

„Wir sind nicht allein", sagte sie leise. „Etwas bewegt sich in den Strömungen."

Kael spürte es auch. Der Kompass reagierte auf eine neue Energiequelle, die sich auf sie zubewegte. Diesmal war es kein Schatten oder Fragment, sondern eine deutlichere Präsenz – lebendig und fokussiert.

„Wir haben Gesellschaft", sagte Kael. „Und ich glaube nicht, dass sie zufällig hier ist."

Aus dem Nebel tauchte ein weiteres Schiff auf, dessen Silhouette im schwachen Licht der Aetherlinien sichtbar wurde. Es war kleiner als die Sturmfalken, aber sein Design war scharf und bedrohlich. Die Gravuren auf seiner Hülle leuchteten in einem dunklen Rot, das wie pulsierende Warnsignale wirkte.

„Ein Feind?", fragte Farrik nervös.

„Noch nicht", sagte Kael. „Aber wir sollten vorbereitet sein."

Das fremde Schiff näherte sich langsam, und schließlich wurde eine Gestalt sichtbar, die auf seiner Reling stand. Es war ein hochgewachsener Mann mit einer schwarzen Rüstung, die mit Aetherlinien durchzogen war. Seine Augen funkelten in einem seltsamen Violett, und seine Haltung strahlte sowohl Autorität als auch Vorsicht aus.

„Sucher der Balance", rief er, seine Stimme war tief und durchdringend. „Ich komme nicht als Feind, sondern als Verbündeter – wenn ihr das zulassen könnt."

„Ein Verbündeter?", murmelte Theron und hob skeptisch eine Augenbraue. „Das ist das erste Mal, dass jemand uns nicht direkt angreifen will."

„Bleibt wachsam", sagte Lyria. „Er mag freundlich wirken, aber das bedeutet nicht, dass er es ist."

Kael trat an die Reling, den Kompass in der Hand, dessen Licht ruhig pulsierte. „Wer seid ihr?", rief er. „Und warum folgt ihr uns?"

Der Mann sprang leichtfüßig auf eine schwebende Plattform, die zwischen den beiden Schiffen schwebte, und verneigte sich leicht. „Mein Name ist Eryas", sagte er. „Ein Wächter der verlorenen Strömungen. Ich bewache, was von der Balance übrig bleibt, und ich habe gesehen, was ihr im Nexus getan habt."

Die Gruppe war still, während Eryas sprach. Seine Worte waren ruhig, doch sie trugen ein Gewicht, das schwerer wog als die Strömungen um sie herum.

„Ihr habt die Balance gestört", fuhr Eryas fort. „Aber ihr habt sie auch gerettet. Es ist ein schmaler Grat, auf dem ihr wandelt. Und ich bin hier, um euch zu helfen – oder euch aufzuhalten, wenn ihr den falschen Weg einschlagt."

„Das klingt nicht gerade nach einem Verbündeten", sagte Theron trocken.

„Die Balance braucht keine Feinde oder Freunde", sagte Eryas. „Sie braucht Wächter. Und ich werde euch beobachten, um sicherzustellen, dass ihr eure Aufgabe erfüllt."

Kael spürte die Ehrlichkeit in den Worten des Fremden, doch auch eine tiefe Vorsicht. „Wenn ihr uns helfen wollt, dann sagt uns, was wir wissen müssen", sagte er. „Wir haben die Frucht, und wir wissen, dass sie ein Teil der Balance ist. Aber wie können wir sie nutzen, ohne alles zu zerstören?"

Eryas lächelte leicht, doch es war ein trauriges Lächeln. „Die Frucht ist keine Waffe. Sie ist ein Werkzeug. Ihr werdet verstehen, wie ihr sie nutzen müsst, wenn der Moment gekommen ist. Bis dahin solltet ihr euch darauf konzentrieren, die Balance zu schützen – nicht sie zu beherrschen."

„Das ist nicht besonders hilfreich", murmelte Farrik. „Wie immer."

„Es ist die Wahrheit", sagte Eryas. „Die Balance gibt keine klaren Antworten. Sie stellt nur die richtigen Fragen. Und die nächste Frage erwartet euch auf den Dracheninseln. Dort werdet ihr die Essenz finden, die ihr braucht, um die Ketten zu stärken."

Die Gruppe warf sich bedeutungsvolle Blicke zu. Die Dracheninseln waren eine Legende, ein Ort, den nur wenige jemals erreicht hatten – und noch weniger hatten ihn lebend verlassen.

„Wir werden dorthin gehen", sagte Kael schließlich. „Wenn das der Weg ist, den die Balance von uns verlangt."

Eryas nickte. „Dann werde ich euch begleiten – zumindest ein Stück des Weges. Denn die Dunkelheit, die ihr bekämpfen müsst, wird nicht warten."

Prüfungen der Strömungen

Nachdem Eryas sein Angebot gemacht hatte, blieb die Atmosphäre an Bord der Sturmfalken angespannt. Die Crew hatte sich in der Hauptkabine versammelt, um den nächsten Schritt zu besprechen. Kael platzierte die Frucht vorsichtig auf dem Tisch, ihre leuchtende Energie erhellte den Raum in einem sanften, rhythmischen Pulsieren.

„Die Dracheninseln also", sagte Theron, während er die Arme verschränkte. „Ein Ort, den nur wenige betreten haben, und noch weniger lebend verlassen."

„Das klingt wie unser üblicher Plan", murmelte Farrik. „Selbstmord mit Stil."

Lyria ignorierte Farriks Kommentar und betrachtete die Frucht. „Wenn die Balance uns dorthin führt, dann müssen wir folgen. Aber wir müssen vorbereitet sein. Die Dracheninseln sind mehr als nur ein weiterer Ort. Sie sind ein Hort von Gefahren, sowohl physisch als auch magisch."

Eryas, der an der Wand lehnte, beobachtete die Gruppe schweigend, bevor er sprach. „Die Dracheninseln sind nicht nur eine Legende. Sie sind ein Ort, an dem die Balance selbst geprüft wurde. Dort werdet ihr nicht nur die Essenz finden, die ihr sucht, sondern auch die Wahrheit über eure eigene Verbindung zur Balance."

„Das klingt... ominös", sagte Farrik und hob skeptisch eine Augenbraue.

„Die Wahrheit ist selten einfach", sagte Eryas mit einem schwachen Lächeln. „Aber sie ist notwendig. Die Dracheninseln sind ein Spiegel – sie zeigen euch, wer ihr wirklich seid."

Kael fühlte das Gewicht der Verantwortung stärker denn je. „Wenn das unsere nächste Prüfung ist, dann nehmen wir sie an", sagte er entschlossen. „Aber wir müssen wissen, was uns dort erwartet."

„Ihr werdet es herausfinden", sagte Eryas. „Doch die Balance hat ihre eigenen Wege, euch vorzubereiten."

Kaum hatte er das gesagt, begann der Aetherkompass in Kaels Hand zu leuchten, und die Gravuren im Raum pulsierten plötzlich mit einer unbekannten Energie. Die Sturmfalken bebte leicht, und ein tiefes Dröhnen durchzog die Luft.

„Was ist das jetzt?", rief Farrik und klammerte sich an den Tisch.

„Die Strömungen", sagte Ardan ruhig. „Die Balance bringt uns eine weitere Prüfung."

Die Crew stürzte auf das Deck, wo der Nebel um das Schiff herum wirbelte wie eine lebendige Wand. Die Aetherlinien, die sonst ruhig und harmonisch leuchteten, flackerten unruhig, als ob sie gegen eine unsichtbare Kraft kämpften.

„Haltet das Schiff stabil!", rief Lyria, während sie sich zum Steuer bewegte. „Farrik, was sagen die Anzeigen?"

„Gar nichts Gutes!", rief Farrik zurück. „Die Strömungen sind chaotisch. Es fühlt sich an, als ob wir von allen Seiten gezogen werden."

Kael hielt den Kompass fest, dessen Licht intensiver wurde. „Es ist eine Prüfung", sagte er. „Die Balance will sehen, ob wir in diesem Chaos bestehen können."

Das Schiff begann, sich unkontrolliert zu drehen, und die Crew arbeitete fieberhaft, um die Kontrolle zurückzugewinnen. Ardan stand in der Mitte des Decks und hob die Hände, um die Energie der Aetherlinien zu lenken, während Lyria und Farrik versuchten, die Steuerung zu stabilisieren.

„Wir müssen einen Weg finden, die Strömungen zu beruhigen!", rief Kael, während er den Kompass in die Höhe hielt. „Die Balance gibt uns keine Ruhe, bis wir beweisen, dass wir sie verstehen!"

Eryas trat neben Kael und legte eine Hand auf seine Schulter. „Die Balance reagiert auf Harmonie. Wenn ihr sie erzwingt, wird sie euch zerschmettern. Ihr müsst mit ihr arbeiten, nicht gegen sie."

Kael schloss die Augen und konzentrierte sich auf das pulsierende Licht des Kompasses. Er fühlte die chaotische Energie der Strömungen, doch darunter war ein subtiler Rhythmus, eine Melodie, die sich harmonisieren ließ. Mit jedem Atemzug ließ er die Energie des Kompasses fließen, bis die Gravuren im Deck und an den Wänden des Schiffs synchron zu pulsieren begannen.

Langsam beruhigte sich die Bewegung der Strömungen, und die Sturmfalken stabilisierte sich. Das Flackern der Aetherlinien hörte auf, und der Nebel begann sich zu lichten.

„Das war knapp", sagte Farrik, der schwer atmete. „Aber ich schätze, wir haben bestanden."

„Für den Moment", sagte Lyria. „Aber ich habe das Gefühl, dass die Balance noch mehr von uns verlangen wird."

Die Stimme des Aethers

Nach der turbulenten Prüfung durch die Strömungen war die Atmosphäre an Bord der Sturmfalken angespannt, doch die Crew nutzte die Ruhe, um ihre Kräfte zu sammeln. Der Nebel hatte sich verzogen, und die Aetherlinien flossen wieder in harmonischen Bahnen. Kael saß an der Reling und hielt den Kompass, dessen Licht nun sanft pulsierte, als ob es den Moment der Ruhe genoss.

„Das war intensiver, als ich erwartet hatte", sagte Farrik, der sich mit einem Schraubenschlüssel an die Steuerkonsole lehnte. „Wenn das nur die Vorbereitung ist, frage ich mich, wie die Dracheninseln aussehen werden."

„Du wirst es bald herausfinden", sagte Lyria, während sie die Klinge ihrer Waffe überprüfte. „Aber ich hoffe, dass du dann nicht wegläufst."

„Weglaufen?", fragte Farrik empört. „Ich würde lieber... gut, vielleicht würde ich weglaufen, aber nur, wenn es wirklich notwendig ist."

Theron lachte leise. „Ehrlich gesagt, ist das eine kluge Einstellung."

Ardan trat auf das Deck, seine Haltung war ruhig, doch seine Augen suchten die Strömungen, die in der Ferne glitzerten. „Die Balance hat uns gezeigt, dass wir uns auf die nächste Herausforderung vorbereiten müssen. Aber wir sind nicht allein."

„Was meinst du?", fragte Kael und blickte auf.

Ardan deutete auf die Gravuren des Kompasses, die plötzlich intensiver leuchteten. „Die Aetherlinien haben eine Stimme. Sie sprechen zu denen, die bereit sind zuzuhören. Und ich glaube, sie versuchen uns etwas zu sagen."

„Hörst du das jetzt?", fragte Farrik und sah sich um. „Weil ich höre nichts, außer vielleicht mein eigenes Herzklopfen."

„Die Aetherlinien sprechen nicht mit Worten", sagte Ardan. „Sie sprechen durch Energie, durch Resonanz. Kael, der Kompass wird dir den Weg zeigen."

Kael konzentrierte sich auf das Pulsieren des Kompasses, und langsam begann er eine schwache Melodie zu hören – keine Musik, sondern eine subtile, rhythmische Schwingung, die ihn zu durchdringen schien. Die Gravuren auf dem Deck leuchteten schwach auf, als ob sie auf den Kompass reagierten.

„Ich höre es", sagte Kael leise. „Es ist kein Geräusch, sondern... ein Gefühl."

„Dann folge ihm", sagte Eryas, der aus den Schatten trat. „Die Balance gibt uns selten klare Anweisungen, aber sie führt uns immer, wenn wir bereit sind zuzuhören."

Kael richtete den Kompass aus, dessen Licht in eine Richtung wies, die tiefer in die Aetherströmungen führte. Die Crew beobachtete ihn schweigend, während er die Sturmfalken anwies, den Kurs anzupassen.

„Ich hoffe, dass wir diesmal nicht wieder von Schatten oder Monstern empfangen werden", sagte Farrik nervös.

„Das werden wir wahrscheinlich", sagte Theron mit einem Grinsen. „Aber das hält uns nicht auf."

„Was auch immer uns erwartet", sagte Lyria, „wir sind bereit. Die Dracheninseln sind unser Ziel, und wir werden es erreichen."

Als die Sturmfalken den neuen Kurs einschlug, begann die Atmosphäre sich zu verändern. Die Aetherlinien um sie herum wurden intensiver, und die Gravuren auf dem Schiff leuchteten stärker. Es war, als ob die Balance selbst sie beobachtete und jeden Schritt auf ihrem Weg prüfte.

„Die Balance bringt uns immer näher an ihren Kern", sagte Ardan. „Doch sie wird von uns verlangen, dass wir uns selbst prüfen, bevor wir sie erreichen."

Kael nickte und schloss die Augen. „Dann werden wir bereit sein. Was auch immer kommt."

Kapitel 15: Der Ruf der Drachen

Der Pfad zur Insel

Die Sturmfalken schwebte ruhig vor der gewaltigen, zerklüfteten Landschaft der Dracheninseln. Diese Inseln waren keine gewöhnlichen Landmassen; sie schienen aus leuchtendem Aetherstein und verworrenen, pulsierenden Wurzeln zu bestehen, die von lebendigem Licht durchzogen waren. Die Strömungen umgaben die Inseln wie ein schützender Wall, ein Netz aus Energie, das jedem Atemzug der Crew ein prickelndes Gefühl verlieh.

„Das ist... atemberaubend", murmelte Farrik, während er am Bug des Schiffes stand und die schimmernden Formen vor ihnen betrachtete. „Aber es sieht auch gefährlich aus. Sehr gefährlich."

„Gefährlich ist gar kein Ausdruck", sagte Theron, während er sein Schwert zog und es prüfend betrachtete. „Das hier ist kein Ort, an dem man einfach spazieren geht. Wenn die Geschichten stimmen, leben hier Kreaturen, die mächtiger sind als alles, was wir je gesehen haben."

„Dann sollten wir vorbereitet sein", sagte Lyria und legte die Hand an den Griff ihrer Waffe. „Die Balance hat uns hierhergeführt, aber das bedeutet nicht, dass sie uns beschützt."

Kael stand in der Mitte der Gruppe, den Aetherkompass fest in der Hand. Das Licht des Geräts pulsierte stark, und die Gravuren auf seiner Oberfläche änderten sich ständig, als ob sie die Energie der Inseln spürten und darauf reagierten. Kael schloss die Augen für einen Moment und konzentrierte sich, ließ die Strömungen durch sich fließen.

„Der Kompass zeigt den Weg", sagte er schließlich. „Aber es wird kein leichter Pfad sein. Die Balance prüft uns auf jede erdenkliche Weise."

„Das tut sie immer", sagte Ardan, der ruhig neben ihm stand. „Aber die Prüfungen hier werden nicht nur körperlich sein. Die Dracheninseln sind ein Ort, an dem eure Überzeugungen und euer Verständnis der Balance getestet werden."

Die Sturmfalken setzte ihren Kurs fort, langsam und vorsichtig, während sie sich den gewaltigen Aetherbarrieren näherten, die die Inseln umgaben. Diese leuchtenden Wände aus Energie schienen zu atmen, als ob sie lebten, und ihr Pulsieren stimmte mit dem Licht des Kompasses überein.

„Wie kommen wir da durch?", fragte Farrik, der nervös auf die Anzeigen an der Steuerkonsole blickte. „Das sieht nicht gerade einladend aus."

„Mit Geduld", sagte Ardan. „Und Vertrauen in die Balance. Der Kompass führt uns."

Kael hob den Kompass höher, und das Licht des Geräts wurde intensiver. Die Gravuren auf dem Schiff begannen zu leuchten, und die Barrieren vor ihnen reagierten, öffneten sich langsam und enthüllten einen schmalen, aber klaren Weg durch die tobenden Strömungen.

„Da ist unser Eingang", sagte Kael. „Folgt dem Kompass und bleibt auf Kurs."

Die Sturmfalken bewegte sich vorsichtig durch den leuchtenden Korridor, der sich durch die Strömungen schlängelte. Die Energie um sie herum war so stark, dass sie das Holz und die Gravuren des Schiffes zum Knistern brachte. Farrik biss die Zähne zusammen, während er die Steuerung festhielt. „Ich hoffe, dieses Ding hält durch. Es fühlt sich an, als ob es jeden Moment explodieren könnte."

„Bleib ruhig", sagte Lyria. „Der Kompass zeigt den Weg. Wir müssen ihm vertrauen."

Kael konzentrierte sich, ließ die Energie des Kompasses durch sich fließen, und spürte, wie die Strömungen um sie herum sich beruhigten. Schließlich durchbrachen sie die letzte Schicht der Barriere, und die Landschaft der Dracheninseln entfaltete sich vor ihnen.

Die Dracheninseln enthüllen sich

Vor ihnen lag eine Landschaft, die so fremdartig wie majestätisch war. Schwebende Inseln, verbunden durch glitzernde Aetherlinien, schienen über einem Abgrund aus reiner Energie zu hängen. Auf den Inseln selbst waren gewaltige, uralte Bäume zu sehen, deren Äste wie Adern leuchteten und deren Wurzeln sich in die Strömungen unter ihnen erstreckten.

Am Himmel kreisten gigantische Schatten, die Drachen, die hier lebten – majestätische Kreaturen, die wie aus reinem Licht und

Dunkelheit bestanden. Ihr Brüllen hallte durch die Luft, eine Mischung aus Kraft und Bedrohung.

„Das sind sie", flüsterte Ardan. „Die Drachen der Balance. Sie bewachen die Essenz, die wir suchen."

„Und sie werden sie nicht freiwillig hergeben", sagte Theron mit einem entschlossenen Blick. „Das hier wird unser schwerster Kampf."

„Es geht nicht um Kampf", sagte Kael und hielt die Frucht in der Hand, die jetzt in einem sanften Rhythmus pulsierte. „Es geht um Verständnis. Die Balance verlangt mehr von uns als Gewalt."

Die Gruppe sammelte sich und bereitete sich vor, die Inseln zu betreten. Kael spürte, dass die Balance sie beobachtete, jede ihrer Bewegungen bewertete. „Wir müssen vorsichtig sein", sagte er. „Die Drachen sind keine Feinde. Sie sind Teil der Balance. Wir müssen mit ihnen sprechen, nicht gegen sie kämpfen."

„Das klingt einfacher, als es ist", sagte Lyria. „Aber du hast recht. Das hier ist mehr als nur eine Prüfung. Es ist eine Offenbarung."

Die Gruppe betrat die Insel, die Luft vibrierte vor Energie, und jeder Schritt fühlte sich wie eine Mischung aus Spannung und Ehrfurcht an. Die Dracheninseln hatten sie empfangen, doch was sie hier erwartete, war noch ungewiss.

Die Ankunft auf den Inseln

Die Sturmfalken landete auf einer schimmernden Ebene aus Aetherstein, deren Oberfläche von lebenden Lichtlinien durchzogen war. Jeder Schritt, den die Gruppe machte, ließ die Linien leicht pulsieren, als ob sie auf ihre Anwesenheit reagierten. Der Wind, der über die Insel wehte, trug ein seltsames Flüstern mit sich, eine Mischung aus Aetherenergie und einer tiefen, uralten Präsenz.

Kael hielt den Kompass in der einen und die Frucht in der anderen Hand, während er sich umsah. „Das hier fühlt sich anders an", sagte er. „Nicht wie die anderen Orte, die wir besucht haben. Hier ist die Balance lebendig."

„Oder sie beobachtet uns", sagte Theron und griff nach seinem Schwert. „Egal, was wir hier tun, ich habe das Gefühl, dass es uns nicht unbemerkt bleibt."

Farrik, der nervös in den Himmel starrte, flüsterte: „Die Drachen. Ich habe sie gesehen. Sie sind da oben. Beobachten uns. Das ist kein Ort für uns."

„Das ist genau der Ort, an dem wir sein müssen", sagte Ardan, seine Stimme ruhig, aber bestimmt. „Die Balance hat uns hierhergeführt. Jetzt liegt es an uns, ihre Prüfungen zu bestehen."

Die Gruppe machte sich vorsichtig auf den Weg, wobei jeder Schritt durch die pulsierende Energie unter ihren Füßen begleitet wurde. Die Landschaft um sie herum war fremdartig und atemberaubend zugleich – riesige, schwebende Kristallstrukturen ragten in den Himmel, während Aetherströme wie lebendige Flüsse zwischen den Inseln schwebten. In der Ferne war ein Brüllen zu hören, tief und durchdringend, das die Luft vibrieren ließ.

„Das war kein Wind", sagte Lyria und zog ihre Waffe. „Das war ein Drache."

Kael spürte die Spannung in der Luft zunehmen, als die Gruppe tiefer in die Insel vordrang. Die Aetherlinien wurden intensiver, und das Flüstern in der Luft wurde lauter, als ob die Balance selbst durch die Energie der Inseln sprach. Plötzlich blieb Kael stehen.

Der Kompass in seiner Hand pulsierte stark, und die Gravuren auf seiner Oberfläche bildeten ein neues Muster.

„Was ist los?", fragte Lyria und trat neben ihn.

„Die Balance zeigt uns etwas", sagte Kael und deutete auf eine riesige Struktur in der Ferne – einen gewaltigen, leuchtenden Baum, der sich über die Insel erhob. „Das ist unser Ziel."

„Es sieht nicht gerade einladend aus", sagte Farrik, der seine Schritte verlangsamte. „Ich wette, es wimmelt dort nur so von Gefahren."

„Gefahren gehören zu unserer Reise", sagte Ardan. „Doch sie sind nicht unser Feind. Sie sind Teil der Prüfung."

Als sie sich dem Baum näherten, spürten sie eine Veränderung in der Luft. Die Energie wurde dichter, und die Aetherlinien begannen, in einem unregelmäßigen Rhythmus zu pulsieren. Plötzlich erschien vor ihnen eine gewaltige Gestalt – ein Drache, dessen Schuppen wie flüssiges Licht schimmerten. Seine Augen waren wie zwei brennende Sonnen, die die Gruppe durchdrangen.

„Ihr seid Sucher der Balance", sagte der Drache, seine Stimme war tief und resonant, als ob die Insel selbst sprach. „Doch was sucht ihr hier? Rettung? Macht? Oder versteht ihr, dass die Balance mehr ist als beides?"

Die Gruppe war wie erstarrt. Kael trat vor und hob den Kompass, dessen Licht nun mit dem des Drachen harmonierte. „Wir suchen die Essenz der Balance", sagte er. „Nicht für uns, sondern um sie zu bewahren."

Der Drache musterte ihn, und ein tiefes, uraltes Lachen vibrierte durch die Luft. „Bewahren", sagte er. „Das ist ein Wort, das Sterbliche oft gebrauchen, ohne seine Bedeutung zu verstehen.

Doch ich werde euch prüfen. Denn die Essenz der Balance ist nicht für jeden zugänglich."

Die Prüfung des Hüters

Der Drache richtete sich zu seiner vollen Höhe auf, seine schimmernden Schuppen reflektierten die Aetherlinien, die wie pulsierende Adern durch die Landschaft flossen. Seine Augen glühten mit einer Intensität, die jeden in der Gruppe innehalten ließ. Die Luft um sie herum vibrierte, als ob die Balance selbst die Ankunft dieser Kreatur feierte oder fürchtete.

„Die Essenz der Balance", sagte der Drache mit einer Stimme, die wie Donner über die Ebene rollte. „Ihr sprecht von Bewahren, doch eure Taten sprechen von Veränderung. Bevor ihr die Essenz beanspruchen könnt, müsst ihr beweisen, dass ihr würdig seid."

„Wie sollen wir das beweisen?", fragte Kael, der den Kompass fester hielt, dessen Licht nun im Einklang mit dem des Drachen pulsierte. „Wir sind hier, weil die Balance uns hierhergeführt hat."

„Worte allein reichen nicht", sagte der Drache. „Die Balance ist kein Konzept, das man mit leeren Versprechungen beherrscht. Sie ist ein Zustand, der Opfer und Verständnis erfordert. Ihr werdet geprüft, jeder von euch, um zu zeigen, dass ihr das Gewicht der Balance tragen könnt."

Kaum hatte der Drache gesprochen, begann die Landschaft um sie herum zu flimmern. Die Aetherlinien zogen sich zurück, und die Gruppe fand sich in einer offenen Ebene wieder, die von einem unheimlichen, weißen Licht durchflutet war. Der Drache verschwand, doch seine Stimme hallte in der Luft wider.

„Eure Prüfung beginnt jetzt", sagte er. „Ihr werdet euch euren tiefsten Ängsten und euren größten Schwächen stellen. Nur wer die Wahrheit in sich selbst erkennt, wird bestehen."

„Ich hasse Prüfungen", murmelte Farrik und sah sich um. „Vor allem solche, bei denen Drachen die Lehrer sind."

„Bleib wachsam", sagte Lyria, die ihre Waffe zog. „Das hier ist keine normale Prüfung."

Die Gruppe wurde plötzlich voneinander getrennt, jeder von ihnen war allein. Kael fand sich in einer kargen Landschaft wieder, die von nichts als endlosem, schimmerndem Licht umgeben war. Der Kompass in seiner Hand war still, und die Frucht, die er trug, schien ihre Leuchtkraft verloren zu haben.

„Was ist das?", murmelte er, als plötzlich eine Stimme aus dem Nichts sprach – seine eigene Stimme.

„Du bist nicht bereit", sagte die Stimme, kalt und hart. „Du bist ein einfacher Kartenmacher, der in einer Welt gefangen ist, die er nicht versteht. Was glaubst du, kannst du wirklich tun?"

Kael sah sich um, doch niemand war zu sehen. „Ich habe keine Wahl", sagte er schließlich. „Die Balance hat mich hierhergeführt. Ich muss meinen Weg finden."

Die Stimme lachte. „Die Balance hat dich nicht hierhergeführt, um zu gewinnen. Sie hat dich hierhergeführt, um zu scheitern, damit sie jemanden Besseren finden kann."

In einer anderen Ecke der Ebene sah sich Lyria einem Schatten gegenüber, der ihre eigene Gestalt hatte, aber mit glühenden, roten Augen. Der Schatten trat näher und sprach mit einer Stimme, die wie ein verzerrtes Echo klang. „Du bist stark, aber nur, weil du deine Schwäche verbirgst. Du weißt, dass du allein bist. Und wenn diese Gruppe scheitert, wird es an dir liegen."

„Ich bin nicht allein", sagte Lyria und zog ihre Waffe. „Wir kämpfen zusammmen. Und wir werden gewinnen."

Der Schatten lachte. „Zusammen? Du vertraust niemandem, nicht einmal dir selbst. Du weißt, dass Vertrauen Schwäche bedeutet."

„Falsch", sagte Lyria und trat einen Schritt vor. „Vertrauen ist Stärke. Und ich werde das beweisen."

Theron fand sich in einer dunklen Arena wieder, wo Schatten mit den Gesichtern der Menschen, die er verloren hatte, auf ihn zukamen. Sie flüsterten Vorwürfe, nannten ihn einen Verräter und einen Versager. Sein Schwert war schwer in seiner Hand, als ob es aus Blei bestünde.

„Du kannst nicht gewinnen", flüsterte eine der Gestalten, deren Gesicht das seines gefallenen Bruders war. „Du bist immer allein gewesen, und du wirst immer allein bleiben."

„Vielleicht", sagte Theron, sein Griff um das Schwert festigte sich. „Aber ich habe immer weitergekämpft. Und ich werde nicht aufhören."

Farrik stand auf einer Plattform, die über einem bodenlosen Abgrund schwebte. Überall um ihn herum waren Zahnräder und Mechanismen, die auseinanderzufallen schienen. „Das ist nicht meine Welt", flüsterte er. „Das ist ein Albtraum."

Eine mechanische Stimme sprach aus dem Abgrund. „Du bist schwach. Du hast nie etwas Bedeutendes getan. Warum bist du hier, unter denen, die stark sind?"

„Ich bin hier, weil ich dazugehöre", sagte Farrik, obwohl seine Stimme zitterte. „Ich mag nicht stark sein, aber ich bin clever. Und ich werde nicht aufgeben."

Nach einer scheinbaren Ewigkeit verschmolzen die Prüfungen, und die Gruppe fand sich wieder zusammen. Der Drache erschien erneut, seine Augen strahlten mit der Intensität der Strömungen.

„Ihr habt euch euren Ängsten gestellt", sagte er. „Ihr habt gezeigt, dass ihr die Balance verstehen könnt. Doch eure Reise ist noch nicht zu Ende. Der wahre Test erwartet euch."

Die Essenz der Balance

Die Gruppe stand wieder vereint vor dem Drachen, dessen imposante Gestalt den Himmel und die schimmernde Landschaft der Dracheninseln dominierte. Seine Augen funkelten, und seine Schuppen schimmerten in einem kaleidoskopischen Muster, das mit den Aetherlinien der Insel synchron pulsierte. Die Luft war erfüllt von einer elektrisierenden Energie, die jeden Atemzug schwer und bedeutungsvoll machte.

„Ihr habt eure Prüfungen bestanden", sagte der Drache mit seiner tiefen, resonanten Stimme. „Doch das allein macht euch nicht zu Hütern der Balance. Bevor ich euch die Essenz gewähre, müsst ihr verstehen, was sie bedeutet."

Kael trat vor, den Aetherkompass in der einen und die Frucht in der anderen Hand. „Wir sind hier, um die Balance zu bewahren. Die Essenz ist der Schlüssel, um die Ketten zu reparieren und die Dunkelheit aufzuhalten."

„So einfach ist es nicht", sagte der Drache. „Die Essenz der Balance ist nicht nur eine Quelle von Macht. Sie ist ein Spiegel. Sie reflektiert das, was in euch ist. Wenn eure Herzen nicht im Einklang sind, wird sie mehr zerstören, als sie bewahren kann."

Lyria sah den Drachen an, ihre Augen fest und entschlossen. „Wir sind bereit, uns der Wahrheit zu stellen. Was auch immer die Essenz von uns verlangt, wir werden es schaffen."

„Ein mutiger Gedanke", sagte der Drache. „Doch Mut allein reicht nicht aus. Ihr müsst zusammenstehen, nicht als Individuen, sondern als Einheit."

Die Insel begann zu beben, und die Energie der Aetherlinien wurde intensiver. Die Gravuren unter ihren Füßen leuchteten auf, bildeten ein komplexes Muster, das in den Himmel aufstieg und die gesamte Landschaft zu erhellen schien. In der Mitte des Musters entstand ein strahlender Punkt, aus dem eine leuchtende Kugel hervortrat – die Essenz der Balance.

Sie schwebte zwischen der Gruppe und dem Drachen, pulsierend in einem Rhythmus, der an den Herzschlag der Insel erinnerte. Die Kugel war gleichzeitig fesselnd und bedrohlich, ihr Licht warf lange Schatten, die in den Strömungen tanzten.

„Das ist sie", flüsterte Farrik, der wie gebannt auf die Kugel starrte. „Die Essenz."

„Aber wie kommen wir an sie heran?", fragte Theron, dessen Hand an seinem Schwertgriff ruhte.

„Nicht mit Gewalt", sagte Ardan ruhig. „Die Balance verlangt Harmonie. Wir müssen beweisen, dass wir sie verstehen."

Kael spürte die Schwere des Moments. Der Kompass in seiner Hand leuchtete nun im Einklang mit der Essenz, und die Frucht pulsierte schwächer, als ob sie sich der größeren Energiequelle unterordnete. Er trat vor, doch der Drache schob sich zwischen ihn und die Essenz.

„Bevor ihr die Essenz annehmen könnt, gibt es eine letzte Prüfung", sagte der Drache. „Jeder von euch muss sein Inneres offenbaren. Nur wenn eure Herzen im Einklang sind, wird die Essenz euch akzeptieren."

Die Gruppe blickte sich an, und die Bedeutung der Worte des Drachen wurde ihnen klar. Es war nicht genug, die Balance zu bewahren – sie mussten ihr Vertrauen und ihre Einigkeit unter Beweis stellen.

„Dann lasst uns zeigen, dass wir bereit sind", sagte Lyria mit fester Stimme.

Der Drache senkte den Kopf und öffnete seine gewaltigen Schwingen. „Stellt euch der Essenz und zeigt, was in euch ist."

Kael trat als Erster vor, den Kompass in der Hand. Die Essenz reagierte sofort, ihr Licht wurde heller, und die Energie der Aetherlinien strömte auf ihn zu. Er fühlte, wie die Balance durch ihn hindurchfloss, jede seiner Unsicherheiten berührte und ihm gleichzeitig zeigte, dass sie Teil seiner Stärke waren.

„Ich bin bereit", sagte Kael leise. „Die Balance ist keine Perfektion. Sie ist der Wille, weiterzugehen, auch wenn alles ins Chaos stürzt."

Nacheinander traten die anderen vor, jeder von ihnen mit seinen eigenen Zweifeln und Überzeugungen. Theron, der seine Wut und Schuld akzeptierte, aber erkannte, dass er sie nutzen konnte, um andere zu schützen. Lyria, die ihre Angst vor Einsamkeit in Stärke umwandelte, um für ihre Verbündeten zu kämpfen. Farrik, der seine vermeintliche Schwäche akzeptierte und sich auf seinen Einfallsreichtum verließ. Ardan, der seinen Glauben an die Balance mit Weisheit und Geduld bekräftigte.

Die Essenz schien ihre Geschichten zu hören, ihre Gedanken und Gefühle aufzunehmen, bis ihr Licht einen letzten, intensiven Puls erreichte. Der Drache beobachtete sie aufmerksam, als das Licht verblasste und die Essenz in der Luft schwebte, bereit, von ihnen angenommen zu werden.

„Ihr habt gezeigt, dass ihr die Balance versteht", sagte der Drache. „Doch erinnert euch: Die Essenz ist ein Werkzeug, kein Ende. Sie wird euch leiten, aber die Entscheidungen, die ihr trefft, gehören euch."

Kael trat vor und hob den Kompass, dessen Gravuren jetzt in perfektem Einklang mit der Essenz leuchteten. Die Kugel verschmolz mit dem Kompass, und eine Welle aus Licht durchflutete die Insel. Die Aetherlinien reagierten, ihre Energie wurde ruhiger, stabiler.

„Es ist vollbracht", sagte der Drache. „Die Essenz gehört euch. Doch euer Weg ist noch lang."

Die Gruppe sah sich an, und in ihren Gesichtern war eine Mischung aus Erleichterung und Entschlossenheit zu sehen. Die Dracheninseln hatten ihnen eine der größten Prüfungen auferlegt, doch sie hatten bestanden. Doch tief in ihrem Inneren wussten sie, dass die Balance noch größere Herausforderungen für sie bereithielt.

Kapitel 16: Das Erwachen der Dunkelheit

Schatten der Vergangenheit

Die Sturmfalken glitt langsam aus den Aetherlinien der Dracheninseln heraus, die Crew spürte die Schwere des Moments. Der Kompass, nun mit der Essenz der Balance verschmolzen, pulsierte mit einem ruhigen, kraftvollen Licht, das die Gravuren des Schiffes in ein sanftes Glühen tauchte. Kael hielt ihn fest in der Hand, doch die Verantwortung, die mit dieser neuen Macht einherging, lastete schwer auf seinen Schultern.

„Wir haben die Essenz", sagte Farrik, der immer noch sichtlich nervös war. „Aber warum fühlt es sich an, als ob unser Weg jetzt noch schwieriger wird?"

„Weil es so ist", sagte Lyria ernst, während sie die Schwingen des Schiffes überprüfte. „Die Dunkelheit wird nicht tatenlos zusehen, wie wir die Balance wiederherstellen. Sie wird alles tun, um uns aufzuhalten."

„Dann sollen sie es versuchen", murmelte Theron und lehnte sich an die Reling. „Ich bin bereit."

Ardan trat aus der Kabine und betrachtete den Horizont, der jetzt von dunklen Wolken bedeckt war. „Die Dunkelheit hat begonnen, sich zu regen", sagte er leise. „Die Essenz hat das Gleichgewicht gestört, und jetzt wird sie versuchen, es zu zerstören, bevor wir es stabilisieren können."

Kael spürte die Wahrheit in den Worten des Mentors. Die Luft war schwer, die Strömungen unruhig, als ob die Balance selbst gegen eine unsichtbare Bedrohung ankämpfte. „Dann müssen wir schneller sein", sagte er. „Der nächste Knotenpunkt der Balance ist unser Ziel."

„Und wo soll das sein?", fragte Farrik, während er die Anzeigen überprüfte. „Weil die Strömungen uns gerade nirgendwohin führen."

Kael betrachtete den Kompass, dessen Gravuren ein neues Muster bildeten. Das Licht des Geräts schien in eine Richtung zu weisen, die tiefer in die südlichen Strömungen führte. „Dorthin", sagte er. „Das ist unser nächster Schritt."

Plötzlich durchbrach ein ohrenbetäubendes Dröhnen die Stille. Die Aetherlinien um das Schiff herum begannen zu flackern, und die Gravuren auf dem Deck vibrierten unruhig. Aus den dunklen Wolken vor ihnen tauchte eine gewaltige Silhouette auf – eine Kreatur, die wie ein lebender Schatten wirkte, ihre Form war fließend und unbeständig.

„Was bei allen Strömungen ist das?", rief Farrik und wich zurück.

„Ein Abgesandter der Dunkelheit", sagte Ardan mit ernster Stimme. „Sie hat uns gefunden."

Die Kreatur stürzte auf die Sturmfalken zu, und das Schiff begann unter dem Druck ihrer Präsenz zu erzittern. Lyria zog ihre Waffe und stellte sich an die vordere Reling. „Bereitmachen! Wir müssen das Ding abwehren!"

Theron stand neben ihr, sein Schwert gezogen. „Endlich ein Gegner, den ich sehen kann."

„Das ist kein gewöhnlicher Gegner", sagte Kael, während er den Kompass hielt, dessen Licht nun stärker pulsierte. „Es ist ein Fragment der Dunkelheit, und es wird uns nicht mit bloßer Gewalt besiegen."

„Aber wir können es versuchen", sagte Theron und bereitete sich auf den Angriff vor.

Die Kreatur stürzte auf das Schiff zu, und die Gravuren begannen zu leuchten, als ob sie auf die Bedrohung reagierten. Lyria schlug mit ihrer Klinge nach dem Schatten, doch ihre Angriffe schienen durch ihn hindurchzugehen, ohne Schaden anzurichten.

„Das funktioniert nicht!", rief sie. „Es ist zu schnell!"

„Wir müssen anders denken", sagte Kael und hob den Kompass. „Die Balance hat uns die Essenz gegeben. Vielleicht ist sie der Schlüssel."

Er konzentrierte sich auf die Energie des Kompasses und ließ die Essenz durch die Gravuren fließen. Ein Lichtstrahl schoss aus dem Gerät und traf die Kreatur, die vor Schmerz zurückschreckte. Das Licht durchdrang ihre dunkle Form und begann, sie zu zerstreuen.

„Das funktioniert!", rief Farrik. „Mach weiter, Kael!"

Die Kreatur brüllte, ihre Gestalt wurde instabiler, doch sie gab nicht auf. Sie griff das Schiff erneut an, und die Crew arbeitete fieberhaft, um die Sturmfalken stabil zu halten. Kael hielt den Kompass fest, ließ die Energie der Balance durch ihn fließen, bis das Licht der Essenz die Kreatur vollständig umhüllte.

Mit einem letzten, durchdringenden Schrei zerfiel die Kreatur in die Aetherlinien, die sich beruhigten und wieder in ihren harmonischen Fluss zurückkehrten. Die Luft wurde klarer, doch die Anspannung blieb.

„Das war knapp", sagte Theron, der sein Schwert schulterte. „Aber ich habe das Gefühl, dass das nur der Anfang war."

Kael senkte den Kompass, seine Hände zitterten leicht. „Die Dunkelheit wird nicht aufhören", sagte er leise. „Sie weiß, dass wir die Balance wiederherstellen können. Und sie wird alles tun, um uns aufzuhalten."

„Dann müssen wir stärker werden", sagte Lyria. „Wir haben die Essenz, und wir haben ein Ziel. Was auch immer kommt, wir werden es bewältigen."

Die Gruppe sammelte sich, während die Sturmfalken ihren Kurs fortsetzte, tiefer in die unruhigen Strömungen der südlichen Aetherlinien. Der Weg vor ihnen war ungewiss, doch ihr Ziel war klarer denn je: die Balance zu schützen, bevor die Dunkelheit sie endgültig zerstören konnte.

Die Wunden der Balance

Die Sturmfalken segelte tiefer in die südlichen Strömungen, die Landschaft um sie herum wirkte düsterer und unruhiger. Die Gravuren auf dem Schiff leuchteten schwächer, und die Aetherlinien flackerten wie ein Feuer, das jeden Moment erlöschen könnte. Kael stand an der Reling, den Kompass in der Hand, dessen Licht trotz allem ruhig und beständig blieb.

„Die Strömungen fühlen sich anders an", sagte Farrik, der nervös auf die Anzeigen blickte. „Sie sind... instabil."

„Es ist, als ob die Dunkelheit die Balance selbst verletzt hat", sagte Ardan, während er die Strömungen beobachtete. „Die Aetherlinien zeigen die Narben der Kämpfe, die wir nicht sehen können."

„Großartig", murmelte Theron. „Nicht nur, dass wir gegen Schatten kämpfen müssen, jetzt scheint auch die Welt selbst gegen uns zu sein."

Lyria trat an Kaels Seite und betrachtete den Kompass. „Wir sollten die Essenz nutzen, um die Strömungen zu stabilisieren", sagte sie. „Vielleicht können wir die Balance hier vorübergehend stärken."

Kael zögerte. „Die Essenz ist mächtig, aber sie ist auch zerbrechlich. Wenn wir sie zu oft nutzen, riskieren wir, dass wir sie schwächen, bevor wir die Ketten erreichen."

„Also müssen wir improvisieren", sagte Farrik. „Ich liebe es, wenn unsere Pläne auf Hoffnung und ein bisschen Magie basieren."

Ardan sah die Gruppe an, seine Stimme war ruhig, aber eindringlich. „Die Essenz ist ein Werkzeug, kein Allheilmittel. Wir müssen sie weise einsetzen. Doch bevor wir handeln, sollten wir die Quelle dieser Instabilität finden."

Kael konzentrierte sich auf den Kompass, dessen Licht die Gravuren der Strömungen erreichte. Eine Welle von Energie floss durch ihn hindurch, und für einen Moment sah er Bilder – verzerrte Schatten, Risse in den Aetherlinien und eine massive, pulsierende Dunkelheit, die tief in den Strömungen lauerte.

„Es gibt eine Quelle", sagte Kael, als er seine Augen öffnete. „Etwas greift die Balance von innen heraus an. Wir müssen dorthin."

„Weil das immer eine so gute Idee ist", murmelte Farrik, doch er begann bereits, die Steuerung des Schiffs anzupassen.

Die Sturmfalken änderte ihren Kurs, folgte den verworrenen Strömungen, die sie tiefer in die Dunkelheit führten. Die Gravuren des Schiffs begannen stärker zu leuchten, als ob sie auf die Nähe der Bedrohung reagierten.

Plötzlich begann die Luft schwerer zu werden, und die Gravuren vibrierten unruhig. Die Aetherlinien um das Schiff herum wurden dichter, formten ein Labyrinth aus schimmernder Energie, das den Weg vor ihnen blockierte.

„Das sieht nicht gerade einladend aus", sagte Theron, der seine Hand an den Griff seines Schwerts legte. „Ich nehme an, wir fliegen da trotzdem durch?"

„Wir haben keine Wahl", sagte Kael und hob den Kompass. „Die Balance führt uns. Aber wir müssen vorsichtig sein. Dieses Labyrinth ist nicht natürlich. Es wurde geschaffen, um uns aufzuhalten."

„Von wem?", fragte Farrik, während er die Steuerung anpasste.

„Von der Dunkelheit", sagte Ardan. „Sie nutzt die Wunden der Balance, um Barrieren zu errichten. Wenn wir scheitern, wird sie gewinnen."

Die Sturmfalken drang langsam in das Labyrinth ein, und die Aetherlinien um sie herum schienen lebendig zu werden. Ihre Bewegungen waren unvorhersehbar, wie Schlangen, die sich an das Schiff klammerten. Kael konzentrierte sich auf den Kompass, dessen Licht den Weg durch das Chaos wies, doch die Strömungen wurden immer unruhiger.

Plötzlich begann das Schiff zu vibrieren, und die Gravuren leuchteten auf. Ein dunkler Schatten erhob sich aus den Linien, eine Gestalt, die wie ein verzerrtes Echo eines Drachen aussah, doch ihre Form war instabil und flackernd.

„Noch ein Fragment?", fragte Farrik panisch. „Haben wir nicht schon genug davon gehabt?"

„Das ist kein Fragment", sagte Ardan. „Es ist etwas anderes. Etwas Tieferes."

Die Kreatur stürzte auf das Schiff zu, und Theron sprang nach vorne, sein Schwert bereit. „Ich habe genug von diesen Schatten", rief er und schlug zu. Doch sein Angriff prallte an der Gestalt ab, als ob sie aus purer Energie bestand.

„Das funktioniert nicht!", rief Lyria. „Wir brauchen etwas anderes."

Kael hob den Kompass, dessen Licht nun intensiver wurde. Die Gravuren auf dem Schiff reagierten, und eine Welle von Energie durchflutete das Labyrinth. Die Kreatur hielt inne, als ob sie von der Balance selbst zurückgedrängt wurde.

„Wir müssen sie zurück in die Strömungen drängen", sagte Kael. „Die Balance kann sie nur neutralisieren, wenn wir sie in ihren Kern zurückführen."

Die Gruppe arbeitete zusammen, während die Sturmfalken durch das Labyrinth manövrierte. Theron und Lyria hielten die Gestalt in Schach, während Farrik die Steuerung stabilisierte. Kael konzentrierte sich auf den Kompass, ließ die Essenz durch die Gravuren des Schiffs fließen.

Mit einem letzten, mächtigen Puls schoss das Licht des Kompasses in die Kreatur, die begann, sich aufzulösen. Die Strömungen um sie herum beruhigten sich, und das Labyrinth begann zu verschwinden. Die Luft wurde klarer, und die Sturmfalken segelte wieder in ruhigerem Wasser.

„Das war zu knapp", sagte Farrik und ließ sich auf die Knie fallen. „Können wir nicht einmal eine ruhige Reise haben?"

„Nicht, solange die Dunkelheit uns jagt", sagte Lyria und betrachtete die Umgebung. „Aber wir haben es geschafft. Für jetzt."

Kael sah den Kompass an, dessen Licht wieder ruhig pulsierte. „Die Balance hat uns geprüft", sagte er. „Aber die Dunkelheit wird nicht aufhören. Wir müssen schneller sein."

Die verlorene Insel

Nachdem die Sturmfalken das Labyrinth hinter sich gelassen hatte, bewegte sie sich durch ruhigere Strömungen. Doch die Ruhe war trügerisch, und die Crew konnte die Schwere der Dunkelheit spüren, die sie wie ein unsichtbarer Schleier umgab. Der Kompass in Kaels Hand pulsierte weiterhin, und seine Gravuren zeigten eine neue Richtung – zu einer schwebenden Insel, die in der Ferne sichtbar wurde.

„Da vorne", sagte Kael und zeigte auf die Silhouette. Die Insel war in Schatten gehüllt, doch ihre Umrisse deuteten auf gewaltige, zerfallene Strukturen hin, die an eine alte Festung erinnerten.

„Das sieht nicht gerade einladend aus", murmelte Farrik, während er die Instrumente prüfte. „Die Energie dort ist instabil. Ich wette, das Ding fällt auseinander, sobald wir landen."

„Dann sollten wir uns beeilen", sagte Lyria entschlossen. „Was auch immer dort ist, die Balance will, dass wir es finden."

Als sie sich der Insel näherten, begann die Luft dichter zu werden, und die Gravuren auf dem Schiff flackerten unruhig. Die Insel schien wie ein Relikt aus einer vergessenen Zeit, ihre Ruinen waren von leuchtenden Aetherlinien durchzogen, die sich jedoch ständig veränderten, als ob sie zwischen Stabilität und Verfall schwankten.

„Das hier fühlt sich falsch an", sagte Ardan, seine Augen auf die Ruinen gerichtet. „Diese Insel war einst ein Knotenpunkt der Balance. Doch jetzt ist sie von Dunkelheit durchdrungen."

„Das erklärt die wackeligen Strömungen", sagte Farrik. „Aber was genau erwartet uns dort?"

Kael spürte die Energie des Kompasses intensiver werden, und die Essenz, die darin eingeschlossen war, begann stärker zu leuchten.

„Wir werden es herausfinden", sagte er. „Aber wir müssen vorsichtig sein."

Die Sturmfalken landete auf einem stabil wirkenden Teil der Insel, doch das Knistern der Aetherlinien war allgegenwärtig. Die Gruppe stieg vorsichtig aus, ihre Waffen griffbereit, während sie sich auf die Ruinen zubewegten. Der Boden unter ihren Füßen schien zu vibrieren, und das Flüstern der Strömungen war überall zu hören.

„Das hier ist nicht natürlich", sagte Theron, der sein Schwert zog. „Es fühlt sich an, als ob die Dunkelheit uns beobachtet."

„Weil sie es tut", sagte Lyria. „Wir sind hier, um etwas zurückzuholen, das sie verloren hat."

Plötzlich wurde das Flüstern lauter, und die Aetherlinien um sie herum begannen zu flackern. Aus den Schatten der Ruinen tauchten Gestalten auf – Schattenwesen, die aus purer Dunkelheit bestanden. Ihre Augen leuchteten in einem unheimlichen Rot, und ihre Bewegungen waren ruckartig und unnatürlich.

„Mehr von diesen Dingern?", rief Farrik und wich zurück. „Wir können sie nicht alle bekämpfen!"

„Wir müssen uns den Weg freikämpfen", sagte Lyria und zog ihre Waffe. „Bleibt zusammen!"

Die Schatten stürmten auf sie zu, und die Gruppe kämpfte, um die Angriffe abzuwehren. Theron schwang sein Schwert mit Präzision, während Lyria mit ihrer Klinge blitzschnell zuschlug. Farrik blieb hinter den anderen, suchte Deckung und versuchte, die Gravuren der Insel zu entschlüsseln, die ihm auffällig erschienen.

„Das ergibt keinen Sinn", murmelte Farrik. „Diese Linien – sie bewegen sich wie ein Muster, aber sie..."

„Farrik! Weniger reden, mehr helfen!", rief Theron, während er einen Schatten mit einem gezielten Hieb abwehrte.

„Ich versuche, uns alle nicht umbringen zu lassen!", rief Farrik zurück und deutete auf eine leuchtende Gravur in der Nähe. „Kael, der Kompass! Vielleicht kann er sie beruhigen!"

Kael hob den Kompass, dessen Licht nun heller wurde, und richtete ihn auf die Gravuren. Die Schattenwesen hielten inne, als ob sie auf die Energie reagierten, und die Aetherlinien begannen sich zu stabilisieren. Doch die Ruhe war nur von kurzer Dauer – eine neue, größere Gestalt tauchte aus den Ruinen auf. Es war kein einfaches Schattenwesen, sondern ein Koloss aus Dunkelheit, dessen Form ständig in Bewegung war.

„Das ist nicht gut", murmelte Farrik. „Gar nicht gut."

„Konzentriert euch!", rief Lyria. „Kael, wir brauchen die Essenz!"

Kael ließ die Energie der Essenz durch den Kompass fließen, dessen Licht die Umgebung erhellte. Der Koloss brüllte und bewegte sich auf sie zu, doch das Licht begann, seine Form zu destabilisieren. Die Gravuren auf der Insel reagierten, und die Aetherlinien wurden ruhiger.

„Es funktioniert!", rief Farrik. „Halt das Ding fest, Kael!"

Mit einem letzten, mächtigen Puls durchflutete das Licht des Kompasses die gesamte Insel. Der Koloss brach in sich zusammen, und die Schattenwesen lösten sich auf. Die Aetherlinien stabilisierten sich, und die Gravuren erstrahlten in einem klaren, beruhigenden Licht.

„Das war knapp", sagte Theron, der schwer atmete. „Aber ich denke, wir haben gewonnen."

„Noch nicht", sagte Ardan. „Die Dunkelheit hat sich zurückgezogen, aber sie ist nicht besiegt. Das war nur ein Vorbote."

Kael senkte den Kompass, seine Hände zitterten leicht. „Wir haben die Balance hier stabilisiert", sagte er. „Aber wir müssen weitermachen. Die Dunkelheit wird stärker zurückkehren."

Die Gruppe sammelte sich und kehrte zur Sturmfalken zurück. Der Kompass zeigte eine neue Richtung, und die Strömungen um sie herum wurden wieder ruhiger. Doch die Last der Verantwortung war schwer, und jeder von ihnen wusste, dass die Herausforderungen, die vor ihnen lagen, noch größer werden würden.

Die Stimme des Abgrunds

Die Gruppe versammelte sich wieder auf der Sturmfalken, doch die Ruhe der stabilisierten Strömungen hielt nur kurz an. Kael spürte ein neues Zittern durch den Kompass, ein Echo, das wie eine ferne Stimme klang. Es war kein Geräusch, sondern ein Gefühl, das ihn mit einer intensiven Dringlichkeit erfüllte.

„Kael?", fragte Lyria, die seine angespannte Haltung bemerkte. „Was ist los?"

„Da ist... etwas", sagte Kael langsam, als er den Kompass betrachtete. „Es fühlt sich an, als ob die Balance versucht, uns zu warnen. Aber ich kann es nicht entziffern."

Ardan trat neben ihn, seine Augen fest auf die Gravuren des Kompasses gerichtet. „Es könnte die Dunkelheit sein. Ihre Präsenz wird stärker, je näher wir kommen. Sie versucht, uns zu verunsichern."

Plötzlich wurde die Stille von einem tiefen, durchdringenden Brummen unterbrochen. Die Aetherlinien um das Schiff begannen zu vibrieren, und die Gravuren auf dem Deck flackerten, als ob sie auf eine unsichtbare Kraft reagierten. Vor ihnen öffnete sich eine Kluft in den Strömungen – ein Abgrund, aus dem eine fremdartige Energie ausströmte.

„Das ist nicht normal", murmelte Farrik, während er hektisch die Instrumente überprüfte. „Diese Energie... sie ist überall."

„Es ist eine Barriere", sagte Ardan. „Die Dunkelheit hat diesen Abgrund geschaffen, um uns zu stoppen. Wenn wir ihn durchqueren wollen, müssen wir die Balance stärken."

„Und wie genau machen wir das?", fragte Theron, der sein Schwert zog. „Mit Worten?"

Kael hob den Kompass, dessen Licht intensiver wurde. „Die Essenz hat die Kraft, die Dunkelheit zu durchbrechen. Aber wir müssen sie gemeinsam nutzen."

Die Gruppe stellte sich auf das Deck, während Kael die Energie der Essenz durch den Kompass leitete. Die Gravuren begannen zu leuchten, und das Licht der Aetherlinien konzentrierte sich auf die Kluft vor ihnen. Doch die Dunkelheit reagierte, und eine gewaltige Gestalt aus Schatten erhob sich aus dem Abgrund.

„Natürlich gibt es ein Monster", murmelte Farrik. „Warum nicht?"

Die Kreatur war anders als alles, was sie zuvor gesehen hatten. Ihre Form war instabil, doch ihre Präsenz war überwältigend. Sie brüllte, und die Strömungen um das Schiff wurden zu einem tosenden Chaos.

„Haltet das Schiff stabil!", rief Lyria, während sie ihre Waffe zog. „Kael, wir brauchen diese Essenz jetzt!"

Kael konzentrierte sich auf den Kompass, doch die Dunkelheit schien die Energie zu blockieren. Die Kreatur stürmte auf das Schiff zu, und Theron und Lyria versuchten, ihre Angriffe abzuwehren, doch ihre Waffen prallten wirkungslos ab.

„Es absorbiert die Strömungen", sagte Farrik, der die Bewegungen der Kreatur beobachtete. „Wir müssen ihre Verbindung zu den Aetherlinien unterbrechen."

„Dann tu es!", rief Theron, während er einen weiteren Angriff abwehrte.

Farrik eilte zu den Steuerinstrumenten und begann, die Gravuren des Schiffs mit der Energie der Essenz zu synchronisieren. „Kael, lenk die Kreatur ab! Ich brauche Zeit!"

Kael richtete den Kompass auf die Kreatur, und ein Lichtstrahl schoss aus dem Gerät, traf die Gestalt und brachte sie kurz zum Stillstand. Die Gravuren des Schiffs reagierten, und die Aetherlinien begannen, sich neu zu formieren.

„Es funktioniert!", rief Farrik. „Noch ein bisschen länger!"

Die Dunkelheit tobte, doch mit einem letzten, mächtigen Puls durchflutete das Licht des Kompasses die Kluft, und die Kreatur löste sich in den Strömungen auf. Der Abgrund schloss sich, und die Aetherlinien stabilisierten sich.

„Das war knapp", sagte Lyria und ließ ihre Waffe sinken. „Aber wir haben es geschafft."

„Für jetzt", sagte Kael, der den Kompass betrachtete. „Die Balance hat uns gewarnt, aber die Dunkelheit wird nicht aufhören. Wir müssen uns beeilen."

Das Geheimnis der Gravuren

Nachdem die Sturmfalken den Abgrund überwunden hatte, erreichte sie eine neue Region der Aetherströmungen. Die Gravuren auf dem Schiff leuchteten stärker, als ob sie auf eine verborgene Kraft reagierten. Kael beobachtete die Muster, die sich auf dem Deck und den Wänden des Schiffs veränderten, und spürte, dass sie eine Botschaft enthielten.

„Diese Gravuren... sie verändern sich", sagte Kael, während er über das Deck ging. „Es ist, als ob die Balance selbst uns etwas mitteilen will."

„Oder es ist die Dunkelheit, die versucht, uns zu manipulieren", sagte Lyria. „Wir dürfen nichts davon ignorieren."

Ardan trat neben Kael und berührte die leuchtenden Muster. „Die Gravuren sind älter als dieses Schiff. Sie stammen aus der Zeit, bevor die Balance gestört wurde. Vielleicht enthalten sie eine Antwort, die wir suchen."

Die Gruppe versammelte sich um die Gravuren, während Farrik versuchte, sie zu entschlüsseln. „Es ist eine Art Sprache", sagte er. „Aber sie ist komplex. Es wird Zeit brauchen, das alles zu verstehen."

„Zeit, die wir nicht haben", sagte Theron. „Die Dunkelheit ist uns auf den Fersen."

„Dann müssen wir schnell handeln", sagte Kael. „Die Balance hat uns hierhergeführt, und diese Gravuren sind der Schlüssel."

Kael hob den Kompass, dessen Licht auf die Gravuren fiel. Die Muster begannen, sich schneller zu verändern, und ein neues Symbol erschien – eine Spirale, die in die Richtung der nächsten Strömung wies.

„Das ist unser Weg", sagte Kael. „Die Gravuren zeigen uns, wohin wir gehen müssen."

Kapitel 17: Der Nexus der Schatten

Die verwundete Balance

Die Sturmfalken schwebte durch eine Region der Aetherströmungen, die seltsam ruhig war. Das Licht der Linien, das normalerweise in sanften Mustern pulsierte, war hier schwach und unregelmäßig. Die Gravuren auf dem Schiff reagierten kaum, und die Luft fühlte sich schwerer an, als ob die Dunkelheit selbst die Energie aus der Umgebung zog.

„Das hier fühlt sich nicht richtig an", sagte Farrik, der die Instrumente überprüfte. „Die Anzeigen sind überall instabil. Es ist, als ob die Balance hier kaum noch existiert."

„Weil sie das nicht tut", sagte Ardan leise. „Dies ist der Nexus der Schatten. Ein Ort, an dem die Dunkelheit die Oberhand gewonnen hat."

„Großartig", murmelte Theron. „Ein Ort voller Dunkelheit und Chaos. Warum landen wir nicht einmal in einem netten, ruhigen Hafen?"

„Weil wir nicht dafür hier sind", sagte Lyria mit fester Stimme. „Die Balance hat uns hierhergeführt. Und wir müssen herausfinden, warum."

Kael stand an der Reling, den Kompass in der Hand. Das Licht des Geräts war schwächer geworden, doch die Gravuren darauf pulsierten weiterhin in einem regelmäßigen Rhythmus. „Der Kompass zeigt uns den Weg", sagte er. „Aber ich habe das Gefühl, dass dieser Ort uns genauso beobachtet wie wir ihn."

„Das tut er", sagte Ardan. „Der Nexus ist kein gewöhnlicher Ort. Er ist ein Knotenpunkt, an dem die Dunkelheit und die Balance direkt aufeinandertreffen. Alles, was wir hier tun, wird Konsequenzen haben."

„Dann sollten wir vorsichtig sein", sagte Lyria. „Die Dunkelheit wartet nur darauf, dass wir einen Fehler machen."

Die Gruppe bereitete sich vor, die Sturmfalken zu verlassen, um den Nexus zu erkunden. Kael hielt den Kompass hoch, dessen Licht auf die zerklüftete Landschaft vor ihnen fiel. Die Umgebung war fremdartig – zerbrochene Strukturen, die wie Überreste eines alten Tempels wirkten, schwebten in der Luft, verbunden durch schwache, flackernde Aetherlinien.

„Das hier ist kein Ort der Balance", sagte Farrik, während er sich vorsichtig umsah. „Es sieht aus, als ob etwas Großes hier zerstört wurde."

„Die Balance wurde hier verwundet", sagte Ardan. „Und wir sind hier, um herauszufinden, warum."

Die Gruppe bewegte sich durch die Ruinen, während das Licht des Kompasses ihren Weg erhellte. Plötzlich blieb Kael stehen, als er ein schwaches, rhythmisches Geräusch hörte – ein pochender Klang, der sich wie ein Herzschlag anfühlte.

„Was ist das?", fragte Lyria und griff nach ihrer Waffe.

„Es kommt von dort", sagte Kael und deutete auf eine große, zersplitterte Struktur in der Ferne. „Ich glaube, das ist das Zentrum des Nexus."

„Dann sollten wir dorthin gehen", sagte Theron. „Aber ich wette, es wird nicht einfach sein."

Die Schatten erwachen

Kaum hatten sie sich dem Zentrum der Ruinen genähert, begannen die Aetherlinien um sie herum, stärker zu flackern. Aus den Schatten der zerbrochenen Strukturen erhoben sich Gestalten – Kreaturen aus purer Dunkelheit, deren Augen in einem unheimlichen Rot glühten. Ihre Bewegungen waren ruckartig, und ihre Präsenz brachte die Gravuren des Schiffs zum Vibrieren.

„Natürlich gibt es Schattenwesen", sagte Farrik nervös. „Ich hätte es wissen müssen."

„Bleibt zusammen!", rief Lyria, während sie ihre Waffe zog. „Kael, der Kompass!"

Kael richtete den Kompass auf die Schattenwesen, und das Licht des Geräts wurde intensiver. Die Kreaturen hielten kurz inne, doch dann stürmten sie auf die Gruppe zu. Theron und Lyria stellten sich ihnen entgegen, während Farrik versuchte, die Gravuren zu stabilisieren.

„Sie reagieren auf die Balance", sagte Ardan, der die Bewegungen der Kreaturen beobachtete. „Doch ihre Verbindung zur Dunkelheit ist stärker. Wir müssen sie in den Kern des Nexus lenken."

„Das klingt leichter gesagt als getan!", rief Theron, der mit seinem Schwert einen Schatten abwehrte.

„Kael, wir brauchen dich!", rief Lyria.

Kael konzentrierte sich auf den Kompass, ließ die Energie der Essenz durch die Gravuren fließen, und ein Lichtstrahl schoss aus dem Gerät, der die Kreaturen zurückdrängte. Die Aetherlinien begannen, sich zu stabilisieren, und das pochende Geräusch wurde lauter.

„Es funktioniert!", rief Farrik. „Halt sie fest, Kael!"

Mit einem letzten, mächtigen Puls drängte das Licht die Schattenwesen in den Kern der Ruinen, wo sie sich in den Strömungen auflösten. Die Umgebung beruhigte sich, und die Gravuren auf dem Schiff leuchteten wieder in einem ruhigen Rhythmus.

„Das war knapp", sagte Theron und ließ sein Schwert sinken. „Aber ich habe das Gefühl, dass wir noch nicht fertig sind."

Kael sah auf den Kompass, dessen Gravuren ein neues Muster bildeten. „Das Zentrum des Nexus ist noch nicht stabil", sagte er. „Wir müssen weiter."

Die Gruppe machte sich auf den Weg tiefer in die Ruinen, bereit, sich den Geheimnissen des Nexus zu stellen – und der Dunkelheit, die ihn beherrschte.

Der Kern der Dunkelheit

Die Gruppe bewegte sich vorsichtig durch die bröckelnden Ruinen, deren Gravuren in unregelmäßigen Abständen aufleuchteten. Kael führte sie mit dem Kompass, dessen Licht schwächer wurde, je näher sie dem Zentrum des Nexus kamen. Die Luft war schwer und dicht mit einer Energie, die wie ein schleichender Schatten auf ihrer Haut lag.

„Das hier fühlt sich falsch an", sagte Farrik leise, als er die vibrierenden Aetherlinien beobachtete. „Es ist, als ob die Balance hier komplett ausgelöscht wurde."

„Oder verschlungen", sagte Ardan, seine Augen auf die Gravuren gerichtet. „Der Nexus ist nicht einfach nur ein Ort. Es ist ein Fokuspunkt der Dunkelheit. Was auch immer wir hier finden, es wird versuchen, uns zu zerbrechen."

Kael hielt inne, als das Licht des Kompasses begann, in einem unregelmäßigen Rhythmus zu pulsieren. Die Gravuren auf dem Boden vor ihnen leuchteten auf und bildeten ein Muster, das wie eine Spirale wirkte, die ins Zentrum der Ruinen führte.

„Das ist der Kern", sagte Kael. „Die Balance versucht, uns den Weg zu zeigen."

„Oder die Dunkelheit will uns dorthin locken", sagte Theron, der seine Hand auf den Griff seines Schwertes legte. „Wir müssen vorbereitet sein."

„Wir haben keine Wahl", sagte Lyria entschlossen. „Wenn wir die Balance wiederherstellen wollen, müssen wir den Kern erreichen."

Die Spirale führte sie tiefer in die Ruinen, bis sie schließlich eine gewaltige, offene Kammer erreichten. In der Mitte des Raumes schwebte eine Kugel aus reiner Dunkelheit, umgeben von flackernden Aetherlinien, die sich zu ihr hinzogen und dann wieder zurückgeworfen wurden. Die Gravuren auf dem Boden pulsieren unregelmäßig, und die Luft vibrierte wie ein pochender Herzschlag.

„Das ist sie", sagte Kael leise. „Die Quelle der Dunkelheit."

„Das sieht nicht gerade aus wie etwas, das wir mit einem einfachen Lichtstrahl lösen können", sagte Farrik nervös.

„Es ist mehr als das", sagte Ardan. „Die Dunkelheit ist hier konzentriert, aber sie hat die Balance nicht völlig zerstört. Es gibt noch Hoffnung, sie zurückzubringen."

Plötzlich wurde die Stille von einem lauten Brüllen unterbrochen, und aus den Schatten um die Kammer erhob sich eine Gestalt. Es war eine Kreatur aus purer Dunkelheit, ihre Form wechselte ständig, doch ihre Augen glühten in einem tiefen, unheilvollen Rot. Sie war gewaltig und füllte den Raum mit ihrer Präsenz.

„Natürlich gibt es einen Wächter", murmelte Farrik. „Warum nicht?"

„Das ist kein gewöhnlicher Wächter", sagte Ardan. „Das ist die Verkörperung der Dunkelheit selbst."

Die Kreatur stürzte auf die Gruppe zu, und Lyria und Theron sprangen nach vorne, ihre Waffen gezogen. Ihre Angriffe prallten an der dunklen Gestalt ab, als ob sie aus Rauch und Schatten bestand.

„Wir brauchen die Essenz!", rief Lyria, während sie einem Angriff auswich. „Kael, jetzt wäre ein guter Zeitpunkt!"

Kael hob den Kompass, doch das Licht des Geräts war schwächer geworden. „Es reicht nicht aus", sagte er. „Die Dunkelheit blockiert die Balance. Wir müssen sie stabilisieren."

„Und wie genau machen wir das?", rief Farrik panisch. „Ich bin Mechaniker, kein Magier!"

Ardan trat neben Kael und legte eine Hand auf seine Schulter. „Die Balance reagiert auf Harmonie", sagte er ruhig. „Wir müssen zusammenarbeiten. Nutze die Essenz, aber lass uns alle unsere Energie durch den Kompass leiten."

Kael nickte und konzentrierte sich auf den Kompass. Die Gravuren des Geräts begannen zu leuchten, und das Licht wurde stärker, als die Gruppe ihre Energien bündelte. Theron und Lyria hielten die Kreatur in Schach, während Farrik und Ardan die Gravuren auf dem Boden stabilisierten.

„Es funktioniert!", rief Farrik. „Die Aetherlinien reagieren!"

Die Kreatur brüllte, als das Licht des Kompasses intensiver wurde. Die Gravuren im Raum pulsierten im Einklang mit der Energie, und die Dunkelheit begann, ihre Form zu verlieren. Doch sie gab nicht auf, sondern stürzte erneut auf die Gruppe zu.

Mit einem letzten, mächtigen Puls schoss das Licht des Kompasses in die Kugel aus Dunkelheit. Die Kammer wurde von einem gleißenden Licht erfüllt, und die Dunkelheit begann, sich aufzulösen. Die Aetherlinien stabilisierten sich, und die Gravuren leuchteten in einem klaren, beruhigenden Rhythmus.

Die Gruppe atmete schwer, während die Kammer sich beruhigte. Die Kugel aus Dunkelheit war verschwunden, und das Licht der Balance erfüllte den Raum.

„Wir haben es geschafft", sagte Theron, der sein Schwert sinken ließ. „Zumindest dieses Mal."

„Die Dunkelheit ist geschwächt", sagte Ardan. „Aber sie ist nicht besiegt. Wir müssen weitermachen."

Kael betrachtete den Kompass, dessen Licht wieder ruhig pulsierte. „Die Balance hat uns hierhergeführt", sagte er. „Und sie wird uns zum nächsten Schritt leiten. Aber wir dürfen nicht nachlassen."

Die Gruppe verließ die Kammer, bereit, sich den nächsten Prüfungen der Balance zu stellen.

Der Kreis der Stille

Nachdem sie die Kammer der Dunkelheit verlassen hatten, führte der Kompass die Gruppe tiefer in die Ruinen. Die Aetherlinien waren stabiler geworden, doch die Atmosphäre blieb angespannt. Die Gravuren auf dem Boden und den Wänden leuchteten in einem beruhigenden Muster, das wie ein Flüstern von Hoffnung wirkte. Doch die Gruppe wusste, dass dies nur ein kurzer Moment der Ruhe war.

„Was jetzt?", fragte Farrik, während er die Gravuren studierte. „Der Kompass zeigt immer noch nach vorne, aber ich habe das Gefühl, dass wir uns im Kreis bewegen."

„Das tun wir nicht", sagte Ardan. „Die Balance führt uns zu einem Punkt, an dem die Strömungen vereint sind. Der Nexus ist mehr als nur ein Ort der Dunkelheit. Es ist auch ein Ort der Wahrheit."

„Großartig", murmelte Theron. „Wahrheit klingt so vielversprechend, wenn man bedenkt, dass wir gerade gegen ein Monster aus Schatten gekämpft haben."

„Die Dunkelheit testet uns", sagte Lyria, ihre Stimme fest. „Aber wir bestehen. Zusammen."

Kael führte die Gruppe mit dem Kompass durch einen schmalen Gang, dessen Gravuren in einem schwachen, gleichmäßigen Rhythmus pulsieren. Die Luft wurde kühler, und das Flüstern der Aetherlinien wurde lauter, als ob die Balance selbst versuchte, sie zu erreichen.

Schließlich erreichten sie eine offene Ebene, die von schwebenden Aetherlinien durchzogen war. In der Mitte der Ebene befand sich ein großer Kreis, in dessen Gravuren sich Licht und Schatten zu einem ständigen Tanz verwoben.

„Das ist der Kreis der Balance", sagte Ardan, seine Stimme ehrfürchtig. „Ein Ort, an dem die Balance einst vollkommen war."

„Und jetzt?", fragte Farrik skeptisch. „Es sieht aus, als wäre hier nur noch Chaos übrig."

„Nicht ganz", sagte Kael, der den Kompass betrachtete. „Die Gravuren sind intakt. Aber sie brauchen Energie, um ihre Funktion wiederherzustellen."

Die Gruppe trat vorsichtig in den Kreis, und die Gravuren begannen zu reagieren. Ein schwaches Licht breitete sich aus, doch es war unregelmäßig, als ob etwas die Balance störte. Kael hielt den

Kompass hoch, dessen Licht die Gravuren durchflutete, doch die Energie reichte nicht aus, um den Kreis vollständig zu aktivieren.

„Es fehlt etwas", sagte Kael. „Die Balance ist hier, aber sie wird blockiert."

„Von was?", fragte Theron, der seine Umgebung beobachtete. „Oder besser gesagt, von wem?"

Plötzlich begann der Boden zu beben, und ein tiefer, durchdringender Ton erfüllte die Luft. Die Gravuren flackerten, und aus den Schatten der Ebene trat eine Gestalt hervor. Es war eine Frau, umgeben von einem Mantel aus Dunkelheit, ihre Augen leuchteten wie zwei glühende Aetherkristalle.

„Ihr seid weit gekommen", sagte die Frau, ihre Stimme war gleichzeitig sanft und bedrohlich. „Doch was glaubt ihr, könnt ihr hier erreichen?"

„Wir sind hier, um die Balance wiederherzustellen", sagte Kael. „Wer seid ihr?"

Die Frau lachte leise. „Ein Teil von euch. Ein Teil der Balance. Aber auch ein Teil der Dunkelheit. Ich bin das, was bleibt, wenn die Balance verloren geht."

„Ein Fragment?", fragte Lyria und zog ihre Waffe.

„Nicht nur ein Fragment", sagte Ardan. „Sie ist ein Echo. Ein Überrest dessen, was die Balance war, bevor die Dunkelheit sie verschlungen hat."

Die Frau trat näher, ihre Gestalt schien zwischen Licht und Schatten zu fluktuieren. „Ihr wollt die Balance wiederherstellen? Dann zeigt mir, dass ihr sie versteht. Der Kreis wird euch prüfen. Und wenn ihr scheitert... wird euch nichts retten."

Mit einer Handbewegung ließ sie die Gravuren des Kreises erstrahlen, doch das Licht verwandelte sich in Schatten. Der Boden begann, sich zu verändern, und die Gruppe wurde voneinander getrennt.

Kael fand sich allein in einem dunklen Raum wieder, der von flackernden Aetherlinien erhellt wurde. Der Kompass in seiner Hand war still, und die Gravuren unter ihm zeigten keine Reaktion.

„Was ist das?", murmelte er, als plötzlich seine eigene Stimme durch den Raum hallte.

„Dies ist deine Wahrheit, Kael", sagte die Stimme. „Zeige mir, dass du die Balance verstehst. Oder zerbrich unter ihrem Gewicht."

Die Prüfungen des Kreises

Kael stand regungslos, während die Gravuren des dunklen Raumes langsam erwachten und sich in wirbelnden, unregelmäßigen Mustern bewegten. Der Kompass in seiner Hand begann schwach zu leuchten, doch die Energie war nicht stabil. Es war, als ob die Balance selbst auf der Kippe stand und Kael in eine Richtung drängen wollte – aber welche, blieb unklar.

„Zeige mir, dass du die Balance verstehst", wiederholte die Stimme, die wie ein verzerrtes Echo klang. „Oder zerbrich unter ihrem Gewicht."

Kael schloss die Augen und konzentrierte sich auf das Pulsieren des Kompasses. „Die Balance ist kein Zustand, den man kontrolliert", murmelte er zu sich selbst. „Es ist ein ständiges Streben, ein Mittelweg zwischen Chaos und Ordnung."

Plötzlich spürte er, wie die Gravuren unter ihm reagierten. Der Raum begann sich zu verändern, und vor ihm erschien eine verzerrte Version seiner selbst, die ihn mit durchdringenden, leuchtenden Augen ansah.

„Du bist nicht stark genug", sagte die Gestalt. „Du bist nur ein Kartenmacher, der eine Aufgabe übernommen hat, die er nicht versteht. Was glaubst du, kannst du erreichen?"

Währenddessen befand sich Lyria in einem eigenen, isolierten Raum, dessen Gravuren in einem kalten, bläulichen Licht leuchteten. Sie hielt ihre Waffe in der Hand, doch die Luft um sie herum war schwer, und eine seltsame Stille lag über dem Ort.

„Du bist allein", sagte eine verzerrte Stimme, die wie ihre eigene klang. „Du hast immer allein gekämpft, weil du niemandem vertrauen kannst. Und jetzt verlässt du dich auf diese Gruppe? Sie werden dich verraten."

Lyria schüttelte den Kopf. „Das stimmt nicht", sagte sie mit fester Stimme. „Ich bin hier, weil wir zusammen stärker sind. Die Balance braucht uns alle."

Die Gravuren begannen zu leuchten, und die Dunkelheit in ihrem Raum wich langsam zurück.

Theron fand sich in einer finsteren Arena wieder, die von schwebenden Aetherlinien durchzogen war. Vor ihm erschienen verzerrte Gestalten, die die Gesichter seiner gefallenen Kameraden trugen. Ihre Stimmen waren ein Flüstern, das ihn umgab.

„Du bist ein Verräter", sagte eine der Gestalten. „Du hast immer nur für dich selbst gekämpft. Warum glaubst du, dass du würdig bist, die Balance zu schützen?"

Theron zog sein Schwert und stand mit festem Blick da. „Ich habe Fehler gemacht", sagte er. „Aber ich kämpfe nicht mehr nur für mich. Ich werde die Balance bewahren, auch wenn es mich alles kostet."

Die Gestalten verschwanden, und die Aetherlinien in seiner Arena wurden klarer.

Farrik saß in einem Raum voller schwebender Mechanismen und Zahnräder, die sich unregelmäßig drehten und knarrten. Der Boden unter ihm vibrierte, als ob er jeden Moment einstürzen könnte.

„Du bist schwach", sagte eine metallische Stimme, die von überall zu kommen schien. „Du bist nicht wie die anderen. Warum bist du hier? Du bist nur ein Mechaniker."

Farrik sah sich um, seine Hände zitterten. „Vielleicht bin ich nicht so stark wie die anderen", sagte er leise. „Aber ich bin hier, weil sie mich brauchen. Und ich werde nicht scheitern."

Er begann, die Zahnräder zu stabilisieren, und die Mechanismen reagierten, bis die Bewegungen wieder harmonisch wurden.

Plötzlich wurden die Räume wieder eins, und die Gruppe fand sich im Kreis der Balance wieder. Die Gravuren unter ihnen leuchteten in einem sanften, stabilen Rhythmus, und die Energie der Aetherlinien war harmonischer geworden. Vor ihnen erschien erneut die Gestalt der Frau, die sie beobachtete.

„Ihr habt euch euren eigenen Wahrheiten gestellt", sagte sie. „Doch die Balance ist nicht nur eure eigene Last. Sie ist ein Band, das euch verbindet. Zeigt mir, dass ihr als Einheit bestehen könnt."

Die Gravuren auf dem Boden begannen sich zu bewegen, und eine Welle aus Dunkelheit strömte auf die Gruppe zu. Doch dieses Mal standen sie zusammen. Kael hielt den Kompass hoch, dessen Licht heller wurde, als die Essenz der Balance durch ihn hindurchfloss. Lyria und Theron traten nach vorne, ihre Waffen bereit, um die

Dunkelheit in Schach zu halten, während Farrik und Ardan die Gravuren stabilisierten.

„Zusammen!", rief Kael, und die Gruppe bündelte ihre Energie. Das Licht des Kompasses durchflutete die Gravuren, und die Dunkelheit wurde zurückgedrängt. Der Kreis der Balance begann zu leuchten, und die gesamte Ebene wurde von einem sanften, klaren Licht erfüllt.

Die Gestalt der Frau verschwand, doch ihre Stimme hallte noch nach. „Die Balance hat euch akzeptiert. Aber eure Prüfungen sind noch lange nicht vorbei."

Die Gruppe stand schweigend da, während die Gravuren langsam verblassten und die Ebene wieder ruhig wurde. Kael sah den Kompass an, dessen Licht wieder sanft pulsierte.

„Wir haben es geschafft", sagte er leise. „Zumindest dieses Mal."

„Das war mehr als nur ein Test", sagte Ardan. „Die Balance hat uns geprüft – nicht nur einzeln, sondern auch als Einheit. Doch die Dunkelheit wird zurückkehren."

„Und wir werden bereit sein", sagte Lyria mit Entschlossenheit. „Denn jetzt wissen wir, dass wir zusammen stärker sind."

Kapitel 18: Die Schatten des Abgrunds

Die Rückkehr der Dunkelheit

Die Sturmfalken schwebte durch die ruhiger gewordenen Aetherströmungen, die Gravuren des Schiffs glühten in einem sanften, beruhigenden Rhythmus. Die Gruppe war erschöpft, doch der Erfolg im Nexus der Schatten hatte ihnen neuen Mut gegeben. Der Kompass in Kaels Hand pulsierte in einem klaren, gleichmäßigen Licht, das eine Richtung anzeigte – tiefer in die südlichen Strömungen.

„Es fühlt sich an, als hätten wir eine Last von der Balance genommen", sagte Farrik, während er die Steuerung überprüfte. „Aber warum habe ich das Gefühl, dass es nur die Ruhe vor dem nächsten Sturm ist?"

„Weil es das ist", sagte Lyria, die an der Reling lehnte und die Strömungen beobachtete. „Die Dunkelheit hat sich zurückgezogen, aber sie wird nicht verschwinden. Sie wartet auf ihren nächsten Angriff."

Kael stand neben ihr, den Kompass in der Hand. „Die Balance hat uns durch den Nexus geführt", sagte er. „Aber der Weg vor uns wird gefährlicher. Die Dunkelheit weiß jetzt, dass wir die Essenz haben."

„Und das macht uns zu einem Ziel", sagte Theron, der sein Schwert schulterte. „Großartig. Genau, was ich gebraucht habe."

„Ihr redet, als ob wir schon besiegt wären", sagte Ardan, der ruhig aus der Kabine trat. „Doch wir haben mehr erreicht, als wir uns zugetraut haben. Die Balance ist auf unserer Seite."

Die Stimmung an Bord war gemischt. Die Crew wusste, dass sie Fortschritte gemacht hatten, doch die Bedrohung durch die Dunkelheit lag wie ein Schatten über ihnen. Farrik versuchte, die

Instrumente des Schiffs zu stabilisieren, die durch die Instabilität der Strömungen beeinträchtigt worden waren.

Plötzlich begann der Kompass in Kaels Hand unruhig zu pulsieren, und die Gravuren auf dem Schiff leuchteten stärker. Die Strömungen um sie herum wurden dichter, und die Luft fühlte sich schwer an.

„Das ist nicht gut", murmelte Farrik. „Die Strömungen reagieren auf etwas. Und ich wette, es ist nichts Gutes."

„Die Dunkelheit", sagte Ardan. „Sie kommt zurück."

Kaum hatte er die Worte ausgesprochen, begann die Umgebung zu flackern. Aus den Aetherlinien tauchten Schatten auf, ihre Formen waren unbeständig und flossen wie Rauch. Doch dieses Mal schien die Dunkelheit stärker zu sein – die Schattenwesen waren größer, und ihre Augen glühten in einem unheimlichen Rot.

„Alle bereitmachen!", rief Lyria, während sie ihre Waffe zog. „Das wird kein einfacher Kampf."

Theron trat neben sie, sein Schwert bereit. „Ich habe das Gefühl, dass sie uns dieses Mal nicht einfach gehen lassen."

Die Schattenwesen stürmten auf das Schiff zu, und die Gravuren auf dem Deck begannen zu vibrieren. Kael hielt den Kompass hoch, doch die Dunkelheit war aggressiver als zuvor. Die Lichtstrahlen, die aus dem Kompass schossen, konnten die Schatten nur kurzzeitig zurückdrängen.

„Das funktioniert nicht!", rief Farrik, der hinter der Steuerung Deckung suchte. „Wir brauchen einen neuen Plan!"

„Wir müssen die Strömungen stabilisieren!", rief Kael. „Die Dunkelheit nutzt ihre Instabilität gegen uns."

Ardan trat neben ihn. „Die Balance ist unser Schlüssel. Konzentriere dich auf den Kompass, und wir helfen dir."

Kael schloss die Augen und ließ die Essenz der Balance durch den Kompass fließen. Die Gravuren auf dem Schiff begannen, in einem harmonischen Rhythmus zu leuchten, und die Schattenwesen hielten kurz inne, als ob sie von der Energie überrascht wurden.

Doch die Dunkelheit gab nicht auf. Ein neuer, tieferer Schatten erschien am Horizont – eine gewaltige, sich ständig verändernde Gestalt, deren Präsenz die Luft zum Vibrieren brachte. Die Strömungen wurden noch unruhiger, und das Schiff begann zu schwanken.

„Was bei allen Strömungen ist das?", fragte Farrik, seine Augen weiteten sich vor Schreck.

„Die Dunkelheit hat ihre stärkere Form geschickt", sagte Ardan. „Ein Fragment des Kerns."

„Das bedeutet, dass wir noch härter zuschlagen müssen", sagte Theron, der bereit war, sich der Kreatur zu stellen.

Kael richtete den Kompass auf die Gestalt, doch die Energie der Dunkelheit war überwältigend. Die Lichtstrahlen, die aus dem Gerät kamen, wurden von der Gestalt absorbiert, und die Gravuren des Schiffs begannen, instabil zu flackern.

„Das reicht nicht!", rief Kael. „Wir brauchen mehr Energie!"

„Dann lasst uns zusammenarbeiten", sagte Lyria. „Die Balance hat uns gezeigt, dass wir als Einheit stärker sind."

Die Gruppe stellte sich um Kael und ließ ihre Energie in den Kompass fließen. Die Gravuren des Schiffs leuchteten stärker, und ein mächtiger Lichtstrahl schoss auf die Gestalt der Dunkelheit zu.

Die Kreatur brüllte, ihre Form wurde instabiler, doch sie gab nicht auf.

„Noch einmal!", rief Kael. „Wir müssen sie überwältigen!"

Mit einem letzten, vereinten Kraftakt bündelte die Gruppe ihre Energie, und die Gravuren des Schiffs reagierten. Der Lichtstrahl traf die Gestalt der Dunkelheit direkt, und die Aetherlinien um sie herum begannen, sich zu stabilisieren. Die Gestalt brach in sich zusammen, und die Schattenwesen verschwanden in den Strömungen.

Die Luft wurde ruhiger, und das Licht der Balance erfüllte die Umgebung. Die Gruppe atmete schwer, doch ihre Entschlossenheit war ungebrochen.

„Das war knapp", sagte Farrik, der sich auf die Steuerung stützte. „Aber wir haben es geschafft."

„Noch nicht ganz", sagte Kael. „Die Dunkelheit ist geschwächt, aber sie wird zurückkehren. Wir müssen uns beeilen."

Die Sturmfalken setzte ihren Kurs fort, tiefer in die südlichen Strömungen, während die Gruppe sich auf die kommenden Prüfungen vorbereitete.

Der Ruf der verlorenen Kette

Die Sturmfalken segelte durch ruhiger gewordene Strömungen, doch die Gravuren auf dem Schiff leuchteten unruhig, als ob sie die verbleibende Bedrohung spürten. Kael stand mit dem Kompass an der Reling, sein Blick auf den Horizont gerichtet, wo eine schwache, aber markante Aetherlinie wie ein dünner Faden aus Licht sichtbar wurde.

„Das ist unsere nächste Spur", sagte Kael, während er den Kompass hob. Die Gravuren darauf begannen in einer neuen Frequenz zu pulsieren, die sich mit den Strömungen synchronisierte. „Die Balance führt uns dorthin."

„Was glaubst du, finden wir dort?", fragte Farrik, der mit skeptischem Blick die Instrumente überprüfte. „Ein weiteres Monster? Oder vielleicht noch ein Rätsel, das wir lösen müssen, bevor die Dunkelheit uns verschlingt?"

„Wahrscheinlich alles zusammen", sagte Theron trocken, während er sein Schwert überprüfte. „Aber das macht es doch erst interessant."

Die Gruppe bereitete sich vor, während die Sturmfalken tiefer in die Strömungen vordrang. Die Luft wurde dichter, und ein Flüstern schien durch die Aetherlinien zu wehen – nicht das bedrohliche Echo der Dunkelheit, sondern etwas Altes, etwas Vertrautes.

„Das ist anders", sagte Lyria leise, ihre Hand auf dem Griff ihrer Waffe. „Es fühlt sich nicht wie die Dunkelheit an. Es ist… älter."

„Die Ketten", sagte Ardan mit ruhiger Stimme. „Wir nähern uns einem Knotenpunkt. Die Gravuren reagieren darauf."

Kael hielt den Kompass höher, und das Licht des Geräts wurde intensiver. Die Aetherlinien um sie herum begannen, sich in einem klareren Muster zu bewegen, das die Richtung zu einer schwebenden Insel wies. Die Insel war von einem leichten, schimmernden Nebel umgeben, und ihre Silhouette war von dichten, verwachsenen Strukturen geprägt.

Die Sturmfalken landete vorsichtig auf einer freien Ebene am Rand der Insel. Die Gravuren auf dem Boden leuchteten in einem sanften, pulsierenden Rhythmus, der mit dem Licht des Kompasses übereinstimmte. Kael spürte, dass sie sich einem wichtigen Ort näherten – einem, an dem die Balance noch intakt war, aber dennoch bedroht wurde.

„Das ist es", sagte er. „Ein Knotenpunkt der Balance. Einer der Orte, die die Ketten verbinden."

„Dann sollten wir vorsichtig sein", sagte Lyria. „Wenn die Balance hier stark ist, wird die Dunkelheit alles versuchen, um uns aufzuhalten."

Die Gruppe bewegte sich langsam durch die verwachsenen Strukturen, die wie Überreste einer alten Festung wirkten. Die Gravuren auf den Wänden und Böden waren komplex und schimmerten in einem ruhigen, harmonischen Licht. Doch in der Ferne war ein schwaches Flackern zu sehen, das nicht zur Balance gehörte – eine unregelmäßige, pulsierende Dunkelheit, die sich wie eine Krankheit durch die Gravuren zog.

„Das hier ist mehr als nur ein Knotenpunkt", sagte Ardan, während er die Gravuren betrachtete. „Es ist ein Fokuspunkt der Balance. Wenn wir die Dunkelheit hier nicht stoppen, könnte sie den gesamten Nexus zerstören."

„Dann sollten wir uns beeilen", sagte Theron, der sein Schwert zog. „Ich will nicht warten, bis die Dunkelheit uns überrennt."

Kael führte die Gruppe mit dem Kompass, der nun in einem klaren Rhythmus pulsierte, der die Strömungen um sie herum beruhigte. Doch je näher sie dem Zentrum der Insel kamen, desto stärker wurde das Flackern der Dunkelheit. Die Luft wurde schwerer, und das Flüstern der Strömungen wurde lauter, verzerrter.

Plötzlich tauchte eine Gestalt aus den Schatten auf. Sie war humanoid, aber ihre Form war instabil, als ob sie zwischen Licht und Dunkelheit zerrissen wurde. Ihre Augen glühten in einem tiefen Rot, und ihre Bewegungen waren ruckartig, unnatürlich.

„Ein Wächter der Dunkelheit", sagte Lyria und zog ihre Waffe. „Bereitmachen!"

Die Kreatur stürzte auf die Gruppe zu, und Theron und Lyria stellten sich ihr entgegen. Ihre Angriffe schienen die Gestalt zu verlangsamen, doch sie regenerierte sich schnell, als ob die Dunkelheit sie verstärkte. Kael richtete den Kompass auf die Kreatur, doch das Licht des Geräts war nicht stark genug, um sie vollständig zu neutralisieren.

„Es reicht nicht!", rief Farrik, der die Gravuren auf dem Boden beobachtete. „Wir brauchen die Energie des Knotenpunkts!"

„Dann müssen wir ihn erreichen", sagte Ardan. „Kael, die Balance führt uns. Bleib konzentriert."

Kael nickte und ließ die Essenz der Balance durch den Kompass fließen. Die Gravuren auf dem Boden begannen stärker zu leuchten, und die Aetherlinien wurden stabiler. Die Kreatur hielt kurz inne, als ob sie die Energie spürte, doch sie gab nicht auf.

Mit vereinten Kräften drängte die Gruppe die Kreatur zurück, während Kael den Kompass nutzte, um die Gravuren zu aktivieren. Das Licht wurde intensiver, und die Dunkelheit begann, ihre Form zu verlieren. Schließlich schoss ein mächtiger Lichtstrahl aus dem Kompass und durchdrang die Gestalt, die mit einem letzten, durchdringenden Schrei zerfiel.

Die Strömungen beruhigten sich, und die Gravuren des Knotenpunkts erstrahlten in einem sanften, harmonischen Licht. Die Gruppe atmete schwer, doch sie wussten, dass ihre Arbeit noch nicht vorbei war.

„Das war nur der Anfang", sagte Kael, der den Kompass betrachtete. „Die Balance hat uns diesen Ort gezeigt, aber es gibt noch mehr zu tun."

„Dann sollten wir keine Zeit verlieren", sagte Lyria. „Die Dunkelheit wird zurückkommen, und wir müssen bereit sein."

Die Gruppe sammelte sich, während die Sturmfalken ihre Reise fortsetzte. Der nächste Knotenpunkt wartete, und die Prüfungen der Balance würden nur noch härter werden.

Das Flüstern der vergessenen Stimmen

Die Sturmfalken schwebte erneut in ruhigeren Strömungen, doch die Atmosphäre an Bord war angespannt. Die Gruppe wusste, dass ihre bisherigen Erfolge nur ein vorübergehender Sieg gegen die Dunkelheit waren. Der Kompass pulsierte in einem unruhigen Rhythmus, als ob er die Dringlichkeit der Situation spürte.

„Das Licht des Knotenpunkts war stark", sagte Ardan nachdenklich. „Doch die Dunkelheit wird nicht lange geschwächt bleiben. Wir müssen herausfinden, wie wir die Balance dauerhaft stabilisieren können."

„Vielleicht wäre es hilfreich, wenn uns die Balance ein paar klare Anweisungen gäbe", murmelte Farrik, der nervös an einer der Steuerungen hantierte. „Das ewige Rätselraten bringt uns nicht wirklich weiter."

„Die Balance spricht nicht in Worten", sagte Lyria, ihre Stimme ruhig, aber entschlossen. „Sie zeigt uns den Weg. Es liegt an uns, ihn zu erkennen."

Kael hielt den Kompass hoch, dessen Licht in kurzen, pulsierenden Intervallen blinkte. „Da ist etwas", sagte er. „Nicht wie die anderen Knotenpunkte. Es ist... ein Echo."

„Ein Echo?", fragte Theron skeptisch. „Was soll das bedeuten?"

„Die Balance hat nicht nur Knotenpunkte geschaffen", erklärte Ardan. „Manchmal hinterlässt sie Echos – Orte, an denen ihre Energie verweilt, selbst wenn sie geschwächt ist. Sie könnten uns Antworten geben."

Kael konzentrierte sich auf den Kompass, und das Licht begann, sich auf eine Richtung zu fixieren. In der Ferne erschien eine kleine, schwebende Insel, umgeben von einem silbrigen Nebel. Die Gravuren auf dem Schiff reagierten sofort und begannen in einem synchronisierten Muster zu leuchten.

„Das muss es sein", sagte Kael. „Ein Echo der Balance."

Die Sturmfalken setzte vorsichtig ihren Kurs fort, bis sie die Insel erreichten. Der Nebel umgab das Schiff wie ein lebendiges Wesen, doch er war weder bedrohlich noch einladend – nur still. Die Gruppe stieg aus, und ihre Schritte auf dem Boden der Insel erzeugten ein leises Echo, als ob der Ort selbst ihre Anwesenheit registrierte.

„Das hier ist... seltsam", sagte Farrik, seine Stimme kaum mehr als ein Flüstern. „Es fühlt sich an, als ob die Insel lebt."

„Das tut sie", sagte Ardan. „Echos der Balance sind nicht wie die Knotenpunkte. Sie sind empfindlich. Und sie reagieren auf die, die sie betreten."

Kael ging langsam voran, den Kompass in der Hand, dessen Licht nun intensiver wurde. Die Gravuren auf der Insel begannen zu pulsieren, und das Flüstern wurde lauter – nicht unangenehm, sondern wie eine Ansammmlung von Stimmen, die alle gleichzeitig sprachen.

„Was sagen sie?", fragte Lyria, die ihre Hand an ihrer Waffe hielt, bereit, falls etwas Unerwartetes geschah.

„Es ist keine Bedrohung", sagte Kael. „Es ist... Wissen. Die Balance versucht, uns etwas zu zeigen."

Plötzlich leuchtete ein Muster auf dem Boden auf, und die Aetherlinien formten eine Art Bild – eine Abfolge von Ereignissen, die in die Gravuren geschrieben waren. Es zeigte eine mächtige Struktur, die von Aetherlinien durchzogen war, doch sie war umgeben von Schatten, die sie langsam verschlangen.

„Das ist ein Nexus", sagte Ardan mit ernster Stimme. „Ein Zentrum der Balance, aber einer, der gefallen ist. Die Dunkelheit hat ihn zerstört."

„Dann ist das unsere Zukunft, wenn wir scheitern", sagte Lyria. „Wir müssen verhindern, dass das passiert."

„Oder es ist unsere Vergangenheit", sagte Kael, der das Bild genau betrachtete. „Vielleicht zeigt uns die Balance, was bereits geschehen ist – und was wir tun müssen, um es wiederherzustellen."

Die Stimmen wurden lauter, und das Licht des Kompasses schoss plötzlich in die Höhe. Die Gravuren auf der Insel begannen, sich in einem harmonischen Muster zu bewegen, und die Aetherlinien wurden klarer.

Die Gruppe spürte eine Welle von Energie, die sie umgab, als ob die Insel selbst sie durchdrang. Das Wissen der Balance war nicht direkt – es war ein Gefühl, eine Wahrheit, die sie in ihrem Inneren spüren konnten.

„Es gibt noch einen Nexus", sagte Kael, der plötzlich das Gefühl hatte, die Strömungen besser zu verstehen. „Einen, der noch existiert. Die Balance will, dass wir ihn finden."

„Dann haben wir unser Ziel", sagte Lyria. „Aber die Dunkelheit wird es uns nicht leicht machen."

„Es tut das nie", sagte Theron mit einem leichten Grinsen. „Aber das macht es doch erst spannend."

Die Gravuren der Insel begannen zu verblassen, und das Licht des Kompasses kehrte zu seinem sanften Pulsieren zurück. Die Gruppe kehrte zur Sturmfalken zurück, bereit, ihre Reise fortzusetzen. Der Nebel um die Insel begann sich aufzulösen, und die Strömungen wurden ruhiger.

„Das war... intensiver, als ich erwartet hatte", sagte Farrik, während er die Steuerung des Schiffs anpasste. „Aber ich schätze, wir haben jetzt eine Richtung."

„Das haben wir", sagte Kael und betrachtete den Kompass. „Die Balance zeigt uns den Weg. Und wir müssen bereit sein."

Die Sturmfalken setzte ihren Kurs fort, tiefer in die südlichen Strömungen, während die Gruppe sich auf die nächste Prüfung der Balance vorbereitete.

Das Erwachen des Sturms

Die Sturmfalken glitt tiefer in die südlichen Strömungen, die nun wilder und unberechenbarer wurden. Die Gravuren des Schiffs pulsierten hektisch, als ob sie die Instabilität der Balance spürten. Die Luft war schwer mit Aetherenergie, und der Himmel über ihnen war von düsteren Wolken bedeckt, die sich langsam zu einem mächtigen Sturm formierten.

„Das hier sieht nicht gerade einladend aus", sagte Farrik, während er die Instrumente überprüfte. „Die Strömungen sind komplett instabil. Wir sollten nicht hier sein."

„Aber hier führt uns der Kompass hin", sagte Kael, der das pulsierende Licht des Geräts betrachtete. „Die Balance will, dass wir diesem Weg folgen."

„Dann sollten wir uns beeilen", sagte Lyria. „Ein Sturm wie dieser wird uns nicht lange Zeit lassen."

Die Gruppe arbeitete gemeinsam daran, das Schiff durch die gefährlichen Strömungen zu manövrieren. Farrik rief Befehle aus, während Theron und Lyria die Segel und die Gravuren stabilisierten. Ardan stand an der Reling und beobachtete die dunklen Wolken, die sich immer mehr verdichteten.

„Das ist kein normaler Sturm", sagte er leise. „Die Dunkelheit ist hier. Sie weiß, dass wir näher kommen."

„Natürlich weiß sie das", murmelte Theron, während er einen Aetheranker befestigte. „Sie scheint immer zu wissen, wo wir sind."

Plötzlich blitzte ein gleißendes Licht durch die Wolken, gefolgt von einem dröhnenden Knall, der das Schiff erschütterte. Die Strömungen wurden noch unruhiger, und die Gravuren auf dem Deck flackerten unregelmäßig.

„Was war das?", rief Farrik, der sich an der Steuerung festhielt.

„Etwas Großes", sagte Kael und hielt den Kompass höher. „Die Dunkelheit versucht, uns aufzuhalten."

Aus den Wolken tauchte eine gewaltige Gestalt auf – ein Wesen aus purem Schatten, dessen Flügel wie Aetherlinien leuchteten und dessen Augen ein tiefes, unheilvolles Rot glühten. Es bewegte sich wie ein Raubtier, das seine Beute umkreiste.

„Das ist ein Sturmdrache", sagte Ardan, seine Stimme voller Ehrfurcht und Besorgnis. „Ein Wächter der Dunkelheit. Die Balance hat ihn einst geschaffen, doch die Dunkelheit hat ihn verdorben."

„Wunderbar", sagte Theron trocken und zog sein Schwert. „Wie bekämpfen wir etwas, das die Balance selbst geschaffen hat?"

Der Sturmdrache stürzte auf das Schiff zu, und die Gruppe warf sich in Deckung, als ein mächtiger Windstoß über das Deck fegte. Lyria und Theron sprangen nach vorne, ihre Waffen bereit, während Kael versuchte, die Essenz der Balance durch den Kompass zu konzentrieren.

„Lenkt es ab!", rief Kael, während er den Kompass auf die Gestalt richtete. „Ich brauche Zeit, um die Gravuren zu stabilisieren!"

Theron und Lyria griffen das Wesen an, doch ihre Angriffe schienen durch seinen Schattenkörper zu gleiten, als ob sie nur die Luft schnitten. Farrik arbeitete fieberhaft an den Instrumenten, um das Schiff stabil zu halten, während Ardan an den Gravuren entlangging und sie mit der Essenz verstärkte.

„Es reagiert nicht auf unsere Angriffe!", rief Lyria, als sie knapp einem Schlag des Drachen auswich.

„Weil es die Essenz braucht, um neutralisiert zu werden", sagte Ardan. „Kael, du musst die Balance durch die Gravuren leiten. Es ist die einzige Möglichkeit."

Kael konzentrierte sich, ließ die Energie der Essenz durch den Kompass fließen und spürte, wie die Gravuren auf dem Schiff stärker zu leuchten begannen. Das Licht wurde intensiver, und der Sturmdrache hielt kurz inne, als ob er die Energie spürte.

„Es funktioniert!", rief Farrik. „Mach weiter, Kael!"

Der Drache brüllte, seine Flügel schlugen heftig, und ein weiterer Windstoß erfasste das Schiff. Doch das Licht der Balance war nun stärker, und die Gravuren auf dem Deck bildeten ein harmonisches Muster, das die Aetherlinien um das Schiff stabilisierte.

Mit einem letzten, mächtigen Puls schoss das Licht aus dem Kompass direkt auf den Drachen zu. Die Gestalt des Wesens begann zu flackern, und es brüllte in Schmerz, während die Dunkelheit, die es umgab, zurückgedrängt wurde. Schließlich zerfiel der Drache in die Strömungen, und der Sturm begann sich zu legen.

Die Gruppe atmete schwer, während die Gravuren des Schiffs langsam zu ihrem sanften, rhythmischen Leuchten zurückkehrten.

„Das war… unerwartet", sagte Farrik, der sich erschöpft auf die Steuerung stützte. „Aber wenigstens haben wir es geschafft."

„Für jetzt", sagte Kael, der den Kompass betrachtete. „Die Balance hat uns durch diesen Sturm geführt. Aber die Dunkelheit wird zurückkehren. Sie wird immer zurückkehren."

„Und wir werden bereit sein", sagte Lyria mit Entschlossenheit. „Denn wir wissen, dass die Balance auf unserer Seite ist."

Die Sturmfalken setzte ihren Kurs fort, die Strömungen um sie herum wurden ruhiger. Doch die Gruppe wusste, dass die Prüfungen der Balance immer schwieriger werden würden, je näher sie ihrem Ziel kamen.

Kapitel 19: Der verlorene Nexus

Das Herz der Strömungen

Die Sturmfalken glitt durch eine Zone von Aetherlinien, die seltsam ruhig war. Die Strömungen waren stabiler geworden, fast statisch, und das Leuchten der Gravuren auf dem Schiff hatte sich auf ein sanftes, gleichmäßiges Pulsieren beruhigt. Doch die Gruppe war auf der Hut – sie wussten, dass diese Stille trügerisch sein könnte.

„Das hier fühlt sich... falsch an", sagte Farrik leise, während er die Steuerung prüfte. „Es ist zu ruhig. Nach allem, was wir durchgemacht haben, ist das einfach nicht normal."

„Es ist ein Zeichen, dass wir uns nähern", sagte Ardan. „Die Balance zieht uns tiefer in ihr Zentrum. Diese Ruhe ist das Auge eines Sturms."

„Wunderbar", murmelte Theron. „Ich liebe es, wenn die Ruhe nur die Vorwarnung für etwas Schreckliches ist."

Kael stand an der Reling, den Kompass in der Hand, dessen Licht stärker wurde, je näher sie dem Ziel kamen. In der Ferne erhob sich eine gewaltige, schwebende Struktur – ein Nexus der Balance, der von schimmernden Aetherlinien umgeben war. Doch Teile der Struktur waren in Schatten gehüllt, und Risse zogen sich wie Narben durch die Gravuren.

„Das ist es", sagte Kael. „Der Nexus. Aber er ist... beschädigt."

„Die Dunkelheit hat hier gewütet", sagte Ardan. „Doch es gibt noch Hoffnung. Die Gravuren leuchten noch. Die Balance lebt."

„Dann sollten wir sie besser reparieren, bevor die Dunkelheit zurückkommt", sagte Lyria, die ihre Waffe überprüfte. „Ich habe das Gefühl, dass wir nicht allein sind."

Die Sturmfalken landete vorsichtig auf einer schwebenden Plattform am Rand des Nexus. Die Gravuren unter ihren Füßen leuchteten schwach, doch sie reagierten auf das Licht des Kompasses, als Kael ihn hob. Die Gruppe bewegte sich langsam durch die Ruinen, während das sanfte Flüstern der Strömungen sie umgab.

„Es ist, als ob die Balance selbst uns beobachtet", sagte Farrik. „Es fühlt sich... lebendig an."

„Das tut sie", sagte Ardan. „Der Nexus ist ein Herzstück der Balance. Wenn er zerstört wird, könnten die Strömungen zusammenbrechen."

„Dann sollten wir uns beeilen", sagte Theron. „Ich habe keine Lust, hier zu sein, wenn das passiert."

Kael führte die Gruppe zu einer zentralen Kammer, deren Gravuren in komplexen Mustern angeordnet waren. In der Mitte der Kammer schwebte eine Kugel aus Licht und Schatten – das Herz des Nexus. Die Aetherlinien um die Kugel herum waren verzerrt, als ob die Dunkelheit versuchte, sie zu erdrücken.

„Das ist der Kern", sagte Kael. „Die Balance kämpft hier gegen die Dunkelheit."

„Und wir sind hier, um ihr zu helfen", sagte Lyria. „Was müssen wir tun?"

„Die Gravuren müssen stabilisiert werden", sagte Ardan. „Die Essenz der Balance kann den Kern stärken, aber wir müssen die Dunkelheit zurückdrängen."

Plötzlich wurde die Ruhe durch ein tiefes Brummen unterbrochen, und die Gravuren begannen zu flackern. Aus den Schatten der

Kammer tauchten Kreaturen auf – Wesen, die wie Fragmente der Dunkelheit wirkten, ihre Gestalten unregelmäßig und bedrohlich.

„Natürlich gibt es Monster", murmelte Farrik und wich zurück. „Warum ist es nie einfach?"

„Weil es sonst langweilig wäre", sagte Theron mit einem Grinsen und zog sein Schwert. „Bleibt zusammen! Wir schaffen das."

Die Gruppe stellte sich den Kreaturen, während Kael den Kompass auf den Kern richtete. Das Licht des Geräts pulsierte, und die Gravuren begannen zu reagieren, doch die Dunkelheit war stark und ließ nicht nach.

„Wir brauchen mehr Energie!", rief Kael, der spürte, wie die Essenz der Balance durch den Kompass floss, aber nicht ausreichte, um den Kern zu stabilisieren.

„Dann lasst uns helfen!", rief Lyria. „Zusammen sind wir stärker."

Die Gruppe stellte sich um Kael, ließ ihre Energien in den Kompass fließen, und die Gravuren begannen intensiver zu leuchten. Das Licht wurde stärker, und die Kreaturen der Dunkelheit hielten inne, als ob sie von der Balance überwältigt wurden.

„Es funktioniert!", rief Farrik. „Noch ein bisschen mehr!"

Mit einem letzten, mächtigen Puls schoss das Licht des Kompasses in den Kern, und die Kugel aus Licht und Schatten begann, sich zu stabilisieren. Die Aetherlinien um die Kammer herum wurden klarer, und die Dunkelheit begann, sich zurückzuziehen.

Die Kreaturen zerfielen, und die Gravuren des Nexus erstrahlten in einem harmonischen Muster. Der Kern pulsierte nun in einem ruhigen, kraftvollen Rhythmus, und die Strömungen um den Nexus wurden wieder stabil.

„Wir haben es geschafft", sagte Kael, der schwer atmete und den Kompass betrachtete. „Die Balance hat uns erlaubt, den Nexus zu retten."

„Aber sie wird uns weiter testen", sagte Ardan. „Dies war nur ein Schritt. Die Dunkelheit wird nicht aufhören."

„Dann machen wir weiter", sagte Lyria mit Entschlossenheit. „Wir wissen, dass wir die Balance schützen können."

Die Gruppe verließ die Kammer, bereit, sich den nächsten Herausforderungen der Balance zu stellen. Die Sturmfalken setzte ihren Kurs fort, tiefer in die südlichen Strömungen, während der Kern des Nexus hinter ihnen in harmonischem Licht erstrahlte.

Das Vermächtnis der Balance

Die Sturmfalken schwebte vom Nexus fort, die Strömungen um das Schiff hatten sich beruhigt, doch die Luft war immer noch schwer mit der Energie der Dunkelheit, die sie bekämpft hatten. Die Gruppe war erschöpft, doch die Gravuren des Schiffs glühten in einem sanften, gleichmäßigen Rhythmus – ein Zeichen, dass sie die Balance an diesem Ort gestärkt hatten.

„Das war knapp", sagte Farrik, der sich auf die Steuerung stützte. „Noch ein bisschen mehr davon, und ich hätte mich freiwillig ins Aether geworfen."

„Das hätte die Dunkelheit sicher gefreut", sagte Theron mit einem leichten Grinsen. „Aber wir sind noch nicht fertig."

„Nein, das sind wir nicht", sagte Kael, der den Kompass betrachtete. „Die Balance hat uns einen weiteren Weg gezeigt. Es gibt noch mehr zu tun."

Kael hielt den Kompass hoch, dessen Licht eine Richtung in den Aetherlinien anzeigte. In der Ferne war eine schwebende Insel sichtbar, ihre Silhouette war von einer massiven Struktur geprägt, die wie ein Leuchtfeuer im Aether schimmerte.

„Das ist unser nächstes Ziel", sagte Kael. „Aber ich habe das Gefühl, dass dort etwas anderes auf uns wartet."

„Du meinst etwas Gefährliches?", fragte Farrik. „Oder einfach nur eine weitere Falle der Dunkelheit?"

„Vielleicht beides", sagte Lyria. „Aber wir haben keine Wahl. Die Balance hat uns diesen Weg gewiesen."

Die Gruppe sammelte sich an Deck, während das Schiff näher an die Insel heranflog. Die Gravuren auf dem Boden der Insel waren intensiver und komplexer als die, die sie zuvor gesehen hatten. Sie formten sich in spiralförmigen Mustern, die von Aetherlinien durchzogen waren, und schimmerten in einem Licht, das zwischen ruhig und bedrohlich wechselte.

„Das sieht nicht gerade beruhigend aus", sagte Farrik, während er die Gravuren untersuchte. „Es ist fast, als ob die Balance hier noch aktiver ist."

„Weil sie es ist", sagte Ardan. „Dieser Ort war einst ein zentraler Knotenpunkt. Ein Fokus der Balance, der über die gesamte Region wachte."

„Und jetzt?", fragte Theron. „Was ist daraus geworden?"

„Das werden wir herausfinden", sagte Kael und führte die Gruppe weiter.

Als sie die zentrale Struktur der Insel erreichten, fanden sie eine gewaltige Halle, deren Gravuren in einem sanften, rhythmischen Muster pulsierten. In der Mitte der Halle befand sich ein riesiger

Monolith, der von schwebenden Aetherlinien umgeben war. Die Gravuren auf dem Monolithen waren anders als die, die sie bisher gesehen hatten – sie wirkten uralt, als ob sie die Geschichte der Balance selbst erzählten.

„Das hier ist mehr als nur ein Knotenpunkt", sagte Ardan ehrfürchtig. „Es ist ein Vermächtnis. Ein Ort, an dem die Balance ihre größte Macht hatte."

„Und jetzt?", fragte Lyria. „Was ist mit ihr passiert?"

„Die Dunkelheit", sagte Kael. „Sie hat versucht, diesen Ort zu zerstören. Aber sie hat es nicht geschafft. Die Gravuren leben noch."

Plötzlich begann der Monolith zu leuchten, und die Gravuren in der Halle erwachten. Ein sanftes Flüstern erfüllte die Luft, das wie eine Ansammlung von Stimmen klang – ruhig, aber eindringlich. Die Gruppe stand regungslos da, als das Licht des Monolithen sich in die Aetherlinien ausbreitete und die gesamte Halle erhellte.

„Was ist das?", fragte Farrik, der nervös wurde.

„Es ist die Balance", sagte Ardan. „Sie spricht zu uns."

Die Gravuren begannen, sich zu verändern, und Bilder formten sich in den Aetherlinien – Szenen von schwebenden Inseln, mächtigen Ketten, die sie verbanden, und einer allumfassenden Dunkelheit, die versuchte, sie zu zerreißen.

„Das ist die Geschichte der Balance", sagte Kael leise. „Die Ketten wurden geschaffen, um die Balance zu bewahren. Aber die Dunkelheit hat sie zerstört."

„Das wissen wir schon", sagte Theron ungeduldig. „Was bringt uns das?"

„Mehr als du denkst", sagte Ardan. „Diese Gravuren zeigen uns nicht nur die Vergangenheit. Sie zeigen uns auch, was wir tun müssen."

Kael konzentrierte sich auf den Kompass, dessen Licht intensiver wurde. Die Gravuren auf dem Monolithen reagierten, und die Aetherlinien begannen, sich zu synchronisieren. Ein neues Muster entstand, das eine Richtung in den Strömungen anzeigte – eine Richtung, die tiefer in das Herz der Dunkelheit führte.

„Das ist unser Weg", sagte Kael. „Die Balance hat uns gezeigt, wohin wir gehen müssen."

Die Gruppe verließ die Halle, und die Gravuren des Monolithen verblassten langsam, doch ihr Licht blieb in den Aetherlinien zurück. Die Sturmfalken hob wieder ab, und die Gravuren des Schiffs leuchteten in einem klaren, harmonischen Rhythmus, während sie den neuen Kurs setzten.

„Wir kommen näher", sagte Lyria, die sich an die Reling lehnte. „Die Dunkelheit wird wissen, dass wir auf dem Weg sind."

„Lass sie kommen", sagte Theron. „Wir sind bereit."

„Das hoffe ich", sagte Kael, der den Kompass betrachtete. „Denn was vor uns liegt, wird uns alles abverlangen."

Die Sturmfalken setzte ihren Kurs fort, tiefer in die Aetherströmungen, während die Gruppe sich auf die nächste Prüfung vorbereitete – eine, die nicht nur ihre Stärke, sondern auch ihre Entschlossenheit auf die Probe stellen würde.

Die Prüfungen der Resonanz

Die Sturmfalken schwebte durch die Aetherströmungen, die um die Insel kreisten, als ob sie selbst Teil eines großen, lebendigen

Systems wären. Der Monolith hatte der Gruppe nicht nur neue Einsichten gegeben, sondern auch eine Herausforderung hinterlassen – ein Gefühl, dass die Balance noch mehr von ihnen fordern würde, bevor sie ihre Reise fortsetzen konnten.

„Wir müssen die Resonanzpunkte finden", sagte Kael, der den Kompass studierte. Die Gravuren darauf hatten sich verändert, und das Licht pulsierte in einer neuen Frequenz. „Die Balance hat uns hierher geführt, aber sie erwartet von uns, dass wir ihre Harmonie wiederherstellen."

„Harmonie klingt großartig", sagte Farrik. „Aber was genau heißt das?"

„Es bedeutet, dass wir die Aetherlinien stabilisieren müssen", sagte Ardan. „Die Resonanzpunkte sind die Anker der Balance. Wenn sie gestört sind, wird die Dunkelheit immer wieder Fuß fassen."

Die Gruppe folgte den neuen Mustern des Kompasses tiefer in die Insel hinein. Die Gravuren auf dem Boden und den Wänden wurden komplexer, und das Licht, das von ihnen ausging, war unregelmäßig, als ob die Balance selbst ins Wanken geraten war. Die Strömungen wurden dichter, und die Luft war schwer mit einer Energie, die sowohl beruhigend als auch drückend wirkte.

„Das hier fühlt sich an, als ob wir durch einen lebendigen Organismus gehen", sagte Lyria, während sie die Gravuren betrachtete. „Alles hier ist miteinander verbunden."

„Das ist es auch", sagte Ardan. „Die Balance ist keine einzelne Kraft. Sie ist ein Netzwerk, das durch die Ketten und die Strömungen aufrechterhalten wird. Und wir sind hier, um eines ihrer zentralen Punkte zu reparieren."

Schließlich erreichten sie eine große, offene Ebene, deren Gravuren in unregelmäßigen Abständen aufleuchteten. In der Mitte der

Ebene befand sich ein kreisförmiges Muster, das aus mehreren Schichten von Aetherlinien bestand. Das Flüstern der Strömungen war hier lauter, fast wie ein Chor von Stimmen, die versuchten, einen verlorenen Rhythmus zu finden.

„Das ist ein Resonanzpunkt", sagte Kael, der den Kompass auf das Zentrum richtete. „Aber er ist gestört. Die Dunkelheit hat ihn beschädigt."

„Wie reparieren wir ihn?", fragte Theron. „Wir können ihn doch nicht einfach zusammenkleben."

„Wir müssen die Resonanz wiederherstellen", sagte Ardan. „Die Gravuren hier sind wie eine Melodie, die aus dem Takt geraten ist. Wenn wir den Kompass richtig einsetzen, können wir sie harmonisieren."

Kael trat vorsichtig in den Resonanzkreis, der auf das Licht des Kompasses zu reagieren begann. Die Gravuren leuchteten auf, doch sie waren unregelmäßig und chaotisch. Plötzlich begann der Boden zu vibrieren, und aus den Gravuren erhob sich eine Gestalt – eine Mischung aus Licht und Schatten, deren Form sich ständig veränderte.

„Das ist... anders", sagte Farrik, der sich hinter Theron versteckte. „Was auch immer das ist, ich mag es nicht."

„Es ist ein Wächter", sagte Ardan. „Ein Fragment der Balance, das beschädigt wurde. Es wird uns testen."

„Natürlich wird es das", murmelte Theron, der sein Schwert zog. „Weil nichts hier einfach sein kann."

Die Gestalt bewegte sich auf die Gruppe zu, ihre Bewegungen waren schnell und unberechenbar. Theron und Lyria stellten sich ihr entgegen, doch ihre Angriffe prallten an dem Wesen ab, als ob es aus purer Energie bestand. Kael konzentrierte sich auf den Kompass, während Farrik und Ardan versuchten, die Gravuren um den Kreis zu stabilisieren.

„Es reagiert auf die Aetherlinien!", rief Farrik. „Wenn wir die Gravuren synchronisieren, können wir es neutralisieren!"

„Dann mach es schnell!", rief Theron, der einem Schlag des Wesens auswich.

Kael ließ die Essenz der Balance durch den Kompass fließen, und das Licht des Geräts begann, die Gravuren zu durchfluten. Die Gestalt hielt kurz inne, als ob sie von der Energie beeinflusst wurde, doch dann wurde sie aggressiver.

„Wir brauchen mehr!", rief Kael. „Die Gravuren sind noch nicht stabil!"

Die Gruppe stellte sich um ihn, ließ ihre Energie durch den Kompass fließen, und die Gravuren begannen, in einem harmonischen Muster zu leuchten. Das Wesen wurde langsamer, seine Form flackerte, und schließlich löste es sich in den Strömungen auf.

Die Ebene wurde ruhiger, und die Gravuren leuchteten nun in einem klaren, gleichmäßigen Rhythmus. Das Flüstern der Strömungen war nicht mehr chaotisch, sondern harmonisch – ein Zeichen, dass die Balance hier wiederhergestellt war.

„Das war intensiver, als ich erwartet hatte", sagte Farrik, der sich auf den Boden setzte. „Aber wenigstens haben wir es geschafft."

„Noch nicht ganz", sagte Kael, der den Kompass betrachtete. „Die Balance ist hier stabil, aber es gibt noch mehr Resonanzpunkte. Und die Dunkelheit wird nicht aufhören, sie zu stören."

Die Entscheidung des Monolithen

Nachdem die Resonanz auf der Ebene wiederhergestellt war, begab sich die Gruppe zurück zum zentralen Monolithen. Die Gravuren des Aetherpunkts pulsieren nun harmonisch, und die Luft um sie herum war klarer, fast friedlich. Doch die Ruhe trug eine Schwere in sich – eine Vorahnung, dass die Dunkelheit sie weiterhin verfolgen würde.

„Der Kompass zeigt wieder hierher", sagte Kael, als sie den Monolithen erreichten. „Es gibt noch etwas, das wir tun müssen."

„Großartig", murmelte Farrik. „Ich hatte fast gehofft, wir könnten endlich einen Moment durchatmen."

„Die Balance wartet nicht", sagte Ardan. „Und sie belohnt uns nicht für Geduld."

Der Monolith begann zu leuchten, als Kael den Kompass darauf richtete. Die Gravuren, die zuvor still waren, erwachten erneut, doch dieses Mal bewegten sie sich schneller, ihre Muster waren komplexer. Das Licht des Kompasses wurde intensiver, und die Gravuren auf dem Boden und den Wänden synchronisierten sich mit ihm.

„Was passiert hier?", fragte Lyria, ihre Hand auf ihrer Waffe. „Das fühlt sich anders an."

„Es ist ein Test", sagte Ardan. „Ein letzter, bevor wir diesen Nexus vollständig stabilisieren können."

Plötzlich flutete ein blendendes Licht die Halle, und die Gruppe fand sich in einer anderen Umgebung wieder. Sie standen in einer weiten Ebene, die von schwebenden Aetherlinien durchzogen war, und vor ihnen erhob sich eine mächtige Gestalt – eine Mischung aus Licht und Schatten, die in einem ständigen Fluss war.

„Das ist die Essenz der Balance", sagte Ardan, seine Stimme ehrfürchtig. „Aber sie ist... beschädigt."

„Beschädigt oder wütend?", fragte Theron, der sein Schwert zog. „Denn das sieht aus, als würde es uns gleich angreifen."

„Es wird uns prüfen", sagte Kael. „Die Balance akzeptiert uns nicht einfach so. Wir müssen ihr beweisen, dass wir würdig sind."

Die Gestalt bewegte sich auf sie zu, ihre Bewegungen waren geschmeidig, aber unberechenbar. Die Gruppe formierte sich, bereit, die Prüfung zu bestehen. Theron und Lyria griffen die Gestalt an, doch ihre Angriffe prallten an dem Wesen ab, als ob es aus reinem Aether bestand.

„Das ist keine physische Prüfung", sagte Ardan. „Wir müssen unsere Energie mit der Balance synchronisieren."

Kael hob den Kompass, dessen Licht stärker wurde. Die Gravuren auf dem Boden und in der Luft begannen zu reagieren, doch sie waren unregelmäßig. Die Gestalt der Balance erhob ihre Hände, und aus den Aetherlinien schossen Lichtstrahlen auf die Gruppe zu, die sie dazu zwangen, auszuweichen.

„Das wird schwierig", murmelte Farrik, der versuchte, die Gravuren um sie herum zu analysieren. „Es ist wie ein Puzzle – wir müssen die Muster finden, die passen."

Die Gruppe arbeitete zusammen, ihre Energien durch den Kompass fließend. Kael konzentrierte sich darauf, die Gravuren zu synchronisieren, während Ardan ihm half, die Essenz der Balance zu verstehen. Theron und Lyria lenkten die Gestalt ab, während Farrik versuchte, die Aetherlinien zu stabilisieren.

„Es funktioniert!", rief Farrik. „Die Gravuren passen sich an!"

Die Gestalt hielt inne, als ob sie die Veränderung spürte. Das Licht des Kompasses wurde intensiver, und die Aetherlinien begannen, sich in einem harmonischen Muster zu bewegen. Doch die Gestalt der Balance gab nicht nach. Sie stürmte auf Kael zu, ihre Energie pulsierte stärker denn je.

Mit einem letzten Kraftakt bündelte die Gruppe ihre Energien durch den Kompass. Das Licht schoss direkt auf die Gestalt zu und durchdrang sie. Die Umgebung begann, sich zu verändern, und die Gruppe fand sich wieder in der Halle des Monolithen, der nun in einem klaren, ruhigen Licht pulsierte.

„Wir haben es geschafft", sagte Kael leise, während er den Kompass betrachtete. „Die Balance hat uns akzeptiert."

„Für jetzt", sagte Ardan. „Doch das war nur eine Prüfung. Die Dunkelheit wird zurückkommen, stärker als je zuvor."

„Dann werden wir stärker sein", sagte Lyria entschlossen. „Denn wir wissen jetzt, wofür wir kämpfen."

Die Gravuren des Monolithen erloschen langsam, und die Aetherlinien um die Halle wurden ruhiger. Die Sturmfalken hob wieder ab, und die Gruppe wusste, dass ihre nächste Herausforderung nur eine Frage der Zeit war.

Kapitel 20: Die Festung der Schatten

Der Riss im Aether

Die Sturmfalken segelte tiefer in die südlichen Strömungen, die sich wie ein lebendiges Wesen bewegten, unruhig und voller Widerstand. Die Gravuren des Schiffs flackerten in einem hektischen Rhythmus, als ob sie die Gefahr spürten, die vor ihnen lag.

Am Horizont ragte die Festung der Schatten auf – eine gewaltige, schwebende Struktur, deren Silhouette in Aetherlinien gehüllt war, die wie gebrochene Netze aussahen. Schatten drängten sich um ihre Mauern und wanden sich wie lebendige Wesen.

„Das sieht nicht gerade einladend aus," sagte Farrik und überprüfte die Steuerung. „Die Energie dort ist instabil. Ich wette, diese Festung hat mehr Überraschungen als wir verkraften können."

„Das ist kein Ort der Balance," sagte Ardan ernst. „Das ist ein Nexus der Dunkelheit. Ein Ort, an dem die Schatten die Kontrolle übernommen haben."

„Großartig," sagte Theron und zog sein Schwert. „Ein Ort, der uns definitiv nicht umarmen wird."

Kael hielt den Aetherkompass hoch, dessen Licht mit jeder Annäherung an die Festung schwächer wurde. „Die Balance führt uns hierher," sagte er. „Aber sie wird nicht einfach sein."

„Wann ist es das jemals?" fragte Lyria, ihre Waffe griffbereit. „Wir müssen zusammenarbeiten, wenn wir das überstehen wollen."

Die Sturmfalken landete vorsichtig auf einer stabil wirkenden Plattform, die in die äußeren Mauern der Festung eingebettet war.

Die Gravuren auf dem Boden waren verzerrt und pulsierend, als ob die Dunkelheit sie durchdrungen hätte.

„Das fühlt sich falsch an," sagte Farrik und warf einen skeptischen Blick auf die Gravuren. „Es ist, als ob die Dunkelheit uns beobachtet."

„Das tut sie," sagte Ardan. „Der Nexus der Dunkelheit ist kein Ort. Er lebt."

Als die Gruppe die Festung betrat, war die Atmosphäre bedrückend. Aetherlinien zogen sich durch die gewaltigen Hallen, doch ihr Licht war schwach und instabil. Die Dunkelheit schien sie zu verschlingen. Die Luft war schwer, erfüllt von einem tiefen, kaum hörbaren Brummen, das die Stille durchbrach.

„Hört ihr das?" fragte Lyria, ihre Hand an ihrer Waffe. „Es ist wie ein Chor aus Stimmen."

„Das ist die Dunkelheit," sagte Ardan. „Sie spricht nicht zu uns. Sie versucht, uns zu verunsichern."

„Dann ignorieren wir sie," sagte Kael, seine Stimme entschlossen. „Die Balance hat uns hierhergeführt. Wir dürfen nicht zulassen, dass die Dunkelheit uns ablenkt."

Kael richtete den Kompass auf die Gravuren, die auf das Licht des Geräts reagierten. Die Aetherlinien begannen, sich in einem schwachen Muster zu synchronisieren, doch die Dunkelheit blockierte ihre Energie. Plötzlich erklang ein tiefes, bedrohliches Brummen, und die Gravuren flackerten unruhig.

„Das kann nicht gut sein," murmelte Farrik und trat instinktiv zurück.

Aus den Schatten lösten sich Gestalten, die größer und bedrohlicher waren als alles, was sie zuvor gesehen hatten. Ihre

Formen waren amorph, doch ihre Bewegungen waren präzise und aggressiv. Ihre glühenden, roten Augen fixierten die Gruppe.

„Natürlich gibt es Monster," sagte Theron trocken. „Was wäre eine Festung der Dunkelheit ohne sie?"

Die Schattenwesen stürmten auf die Gruppe zu, und die Gravuren begannen, in unregelmäßigen Mustern zu tanzen, als ob die Festung selbst lebendig wurde. Säulen verschoben sich, und Mauern schienen sich zu bewegen, um die Gruppe einzusperren.

„Die Festung wehrt sich," rief Lyria, ihre Klinge blitzte im schwachen Licht der Aetherlinien. „Bleibt zusammen!"

Kael konzentrierte sich auf den Kompass, doch die Dunkelheit drängte gegen das Licht, verschlang es förmlich. „Es reicht nicht!" rief er. „Die Dunkelheit blockiert die Gravuren!"

„Dann müssen wir schneller sein!" rief Ardan. „Die Balance ist hier, aber sie kämpft gegen uns."

Die ticking clock: Die Gravuren fallen aus

Ein scharfes Krachen durchbrach die Luft, als eine der Gravuren plötzlich erlosch. „Das war nicht gut," sagte Farrik, während er hastig zu den verbliebenen Gravuren eilte. „Die Festung destabilisiert die Balance. Wenn die Gravuren ausfallen, können wir nichts mehr reparieren!"

„Wie lange haben wir noch?" fragte Lyria, während sie einem Angriff auswich.

„Weniger Zeit, als uns lieb ist," rief Farrik zurück.

Die Dunkelheit verstärkte ihre Angriffe, und die Schattenwesen wurden schneller und unberechenbarer. Die Gruppe kämpfte verbissen, doch das Gefühl der Dringlichkeit wuchs mit jedem Moment.

„Wir müssen die Gravuren stabilisieren," rief Ardan. „Farrik, konzentrier dich auf die beschädigten Muster! Kael, lass die Balance durch den Kompass fließen!"

Kael schloss die Augen und spürte die Essenz der Balance in seinen Händen. Es war schwer, wie eine Bürde, die ihn fast zu Boden drückte. Doch er zwang sich, die Energie zu bündeln und sie durch die verbliebenen Gravuren zu leiten.

Theron und Lyria hielten die Schattenwesen in Schach, während Farrik und Ardan fieberhaft an den Gravuren arbeiteten. Kael konzentrierte sich auf den Kompass, dessen Licht allmählich stärker wurde.

„Es funktioniert!" rief Farrik. „Aber wir brauchen mehr!"

Mit einem letzten Kraftakt bündelte die Gruppe ihre Energien, und die Gravuren begannen, in einem harmonischen Rhythmus zu leuchten. Das Licht wurde intensiver, und die Schattenwesen zögerten, als ob sie die überwältigende Energie der Balance spürten.

Schließlich löste sich die Dunkelheit auf, und die Wesen zerfielen in den Strömungen. Die Gravuren stabilisierten sich, und die Bewegung der Festung hörte auf.

„Das war knapp," sagte Farrik, der schwer atmete und sich an einer Säule abstützte. „Aber wir haben es geschafft."

„Noch nicht ganz," sagte Kael und hob den Kompass, dessen Licht nun ruhiger pulsierte. „Die Dunkelheit ist noch hier. Wir müssen tiefer in die Festung, um den Nexus zu erreichen."

Die Gruppe sammelte sich und sah einander an. Erschöpft, aber entschlossen, setzten sie ihren Weg fort. Die Festung war geschlagen – vorerst. Doch sie wussten, dass die wahre Prüfung noch bevorstand.

Der Pfad des Verderbens

Die Gruppe bewegte sich vorsichtig tiefer in die Festung. Die Gravuren an den Wänden und auf dem Boden schimmerten in einem unsteten Licht, das zwischen dunklem Rot und fahlem Grau wechselte. Der Kompass in Kaels Hand pulsierte unruhig, als ob er versuchte, die Balance in diesem verzerrten Ort zu finden. Die Luft war schwer, und das Flüstern der Dunkelheit wurde intensiver.

„Es ist, als ob die Wände atmen", sagte Farrik, der sich unwohl umsah. „Ich habe das Gefühl, dass dieser Ort lebt."

„Er tut es", sagte Ardan. „Die Dunkelheit hat diese Festung vollständig durchdrungen. Sie ist mehr als nur ein Nexus. Sie ist ein Knotenpunkt ihres Einflusses."

„Das macht alles viel besser", murmelte Theron sarkastisch. „Also, was jetzt? Folgen wir einfach den Flüsterstimmen?"

Kael hielt den Kompass hoch, dessen Licht stärker wurde, als sie sich einem großen Korridor näherten, der sich wie ein Schlund in der Dunkelheit öffnete. „Das ist unser Weg", sagte er. „Die Balance weist uns nach vorne."

„Natürlich tut sie das", sagte Lyria. „Ich wünschte nur, sie würde uns sagen, was uns erwartet."

Die Gruppe schritt in den Korridor, dessen Gravuren seltsam vertraut wirkten – sie ähnelten denen der Orte, an denen sie die Balance stabilisiert hatten, doch sie waren verzerrt, als ob die Dunkelheit sie absichtlich manipuliert hätte. Das Flüstern wurde lauter, und die Schatten entlang der Wände schienen sich zu bewegen.

Plötzlich spürte Kael ein Zittern unter seinen Füßen, und die Gravuren auf dem Boden begannen, unregelmäßig zu pulsieren. Aus den Schatten traten Gestalten hervor, deren Formen unbeständig waren. Sie sahen aus wie gesichtslose humanoide Wesen, doch ihre Bewegungen waren ruckartig und bedrohlich.

„Natürlich gibt es mehr von denen", sagte Farrik genervt. „Können wir nicht einmal einfach durchgehen?"

„Das wäre zu einfach", sagte Theron mit einem schiefen Grinsen und zog sein Schwert. „Los, packen wir's an."

Die Schattenwesen stürmten auf die Gruppe zu, und Lyria und Theron gingen sofort in die Offensive, während Kael den Kompass auf die Gravuren richtete. Die Energie der Dunkelheit war stark, und die Gravuren reagierten nur schwach auf das Licht des Kompasses.

„Die Gravuren sind beschädigt", rief Kael. „Sie blockieren die Balance!"

„Dann müssen wir sie reparieren", sagte Ardan. „Konzentrier dich auf den Kompass. Wir halten die Dunkelheit zurück."

Theron und Lyria kämpften gegen die Schattenwesen, doch sie schienen unerschöpflich. Farrik arbeitete hektisch an den Gravuren, während Kael die Essenz der Balance durch den Kompass leitete. Langsam begannen die Gravuren zu reagieren, doch die Dunkelheit war zäh.

„Das reicht nicht!", rief Farrik. „Die Dunkelheit ist zu stark!"

„Wir brauchen einen Durchbruch!", rief Lyria, die einem Angriff der Schattenwesen auswich. „Kael, wir zählen auf dich!"

Kael schloss die Augen und konzentrierte sich auf den Kompass. Die Essenz der Balance begann, intensiver durch die Gravuren zu fließen, und das Licht des Geräts wurde stärker. Die Schattenwesen hielten kurz inne, und die Gravuren begannen, sich zu stabilisieren.

„Es funktioniert!", rief Farrik. „Noch ein bisschen mehr!"

Mit einem letzten, vereinten Kraftakt bündelte die Gruppe ihre Energien, und die Gravuren leuchteten in einem harmonischen Muster auf. Die Schattenwesen zerfielen in den Strömungen, und die Umgebung beruhigte sich. Das Flüstern der Dunkelheit wurde leiser, doch die Luft blieb schwer.

„Das war anstrengend", sagte Farrik und ließ sich gegen die Wand sinken. „Aber wenigstens leben wir noch."

„Noch", sagte Ardan. „Wir haben die Balance hier stabilisiert, aber wir sind noch nicht am Nexus. Die Dunkelheit wird nicht nachgeben."

„Dann machen wir weiter", sagte Kael, der den Kompass betrachtete. „Die Balance hat uns hierhergeführt. Wir dürfen nicht aufgeben."

Die Gruppe sammelte sich und machte sich bereit, tiefer in die Festung der Schatten vorzudringen. Vor ihnen lag der Nexus der Dunkelheit, und die größte Prüfung der Balance wartete noch auf sie.

Der Nexus der Dunkelheit

Die Gruppe betrat eine massive Halle, deren Gravuren in einem chaotischen Muster pulsieren. Die Dunkelheit schien sich wie eine lebendige Kraft durch den Raum zu bewegen, und die Luft war dicht und schwer mit einer Energie, die Kael an einen stillen Sturm erinnerte. Der Kompass in seiner Hand vibrierte unruhig, und das Licht darauf war schwächer geworden.

„Das ist es", sagte Ardan, seine Stimme leise, aber eindringlich. „Der Nexus der Dunkelheit. Ein Ort, an dem die Schatten die Balance fast vollständig zerstört haben."

„Es fühlt sich an, als ob die Dunkelheit uns beobachtet", murmelte Farrik, seine Augen nervös auf die flackernden Gravuren gerichtet. „Ich mag das nicht."

„Sie beobachtet uns", sagte Lyria. „Aber wir sind hier, um das zu beenden."

Der Nexus war kein gewöhnlicher Ort. In der Mitte des Raumes schwebte eine massive Kugel aus Dunkelheit, umgeben von zerbrochenen Aetherlinien, die wie blutige Adern durch den Raum verliefen. Die Gravuren auf dem Boden waren von Rissen durchzogen, und das Flüstern der Dunkelheit war hier lauter, fast wie ein Schrei.

„Die Dunkelheit hat diesen Ort fast vollständig eingenommen", sagte Kael. „Aber die Balance ist noch da. Wir müssen sie wiederherstellen."

„Das wird nicht einfach", sagte Theron, der sein Schwert zog. „Ich wette, sie wird alles versuchen, um uns aufzuhalten."

Kael trat vorsichtig näher an die Kugel heran, den Kompass in der Hand. Das Licht des Geräts wurde schwächer, je näher er kam, und die Gravuren reagierten nur zögerlich. Plötzlich begann der Boden zu vibrieren, und die Kugel aus Dunkelheit pulsierte in einem unregelmäßigen Rhythmus.

„Was passiert hier?", fragte Farrik, der zurückwich.

„Die Dunkelheit reagiert auf uns", sagte Ardan. „Sie spürt die Balance in uns. Und sie wird kämpfen."

Aus den Schatten der Halle erhoben sich Gestalten – gewaltige, unregelmäßig geformte Wesen, deren Körper aus purer Dunkelheit bestanden. Ihre Augen glühten in einem tiefen Rot, und ihre Bewegungen waren schnell und aggressiv. Doch sie waren anders als die Schattenwesen, denen die Gruppe zuvor begegnet war – diese strahlten eine rohe, zerstörerische Energie aus.

„Natürlich gibt es größere Monster", sagte Farrik und zog sich weiter zurück. „Weil die anderen ja nicht schon genug waren."

„Bleibt zusammen!", rief Lyria, die ihre Waffe zog. „Das wird ein harter Kampf."

Theron und Lyria stürmten nach vorne, um die Kreaturen aufzuhalten, während Farrik und Ardan versuchten, die Gravuren zu stabilisieren. Kael richtete den Kompass auf die Dunkelheitskugel, doch das Licht des Geräts wurde fast vollständig von der Dunkelheit verschlungen.

„Es reicht nicht!", rief Kael. „Die Dunkelheit blockiert die Balance!"

„Dann müssen wir die Gravuren reparieren!", rief Ardan. „Das ist unsere einzige Chance!"

Farrik analysierte die beschädigten Aetherlinien und begann, die Gravuren mit Energie zu stabilisieren. Doch die Dunkelheit reagierte aggressiv und schickte mehr Kreaturen, um sie aufzuhalten.

„Wir brauchen mehr Zeit!", rief Farrik. „Kael, du musst die Balance stärker machen!"

Kael konzentrierte sich auf den Kompass, ließ die Essenz der Balance durch ihn fließen, und das Licht des Geräts wurde intensiver. Die Gravuren begannen, in einem schwachen, aber harmonischen Rhythmus zu leuchten, doch die Dunkelheit hielt stand.

„Es reicht immer noch nicht!", rief Lyria, während sie einem Angriff der Kreaturen auswich. „Kael, wir zählen auf dich!"

Kael schloss die Augen und spürte die Balance in sich. Er ließ die Essenz durch den Kompass fließen und verband sich mit den Aetherlinien, die den Nexus durchzogen. Das Licht wurde stärker, und die Gravuren begannen, sich schneller zu synchronisieren. Die Dunkelheitskugel pulsierte unruhig, als ob sie die Veränderung spürte.

„Es funktioniert!", rief Farrik. „Mach weiter, Kael!"

Mit einem letzten, mächtigen Kraftakt bündelte die Gruppe ihre Energien, und das Licht des Kompasses durchflutete die Gravuren. Die Dunkelheitskugel begann, ihre Form zu verlieren, und die Kreaturen zerfielen in den Strömungen.

Die Halle wurde ruhig, und die Gravuren erstrahlten in einem harmonischen Licht. Die Kugel aus Dunkelheit war verschwunden, und die Aetherlinien, die sie umgaben, waren klar und stabil. Der Nexus der Dunkelheit war wieder Teil der Balance geworden.

„Wir haben es geschafft", sagte Kael, der schwer atmete. „Die Balance hat uns erlaubt, diesen Ort zu retten."

„Aber sie wird uns weiter testen", sagte Ardan. „Dies war nur eine Prüfung. Die Dunkelheit wird zurückkommen, stärker als je zuvor."

Die Gruppe verließ die Halle, erschöpft, aber entschlossen. Die Sturmfalken wartete auf sie, und sie wussten, dass die nächsten Prüfungen der Balance noch härter werden würden.

Der Schwur der Einheit

Die Gruppe sammelte sich vor der gewaltigen Halle des Nexus, während die Gravuren des Ortes langsam in einem stabilen, ruhigen Licht pulsierten. Die Luft war immer noch dicht, doch die Dunkelheit hatte sich zurückgezogen, und die Aetherlinien in den Wänden und Böden zeigten, dass die Balance an diesem Ort wiederhergestellt worden war.

„Das war knapper, als mir lieb ist", sagte Farrik, während er sich gegen die kühle Wand lehnte. „Ich bin Mechaniker, kein Krieger. Aber das hier war einfach verrückt."

„Wir haben es geschafft", sagte Lyria, die ihre Waffe zurücksteckte. „Das zählt. Aber die Dunkelheit wird sich nicht damit zufrieden geben, dass wir diesen Ort gerettet haben."

„Sie wird zurückkommen", sagte Ardan ruhig. „Aber wir sind stärker geworden. Die Balance selbst erkennt uns nun an."

Kael betrachtete den Kompass, dessen Licht in einem sanften Rhythmus pulsierte. Die Gravuren darauf hatten sich verändert – neue Muster und Linien waren erschienen, die wie ein Netz aus Aetherenergie wirkten.

„Die Balance hat uns hierhergeführt", sagte Kael. „Und sie hat uns gezeigt, was wir tun müssen. Aber ich habe das Gefühl, dass wir noch nicht alles gesehen haben."

„Was meinst du damit?", fragte Theron, der seine Waffe reinigte.

„Die Gravuren auf dem Kompass... sie zeigen etwas Neues", sagte Kael. „Es gibt einen weiteren Ort, an dem wir gebraucht werden."

Die Gruppe trat näher zusammen, um die neuen Muster des Kompasses zu betrachten. Die Gravuren zeigten eine Richtung, die tiefer in die südlichen Strömungen führte – zu einem Ort, der von einer intensiven, konzentrierten Energie durchzogen war.

„Das ist kein normaler Ort", sagte Ardan nachdenklich. „Die Gravuren zeigen eine Intensität, die ich noch nie gesehen habe. Es muss ein zentraler Nexus der Balance sein – oder ein Ort, an dem die Dunkelheit ihren nächsten Schlag plant."

„Dann sollten wir uns beeilen", sagte Lyria. „Je länger wir warten, desto mehr Zeit hat die Dunkelheit, sich neu zu formieren."

Farrik überprüfte die Sturmfalken, während die Gruppe die letzten Vorbereitungen traf, um die Festung zu verlassen. Die Gravuren des Schiffs hatten sich stabilisiert, doch sie reagierten empfindlich auf die Energie des Nexus, als ob sie immer noch mit ihm verbunden wären.

„Das Schiff ist bereit", sagte Farrik. „Aber ich frage mich, wie oft wir das noch schaffen können. Jedes Mal wird es schwieriger."

„Das wird es", sagte Kael. „Aber die Balance hat uns hierhergeführt. Sie hat uns nicht im Stich gelassen. Und sie wird es auch nicht tun."

„Das hoffe ich", sagte Farrik leise. „Denn ich bin mir nicht sicher, wie lange wir noch durchhalten können."

Die Gruppe betrat die Sturmfalken, und das Schiff hob sanft ab, während die Gravuren des Nexus langsam verblassten. Doch das Licht der Balance blieb in den Aetherlinien, ein Zeichen dafür, dass der Ort wiederhergestellt worden war. Die Strömungen um die Festung beruhigten sich, und das Flüstern der Dunkelheit wurde leiser.

„Die Balance hat uns geholfen, aber sie fordert uns auch heraus", sagte Ardan, der aus dem Fenster in die sich beruhigenden Strömungen blickte. „Wir dürfen nicht nachlassen."

„Das tun wir nicht", sagte Lyria. „Denn wir wissen, was auf dem Spiel steht."

Die Sturmfalken setzte ihren Kurs fort, tiefer in die südlichen Strömungen, während die Gruppe sich sammelte und über die Prüfungen nachdachte, die sie bestanden hatten. Der Kompass pulsierte weiter, sein Licht war stärker als zuvor, ein Zeichen, dass die Balance sie immer noch leitete.

Kael stand an der Reling, seine Gedanken kreisten um das, was vor ihnen lag. „Die Balance hat uns akzeptiert", sagte er leise. „Aber ich frage mich, ob wir bereit sind für das, was noch kommt."

Lyria trat neben ihn, ihre Stimme fest. „Wir sind bereit. Denn wir kämpfen nicht nur für uns. Wir kämpfen für Kythera und für alles, was die Balance bedeutet."

Kael nickte, das Licht des Kompasses reflektierte in seinen Augen. „Dann lassen wir sie uns nicht im Stich. Wir werden siegen."

Die Gruppe sammelte sich, entschlossen, ihre Reise fortzusetzen und die nächste Prüfung der Balance zu bestehen.

Kapitel 21: Der Aethersturm

Die Grenze des Unbekannten

Die Sturmfalken flog tiefer in die südlichen Strömungen, wo die
Aetherlinien dichter und unvorhersehbarer wurden. Die Gravuren
des Schiffs pulsierten in unregelmäßigen Rhythmen, als ob sie die
Instabilität der Balance in diesem Gebiet spürten. Der Himmel war
von dunklen Wolken durchzogen, und das Licht der Strömungen
flackerte, als ob sie von einem unsichtbaren Sturm heimgesucht
wurden.

„Das hier sieht schlimmer aus als alles, was wir bisher gesehen
haben", sagte Farrik, während er die Steuerung überprüfte. „Die
Strömungen sind komplett chaotisch. Wenn wir hier nicht
vorsichtig sind, zerreißt es uns."

„Der Kompass zeigt weiter nach vorne", sagte Kael, der das
pulsierende Licht des Geräts betrachtete. „Die Balance hat uns
hierhergeführt. Es gibt kein Zurück."

„Natürlich nicht", murmelte Theron, der sein Schwert an die Reling
lehnte. „Weil wir sonst ja zu viel Ruhe hätten."

Die Gruppe sammelte sich an Deck, ihre Blicke waren auf die
unruhigen Strömungen vor ihnen gerichtet. Die Gravuren auf dem
Schiff reagierten empfindlich auf die Umgebung, und das sanfte
Flüstern der Balance wurde von einem tiefen, unheilvollen
Dröhnen übertönt.

„Das ist mehr als nur ein Sturm", sagte Ardan, seine Augen fixierten
die flackernden Aetherlinien. „Das ist ein Riss in der Balance. Die
Dunkelheit hat diese Strömungen korrumpiert."

„Und wir fliegen direkt hinein", sagte Lyria mit grimmiger
Entschlossenheit. „Wie immer."

Kael hielt den Kompass hoch, dessen Licht intensiver wurde, je näher sie dem Zentrum der Strömungen kamen. Die Gravuren auf dem Boden begannen, unregelmäßig zu pulsieren, und die Luft um das Schiff war schwer und dicht mit Aetherenergie. Plötzlich blitzte ein gleißendes Licht durch die Wolken, gefolgt von einem tiefen, durchdringenden Knall.

„Das war kein normaler Blitz", sagte Farrik, der sich an der Steuerung festhielt. „Das war... etwas anderes."

„Etwas Dunkleres", sagte Ardan. „Die Dunkelheit nutzt den Sturm, um uns aufzuhalten. Wir müssen uns auf das Schlimmste vorbereiten."

Das Schiff wurde von einem plötzlichen Windstoß erfasst, und die Gravuren begannen zu flackern. Kael konzentrierte sich auf den Kompass, ließ die Essenz der Balance durch das Gerät fließen, und das Licht begann, die Gravuren zu stabilisieren. Doch die Dunkelheit war stark, und die Strömungen wurden immer unberechenbarer.

„Die Balance kämpft", sagte Kael. „Aber sie braucht unsere Hilfe."

„Dann lass uns nicht warten", sagte Lyria. „Wir müssen das Schiff durch diesen Sturm bringen."

Theron und Farrik arbeiteten daran, die Steuerung und die Gravuren zu stabilisieren, während Ardan und Lyria die Umgebung beobachteten. Kael konzentrierte sich weiterhin auf den Kompass, dessen Licht ein schwaches Muster in den Strömungen zu formen begann.

Plötzlich tauchte aus den Wolken eine gewaltige Gestalt auf – ein Wesen aus Licht und Schatten, dessen Flügel wie schimmernde Aetherlinien leuchteten. Es war ein Drache, doch nicht wie die Kreaturen, die sie zuvor gesehen hatten. Dieses Wesen war ein

Fragment der Balance, korrumpiert und von der Dunkelheit verdorben.

„Natürlich ein Drache", murmelte Farrik. „Weil das genau das ist, was wir jetzt brauchen."

„Bleibt ruhig!", rief Ardan. „Das ist ein Wächter. Die Balance hat ihn geschaffen, aber die Dunkelheit hat ihn verdorben. Wir müssen ihn retten."

Der Drache stürzte auf das Schiff zu, und die Gravuren auf dem Deck begannen, unregelmäßig zu leuchten. Lyria und Theron stellten sich dem Wesen entgegen, während Kael den Kompass auf es richtete. Doch die Dunkelheit war stark, und das Licht des Kompasses wurde fast vollständig verschlungen.

„Es reicht nicht!", rief Kael. „Die Dunkelheit blockiert die Balance!"

„Dann müssen wir sie durchbrechen!", rief Lyria, die einen Angriff des Drachen abwehrte. „Kael, konzentrier dich!"

Kael schloss die Augen und ließ die Essenz der Balance durch den Kompass fließen. Die Gravuren auf dem Schiff begannen, sich in einem harmonischen Muster zu synchronisieren, und das Licht wurde intensiver. Der Drache hielt kurz inne, als ob er die Veränderung spürte, doch er kämpfte weiterhin.

„Es funktioniert!", rief Farrik. „Mach weiter, Kael!"

Mit einem letzten, vereinten Kraftakt bündelte die Gruppe ihre Energien, und das Licht des Kompasses durchflutete den Drachen. Seine Gestalt begann zu flackern, und die Dunkelheit, die ihn umgab, löste sich langsam auf. Schließlich wurde das Wesen ruhiger, seine Augen leuchteten in einem klaren, sanften Licht.

Der Drache erhob sich in die Lüfte, seine Flügel schlugen in einem gleichmäßigen Rhythmus, der die Strömungen beruhigte. Die

Gravuren auf dem Schiff wurden stabil, und die Luft um sie herum klärte sich. Das Wesen drehte sich ein letztes Mal um und verschwand in den Aetherlinien.

„Wir haben es geschafft", sagte Kael, der schwer atmete. „Die Balance hat uns erlaubt, diesen Wächter zu retten."

„Aber der Sturm war nur der Anfang", sagte Ardan. „Die Dunkelheit wird sich nicht damit zufrieden geben, dass wir einen ihrer Risse geschlossen haben."

Die Sturmfalken setzte ihren Kurs fort, die Strömungen um sie herum waren nun ruhiger, doch die Gruppe wusste, dass sie sich der Dunkelheit noch nicht endgültig entzogen hatten.

Die Halle der zerbrochenen Gravuren

Nach der Beruhigung der Strömungen setzte die Sturmfalken ihren Weg fort. Der Kompass in Kaels Hand zeigte weiterhin nach vorne, doch das Licht darauf pulsierte unregelmäßig, als ob es die bevorstehenden Herausforderungen bereits spürte. Die Gruppe sammelte sich in der Steuerkabine, wo Farrik die Instrumente des Schiffs überprüfte.

„Der Sturm hat das Schiff ziemlich mitgenommen", sagte Farrik, während er die Gravuren an den Wänden musterte. „Wir können weitermachen, aber wir brauchen Zeit, um alles zu reparieren, wenn wir das hier überleben."

„Zeit ist ein Luxus, den wir nicht haben", sagte Lyria. „Die Balance hat uns einen klaren Weg gewiesen. Wir müssen weiter."

Kael hielt den Kompass hoch, und das Licht des Geräts wurde stärker, als sie eine schwebende Insel erreichten, die in den Strömungen verborgen war. Die Insel war von einem silbrigen

Nebel umgeben, und die Gravuren darauf waren zerbrochen und instabil, als ob die Dunkelheit sie vollständig durchdrungen hätte.

„Das ist ein weiterer Resonanzpunkt", sagte Ardan. „Aber er ist beschädigter als alles, was wir bisher gesehen haben."

„Die Gravuren hier sind tot", sagte Farrik, während er die Insel von Deck aus betrachtete. „Ich weiß nicht, ob wir sie reparieren können."

„Wir haben keine Wahl", sagte Kael. „Die Balance hat uns hierhergeführt. Sie will, dass wir diesen Ort retten."

Die Gruppe betrat die Insel, deren Boden unter ihren Füßen leicht vibrierte. Die Gravuren, die die Insel durchzogen, waren von tiefen Rissen durchzogen, und die Aetherlinien, die sie speisten, flackerten unregelmäßig. Das Flüstern der Dunkelheit war hier intensiver, fast wie ein bösartiges Lachen, das von allen Seiten kam.

„Das fühlt sich falsch an", sagte Farrik, seine Stimme war kaum mehr als ein Flüstern. „Dieser Ort will uns nicht hier haben."

„Die Dunkelheit will uns nicht hier haben", sagte Ardan. „Das ist ein Unterschied."

Kael richtete den Kompass auf die Gravuren, doch das Licht des Geräts schien nicht durch die Dunkelheit zu dringen. Die Gravuren reagierten nicht, und die Luft um sie herum wurde schwerer.

„Es funktioniert nicht", sagte Kael. „Die Balance ist hier zu schwach."

„Dann müssen wir sie stärker machen", sagte Lyria. „Das ist der Grund, warum wir hier sind."

Plötzlich begann der Boden zu beben, und aus den zerbrochenen Gravuren erhoben sich Gestalten – Wesen aus purer Dunkelheit, die wie ein Schatten des Aetherflusses wirkten. Sie bewegten sich schnell und unregelmäßig, ihre Form war unbeständig, als ob sie von den Rissen selbst gezogen wurden.

„Natürlich gibt es Monster", sagte Farrik. „Es ist immer das Gleiche."

Theron und Lyria traten nach vorne, ihre Waffen bereit. Die Wesen stürmten auf die Gruppe zu, und die Gravuren auf der Insel begannen, in einem chaotischen Muster zu flackern. Kael konzentrierte sich auf den Kompass, doch die Dunkelheit war zu stark, und die Gravuren reagierten nicht auf das Licht des Geräts.

„Es reicht nicht!", rief Kael. „Die Dunkelheit blockiert die Balance!"

„Wir müssen die Gravuren stabilisieren!", rief Ardan. „Wenn wir die Aetherlinien in Einklang bringen, können wir sie durchbrechen."

Die Gruppe arbeitete zusammen, ihre Energien durch den Kompass fließend. Farrik untersuchte die beschädigten Gravuren und begann, ihre Risse mit Energie zu stabilisieren. Theron und Lyria hielten die Wesen in Schach, während Kael die Essenz der Balance durch den Kompass leitete.

„Die Gravuren reagieren!", rief Farrik. „Wir sind auf dem richtigen Weg!"

Das Licht des Kompasses wurde intensiver, und die Gravuren begannen, sich in einem schwachen, aber harmonischen Muster zu synchronisieren. Die Dunkelheitswesen wurden langsamer, ihre Formen begannen zu flackern.

Mit einem letzten, vereinten Kraftakt bündelte die Gruppe ihre Energien, und das Licht des Kompasses durchflutete die Gravuren. Die Wesen zerfielen in den Strömungen, und die Gravuren der Insel leuchteten in einem klaren, gleichmäßigen Rhythmus. Die Aetherlinien, die die Insel durchzogen, wurden stabiler, und die Luft wurde ruhiger.

„Wir haben es geschafft", sagte Kael, der schwer atmete. „Die Balance ist hier zurückgekehrt."

„Für jetzt", sagte Ardan. „Aber die Dunkelheit wird es nicht einfach aufgeben."

Die Gruppe kehrte zur Sturmfalken zurück, entschlossen, ihre Reise fortzusetzen. Die Gravuren des Schiffs reagierten auf die stabilisierten Aetherlinien der Insel, und der Kompass zeigte eine neue Richtung – tiefer in die südlichen Strömungen.

Die Prüfung der Strömungen

Die Sturmfalken setzte ihren Kurs tiefer in die südlichen Strömungen fort. Das Licht des Kompasses war intensiver geworden, doch es pulsierte unregelmäßig, als ob es die Instabilität der Balance in den Aetherlinien vor ihnen widerspiegelte. Der Himmel war von wirbelnden Wolken bedeckt, und die Strömungen bewegten sich in unberechenbaren Mustern, die das Schiff zum Schwanken brachten.

„Diese Strömungen sind schlimmer als alles, was wir bisher gesehen haben", sagte Farrik, der an der Steuerung des Schiffs arbeitete. „Wenn wir nicht aufpassen, reißen sie uns in Stücke."

„Wir müssen einen Weg finden, sie zu stabilisieren", sagte Kael, der den Kompass betrachtete. „Die Balance hat uns hierhergeführt. Es gibt einen Grund, warum sie uns diese Strömungen zeigt."

Die Gruppe versammelte sich an Deck, während die Gravuren des Schiffs in einem unruhigen Rhythmus leuchteten. Die Luft war schwer, und das Flüstern der Dunkelheit war hier intensiver, als ob sie direkt in ihren Gedanken sprach. Lyria stand an der Reling, ihre Augen fixierten die tobenden Strömungen.

„Das hier ist mehr als nur ein Sturm", sagte sie. „Es ist, als ob die Dunkelheit selbst die Strömungen kontrolliert."

„Dann müssen wir sie davon befreien", sagte Ardan. „Die Balance ist in diesen Strömungen. Sie wartet darauf, dass wir sie wiederherstellen."

Kael hob den Kompass, dessen Licht stärker wurde, als sie eine zentrale Stelle in den Strömungen erreichten. Die Gravuren auf dem Schiff begannen, sich in einem schwachen Muster zu synchronisieren, doch die Instabilität der Strömungen ließ die Energie flackern. Plötzlich wurde die Ruhe von einem tiefen Dröhnen durchbrochen, und aus den Aetherlinien tauchte eine massive Gestalt auf.

Es war ein Wächter, doch dieser war anders als die, denen sie zuvor begegnet waren. Seine Form war unregelmäßig, fast wie ein Wirbel aus Licht und Schatten, der ständig seine Gestalt wechselte. Seine Augen glühten in einem intensiven Rot, und seine Bewegungen waren schnell und bedrohlich.

„Natürlich gibt es ein Monster", murmelte Farrik. „Es wäre auch zu einfach, wenn wir einfach durchfliegen könnten."

Der Wächter stürzte auf das Schiff zu, und die Gravuren auf dem Deck begannen, hektisch zu flackern. Theron und Lyria zogen ihre Waffen, während Kael den Kompass auf die Gestalt richtete. Das Licht des Geräts pulsierte, doch es reichte nicht aus, um den Wächter zu stoppen.

„Er ist zu stark!", rief Kael. „Die Dunkelheit hat ihn fast vollständig übernommen!"

„Dann müssen wir ihn zurückbringen", sagte Ardan. „Die Balance ist immer noch in ihm. Wir müssen sie finden."

Die Gruppe arbeitete zusammen, um das Schiff zu stabilisieren, während der Wächter immer wieder angriffe. Theron und Lyria lenkten seine Angriffe ab, während Farrik und Ardan die Gravuren des Schiffs verstärkten. Kael konzentrierte sich auf den Kompass, ließ die Essenz der Balance durch ihn fließen, doch der Wächter schien die Energie zu absorbieren.

„Es funktioniert nicht!", rief Kael. „Er blockiert die Gravuren!"

„Dann müssen wir ihn schwächen!", rief Lyria. „Kael, finde eine Möglichkeit, die Dunkelheit zu durchbrechen!"

Kael schloss die Augen und ließ sich auf die Essenz der Balance ein. Er spürte die Verbindung zu den Gravuren und den Aetherlinien, die das Schiff umgaben. Langsam begann er, die Strömungen zu verstehen – ihre Bewegungen, ihre Muster. Er ließ die Balance durch den Kompass fließen, und die Gravuren auf dem Schiff reagierten.

„Die Strömungen!", rief Kael. „Wir müssen sie stabilisieren. Der Wächter ist mit ihnen verbunden."

Die Gruppe richtete ihre Energien auf die Gravuren, und das Licht des Kompasses wurde intensiver. Die Strömungen begannen, sich in einem harmonischeren Muster zu bewegen, und der Wächter hielt kurz inne, als ob er die Veränderung spürte.

Mit einem letzten, mächtigen Kraftakt bündelte die Gruppe ihre Energien, und die Gravuren des Schiffs leuchteten in einem klaren, harmonischen Rhythmus. Das Licht des Kompasses durchflutete die Strömungen, und der Wächter begann, seine Form zu verändern. Die Dunkelheit löste sich von ihm, und seine Gestalt wurde klarer – ein Wesen aus reinem Aether, dessen Augen nun in einem sanften Blau leuchteten.

Der Wächter erhob sich in die Lüfte, seine Flügel schlugen in einem gleichmäßigen Rhythmus, der die Strömungen beruhigte. Die Gravuren auf dem Schiff stabilisierten sich, und die Luft wurde ruhiger.

„Wir haben es geschafft", sagte Kael, der schwer atmete. „Die Balance hat uns erlaubt, diesen Wächter zu retten."

„Aber sie wird uns weiter testen", sagte Ardan. „Dies war nur eine Prüfung. Die Dunkelheit wird zurückkommen, stärker als je zuvor."

Die Sturmfalken setzte ihren Kurs fort, tiefer in die südlichen Strömungen, während die Gruppe sich sammelte und über die Prüfungen nachdachte, die noch vor ihnen lagen.

Der Ursprung der Stille

Die Sturmfalken glitt langsam durch die nun beruhigteren Strömungen. Das Flüstern der Dunkelheit war fast verstummt, doch die Luft war immer noch schwer, als ob etwas Unsichtbares auf die Gruppe wartete. Der Kompass in Kaels Hand leuchtete in einem gleichmäßigen Rhythmus, der ein neues Ziel anzeigte – einen Punkt, an dem die Strömungen in einem sanften Wirbel zusammenliefen.

„Das Licht ist anders", sagte Kael leise, während er das Gerät betrachtete. „Es ist, als ob die Balance selbst hier stärker wäre."

„Das ist kein Zufall", sagte Ardan. „Wir nähern uns etwas Bedeutendem. Ein Ort, der die Dunkelheit fürchtet."

„Oder ein Ort, den sie bereits eingenommen hat", sagte Lyria. „Wir sollten vorsichtig sein."

Die Gruppe versammelte sich an Deck, während Farrik das Schiff vorsichtig näher an den Wirbel steuerte. Die Gravuren des Schiffs pulsierten in einem sanften, harmonischen Licht, als ob sie auf die Energie des Ortes reagierten. In der Mitte des Wirbels lag eine kleine, schwebende Plattform, deren Gravuren heller leuchteten als alles, was sie zuvor gesehen hatten.

„Das ist kein Resonanzpunkt", sagte Ardan. „Das ist ein Ursprung. Ein Ort, an dem die Balance ihre Wurzeln hat."

„Warum zeigt der Kompass uns diesen Ort?", fragte Farrik, der seine Augen nicht von den Gravuren abwenden konnte.

„Weil die Balance will, dass wir ihn finden", sagte Kael. „Vielleicht liegt hier etwas verborgen, das wir brauchen."

Die Gruppe betrat die Plattform, deren Gravuren in einem perfekten Muster leuchteten. Die Luft war hier anders – klar und ruhig, als ob die Dunkelheit diesen Ort nicht berühren konnte. In der Mitte der Plattform schwebte eine kleine Kugel aus Licht, umgeben von schimmernden Aetherlinien, die sich in einem harmonischen Tanz bewegten.

„Das ist die Essenz der Balance", sagte Ardan ehrfürchtig. „Ein reines Fragment, unberührt von der Dunkelheit."

„Dann sollten wir es mitnehmen", sagte Theron. „Es könnte uns helfen, den nächsten Nexus zu stabilisieren."

Kael trat näher an die Kugel heran, doch als er den Kompass hob, begann das Licht der Gravuren auf der Plattform zu flackern. Die Aetherlinien, die die Kugel umgaben, wurden unruhig, und das Flüstern der Dunkelheit kehrte zurück – leise, aber bedrohlich.

„Etwas stimmt nicht", sagte Kael. „Die Dunkelheit hat diesen Ort gefunden."

„Natürlich hat sie das", sagte Farrik. „Nichts kann jemals einfach sein."

Plötzlich tauchten aus den Aetherlinien Schattenwesen auf, deren Formen instabil und bedrohlich waren. Sie schienen aus der Dunkelheit selbst gezogen worden zu sein, und ihre Augen glühten in einem unheilvollen Rot.

„Bereitmachen!", rief Lyria, die ihre Waffe zog. „Wir müssen die Balance verteidigen."

Theron und Lyria stellten sich den Wesen entgegen, während Farrik und Ardan versuchten, die Gravuren der Plattform zu stabilisieren. Kael konzentrierte sich auf den Kompass, dessen Licht heller wurde, doch die Dunkelheit blockierte die Aetherlinien.

„Die Gravuren reagieren nicht!", rief Farrik. „Die Dunkelheit ist zu stark!"

„Dann müssen wir die Balance stärker machen!", rief Kael. „Die Essenz ist hier. Sie wird uns helfen."

Kael schloss die Augen und ließ die Essenz der Balance durch den Kompass fließen. Die Gravuren begannen, in einem schwachen Muster zu leuchten, und die Aetherlinien stabilisierten sich langsam. Doch die Dunkelheit war zäh und wehrte sich gegen die Harmonie, die Kael zu schaffen versuchte.

„Es reicht nicht!", rief Lyria, während sie einem Angriff der Schattenwesen auswich. „Kael, wir brauchen mehr!"

Kael konzentrierte sich weiter, ließ die Energie des Kompasses in die Gravuren fließen, und die Plattform begann, in einem harmonischen Licht zu leuchten. Die Schattenwesen hielten kurz inne, als ob sie die Veränderung spürten, doch sie griffen erneut an.

Mit einem letzten, mächtigen Kraftakt bündelte die Gruppe ihre Energien, und das Licht des Kompasses durchflutete die Gravuren. Die Schattenwesen zerfielen in den Strömungen, und die Plattform wurde ruhiger. Die Aetherlinien, die die Kugel umgaben, stabilisierten sich, und das Flüstern der Dunkelheit verstummte.

Kael hob die Kugel vorsichtig an, und das Licht des Kompasses pulsierte in einem klaren, harmonischen Rhythmus. Die Gravuren der Plattform begannen, sich in einem sanften, gleichmäßigen Muster zu bewegen, und die Luft wurde ruhig.

„Wir haben es geschafft", sagte Kael leise. „Die Balance hat uns erlaubt, diese Essenz zu bewahren."

„Und sie wird uns helfen", sagte Ardan. „Doch wir müssen vorsichtig sein. Die Dunkelheit wird alles tun, um sie zurückzuholen."

Die Gruppe kehrte zur Sturmfalken zurück, entschlossen, die Essenz der Balance zu nutzen, um die verbleibenden Nexus zu stabilisieren. Der Kompass zeigte eine neue Richtung, und die Strömungen um sie herum wurden ruhiger, als ob die Balance selbst sie leitete.

Die Resonanz der Essenz

Mit der geborgenen Essenz der Balance setzte die Sturmfalken ihren Kurs fort, tiefer in die südlichen Strömungen hinein. Die Luft um das Schiff war klarer geworden, und das Flüstern der Dunkelheit war kaum noch hörbar. Doch die Gruppe wusste, dass die Ruhe nicht von Dauer sein würde.

Kael stand mit der Kugel in den Händen an der Reling, das Licht des Kompasses pulsierte in einem sanften Rhythmus, der sich mit der Essenz zu synchronisieren schien. Die Gravuren auf dem Schiff reagierten empfindlich auf die Energie, als ob sie sich anpassen mussten.

„Die Essenz verstärkt die Gravuren", sagte Farrik, der die Muster auf dem Deck beobachtete. „Aber sie ist instabil. Wir müssen sie vorsichtig einsetzen."

„Die Balance hat uns diese Essenz gegeben", sagte Ardan. „Wir müssen lernen, sie zu nutzen, wenn wir die Dunkelheit besiegen wollen."

Die Strömungen vor ihnen begannen, sich zu verändern, und das Licht der Aetherlinien wurde intensiver. Der Kompass zeigte eine Richtung an, die zu einem weiteren, zentralen Punkt führte – einem Ort, an dem die Balance erneut getestet werden würde.

„Da vorne ist etwas", sagte Lyria, die in die Ferne blickte. „Ich kann es spüren. Es ist wie ein Druck, der auf mich wirkt."

„Das ist die Resonanz der Essenz", sagte Kael. „Die Balance will, dass wir sie hier einsetzen."

Die Gruppe bereitete sich vor, während das Schiff auf eine schwebende Plattform zusteuerte, die von leuchtenden Gravuren durchzogen war. Die Aetherlinien auf der Plattform waren intensiver als alles, was sie zuvor gesehen hatten, und das Licht der Essenz begann, sich darauf auszurichten.

Kael trat mit der Kugel in den Händen auf die Plattform, und die Gravuren begannen sofort zu reagieren. Ein sanftes, harmonisches Muster formte sich, und das Licht der Aetherlinien verstärkte sich. Doch plötzlich wurde die Ruhe durch ein tiefes Brummen unterbrochen, und die Gravuren flackerten unregelmäßig.

„Die Dunkelheit ist hier", sagte Kael. „Sie versucht, die Essenz zu blockieren."

„Natürlich ist sie das", murmelte Farrik. „Weil sie sonst nichts zu tun hat."

Aus den Rissen in den Gravuren traten Schattenwesen hervor, ihre Formen waren unregelmäßig und unheimlich. Doch sie wirkten schwächer als die, denen die Gruppe zuvor begegnet war.

„Bleibt wachsam!", rief Lyria, die ihre Waffe zog. „Das hier ist noch nicht vorbei."

Die Gruppe stellte sich den Wesen entgegen, während Kael die Essenz in das Licht des Kompasses leitete. Die Gravuren auf der Plattform begannen, sich in einem gleichmäßigeren Muster zu synchronisieren, doch die Dunkelheit hielt stand.

„Wir brauchen mehr Energie!", rief Farrik. „Die Gravuren reagieren nicht schnell genug!"

„Dann müssen wir sie zwingen!", sagte Kael. „Die Essenz hat die Kraft, sie zu stabilisieren."

Kael ließ die Essenz der Balance stärker durch den Kompass fließen, und das Licht des Geräts wurde intensiver. Die Gravuren auf der Plattform begannen, in einem harmonischen Muster zu leuchten, und die Schattenwesen hielten inne, als ob sie die Veränderung spürten.

„Es funktioniert!", rief Farrik. „Mach weiter, Kael!"

Mit einem letzten, mächtigen Kraftakt bündelte die Gruppe ihre Energien, und das Licht des Kompasses durchflutete die Gravuren. Die Schattenwesen zerfielen, und die Plattform wurde ruhiger. Die Aetherlinien, die sie durchzogen, leuchteten in einem klaren, harmonischen Licht, und die Luft wurde leichter.

Die Gruppe stand in der Mitte der Plattform, das Licht der Essenz pulsierte sanft in Kaels Händen. Die Gravuren waren vollständig stabilisiert, und das Flüstern der Dunkelheit war verschwunden.

„Die Balance ist hier stärker geworden", sagte Ardan. „Die Essenz hat uns geholfen, diesen Ort zu retten."

„Und sie wird uns weiterhelfen", sagte Lyria. „Aber wir müssen vorsichtig sein. Die Dunkelheit wird es nicht zulassen, dass wir sie besiegen."

Die Gruppe kehrte zur Sturmfalken zurück, entschlossen, die Essenz der Balance zu nutzen, um die Dunkelheit endgültig zu besiegen. Der Kompass zeigte eine neue Richtung, und die Strömungen vor ihnen schienen ruhiger, doch die Gruppe wusste, dass der größte Kampf noch bevorstand.

Kapitel 22: Der Fluss der Erinnerung

Die Strömung der vergessenen Stimmen

Die Sturmfalken glitt sanft durch die Aetherlinien, die nun ruhiger und klarer wirkten. Die Gravuren des Schiffs leuchteten in einem gleichmäßigen, beruhigenden Rhythmus, während der Kompass eine Richtung anzeigte, die tiefer in die südlichen Strömungen führte. Der Himmel war klar, und das Flüstern der Dunkelheit war kaum noch hörbar. Doch die Gruppe spürte, dass diese Ruhe trügerisch war.

„Die Balance führt uns weiter", sagte Kael, der den Kompass betrachtete. „Aber es fühlt sich anders an. Nicht wie die Prüfungen zuvor."

„Vielleicht will sie uns etwas zeigen", sagte Ardan. „Nicht jede Prüfung ist ein Kampf. Manchmal ist Wissen die größere Herausforderung."

„Ich hoffe, du hast recht", sagte Theron. „Ich habe genug von Schattenmonstern."

Die Gruppe sammelte sich an Deck, als das Schiff auf eine schwebende Insel zusteuerte, die von einem silbrigen Licht umgeben war. Die Gravuren auf der Insel schimmerten in einem sanften Muster, das sich mit den Strömungen zu synchronisieren schien. Doch etwas an diesem Ort fühlte sich anders an – als ob die Zeit selbst langsamer wurde.

„Das hier ist... seltsam", sagte Farrik, der die Insel durch das Fernglas betrachtete. „Es sieht aus, als ob sie in einer Art... Strömungsschleife gefangen ist."

„Das ist eine Erinnerung", sagte Ardan. „Ein Fragment der Balance, das die Vergangenheit bewahrt hat. Wir könnten hier Antworten finden."

„Oder neue Probleme", murmelte Lyria, die ihre Waffe überprüfte.

Die Gruppe betrat die Insel, deren Gravuren in einem sanften, rhythmischen Licht pulsierten. Die Luft war ruhig, und das Flüstern der Strömungen klang wie Stimmen, die aus der Vergangenheit kamen. Kael hielt den Kompass hoch, dessen Licht stärker wurde, als sie sich der Mitte der Insel näherten.

„Das ist wie ein Echo", sagte Kael. „Die Balance hat etwas hier zurückgelassen."

In der Mitte der Insel befand sich ein Kreis aus Gravuren, deren Muster sich ständig veränderten. Als Kael den Kompass darauf richtete, begann das Licht des Geräts, die Gravuren zu durchfluten. Die Luft um sie herum veränderte sich, und die Stimmen der Strömungen wurden lauter.

Plötzlich war die Gruppe von einem hellen Licht umgeben, und die Umgebung begann, sich zu verändern. Sie fanden sich in einer anderen Zeit wieder – die Insel war nicht mehr zerbrochen und ruhig, sondern lebendig und erfüllt von Aktivität. Überall waren Gravurenmeister, die an den Aetherlinien arbeiteten, und die Luft war erfüllt von der Energie der Balance.

„Das ist... unglaublich", sagte Farrik, der die Gravuren betrachtete. „Wir sind in der Vergangenheit."

„Nicht wirklich", sagte Ardan. „Es ist eine Erinnerung. Ein Fragment der Balance, das uns zeigt, was hier einst war."

Die Gruppe beobachtete, wie die Gravurenmeister die Strömungen stabilisierten und mit einer Energie arbeiteten, die klar und harmonisch war. Doch plötzlich begann sich die Umgebung zu verändern, und die Dunkelheit trat in die Erinnerung ein.

Die Gravuren begannen zu flackern, und die Aetherlinien wurden instabil. Die Gravurenmeister kämpften, um die Balance aufrechtzuerhalten, doch die Dunkelheit war stark. Die Gruppe konnte nichts tun, außer zuzusehen, wie die Dunkelheit den Ort verschlang.

„Das ist, was passiert ist", sagte Kael leise. „Die Dunkelheit hat diesen Ort zerstört."

„Und sie wird es wieder tun, wenn wir sie nicht aufhalten", sagte Lyria entschlossen. „Wir müssen dafür sorgen, dass die Balance nicht erneut fällt."

Das Licht der Erinnerung verblasste, und die Gruppe fand sich wieder in der Mitte der Insel, umgeben von den ruhigen Gravuren. Der Kompass in Kaels Hand pulsierte sanft, als ob er auf die Strömungen reagierte, die sich stabilisierten.

„Die Balance hat uns gezeigt, was hier geschehen ist", sagte Ardan. „Doch sie hat uns auch gewarnt. Wir müssen vorbereitet sein."

„Dann lasst uns sicherstellen, dass wir bereit sind", sagte Theron. „Die Dunkelheit wird nicht aufhören, uns zu testen."

Die Gruppe kehrte zur Sturmfalken zurück, entschlossen, die Balance zu schützen und die Dunkelheit endgültig zu besiegen. Der Kompass zeigte eine neue Richtung, und die Strömungen vor ihnen wirkten ruhiger – doch sie wussten, dass der größte Kampf noch bevorstand.

Die Stimmen der Balance

Die Sturmfalken bewegte sich ruhig weiter, getragen von den Strömungen, die sich nach der Stabilisierung der Gravuren auf der Insel beruhigt hatten. Das sanfte Leuchten der Aetherlinien um das Schiff schuf eine fast meditative Atmosphäre. Doch die Gruppe wusste, dass dies nur eine kurze Pause in ihrem Kampf gegen die Dunkelheit war.

„Der Kompass zeigt weiter nach vorne", sagte Kael, der die Gravuren auf dem Gerät betrachtete. „Aber es fühlt sich anders an. Die Balance ist hier... intensiver."

„Das macht Sinn", sagte Ardan. „Die Nähe zur Essenz der Vergangenheit verstärkt die Präsenz der Balance. Wir könnten hier mehr erfahren – oder auf etwas stoßen, das wir nicht erwarten."

„Ich hoffe auf das Letztere", sagte Theron. „Ich habe genug von Wissen, das uns nichts bringt."

Die Strömungen vor ihnen begannen, sich zu verändern, und das Licht der Aetherlinien wurde intensiver. Vor ihnen erhob sich eine schwebende Struktur – ein leuchtender Nexus, dessen Gravuren sich in harmonischen Mustern bewegten. Doch die Muster wirkten fragmentiert, als ob ein Teil des Nexus verloren gegangen wäre.

„Das ist kein gewöhnlicher Ort", sagte Lyria, als sie die Gravuren betrachtete. „Es ist wie eine Bibliothek der Balance."

„Oder ein Archiv", sagte Farrik. „Aber warum ist es fragmentiert?"

„Weil die Dunkelheit hier gewesen ist", sagte Ardan. „Sie hat versucht, dieses Wissen zu zerstören. Doch ein Teil davon lebt noch."

Die Gruppe betrat die schwebende Struktur, und die Gravuren auf dem Boden und den Wänden begannen, auf das Licht des Kompasses zu reagieren. Die Aetherlinien wurden intensiver, und ein sanftes Flüstern erfüllte die Luft – Stimmen, die aus den Gravuren zu kommen schienen.

„Hört ihr das?", fragte Farrik, der sich nervös umsah. „Es ist, als ob sie zu uns sprechen."

„Das tun sie", sagte Ardan. „Die Balance hat in diesen Gravuren etwas hinterlassen. Wir müssen herausfinden, was es ist."

Kael richtete den Kompass auf die Gravuren, und das Licht des Geräts begann, sie zu durchfluten. Plötzlich wurden die Stimmen klarer, und die Umgebung veränderte sich.

Die Gruppe fand sich in einem Raum wieder, der wie eine große Halle wirkte. Die Gravuren in der Luft formten sich zu Bildern und Szenen – eine Geschichte, die die Balance ihnen zeigen wollte. Sie sahen schwebende Inseln, die durch Aetherlinien verbunden waren, und Gravurenmeister, die an den Ketten arbeiteten, die die Balance bewahrten.

„Das ist die Geschichte der Balance", sagte Kael leise. „Sie zeigt uns, wie alles begann."

„Aber warum?", fragte Theron. „Warum jetzt?"

„Weil wir etwas wissen müssen", sagte Ardan. „Etwas, das uns helfen wird."

Die Bilder änderten sich, und die Dunkelheit trat in die Geschichte ein. Sie sahen, wie die Aetherlinien zerbrachen, die Ketten zerstört wurden, und die Gravurenmeister kämpften, um die Balance zu bewahren. Doch es war nicht genug, und die Dunkelheit nahm die Inseln ein, eine nach der anderen.

„Das ist, was passieren wird, wenn wir scheitern", sagte Lyria. „Die Balance wird zerstört, und alles, was wir kennen, wird fallen."

„Aber es zeigt uns auch, wie wir kämpfen können", sagte Kael. „Die Balance ist nicht verloren. Sie wartet darauf, dass wir sie retten."

Das Licht in der Halle verblasste, und die Gruppe fand sich wieder in der schwebenden Struktur, umgeben von den harmonischen Gravuren. Die Stimmen waren leiser geworden, doch sie schienen immer noch in der Luft zu schweben, wie ein sanfter Nachhall der Geschichte.

„Die Balance hat uns etwas gezeigt", sagte Kael. „Etwas, das wir nutzen können. Aber wir müssen die Gravuren hier stabilisieren, bevor die Dunkelheit zurückkommt."

Die Gruppe arbeitete zusammen, ließ ihre Energien durch den Kompass fließen, und die Gravuren begannen, in einem klaren, harmonischen Muster zu leuchten. Die Aetherlinien um die Struktur wurden stärker, und das Flüstern der Dunkelheit verschwand.

„Wir haben es geschafft", sagte Farrik, der schwer atmete. „Aber was genau haben wir gewonnen?"

„Mehr als du denkst", sagte Ardan. „Die Balance hat uns nicht nur ihre Geschichte gezeigt. Sie hat uns ihre Stärke gegeben."

Die Gruppe kehrte zur Sturmfalken zurück, entschlossen, das Wissen der Balance zu nutzen, um die Dunkelheit endgültig zu besiegen. Der Kompass zeigte eine neue Richtung, und die Strömungen vor ihnen wurden intensiver, als ob sie die nächste Prüfung ankündigten.

Der Schatten des Wissens

Die Sturmfalken setzte ihren Kurs durch die harmonisierten Strömungen fort, doch das Gefühl von Ruhe war trügerisch. Der Kompass in Kaels Hand pulsierte in einem schnelleren Rhythmus, und die Gravuren des Schiffs reagierten empfindlicher auf die Umgebung. Die Balance schien sie weiter zu drängen, als ob sie wusste, dass ihre Zeit begrenzt war.

„Etwas stimmt nicht", sagte Kael, der den Kompass betrachtete. „Die Balance wirkt... unruhig."

„Das Licht des Kompasses ist anders", sagte Ardan, während er die pulsierenden Gravuren beobachtete. „Es scheint, als ob die Balance uns auf eine Entscheidung vorbereitet."

„Ich hasse Entscheidungen", murmelte Farrik. „Vor allem, wenn sie uns in Schwierigkeiten bringen."

Die Gruppe näherte sich einer weiteren schwebenden Insel, die in einem dunkleren, unruhigeren Licht schimmerte. Die Gravuren auf der Insel waren fragmentiert, und die Aetherlinien wirkten, als ob sie mit Schatten durchzogen wären. Ein tiefes Dröhnen erfüllte die Luft, und das Flüstern der Dunkelheit kehrte zurück – lauter und bedrohlicher als zuvor.

„Das sieht nicht gut aus", sagte Lyria, die ihre Waffe zog. „Das hier ist kein Ort der Balance."

„Aber es war einer", sagte Ardan. „Die Gravuren zeigen, dass dieser Ort einst ein Nexus war. Jetzt ist er... etwas anderes."

Die Gruppe betrat die Insel, und die Gravuren unter ihren Füßen begannen, schwach zu leuchten. Die Aetherlinien, die die Insel durchzogen, pulsierten in einem unregelmäßigen Muster, das von den Schatten verzerrt wurde. Der Kompass in Kaels Hand schien zu kämpfen, sein Licht wurde schwächer.

„Die Dunkelheit versucht, die Balance zu blockieren", sagte Kael. „Wir müssen die Gravuren stabilisieren, bevor es zu spät ist."

„Das wird nicht einfach", sagte Farrik, der die Risse in den Gravuren untersuchte. „Diese Schatten sind wie eine Krankheit. Sie haben alles durchdrungen."

Plötzlich begann der Boden zu vibrieren, und aus den Schatten traten Wesen hervor, deren Gestalten noch unregelmäßiger und bedrohlicher waren als die, denen die Gruppe zuvor begegnet war. Ihre Bewegungen waren schnell und ruckartig, und ihre Augen glühten in einem intensiven Rot.

„Natürlich gibt es Monster", sagte Theron, der sein Schwert zog. „Es wäre auch zu einfach gewesen, wenn wir nur Gravuren reparieren müssten."

„Konzentriert euch!", rief Lyria. „Wir müssen diese Schatten überwinden."

Theron und Lyria stellten sich den Schattenwesen entgegen, während Farrik und Ardan an den Gravuren arbeiteten. Kael richtete den Kompass auf die Aetherlinien, doch die Dunkelheit war stark und blockierte die Energie des Geräts. Die Gravuren flackerten, und die Umgebung schien sich zu verdunkeln.

„Es reicht nicht!", rief Kael. „Die Dunkelheit ist zu stark!"

„Dann lass uns stärker sein!", rief Ardan. „Die Balance hat uns hierhergeführt. Sie gibt uns die Kraft, das zu überwinden."

Kael schloss die Augen, ließ die Essenz der Balance durch den Kompass fließen, und das Licht begann, sich zu stabilisieren. Die Gravuren reagierten, wenn auch langsam, und die Schattenwesen hielten kurz inne, als ob sie die Veränderung spürten.

„Es funktioniert!", rief Farrik. „Mach weiter, Kael!"

Die Gruppe bündelte ihre Energien, und das Licht des Kompasses wurde intensiver. Die Gravuren begannen, in einem harmonischen Muster zu leuchten, und die Schattenwesen begannen zu flackern, ihre Formen wurden instabil.

Mit einem letzten, mächtigen Impuls durchflutete das Licht des Kompasses die Gravuren, und die Schattenwesen zerfielen in den Strömungen. Die Umgebung wurde ruhiger, und die Aetherlinien stabilisierten sich langsam.

Die Gruppe stand in der Mitte der Insel, umgeben von den nun harmonischen Gravuren. Das Flüstern der Dunkelheit war verschwunden, doch die Luft war schwer, als ob der Ort immer noch von der Dunkelheit gezeichnet war.

„Die Balance ist hier noch schwach", sagte Kael. „Aber wir haben sie zurückgebracht. Es ist ein Anfang."

„Es wird nie einfach sein", sagte Lyria. „Aber wir haben gezeigt, dass wir stärker sind als die Dunkelheit."

Die Gruppe kehrte zur Sturmfalken zurück, entschlossen, ihre Reise fortzusetzen. Der Kompass zeigte eine neue Richtung, und die Strömungen vor ihnen wirkten klarer, doch sie wussten, dass die Dunkelheit nicht nachgeben würde.

Die Brücke der Entscheidungen

Die Sturmfalken glitt weiter durch die Aetherströmungen, und die Gravuren des Schiffs pulsierten in einem beruhigenden Rhythmus. Doch die Gruppe spürte die Schwere der Prüfungen, die sie bereits hinter sich hatten. Der Kompass in Kaels Hand zeigte weiter nach vorne, sein Licht war intensiver geworden, als ob die Balance selbst ihre Schritte beschleunigen wollte.

„Das Licht ist heller als zuvor", sagte Kael. „Wir nähern uns etwas Bedeutendem."

„Die Balance drängt uns", sagte Ardan. „Sie weiß, dass die Dunkelheit nicht zögert."

„Dann sollten wir auch nicht zögern", sagte Lyria entschlossen. „Egal, was vor uns liegt."

Vor ihnen erschien eine massive, schwebende Brücke, die von dichten Aetherlinien durchzogen war. Die Gravuren auf der Brücke leuchteten schwach, und Risse zogen sich durch die einst majestätische Struktur. Der Himmel darüber war von wirbelnden Wolken bedeckt, und ein tiefes Dröhnen erfüllte die Luft.

„Das sieht... fragil aus", sagte Farrik, der die Brücke durch das Fernglas betrachtete. „Ich bin nicht sicher, ob wir das überqueren können."

„Wir haben keine Wahl", sagte Kael. „Die Balance führt uns hierher. Wir müssen die Brücke reparieren."

„Oder verteidigen", sagte Theron. „Denn ich wette, die Dunkelheit wird uns nicht einfach durchlassen."

Die Gruppe betrat die Brücke, deren Gravuren unter ihren Füßen zu flackern begannen. Die Aetherlinien, die die Brücke durchzogen, waren instabil, und das Licht des Kompasses schien zu kämpfen, um sie zu harmonisieren. Kael richtete das Gerät auf die Gravuren, doch die Dunkelheit blockierte die Energie.

„Die Gravuren sind fast tot", sagte Farrik. „Wir brauchen mehr Energie, um sie zu stabilisieren."

„Die Balance ist hier", sagte Kael. „Aber die Dunkelheit ist stärker. Wir müssen uns beeilen."

Plötzlich begann die Brücke zu beben, und aus den Rissen in den Gravuren traten Schattenwesen hervor, ihre Formen waren größer und bedrohlicher als alles, was die Gruppe zuvor gesehen hatte. Ihre Augen glühten in einem intensiven Rot, und ihre Bewegungen waren schnell und aggressiv.

„Natürlich gibt es Monster", murmelte Farrik. „Es wäre auch zu einfach gewesen."

„Bereitmachen!", rief Lyria, die ihre Waffe zog. „Das hier wird nicht einfach."

Theron und Lyria stellten sich den Wesen entgegen, während Farrik und Ardan an den Gravuren arbeiteten. Kael ließ die Essenz der Balance durch den Kompass fließen, doch die Dunkelheit blockierte die Energie, und die Gravuren reagierten nur langsam.

„Es reicht nicht!", rief Kael. „Die Dunkelheit ist zu stark!"

„Dann mach sie schwächer!", rief Theron, der einen Angriff abwehrte. „Kael, du bist unser Schlüssel!"

Kael schloss die Augen und ließ die Essenz der Balance tiefer durch den Kompass fließen. Die Gravuren begannen, schwach zu leuchten, und die Aetherlinien stabilisierten sich langsam. Doch die Schattenwesen wurden aggressiver, und die Brücke begann, unter dem Druck zu zerbrechen.

„Es funktioniert!", rief Farrik. „Aber wir brauchen mehr Zeit!"

Mit einem letzten, mächtigen Kraftakt bündelte die Gruppe ihre Energien, und das Licht des Kompasses durchflutete die Gravuren. Die Schattenwesen zerfielen, und die Gravuren leuchteten in einem harmonischen Muster. Die Aetherlinien der Brücke stabilisierten sich, und die Umgebung wurde ruhiger.

Die Gruppe stand in der Mitte der Brücke, umgeben von den nun harmonisierten Gravuren. Die Luft war klarer, und das Flüstern der Dunkelheit war verschwunden.

„Wir haben es geschafft", sagte Kael leise. „Die Balance hat uns erlaubt, diese Brücke zu retten."

„Aber sie wird uns weiter testen", sagte Ardan. „Dies war nur ein weiterer Schritt."

Die Gruppe überquerte die stabilisierte Brücke und kehrte zur Sturmfalken zurück. Der Kompass zeigte eine neue Richtung, und die Strömungen vor ihnen wurden intensiver. Sie wussten, dass die nächste Prüfung der Balance auf sie wartete.

Der Nexus des Widerstands

Nach der Überquerung der stabilisierten Brücke führte der Kompass die Gruppe weiter in eine dichte Strömung, deren Gravuren eine nie zuvor gesehene Intensität hatten. Das Licht des Kompasses pulsierte schneller, und die Gravuren des Schiffs flackerten in einer Frequenz, die der Umgebung zu antworten schien.

„Wir nähern uns einem Nexus", sagte Kael, der die Strömungen beobachtete. „Ein Ort, der tief mit der Balance verbunden ist."

„Oder mit der Dunkelheit", sagte Lyria, ihre Augen fixierten den Horizont. „Es fühlt sich an, als ob sie auf uns wartet."

Die Sturmfalken erreichte eine schwebende Insel, die in einem unheimlichen Licht leuchtete. Die Gravuren der Insel waren komplex und schienen ständig in Bewegung zu sein, als ob sie gegen eine unsichtbare Kraft kämpften. Die Aetherlinien, die die Insel durchzogen, waren intensiv, doch sie wirkten fragmentiert, als ob sie kurz vor dem Zerbrechen standen.

„Das hier ist kein gewöhnlicher Nexus", sagte Ardan, seine Stimme ehrfürchtig. „Das ist ein Ort, an dem die Balance und die Dunkelheit direkt aufeinanderprallen."

„Also ein Kriegsschauplatz", sagte Theron trocken. „Perfekt."

Die Gruppe betrat die Insel, und die Gravuren unter ihren Füßen begannen, auf das Licht des Kompasses zu reagieren. Das Flüstern der Dunkelheit kehrte zurück, lauter und bedrohlicher als zuvor. Der Boden bebte, und die Luft wurde schwer, als ob die Dunkelheit die Umgebung zu verschlingen versuchte.

„Wir müssen die Gravuren stabilisieren", sagte Kael. „Die Balance ist hier. Wir müssen sie stärken."

„Das wird nicht leicht", sagte Farrik, der die Risse in den Gravuren untersuchte. „Die Dunkelheit hat alles durchdrungen."

Plötzlich tauchte aus den Aetherlinien eine massive Gestalt auf – eine Mischung aus Licht und Schatten, deren Form ständig wechselte. Es war ein Wächter, doch er war vollständig von der Dunkelheit korrumpiert. Seine Bewegungen waren schnell und bedrohlich, und seine Augen glühten in einem intensiven Rot.

„Das ist... anders", sagte Farrik, der zurückwich. „Ich glaube nicht, dass wir das mit ein paar Tricks lösen können."

„Bleibt ruhig!", rief Lyria. „Wir haben das schon einmal geschafft."

Theron und Lyria stellten sich dem Wächter entgegen, während Farrik und Ardan an den Gravuren arbeiteten. Kael richtete den Kompass auf die Aetherlinien, doch die Dunkelheit blockierte die Energie des Geräts, und die Gravuren reagierten nur langsam.

„Es reicht nicht!", rief Kael. „Die Dunkelheit ist zu stark!"

„Dann machen wir sie schwächer!", rief Theron. „Kael, wir zählen auf dich!"

Kael schloss die Augen und ließ die Essenz der Balance tiefer durch den Kompass fließen. Die Gravuren begannen, in einem schwachen Muster zu leuchten, und die Aetherlinien stabilisierten sich langsam. Doch der Wächter wurde aggressiver, und die Dunkelheit begann, die Gravuren erneut zu durchdringen.

„Wir brauchen mehr Energie!", rief Farrik. „Die Gravuren brechen wieder zusammen!"

Mit einem letzten, mächtigen Kraftakt bündelte die Gruppe ihre Energien, und das Licht des Kompasses durchflutete die Gravuren. Der Wächter hielt kurz inne, seine Form begann zu flackern, und die Dunkelheit, die ihn umgab, löste sich langsam auf.

Die Gravuren auf der Insel leuchteten in einem klaren, harmonischen Muster, und die Aetherlinien wurden stabiler. Der Wächter, nun frei von der Dunkelheit, erhob sich in die Lüfte und verschwand in den Strömungen. Die Luft wurde ruhiger, und das Flüstern der Dunkelheit verstummte.

„Wir haben es geschafft", sagte Kael, der schwer atmete. „Die Balance hat diesen Ort gerettet."

„Aber sie wird uns weiter testen", sagte Ardan. „Dies war nur eine Prüfung. Die Dunkelheit wird zurückkommen."

Die Gruppe kehrte zur Sturmfalken zurück, entschlossen, ihre Mission fortzusetzen. Der Kompass zeigte eine neue Richtung, und die Strömungen vor ihnen schienen ruhiger, doch die Gruppe wusste, dass der Kampf noch lange nicht vorbei war.

Kapitel 23: Die Schatten des Wandels

Der Sturm der Entscheidungen

Die Sturmfalken glitt durch die Strömungen, deren Bewegungen ruhiger schienen, doch das Gefühl der Bedrohung war allgegenwärtig. Der Kompass in Kaels Hand zeigte weiter nach vorne, sein Licht pulsierte mit einer unruhigen Intensität, die die Gruppe darauf hinwies, dass sie sich ihrem nächsten Ziel näherten.

„Das hier fühlt sich anders an", sagte Kael, seine Augen auf die Aetherlinien gerichtet. „Die Balance ist hier... verzweifelt."

„Das ist nicht verwunderlich", sagte Ardan. „Wir sind tief in das Territorium der Dunkelheit vorgedrungen. Die Balance wird hier am stärksten kämpfen."

„Dann sollten wir uns darauf einstellen, dass alles hier gegen uns sein wird", sagte Lyria. „Das ist nichts Neues."

Vor ihnen erhob sich eine schwebende Insel, die von einem dichten, wirbelnden Nebel umgeben war. Die Gravuren auf der Insel waren kaum zu erkennen, und die Aetherlinien, die sie durchzogen, flackerten schwach, als ob sie kurz vor dem Erlöschen standen. Ein tiefes Dröhnen erfüllte die Luft, und das Flüstern der Dunkelheit wurde lauter.

„Das sieht nicht gut aus", sagte Farrik, der die Insel durch das Fernglas betrachtete. „Das hier ist anders als alles, was wir bisher gesehen haben."

„Die Dunkelheit hat diesen Ort fast vollständig eingenommen", sagte Ardan. „Aber die Balance ist noch da. Wir können sie retten."

„Dann sollten wir das tun", sagte Theron, der seine Waffe bereit hielt. „Bevor die Dunkelheit uns zuerst erwischt."

Die Gruppe betrat die Insel, deren Gravuren unter ihren Füßen nur schwach leuchteten. Die Aetherlinien, die die Insel durchzogen, waren instabil, und die Umgebung schien sich zu bewegen, als ob die Dunkelheit selbst lebendig war. Der Kompass in Kaels Hand pulsierte schwächer, und das Licht des Geräts wurde von der Dunkelheit verschlungen.

„Die Balance ist hier fast verloren", sagte Kael. „Wir müssen schnell handeln."

„Die Gravuren sind beschädigt", sagte Farrik, der die Risse in den Linien untersuchte. „Wir müssen sie reparieren, bevor es zu spät ist."

Plötzlich begann die Insel zu beben, und aus dem Nebel traten massive Gestalten hervor. Sie waren größer und bedrohlicher als alles, was die Gruppe zuvor gesehen hatte. Ihre Formen waren unregelmäßig, und ihre Bewegungen waren langsam, aber voller roher Kraft. Ihre Augen glühten in einem intensiven Rot, und ihre Präsenz ließ die Gravuren noch weiter flackern.

„Natürlich gibt es Monster", murmelte Farrik. „Weil es ja nie einfach sein kann."

„Bleibt zusammen!", rief Lyria. „Das hier wird ein harter Kampf."

Theron und Lyria stellten sich den Kreaturen entgegen, während Farrik und Ardan an den Gravuren arbeiteten. Kael ließ die Essenz der Balance durch den Kompass fließen, doch die Dunkelheit war stark, und die Gravuren reagierten nur langsam.

„Es reicht nicht!", rief Kael. „Die Dunkelheit blockiert alles!"

„Dann lass uns die Dunkelheit schwächen!", rief Theron, der einem Angriff auswich. „Kael, wir brauchen dich!"

Kael schloss die Augen und ließ die Essenz der Balance tiefer durch den Kompass fließen. Die Gravuren begannen, schwach zu leuchten, und die Aetherlinien stabilisierten sich langsam. Doch die Kreaturen wurden aggressiver, und die Insel begann, weiter zu beben.

„Wir brauchen mehr Zeit!", rief Farrik. „Die Gravuren sind noch zu schwach!"

Mit einem letzten, mächtigen Kraftakt bündelte die Gruppe ihre Energien, und das Licht des Kompasses durchflutete die Gravuren. Die Kreaturen hielten inne, ihre Formen begannen zu flackern, und die Dunkelheit, die sie umgab, löste sich langsam auf.

Die Gravuren auf der Insel leuchteten in einem klaren, harmonischen Muster, und die Aetherlinien wurden stabiler. Die Umgebung wurde ruhiger, und das Flüstern der Dunkelheit verstummte.

„Wir haben es geschafft", sagte Kael, der schwer atmete. „Die Balance hat uns geholfen, diesen Ort zu retten."

„Aber die Dunkelheit wird nicht aufgeben", sagte Ardan. „Sie wird stärker zurückkehren."

Die Gruppe kehrte zur Sturmfalken zurück, entschlossen, ihre Reise fortzusetzen. Der Kompass zeigte eine neue Richtung, und die Strömungen vor ihnen wirkten intensiver, als ob sie auf die nächste Prüfung warteten.

Der vergessene Aetherkompass

Nachdem die Gruppe die Gravuren der Insel stabilisiert hatte, schwebte die Sturmfalken erneut in ruhigeren Strömungen. Doch die Luft an Bord war schwer. Kael hielt den Kompass in den Händen, dessen Licht zwar konstant leuchtete, aber dennoch ein Gefühl von Unruhe vermittelte.

„Etwas fühlt sich... falsch an", sagte Kael leise. „Es ist, als ob die Balance uns etwas zeigen will, das wir noch nicht verstehen."

„Vielleicht, weil wir etwas übersehen haben", sagte Lyria, die an der Reling lehnte. „Die Balance zeigt uns nur das, was wir bereit sind zu erkennen."

Plötzlich begannen die Gravuren des Schiffs zu pulsieren, und das Licht des Kompasses veränderte seine Farbe – ein kühles Blau, das sich langsam in ein tiefes Purpur wandelte. Farrik sprang von seinem Platz auf.

„Was passiert hier?", fragte er, während er auf die Gravuren starrte. „Das ist nicht normal."

„Das ist eine Resonanz", sagte Ardan, der die Veränderungen beobachtete. „Die Balance versucht, uns zu einem Ort zu führen, der tief mit ihrer Essenz verbunden ist."

„Oder mit der Dunkelheit", murmelte Theron. „Ich liebe diese Überraschungen."

Der Kompass führte sie zu einer weiteren Insel, die sich von den anderen unterschied. Sie war von einem schimmernden, fast durchsichtigen Nebel umgeben, und die Gravuren auf ihrer

Oberfläche waren alt und voller unbekannter Muster. Die Aetherlinien, die die Insel durchzogen, leuchteten schwach, als ob sie von einem Geheimnis bewacht wurden.

„Das hier ist kein gewöhnlicher Ort", sagte Kael, der die Gravuren betrachtete. „Das ist etwas... Tieferes."

„Es sieht aus wie eine Archivinsel", sagte Farrik. „Vielleicht hat die Balance hier etwas versteckt."

Die Gruppe betrat die Insel, deren Gravuren unter ihren Füßen kalt und inaktiv wirkten. Der Kompass begann zu vibrieren, und sein Licht wurde intensiver, als sie sich der Mitte der Insel näherten. Dort fanden sie einen Altar, dessen Gravuren eine komplexe Geschichte zu erzählen schienen.

„Das ist ein Aetherkompass", sagte Ardan, seine Stimme voller Ehrfurcht. „Aber nicht wie deiner, Kael. Das hier ist älter, ursprünglicher."

„Das muss ein Fragment der ersten Balance sein", sagte Kael. „Vielleicht kann es uns helfen."

Kael richtete seinen Kompass auf den Altar, und die Gravuren begannen, langsam zu leuchten. Die Aetherlinien, die die Insel durchzogen, wurden intensiver, doch gleichzeitig begann die Dunkelheit sich zu regen. Der Nebel um die Insel wurde dichter, und das Flüstern der Dunkelheit kehrte zurück.

„Natürlich gibt es einen Haken", murmelte Farrik. „Es gibt immer einen Haken."

Plötzlich begann die Insel zu beben, und aus den Rissen in den Gravuren traten Schattenwesen hervor, deren Formen sich ständig veränderten. Ihre Augen glühten in einem unheilvollen Purpur, und ihre Bewegungen waren schnell und aggressiv.

„Bleibt zusammen!", rief Lyria, die ihre Waffe zog. „Wir müssen das hier verteidigen!"

Theron und Lyria stellten sich den Wesen entgegen, während Farrik und Ardan an den Gravuren des Altars arbeiteten. Kael konzentrierte sich darauf, die Essenz der Balance durch den Kompass zu leiten, doch die Dunkelheit war stark und blockierte die Energie.

„Die Gravuren reagieren nicht!", rief Farrik. „Die Dunkelheit ist zu stark!"

„Dann müssen wir sie durchbrechen!", rief Kael. „Die Balance hat uns hierhergeführt. Wir können das schaffen."

Kael schloss die Augen, ließ die Essenz der Balance tiefer durch den Kompass fließen, und das Licht begann, die Gravuren des Altars zu durchfluten. Die Schattenwesen hielten kurz inne, ihre Formen begannen zu flackern, doch sie griffen erneut an.

„Es funktioniert!", rief Farrik. „Aber wir brauchen mehr Energie!"

Mit einem letzten, mächtigen Kraftakt bündelte die Gruppe ihre Energien, und das Licht des Kompasses durchflutete die Gravuren des Altars. Die Schattenwesen zerfielen, und die Aetherlinien der Insel wurden klarer und stabiler.

Die Gruppe stand um den Altar, dessen Gravuren nun in einem sanften, harmonischen Muster leuchteten. Kael hob den alten Aetherkompass an, und das Licht des Geräts verband sich mit seinem eigenen Kompass. Die Gravuren auf beiden Geräten veränderten sich, und neue Muster erschienen.

„Die Balance hat uns etwas gezeigt", sagte Ardan. „Etwas, das uns helfen wird."

„Oder uns tiefer in Schwierigkeiten bringt", murmelte Theron. „Das ist auch möglich."

Die Gruppe kehrte zur Sturmfalken zurück, entschlossen, die neue Kraft des alten Aetherkompasses zu nutzen. Der Kompass zeigte eine neue Richtung, und die Strömungen vor ihnen schienen ruhiger, doch die Gruppe wusste, dass die Dunkelheit nicht nachgeben würde.

Der Wächter der alten Ketten

Die Sturmfalken glitt vorsichtig weiter, die Energie des neu entdeckten Aetherkompasses schien das Schiff zu beeinflussen. Die Gravuren des Schiffs flackerten intensiver, als ob sie versuchten, die Resonanz des alten Kompasses in ihre Struktur aufzunehmen. Kael betrachtete das Gerät, dessen Gravuren in einem komplizierten Muster pulsierenden Lichts erstrahlten.

„Das hier ist anders als alles, was wir bisher gesehen haben", sagte Kael leise. „Der Kompass zeigt Muster, die nicht nur Wege, sondern Entscheidungen zu symbolisieren scheinen."

„Entscheidungen?", fragte Farrik skeptisch. „Ich dachte, der Kompass zeigt uns einfach, wo wir hinmüssen."

„Vielleicht tut er das", sagte Ardan. „Aber was, wenn er uns auch sagt, wie wir dorthin gelangen?"

Vor ihnen erhob sich eine Insel, die von wirbelnden Aetherlinien umgeben war. Die Gravuren der Insel waren stark beschädigt, doch einige schienen noch aktiv zu sein, als ob sie etwas bewachten. In der Mitte der Insel ragte ein gewaltiges Tor empor, dessen Gravuren in einem rhythmischen Licht pulsierten.

„Das Tor... es sieht aus, als ob es uns erwartet", sagte Lyria, ihre Augen auf das massive Bauwerk gerichtet. „Aber ich wette, es wird uns nicht einfach passieren lassen."

„Dann lasst uns sehen, was es will", sagte Kael.

Die Gruppe betrat die Insel, deren Gravuren unter ihren Füßen schwach leuchteten. Die Aetherlinien, die die Insel durchzogen, waren instabil, doch sie schienen auf den alten Kompass zu reagieren, den Kael in der Hand hielt. Plötzlich begann das Tor zu vibrieren, und ein tiefes Dröhnen erfüllte die Luft.

„Das ist kein gutes Zeichen", murmelte Farrik.

Aus den Gravuren des Tors trat eine massive Gestalt hervor – ein Wächter, dessen Körper aus schimmerndem Aether und dunklen Schatten bestand. Seine Augen glühten in einem tiefen Blau, das zwischen Harmonie und Zorn wechselte.

„Das ist ein alter Wächter der Ketten", sagte Ardan ehrfürchtig. „Er wurde geschaffen, um die Balance zu schützen."

„Aber er sieht nicht aus, als ob er uns willkommen heißt", sagte Theron, der sein Schwert zog.

Der Wächter bewegte sich mit einer unnatürlichen Eleganz, seine Bewegungen waren ruhig, aber voller Kraft. Er hielt eine lange, leuchtende Klinge, deren Gravuren wie flüssiges Licht wirkten. Die Gruppe bereitete sich auf den Kampf vor, während Kael versuchte, den Kompass auf den Wächter zu richten.

„Er testet uns", sagte Ardan. „Er will wissen, ob wir würdig sind, die Balance zu tragen."

„Dann sollten wir ihm zeigen, dass wir es sind", sagte Lyria.

Theron und Lyria griffen den Wächter an, ihre Waffen trafen seine Aetherstruktur, doch sie schien sich sofort zu regenerieren. Der

Wächter bewegte sich mit beeindruckender Präzision, seine Angriffe zwangen die Gruppe, sich ständig zu bewegen. Farrik und Ardan versuchten, die Gravuren der Insel zu stabilisieren, während Kael die Essenz der Balance durch den alten Kompass leitete.

„Die Gravuren reagieren!", rief Farrik. „Aber es reicht nicht aus!"

„Wir müssen den Kompass stärker machen!", rief Kael. „Der Wächter ist direkt mit der Balance verbunden."

Kael schloss die Augen, ließ die Essenz der Balance tiefer durch den alten Kompass fließen, und das Licht des Geräts begann, die Gravuren der Insel zu durchfluten. Der Wächter hielt inne, seine Bewegungen wurden langsamer, als ob er die Veränderung spürte.

„Es funktioniert!", rief Farrik. „Aber wir brauchen mehr Energie!"

Die Gruppe bündelte ihre Kräfte, und das Licht des Kompasses wurde intensiver. Die Gravuren der Insel begannen, in einem harmonischen Muster zu leuchten, und der Wächter senkte seine Klinge. Sein Licht wurde ruhiger, und die Schatten, die ihn umgaben, verschwanden.

„Er erkennt uns an", sagte Ardan. „Die Balance hat uns akzeptiert."

Der Wächter trat zur Seite, das massive Tor öffnete sich langsam, und ein intensives, harmonisches Licht erfüllte die Umgebung. Dahinter lag ein weiterer Resonanzpunkt, dessen Gravuren in einem klaren Muster leuchteten. Die Gruppe trat näher, und der alte Kompass begann, neue Gravuren zu enthüllen.

„Das ist ein Schlüssel", sagte Kael. „Ein Schlüssel zu den verbleibenden Ketten."

„Dann haben wir einen weiteren Schritt gemacht", sagte Lyria. „Aber der Weg wird nicht leichter."

Die Gruppe verließ die Insel, entschlossen, das neu gewonnene Wissen zu nutzen, um die Balance zu bewahren. Der Kompass zeigte eine neue Richtung, und die Strömungen vor ihnen schienen ruhiger, doch sie wussten, dass die Dunkelheit nicht aufgegeben hatte.

Die Prüfung der Resonanz

Nach der Begegnung mit dem Wächter der Ketten führte der Kompass die Sturmfalken tiefer in die Strömungen. Die Gravuren des Schiffs reagierten empfindlich auf die neuen Muster, die der alte Kompass enthüllt hatte, und pulsierende Aetherlinien durchzogen den Rumpf des Schiffs wie ein lebendiges Netz.

„Die Gravuren auf dem alten Kompass sind anders", sagte Kael, während er die neuen Muster studierte. „Sie zeigen nicht nur die Balance. Sie offenbaren, was die Balance schützen will."

„Vielleicht war das der Grund, warum dieser Kompass versteckt wurde", sagte Ardan. „Er ist ein Schlüssel, aber auch ein Risiko. Wenn die Dunkelheit ihn findet, könnte sie ihn gegen uns verwenden."

„Dann sollten wir sicherstellen, dass das nicht passiert", sagte Lyria. „Wir haben keine Zeit zu verlieren."

Die Gruppe näherte sich einer weiteren Insel, deren Gravuren schwach und verzerrt wirkten. Die Aetherlinien, die die Insel durchzogen, waren chaotisch, als ob sie nicht in der Lage wären, eine Verbindung zur Balance aufrechtzuerhalten. Der Kompass begann, unruhig zu pulsieren, und das Licht des Geräts wurde intensiver.

„Das hier ist ein Resonanzpunkt", sagte Kael. „Die Gravuren sind beschädigt, aber die Balance ist hier."

„Dann müssen wir sie reparieren", sagte Farrik. „Bevor die Dunkelheit sie endgültig zerstört."

Die Gruppe betrat die Insel, deren Gravuren unter ihren Füßen flackerten. Die Aetherlinien reagierten sofort auf den alten Kompass, und die Gravuren begannen, schwach zu leuchten. Doch plötzlich wurde die Luft schwer, und das Flüstern der Dunkelheit kehrte zurück, lauter und intensiver als zuvor.

„Sie ist hier", sagte Ardan. „Die Dunkelheit hat diesen Ort gefunden."

Plötzlich brach der Boden auf, und aus den Gravuren trat eine massive Gestalt hervor – ein Wesen, dessen Körper aus flackernden Schatten und zerbrochenen Aetherlinien bestand. Seine Präsenz war erdrückend, und die Gravuren der Insel reagierten unregelmäßig auf seine Bewegungen.

„Das ist... anders", murmelte Farrik. „Es ist, als ob die Dunkelheit selbst Gestalt angenommen hat."

„Dann müssen wir sie zurückdrängen", sagte Lyria. „Kael, wir zählen auf dich."

Theron und Lyria griffen das Wesen an, ihre Waffen trafen seine flackernde Gestalt, doch sie schien sich ständig zu verändern. Farrik und Ardan versuchten, die Gravuren zu stabilisieren, während Kael die Essenz der Balance durch den alten Kompass leitete. Doch die Dunkelheit war stark, und die Gravuren reagierten nur langsam.

„Die Dunkelheit blockiert alles!", rief Farrik. „Die Gravuren sind zu schwach!"

„Dann machen wir sie stärker!", rief Kael. „Die Balance ist hier, aber sie braucht unsere Hilfe."

Kael schloss die Augen, ließ die Essenz der Balance tiefer durch den alten Kompass fließen, und das Licht des Geräts begann, die Gravuren der Insel zu durchfluten. Das Wesen hielt kurz inne, als ob es die Veränderung spürte, doch es griff erneut an, und die Umgebung begann zu beben.

„Es funktioniert!", rief Farrik. „Aber wir brauchen mehr Zeit!"

Die Gruppe bündelte ihre Energien, und das Licht des Kompasses wurde intensiver. Die Gravuren der Insel begannen, in einem harmonischen Muster zu leuchten, und das Wesen wurde schwächer. Seine flackernde Gestalt begann, sich aufzulösen, und die Dunkelheit, die es umgab, verschwand.

Die Insel wurde ruhiger, die Gravuren leuchteten in einem klaren, gleichmäßigen Muster, und die Aetherlinien stabilisierten sich. Der Kompass enthüllte ein neues Muster, das tiefere Verbindungen zur Balance zeigte.

„Wir haben es geschafft", sagte Kael leise. „Die Balance hat uns geholfen, diesen Ort zu retten."

„Aber die Dunkelheit wird nicht aufgeben", sagte Lyria. „Wir müssen bereit sein."

Die Gruppe kehrte zur Sturmfalken zurück, entschlossen, die Stabilität der Balance weiter zu stärken. Der Kompass zeigte eine neue Richtung, und die Strömungen vor ihnen wurden intensiver, doch die Gruppe wusste, dass die Dunkelheit noch nicht besiegt war.

Die Stimme der Balance

Die Sturmfalken segelte weiter, und die Strömungen wurden dichter und chaotischer, als ob sie vor einem unsichtbaren Konflikt zitterten. Die Gravuren des Schiffs pulsierten synchron mit den neuen Mustern, die der alte Kompass enthüllt hatte. Kael hielt das Gerät in den Händen, dessen Licht unruhig pulsierte.

„Es fühlt sich an, als ob die Balance uns hier mehr zeigen will", sagte Kael leise. „Aber sie wartet darauf, dass wir etwas verstehen."

„Vielleicht wartet sie darauf, dass wir bereit sind", sagte Ardan. „Die Balance gibt uns nicht mehr, als wir tragen können."

„Oder sie fordert uns heraus", sagte Theron. „Was oft das Gleiche bedeutet."

Vor ihnen erschien eine schwebende Plattform, die inmitten der Strömungen ruhte. Sie war anders als alles, was die Gruppe zuvor gesehen hatte – die Gravuren darauf leuchteten in einem sanften, gleichmäßigen Rhythmus, und die Aetherlinien, die sie durchzogen, waren klar und stark. Doch die Luft war schwer, als ob etwas Mächtiges sie beschützte.

„Das hier ist ein Ort der Balance", sagte Kael. „Aber er ist nicht wie die anderen. Hier liegt etwas... Tieferes."

„Ein Ursprung", sagte Lyria. „Die Balance selbst könnte hier ihre Wurzeln haben."

Die Gruppe betrat die Plattform, und die Gravuren unter ihren Füßen begannen, intensiver zu leuchten. Der Kompass in Kaels Hand pulsierte stärker, und das Licht des alten Kompasses verband sich mit den Gravuren der Plattform. Plötzlich wurde die Luft von einem tiefen Klang erfüllt – eine Stimme, die aus den Gravuren zu kommen schien.

„Das ist… seltsam", sagte Farrik, der sich nervös umsah. „Es ist, als ob die Balance zu uns spricht."

„Vielleicht tut sie das", sagte Ardan. „Dies ist ein Ort, an dem die Balance unverfälscht ist. Sie könnte uns etwas lehren."

Die Gravuren begannen, sich zu bewegen, und die Umgebung veränderte sich. Die Gruppe fand sich in einer Vision wieder – einer weiten Ebene, durchzogen von Aetherlinien, die in perfekter Harmonie miteinander verwoben waren. In der Mitte der Ebene stand eine leuchtende Figur, deren Form zwischen Licht und Schatten wechselte.

„Das ist… die Balance", flüsterte Kael. „In ihrer reinsten Form."

„Sie zeigt uns etwas", sagte Lyria, die die Figur beobachtete. „Etwas, das wir verstehen müssen."

Die Figur bewegte sich, und die Aetherlinien um sie herum veränderten sich. Sie zeigten Bilder von schwebenden Inseln, die von Gravuren durchzogen waren, und von den Ketten, die die Balance hielten. Doch die Bilder wurden dunkler, als die Dunkelheit in die Linien eindrang und die Gravuren zerstörte.

„Das ist es, was passieren wird, wenn wir scheitern", sagte Kael. „Die Dunkelheit wird alles verschlingen."

„Aber sie zeigt uns auch einen Weg", sagte Ardan. „Die Gravuren und die Ketten sind miteinander verbunden. Wenn wir sie stärken, können wir die Dunkelheit zurückdrängen."

Die Vision verblasste, und die Gruppe fand sich wieder auf der Plattform, umgeben von den leuchtenden Gravuren. Der Kompass in Kaels Hand pulsierte nun in einem klaren, harmonischen Rhythmus, und neue Muster erschienen auf seiner Oberfläche.

„Die Balance hat uns geführt", sagte Kael. „Sie hat uns gezeigt, wie wir die Ketten schützen können."

„Und sie hat uns gewarnt", sagte Lyria. „Wir dürfen nicht nachlassen. Die Dunkelheit wird stärker werden."

Die Gruppe kehrte zur Sturmfalken zurück, entschlossen, die neu gewonnenen Erkenntnisse zu nutzen, um die Balance zu stärken. Der Kompass zeigte eine neue Richtung, und die Strömungen vor ihnen wurden intensiver, doch die Gruppe fühlte sich stärker, als ob die Balance selbst sie trug.

Kapitel 24: Der Ruf der Ketten

Das Lied des Widerstands

Die Sturmfalken segelte tiefer in die südlichen Strömungen, und das Licht der Gravuren auf dem Schiff wurde intensiver, als ob sie auf die Nähe eines mächtigen Nexus reagierten. Der Kompass in Kaels Hand zeigte eine klare Richtung, und die Gravuren darauf schimmerten in einem harmonischen Muster, das sich mit jeder Bewegung der Aetherlinien zu verändern schien.

„Wir kommen näher", sagte Kael leise. „Der Kompass zeigt uns den Weg zu etwas Großem. Die Balance wird hier getestet."

„Oder wir werden getestet", sagte Theron. „Wäre ja nicht das erste Mal."

Vor ihnen erschien eine schwebende Inselkette, deren Gravuren in einem schwachen, flackernden Licht leuchteten. Die Aetherlinien, die die Inseln verbanden, waren unregelmäßig und chaotisch, und das Flüstern der Dunkelheit war hier intensiver. Der Himmel über den Inseln war von wirbelnden Wolken bedeckt, und ein tiefes Dröhnen erfüllte die Luft.

„Das sind die Ketten", sagte Ardan, seine Stimme ehrfürchtig. „Die Balance hat sie geschaffen, um diese Welt zu halten. Aber sie sind zerbrochen."

„Dann sollten wir sie reparieren", sagte Lyria. „Bevor die Dunkelheit sie vollständig zerstört."

Die Gruppe betrat die erste Insel der Kette, deren Gravuren unter ihren Füßen schwach flackerten. Die Aetherlinien, die die Insel mit den anderen verbanden, waren instabil, und das Licht des Kompasses schien zu kämpfen, um sie zu stabilisieren.

„Die Dunkelheit hat diese Gravuren fast zerstört", sagte Farrik, der die Risse untersuchte. „Wir müssen schnell handeln, sonst verlieren wir sie."

„Die Balance ist hier", sagte Kael. „Aber sie braucht unsere Hilfe."

Plötzlich wurde die Ruhe der Insel durch ein tiefes, durchdringendes Geräusch unterbrochen, und aus den Rissen in den Gravuren traten massive Schattenwesen hervor. Ihre Formen waren unregelmäßig, und ihre Bewegungen waren langsam, aber voller roher Kraft. Ihre Augen glühten in einem unheilvollen Purpur, und ihre Präsenz ließ die Gravuren noch weiter flackern.

„Natürlich gibt es Monster", murmelte Farrik. „Es wäre ja auch zu einfach gewesen."

„Bleibt zusammen!", rief Lyria. „Wir müssen diese Ketten verteidigen!"

Theron und Lyria stellten sich den Wesen entgegen, während Farrik und Ardan an den Gravuren arbeiteten. Kael richtete den Kompass auf die Aetherlinien, doch die Dunkelheit blockierte die Energie, und die Gravuren reagierten nur langsam.

„Die Gravuren sind zu schwach!", rief Farrik. „Wir brauchen mehr Energie!"

„Dann lass uns sie stärker machen!", rief Kael. „Die Balance hat uns hierhergeführt. Sie wird uns helfen."

Kael schloss die Augen, ließ die Essenz der Balance tiefer durch den Kompass fließen, und das Licht begann, die Gravuren der Insel zu durchfluten. Die Schattenwesen hielten kurz inne, als ob sie die Veränderung spürten, doch sie griffen erneut an.

„Es funktioniert!", rief Farrik. „Aber wir brauchen mehr Zeit!"

Die Gruppe bündelte ihre Energien, und das Licht des Kompasses wurde intensiver. Die Gravuren der Insel begannen, in einem harmonischen Muster zu leuchten, und die Schattenwesen wurden schwächer. Ihre Formen begannen zu flackern, und die Dunkelheit, die sie umgab, löste sich langsam auf.

Die Umgebung wurde ruhiger, und die Aetherlinien der Insel stabilisierten sich. Die Gravuren leuchteten in einem klaren, gleichmäßigen Muster, und das Flüstern der Dunkelheit verstummte.

„Wir haben es geschafft", sagte Kael, der schwer atmete. „Die Balance hat uns geholfen, diese Kette zu retten."

„Aber es wird nicht das letzte Mal sein", sagte Ardan. „Die Dunkelheit wird versuchen, sie zurückzuholen."

Die Gruppe kehrte zur Sturmfalken zurück, entschlossen, die nächste Insel der Kette zu erreichen und die Gravuren zu stabilisieren. Der Kompass zeigte eine neue Richtung, und die

Strömungen vor ihnen schienen intensiver, als ob sie auf die nächste Prüfung warteten.

Das Lied des Widerstands

Die Sturmfalken segelte tiefer in die südlichen Strömungen, und das Licht der Gravuren auf dem Schiff wurde intensiver, als ob sie auf die Nähe eines mächtigen Nexus reagierten. Der Kompass in Kaels Hand zeigte eine klare Richtung, und die Gravuren darauf schimmerten in einem harmonischen Muster, das sich mit jeder Bewegung der Aetherlinien zu verändern schien.

„Wir kommen näher", sagte Kael leise. „Der Kompass zeigt uns den Weg zu etwas Großem. Die Balance wird hier getestet."

„Oder wir werden getestet", sagte Theron. „Wäre ja nicht das erste Mal."

Vor ihnen erschien eine schwebende Inselkette, deren Gravuren in einem schwachen, flackernden Licht leuchteten. Die Aetherlinien, die die Inseln verbanden, waren unregelmäßig und chaotisch, und das Flüstern der Dunkelheit war hier intensiver. Der Himmel über den Inseln war von wirbelnden Wolken bedeckt, und ein tiefes Dröhnen erfüllte die Luft.

„Das sind die Ketten", sagte Ardan, seine Stimme ehrfürchtig. „Die Balance hat sie geschaffen, um diese Welt zu halten. Aber sie sind zerbrochen."

„Dann sollten wir sie reparieren", sagte Lyria. „Bevor die Dunkelheit sie vollständig zerstört."

Die Gruppe betrat die erste Insel der Kette, deren Gravuren unter ihren Füßen schwach flackerten. Die Aetherlinien, die die Insel mit den anderen verbanden, waren instabil, und das Licht des Kompasses schien zu kämpfen, um sie zu stabilisieren.

„Die Dunkelheit hat diese Gravuren fast zerstört", sagte Farrik, der die Risse untersuchte. „Wir müssen schnell handeln, sonst verlieren wir sie."

„Die Balance ist hier", sagte Kael. „Aber sie braucht unsere Hilfe."

Plötzlich wurde die Ruhe der Insel durch ein tiefes, durchdringendes Geräusch unterbrochen, und aus den Rissen in den Gravuren traten massive Schattenwesen hervor. Ihre Formen waren unregelmäßig, und ihre Bewegungen waren langsam, aber voller roher Kraft. Ihre Augen glühten in einem unheilvollen Purpur, und ihre Präsenz ließ die Gravuren noch weiter flackern.

„Natürlich gibt es Monster", murmelte Farrik. „Es wäre ja auch zu einfach gewesen."

„Bleibt zusammen!", rief Lyria. „Wir müssen diese Ketten verteidigen!"

Theron und Lyria stellten sich den Wesen entgegen, während Farrik und Ardan an den Gravuren arbeiteten. Kael richtete den Kompass auf die Aetherlinien, doch die Dunkelheit blockierte die Energie, und die Gravuren reagierten nur langsam.

„Die Gravuren sind zu schwach!", rief Farrik. „Wir brauchen mehr Energie!"

„Dann lass uns sie stärker machen!", rief Kael. „Die Balance hat uns hierhergeführt. Sie wird uns helfen."

Kael schloss die Augen, ließ die Essenz der Balance tiefer durch den Kompass fließen, und das Licht begann, die Gravuren der Insel zu durchfluten. Die Schattenwesen hielten kurz inne, als ob sie die Veränderung spürten, doch sie griffen erneut an.

„Es funktioniert!", rief Farrik. „Aber wir brauchen mehr Zeit!"

Die Gruppe bündelte ihre Energien, und das Licht des Kompasses wurde intensiver. Die Gravuren der Insel begannen, in einem harmonischen Muster zu leuchten, und die Schattenwesen wurden schwächer. Ihre Formen begannen zu flackern, und die Dunkelheit, die sie umgab, löste sich langsam auf.

Die Umgebung wurde ruhiger, und die Aetherlinien der Insel stabilisierten sich. Die Gravuren leuchteten in einem klaren, gleichmäßigen Muster, und das Flüstern der Dunkelheit verstummte.

„Wir haben es geschafft", sagte Kael, der schwer atmete. „Die Balance hat uns geholfen, diese Kette zu retten."

„Aber es wird nicht das letzte Mal sein", sagte Ardan. „Die Dunkelheit wird versuchen, sie zurückzuholen."

Die Gruppe kehrte zur Sturmfalken zurück, entschlossen, die nächste Insel der Kette zu erreichen und die Gravuren zu stabilisieren. Der Kompass zeigte eine neue Richtung, und die Strömungen vor ihnen schienen intensiver, als ob sie auf die nächste Prüfung warteten.

Das Echo der Zerbrochenen

Nach der Stabilisierung der ersten Kette führte der Kompass die Sturmfalken zur nächsten schwebenden Insel. Die Aetherlinien, die die Ketten miteinander verbanden, flackerten weiterhin instabil, als ob sie gegen die Dunkelheit kämpften, die sie umgab. Das Licht des Kompasses wurde intensiver, und die Gravuren des Schiffs reagierten mit einem pulsierenden Glühen.

„Die Balance zeigt uns den Weg", sagte Kael, während er den Kompass betrachtete. „Doch sie wird nicht schweigen. Sie will, dass wir zuhören."

„Dann sollten wir besser aufpassen", sagte Lyria. „Diese Ketten sind alles, was Kythera zusammenhält."

Die Gruppe betrat die nächste Insel, deren Gravuren kaum noch leuchteten. Die Umgebung war bedrückend, und das Flüstern der Dunkelheit wurde lauter, als ob sie die Balance verhöhnen wollte. Die Aetherlinien, die die Insel durchzogen, waren fast vollständig zerbrochen.

„Die Dunkelheit hat hier tiefe Spuren hinterlassen", sagte Ardan, während er die Gravuren untersuchte. „Es wird schwierig sein, sie zu retten."

„Aber nicht unmöglich", sagte Kael. „Die Balance ist immer noch hier. Sie hat uns zu ihr gerufen."

Die Gruppe begann, die Gravuren zu stabilisieren, doch die Dunkelheit wehrte sich. Der Kompass in Kaels Hand pulsierte unregelmäßig, und das Licht des Geräts wurde von den Schatten verschluckt. Plötzlich wurde die Luft von einem tiefen, durchdringenden Klang erfüllt, und aus den zerbrochenen Gravuren traten Wesen hervor, die wie lebendige Schatten wirkten.

„Das sind nicht nur Schattenwesen", sagte Farrik, dessen Stimme von Angst durchzogen war. „Das hier... das sind Fragmente der Dunkelheit selbst."

„Dann sollten wir sie besser zerstören", sagte Theron, der sein Schwert zog. „Bevor sie uns zerstören."

Theron und Lyria griffen die Wesen an, doch ihre Bewegungen waren schwer vorherzusehen. Die Dunkelheit schien sie wie Marionetten zu kontrollieren, und ihre Angriffe waren schnell und unbarmherzig. Farrik und Ardan arbeiteten an den Gravuren, während Kael versuchte, die Essenz der Balance durch den Kompass zu leiten.

„Die Gravuren reagieren nicht!", rief Farrik. „Die Dunkelheit ist zu stark!"

„Dann müssen wir stärker sein!", rief Kael. „Die Balance braucht uns, um sie zu retten."

Kael schloss die Augen, ließ die Essenz der Balance tiefer durch den Kompass fließen, und das Licht begann, die Gravuren der Insel zu durchfluten. Die Schattenwesen hielten kurz inne, als ob sie die Veränderung spürten, doch sie griffen erneut an.

„Es funktioniert!", rief Farrik. „Aber es ist noch nicht genug!"

Die Gruppe bündelte ihre Energien, und das Licht des Kompasses wurde intensiver. Die Gravuren der Insel begannen, in einem harmonischen Muster zu leuchten, und die Schattenwesen wurden schwächer. Ihre Formen begannen zu flackern, und die Dunkelheit, die sie umgab, löste sich langsam auf.

Die Umgebung wurde ruhiger, die Gravuren leuchteten in einem klaren, gleichmäßigen Muster, und die Aetherlinien der Insel stabilisierten sich. Das Licht des Kompasses enthüllte ein neues Muster, das sich mit den Gravuren der Insel verband.

„Wir haben es geschafft", sagte Kael, der schwer atmete. „Die Balance hat uns geholfen, diese Kette zu retten."

„Aber sie zeigt uns auch, wie viel noch vor uns liegt", sagte Ardan. „Wir müssen weitermachen."

Die Gruppe kehrte zur Sturmfalken zurück, entschlossen, die nächste Insel der Kette zu erreichen. Der Kompass zeigte eine neue Richtung, und die Strömungen vor ihnen schienen unruhiger, als ob sie die bevorstehenden Prüfungen ankündigten.

Der Schwur der Kette

Die Sturmfalken kämpfte sich durch immer dichter werdende Strömungen, deren chaotische Bewegungen das Schiff gefährlich zum Schwanken brachten. Farrik arbeitete unermüdlich daran, die Gravuren des Schiffs zu stabilisieren, während Kael den Kompass fest in den Händen hielt. Das Licht des Geräts war intensiver geworden, und die Gravuren darauf zeigten ein Muster, das sich immer wieder veränderte, als ob es die Unruhe der Balance widerspiegelte.

„Die nächste Insel ist anders", sagte Kael. „Der Kompass zeigt, dass die Balance dort stärker ist – aber auch die Dunkelheit."

„Das klingt nach einem Kampf, den wir nicht vermeiden können", sagte Theron. „Wir sollten vorbereitet sein."

„Wir haben keine andere Wahl", sagte Lyria. „Die Ketten müssen gerettet werden, oder alles fällt auseinander."

Die nächste Insel war größer als die vorherigen und wurde von einer gewaltigen Säule aus Licht dominiert, die in den Himmel aufstieg. Die Gravuren der Insel waren komplexer, und die Aetherlinien, die sie umgaben, wirkten wie ein lebendiges Netzwerk aus Energie. Doch die Dunkelheit hatte tiefe Wunden hinterlassen – Risse durchzogen die Gravuren, und das Flüstern war hier so laut, dass es fast wie Schreie klang.

„Das ist der zentrale Punkt dieser Kette", sagte Ardan. „Wenn wir diesen Ort nicht retten, wird die gesamte Kette zusammenbrechen."

„Dann lasst uns anfangen", sagte Kael. „Die Balance hat uns hierhergeführt."

Die Gruppe betrat die Insel, und die Gravuren begannen sofort auf den Kompass zu reagieren. Das Licht des Geräts durchflutete die

Gravuren, doch die Risse blockierten den Energiefluss, und die Aetherlinien flackerten unruhig. Plötzlich begann der Boden zu beben, und aus den Schatten traten Wesen hervor, deren Formen sich ständig veränderten.

„Das sind keine gewöhnlichen Schattenwesen", sagte Farrik. „Das hier ist die Dunkelheit in ihrer reinsten Form."

„Dann müssen wir sie stoppen", sagte Lyria. „Kael, du musst die Gravuren stabilisieren."

Theron und Lyria griffen die Wesen an, doch ihre Bewegungen waren unberechenbar, und sie schienen sich ständig zu regenerieren. Farrik und Ardan arbeiteten an den beschädigten Gravuren, während Kael versuchte, die Essenz der Balance durch den Kompass zu leiten.

„Die Gravuren reagieren nicht!", rief Farrik. „Die Dunkelheit blockiert alles!"

„Dann müssen wir sie durchbrechen!", rief Kael. „Die Balance ist hier, aber sie braucht unsere Hilfe."

Kael schloss die Augen, ließ die Essenz der Balance tiefer durch den Kompass fließen, und das Licht begann, die Gravuren der Insel zu durchfluten. Die Schattenwesen hielten kurz inne, als ob sie die Veränderung spürten, doch sie griffen erneut an.

„Es funktioniert!", rief Farrik. „Aber wir brauchen mehr Energie!"

Die Gruppe bündelte ihre Kräfte, und das Licht des Kompasses wurde intensiver. Die Gravuren der Insel begannen, in einem harmonischen Muster zu leuchten, und die Schattenwesen wurden schwächer. Ihre Formen begannen zu flackern, und die Dunkelheit, die sie umgab, löste sich langsam auf.

Die Säule aus Licht in der Mitte der Insel wurde stärker, und die Aetherlinien, die die Insel durchzogen, stabilisierten sich. Die Gravuren auf der Insel leuchteten in einem klaren, gleichmäßigen Muster, und das Flüstern der Dunkelheit verstummte.

„Wir haben es geschafft", sagte Kael, der schwer atmete. „Die Balance hat uns geholfen, diesen Ort zu retten."

„Aber sie hat uns auch gewarnt", sagte Ardan. „Die Dunkelheit wird alles tun, um die Ketten zu zerstören."

Die Gruppe stand vor der Säule aus Licht, die nun vollständig harmonisiert war. Kael richtete den Kompass darauf, und das Gerät begann, neue Gravuren zu enthüllen – Muster, die sich mit den Gravuren der Insel verbanden und ein neues Ziel zeigten.

„Das ist der nächste Schritt", sagte Kael. „Die Balance führt uns weiter."

Die Gruppe kehrte zur Sturmfalken zurück, entschlossen, die verbleibenden Ketten zu retten. Der Kompass zeigte eine neue Richtung, und die Strömungen vor ihnen wurden intensiver, doch die Gruppe war bereit, den Kampf fortzusetzen.

Die letzte Prüfung der Kette

Die Sturmfalken manövrierte vorsichtig durch die Strömungen, die dichter und unberechenbarer wurden. Das Licht des Kompasses pulsierte in einem intensiven Rhythmus, als ob es die bevorstehende Herausforderung ankündigte. Die Gravuren des Schiffs reagierten empfindlich auf die Energie, die von der nächsten Insel ausging.

„Das ist die letzte Insel dieser Kette", sagte Kael, der den Kompass betrachtete. „Die Balance konzentriert sich hier, aber die Dunkelheit wird es nicht einfach machen."

„Das war nie ihre Art", sagte Theron. „Dann machen wir uns bereit."

Die letzte Insel der Kette war von einer Aura aus schimmerndem Licht umgeben, doch sie wirkte zerbrochen. Die Gravuren auf der Oberfläche leuchteten nur schwach, und Risse zogen sich durch die Aetherlinien, die sie verbanden. In der Mitte der Insel stand eine uralte Konstruktion – eine Art Monolith, der in einem instabilen Rhythmus pulsierte.

„Das ist ein Nexus der Balance", sagte Ardan ehrfürchtig. „Er hält die gesamte Kette zusammen."

„Und wenn wir ihn nicht retten, wird alles auseinanderbrechen", sagte Lyria. „Wir dürfen hier nicht scheitern."

Die Gruppe betrat die Insel, deren Gravuren sofort auf den Kompass reagierten. Das Licht des Geräts durchflutete die Aetherlinien, doch die Dunkelheit blockierte die Energie. Das Flüstern war hier intensiver, fast wie ein bösartiges Lachen, das aus den Gravuren selbst kam.

„Die Dunkelheit hat sich tief in diesen Ort eingegraben", sagte Farrik. „Wir müssen schnell handeln."

„Wir haben keine Wahl", sagte Kael. „Die Balance hat uns hierhergeführt."

Plötzlich brach die Oberfläche der Insel auf, und aus den Rissen trat eine massive Gestalt hervor – eine Manifestation der Dunkelheit, deren Form sich ständig veränderte. Ihre Präsenz war überwältigend, und ihre Bewegungen ließen die Gravuren noch weiter zerbrechen.

„Das ist der Wächter dieser Insel", sagte Ardan. „Aber die Dunkelheit hat ihn vollkommen übernommen."

„Dann holen wir ihn zurück", sagte Kael. „Oder wir zerstören ihn."

Theron und Lyria stürzten sich in den Kampf gegen die Kreatur, ihre Angriffe schienen jedoch kaum Wirkung zu zeigen. Farrik und Ardan versuchten verzweifelt, die Gravuren zu stabilisieren, doch die Dunkelheit war zu stark. Kael richtete den Kompass auf den Monolithen, doch das Licht des Geräts wurde verschluckt.

„Es reicht nicht!", rief Farrik. „Die Dunkelheit ist zu stark!"

„Dann müssen wir die Balance stärker machen!", rief Kael. „Der Monolith ist der Schlüssel."

Kael schloss die Augen, ließ die Essenz der Balance tiefer durch den Kompass fließen, und das Licht begann, die Gravuren des Monolithen zu durchfluten. Die Kreatur hielt kurz inne, als ob sie die Veränderung spürte, doch sie griff erneut an.

„Es funktioniert!", rief Farrik. „Aber wir brauchen mehr Zeit!"

Die Gruppe bündelte ihre Energien, und das Licht des Kompasses wurde intensiver. Die Gravuren des Monolithen begannen, in einem harmonischen Muster zu leuchten, und die Kreatur wurde schwächer. Ihre Form begann zu flackern, und die Dunkelheit, die sie umgab, löste sich langsam auf.

Der Monolith stabilisierte sich, und die Gravuren der Insel begannen, in einem klaren, gleichmäßigen Muster zu leuchten. Die Aetherlinien wurden ruhiger, und die Umgebung wurde von einem harmonischen Licht erfüllt.

„Wir haben es geschafft", sagte Kael, der schwer atmete. „Die Balance hat diesen Ort gerettet."

„Aber sie hat uns auch gezeigt, wie zerbrechlich sie ist", sagte Lyria. „Wir dürfen nicht aufhören."

Die Gruppe stand vor dem stabilisierten Monolithen, der nun vollständig harmonisiert war. Kael richtete den Kompass darauf, und das Gerät enthüllte neue Gravuren, die ein weiteres Ziel zeigten.

„Die Balance führt uns weiter", sagte Kael. „Wir dürfen sie nicht enttäuschen."

Die Gruppe kehrte zur Sturmfalken zurück, entschlossen, die verbleibenden Prüfungen der Balance zu bestehen. Der Kompass zeigte eine neue Richtung, und die Strömungen vor ihnen wurden klarer, doch die Dunkelheit blieb eine ständige Bedrohung.

Kapitel 25: Das Herz der Dunkelheit

Der Ruf der Schatten

Die Sturmfalken drang tiefer in die südlichen Strömungen vor, und die Atmosphäre um das Schiff wurde dichter und schwerer. Die Gravuren des Schiffs pulsierten unruhig, als ob sie die Nähe einer gewaltigen Dunkelheit spürten. Kael hielt den Kompass fest in den Händen, dessen Licht intensiver wurde, aber es pulsierte in einem unregelmäßigen Muster, das die gesamte Gruppe beunruhigte.

„Das ist anders", sagte Kael. „Der Kompass... er fühlt sich unruhig an."

„Kein Wunder", sagte Farrik, der auf die unruhigen Aetherlinien vor ihnen zeigte. „Das ist der Ort, an dem die Dunkelheit ihren stärksten Einfluss hat."

„Dann ist es der Ort, an dem wir sein müssen", sagte Lyria entschlossen. „Die Balance hat uns hierhergeführt."

Vor ihnen erschien eine gewaltige, schwebende Insel, die von einer wirbelnden Masse aus Schatten umgeben war. Das Licht der Gravuren war kaum sichtbar, und die Aetherlinien, die die Insel durchzogen, waren fragmentiert und instabil. Ein tiefes, bedrohliches Dröhnen erfüllte die Luft, und das Flüstern der Dunkelheit war hier so laut, dass es fast körperlich spürbar war.

„Das ist das Herz der Dunkelheit", sagte Ardan, seine Stimme war ruhig, aber voller Ehrfurcht. „Der Ort, an dem sie ihre größte Macht hat."

„Dann lasst uns sie brechen", sagte Theron. „Bevor sie uns bricht."

Die Gruppe betrat die Insel, und die Gravuren unter ihren Füßen reagierten schwach auf den Kompass. Kael richtete das Gerät auf die Aetherlinien, doch das Licht des Kompasses wurde von den Schatten verschluckt. Die Dunkelheit schien hier lebendig zu sein, und ihre Präsenz war erdrückend.

„Die Gravuren sind fast tot", sagte Farrik. „Wir müssen sie wiederbeleben."

„Das wird nicht leicht", sagte Lyria. „Aber wir haben keine andere Wahl."

Plötzlich begann der Boden der Insel zu beben, und aus den Schatten trat eine massive Gestalt hervor – eine Manifestation der Dunkelheit, größer und mächtiger als alles, was die Gruppe zuvor gesehen hatte. Ihre Präsenz ließ die Gravuren noch weiter flackern, und die Aetherlinien begannen, sich zu verdrehen.

„Das ist die Dunkelheit selbst", sagte Ardan. „Sie hat diesen Ort vollständig eingenommen."

„Dann kämpfen wir", sagte Kael. „Die Balance hat uns hierhergeführt. Sie wird uns nicht im Stich lassen."

Theron und Lyria griffen die Kreatur an, doch ihre Angriffe schienen kaum Wirkung zu zeigen. Die Dunkelheit regenerierte sich schneller, als sie sie schwächen konnten. Farrik und Ardan arbeiteten verzweifelt an den Gravuren, während Kael die Essenz der Balance durch den Kompass leitete.

„Es reicht nicht!", rief Farrik. „Die Dunkelheit blockiert alles!"

„Dann müssen wir stärker sein!", rief Kael. „Die Balance ist hier, aber sie braucht unsere Hilfe."

Kael schloss die Augen, ließ die Essenz der Balance tiefer durch den Kompass fließen, und das Licht begann, die Gravuren der Insel zu durchfluten. Die Dunkelheit hielt kurz inne, als ob sie die Veränderung spürte, doch sie griff erneut an.

„Es funktioniert!", rief Farrik. „Aber wir brauchen mehr Zeit!"

Die Gruppe bündelte ihre Kräfte, und das Licht des Kompasses wurde intensiver. Die Gravuren der Insel begannen, in einem harmonischen Muster zu leuchten, und die Dunkelheit wurde schwächer. Die massive Gestalt flackerte, ihre Form begann sich aufzulösen, doch sie hielt sich verzweifelt fest.

Mit einem letzten, mächtigen Impuls durchflutete das Licht des Kompasses die Gravuren der Insel, und die Dunkelheit löste sich in den Strömungen auf. Die Gravuren wurden ruhiger, und die Aetherlinien stabilisierten sich langsam.

„Wir haben es geschafft", sagte Kael, der schwer atmete. „Die Balance hat diesen Ort gerettet."

„Aber es war knapp", sagte Lyria. „Die Dunkelheit wird nicht so leicht aufgeben."

Die Gruppe stand vor dem stabilisierten Herzen der Insel, dessen Gravuren nun in einem klaren, harmonischen Muster leuchteten. Der Kompass enthüllte ein neues Ziel, und die Gruppe wusste, dass sie sich der letzten und größten Prüfung näherten.

„Das ist noch nicht vorbei", sagte Ardan. „Die Dunkelheit wird zurückschlagen, stärker als je zuvor."

Die Gruppe kehrte zur Sturmfalken zurück, entschlossen, die Dunkelheit endgültig zu besiegen. Der Kompass zeigte eine neue Richtung, und die Strömungen vor ihnen schienen intensiver, als ob sie das kommende Ende ankündigten.

Der Weg in den Abgrund

Nachdem die Gravuren des Herzens der Dunkelheit stabilisiert waren, kehrte die Sturmfalken zu den Strömungen zurück. Die Ruhe, die nach dem Sieg eingekehrt war, fühlte sich zerbrechlich an. Der Kompass in Kaels Hand leuchtete stärker als zuvor, doch sein Licht schien eine letzte Warnung auszusenden – ein Zeichen, dass sie sich ihrem ultimativen Ziel näherten.

„Die Strömungen sind ruhiger", sagte Kael, während er den Kompass betrachtete. „Aber es ist eine trügerische Ruhe."

„Die Dunkelheit hat sich zurückgezogen, um Kraft zu sammeln", sagte Ardan. „Wir müssen uns vorbereiten. Das hier wird unser härtester Kampf."

„Dann sollten wir sicherstellen, dass wir ihn gewinnen", sagte Lyria. „Wir sind zu weit gekommen, um jetzt zu scheitern."

Die Strömungen führten sie zu einer massiven, schwebenden Formation, die wie eine Mischung aus einer Insel und einem Wirbelsturm aussah. Die Gravuren, die die Struktur durchzogen, waren zerbrochen und instabil, und die Aetherlinien wirkten, als ob sie gegen die Dunkelheit kämpften, die sie umgab.

„Das ist der Abgrund", sagte Ardan leise. „Der Ort, an dem die Dunkelheit ihre größte Macht konzentriert hat."

„Und es ist der Ort, an dem wir sie besiegen werden", sagte Kael entschlossen.

Die Gruppe betrat die Insel, deren Gravuren unter ihren Füßen schwach leuchteten. Der Kompass reagierte sofort auf die Energie des Ortes, und sein Licht begann, die Aetherlinien zu durchfluten. Doch die Dunkelheit war hier stärker als je zuvor, und sie blockierte die Energie des Kompasses.

„Die Gravuren reagieren nicht", sagte Farrik. „Die Dunkelheit hat sie fast vollständig übernommen."

„Dann müssen wir sie zurückholen", sagte Kael. „Die Balance hat uns hierhergeführt. Sie gibt uns die Kraft."

Plötzlich begann der Boden zu beben, und aus den Schatten trat eine massive Gestalt hervor – eine Manifestation der Dunkelheit, deren Form ständig wechselte. Sie war größer und mächtiger als alles, was die Gruppe zuvor gesehen hatte, und ihre Präsenz ließ die Gravuren der Insel flackern.

„Das ist der Kern der Dunkelheit", sagte Ardan. „Das Herz ihrer Macht."

„Dann lasst uns es brechen", sagte Lyria, die ihre Waffe zog.

Theron und Lyria griffen die Gestalt an, doch ihre Angriffe schienen kaum Wirkung zu zeigen. Die Dunkelheit regenerierte sich schneller, als sie sie schwächen konnten. Farrik und Ardan versuchten, die Gravuren zu stabilisieren, während Kael die Essenz der Balance durch den Kompass leitete.

„Es reicht nicht!", rief Farrik. „Die Dunkelheit ist zu stark!"

„Dann müssen wir stärker sein!", rief Kael. „Die Balance braucht uns, um sie zu retten."

Kael schloss die Augen, ließ die Essenz der Balance tiefer durch den Kompass fließen, und das Licht begann, die Gravuren der Insel zu durchfluten. Die Dunkelheit hielt kurz inne, als ob sie die Veränderung spürte, doch sie griff erneut an.

„Es funktioniert!", rief Farrik. „Aber es ist noch nicht genug!"

Die Gruppe bündelte ihre Kräfte, und das Licht des Kompasses wurde intensiver. Die Gravuren der Insel begannen, in einem harmonischen Muster zu leuchten, und die Dunkelheit wurde schwächer. Die massive Gestalt flackerte, ihre Form begann sich aufzulösen, doch sie hielt sich verzweifelt fest.

Mit einem letzten, mächtigen Impuls durchflutete das Licht des Kompasses die Gravuren der Insel, und die Dunkelheit löste sich in den Strömungen auf. Die Gravuren wurden ruhiger, und die Aetherlinien stabilisierten sich langsam.

„Wir haben es geschafft", sagte Kael, der schwer atmete. „Die Balance hat diesen Ort gerettet."

„Aber es war knapp", sagte Lyria. „Die Dunkelheit wird nicht so leicht aufgeben."

Die Gruppe stand vor den stabilisierten Gravuren, deren Muster nun in einem klaren, harmonischen Licht leuchteten. Der Kompass zeigte eine neue Richtung, und die Gruppe wusste, dass sie sich ihrem finalen Ziel näherten.

„Dies war nicht das Ende", sagte Ardan. „Es war nur der Anfang des letzten Kampfes."

Die Gruppe kehrte zur Sturmfalken zurück, entschlossen, die Dunkelheit endgültig zu besiegen. Der Kompass zeigte eine neue Richtung, und die Strömungen vor ihnen wurden klarer, doch die Gruppe war bereit, sich ihrer größten Prüfung zu stellen.

Der Schwur der Ketten

Die Sturmfalken ruhte kurz in den stabilisierten Strömungen, während die Gruppe sich von ihrem letzten Kampf erholte. Die Luft an Bord war schwer, doch eine gewisse Erleichterung lag darin, dass sie die Gravuren des Abgrunds erfolgreich stabilisiert hatten. Kael saß mit dem Kompass in den Händen am Bug, dessen Licht ruhiger, aber immer noch intensiv war.

„Die Dunkelheit zieht sich zurück", sagte Kael. „Aber sie gibt nicht auf. Wir kommen ihrem Kern näher."

„Und das bedeutet, dass wir uns auf den härtesten Kampf vorbereiten müssen", sagte Lyria. „Wir haben keine Zeit, uns auszuruhen."

Vor ihnen erschien eine schwebende Plattform, umgeben von wirbelnden Aetherlinien, die in einem harmonischen Muster leuchteten. Doch die Plattform war nicht leer – in ihrer Mitte stand eine Konstruktion, die wie ein Nexus wirkte, dessen Gravuren in einem pulsierenden Licht glühten.

„Das ist ein weiterer Knotenpunkt der Balance", sagte Ardan. „Er verbindet die Ketten mit dem Herzen der Dunkelheit."

„Dann ist es unser nächstes Ziel", sagte Theron. „Bevor die Dunkelheit ihn vollständig zerstört."

Die Gruppe betrat die Plattform, deren Gravuren sofort auf den Kompass reagierten. Das Licht des Geräts wurde intensiver, und die Aetherlinien, die die Plattform durchzogen, begannen sich zu stabilisieren. Doch die Dunkelheit war hier noch stark, und ihre Präsenz ließ die Gravuren unregelmäßig flackern.

„Die Balance ist hier schwach", sagte Farrik. „Wir müssen die Gravuren wiederbeleben, bevor die Dunkelheit sie zerstört."

„Das wird nicht leicht", sagte Lyria. „Aber wir haben keine Wahl."

Plötzlich brach der Boden auf, und aus den Rissen traten Wesen hervor, deren Formen unregelmäßig und bedrohlich waren. Sie waren größer als alles, was die Gruppe zuvor gesehen hatte, und ihre Bewegungen waren schnell und aggressiv.

„Das sind die letzten Verteidiger der Dunkelheit", sagte Ardan. „Die Dunkelheit weiß, dass wir nahe sind."

„Dann lasst uns sie überwinden", sagte Kael. „Die Balance braucht uns jetzt."

Theron und Lyria stürzten sich in den Kampf, während Farrik und Ardan an den Gravuren arbeiteten. Kael richtete den Kompass auf die Aetherlinien, doch die Dunkelheit blockierte die Energie, und die Gravuren reagierten nur langsam.

„Es reicht nicht!", rief Farrik. „Die Dunkelheit ist zu stark!"

„Dann müssen wir stärker sein!", rief Kael. „Die Balance hat uns hierhergeführt. Wir können das schaffen."

Kael schloss die Augen, ließ die Essenz der Balance tiefer durch den Kompass fließen, und das Licht begann, die Gravuren der Plattform zu durchfluten. Die Schattenwesen hielten kurz inne, als ob sie die Veränderung spürten, doch sie griffen erneut an.

„Es funktioniert!", rief Farrik. „Aber es ist noch nicht genug!"

Die Gruppe bündelte ihre Energien, und das Licht des Kompasses wurde intensiver. Die Gravuren der Plattform begannen, in einem harmonischen Muster zu leuchten, und die Schattenwesen wurden schwächer. Ihre Formen begannen zu flackern, und die Dunkelheit, die sie umgab, löste sich langsam auf.

Der Nexus stabilisierte sich, und die Aetherlinien der Plattform wurden klarer und ruhiger. Die Umgebung wurde von einem harmonischen Licht erfüllt, und das Flüstern der Dunkelheit verstummte.

„Wir haben es geschafft", sagte Kael, der schwer atmete. „Die Balance hat uns geholfen, diesen Ort zu retten."

„Aber sie hat uns auch gezeigt, wie nah wir am Ende sind", sagte Ardan. „Die Dunkelheit wird nicht kampflos aufgeben."

Die Gruppe stand vor dem stabilisierten Nexus, dessen Gravuren nun in einem klaren, harmonischen Muster leuchteten. Der Kompass enthüllte ein letztes Ziel – das Herz der Dunkelheit selbst.

„Das ist es", sagte Kael. „Der letzte Ort. Die Dunkelheit wird dort alles geben, um uns aufzuhalten."

Die Gruppe kehrte zur Sturmfalken zurück, entschlossen, die Dunkelheit endgültig zu besiegen. Der Kompass zeigte eine neue Richtung, und die Strömungen vor ihnen wurden intensiver, als ob sie das bevorstehende Ende ankündigten.

Das Leuchten des Widerstands

Die Sturmfalken schwebte durch Strömungen, die wie zitternde Aetheradern um das Schiff tanzten. Das Licht des Kompasses pulsierte in einem intensiven Rhythmus, der die Gruppe anspornte, sich auf das Unausweichliche vorzubereiten. Der letzte Nexus war hinter ihnen, und vor ihnen lag das endgültige Ziel: das Zentrum der Dunkelheit.

„Die Gravuren des Kompasses sind anders", sagte Kael, der die sich ständig verändernden Muster beobachtete. „Es ist, als ob die Balance selbst uns warnt."

„Oder sie zeigt uns, dass wir alles geben müssen", sagte Ardan. „Dies ist der letzte Schritt. Die Dunkelheit wird hier alles aufbieten, was sie hat."

„Dann sollten wir es besser auch tun", sagte Lyria. „Das ist unsere letzte Chance."

Die Gruppe näherte sich einer schwebenden Insel, die vollständig in Dunkelheit gehüllt war. Die Gravuren waren kaum sichtbar, und die Aetherlinien, die die Insel durchzogen, wirkten wie gebrochene Schatten, die in ständiger Bewegung waren. In der Mitte der Insel erhob sich ein gewaltiger Monolith aus schwarzem, pulsierendem Aether, dessen Energie die gesamte Umgebung verzerrte.

„Das ist es", sagte Kael. „Das Herz der Dunkelheit."

„Und der Ort, an dem wir sie brechen werden", sagte Theron, der sein Schwert zog. „Kein Zurück mehr."

Die Gruppe betrat die Insel, deren Gravuren schwach auf das Licht des Kompasses reagierten. Kael richtete das Gerät auf die Aetherlinien, doch die Dunkelheit blockierte die Energie, und die Gravuren reagierten kaum. Die Luft war schwer, und das Flüstern der Dunkelheit war hier so laut, dass es wie ein unaufhörliches Dröhnen klang.

„Die Dunkelheit hat hier alles durchdrungen", sagte Farrik. „Das wird kein einfacher Kampf."

„Es war nie einfach", sagte Lyria. „Aber wir sind bereit."

Plötzlich begann der Boden der Insel zu beben, und aus den Schatten traten massive Gestalten hervor – Manifestationen der Dunkelheit, deren Formen sich ständig veränderten. Ihre Präsenz ließ die Gravuren der Insel noch weiter flackern, und die Aetherlinien wurden instabil.

„Das sind keine normalen Schattenwesen", sagte Ardan. „Das hier sind die letzten Verteidiger der Dunkelheit."

„Dann sollten wir sicherstellen, dass sie die letzten bleiben", sagte Kael.

Theron und Lyria griffen die Kreaturen an, während Farrik und Ardan an den Gravuren arbeiteten. Kael konzentrierte sich darauf, die Essenz der Balance durch den Kompass zu leiten, doch die Dunkelheit war hier so stark, dass die Gravuren nur langsam reagierten.

„Die Dunkelheit ist zu stark!", rief Farrik. „Wir brauchen mehr Energie!"

„Die Balance ist hier", sagte Kael. „Aber sie braucht uns, um sie zu retten."

Kael schloss die Augen, ließ die Essenz der Balance tiefer durch den Kompass fließen, und das Licht begann, die Gravuren der Insel zu durchfluten. Die Schattenwesen hielten kurz inne, als ob sie die Veränderung spürten, doch sie griffen erneut an.

„Es funktioniert!", rief Farrik. „Aber wir brauchen mehr Zeit!"

Die Gruppe bündelte ihre Energien, und das Licht des Kompasses wurde intensiver. Die Gravuren der Insel begannen, in einem harmonischen Muster zu leuchten, und die Schattenwesen wurden schwächer. Ihre Formen begannen zu flackern, und die Dunkelheit, die sie umgab, löste sich langsam auf.

Der Monolith in der Mitte der Insel reagierte auf das Licht der Gravuren und begann, in einem gleichmäßigen Rhythmus zu pulsieren. Die Aetherlinien der Insel stabilisierten sich, und die Umgebung wurde von einem harmonischen Licht erfüllt.

„Wir haben es geschafft", sagte Kael, der schwer atmete. „Die Balance hat diesen Ort gerettet."

„Aber es war knapp", sagte Lyria. „Die Dunkelheit hat noch nicht alles gegeben."

Die Gruppe stand vor dem stabilisierten Monolithen, dessen Gravuren nun in einem klaren, harmonischen Muster leuchteten. Der Kompass enthüllte ein letztes Ziel – das Zentrum des Monolithen, wo die Dunkelheit ihre größte Stärke hatte.

„Das ist es", sagte Kael. „Der Kern der Dunkelheit. Wenn wir sie hier brechen, wird sie nicht zurückkehren können."

Die Gruppe kehrte zur Sturmfalken zurück, um sich auf den finalen Kampf vorzubereiten. Der Kompass zeigte nun direkt auf den Monolithen, und die Strömungen um die Insel wurden intensiver, als ob sie die bevorstehende Konfrontation ankündigten.

Kapitel 26: Das Ende der Dunkelheit

Der Kern der Balance

Die Sturmfalken segelte durch einen Sturm aus Aether und Schatten, während das Herz der Dunkelheit immer näher kam. Die Strömungen zogen und drängten, als wollten sie das Schiff zerschmettern, doch die Gravuren an Bord pulsieren in harmonischer Resonanz, ein stiller Widerstand gegen die chaotische Energie.

Kael hielt den Aetherkompass fest, dessen Licht wie ein pulsierendes Herz schlug. „Das ist unser letzter Schritt," sagte er, seine Stimme war ruhig, doch seine Hände zitterten. „Alles, was wir getan haben, führt zu diesem Moment."

„Dann sollten wir sicherstellen, dass wir es richtig machen," sagte Lyria, ihre Stimme entschlossen.

Vor ihnen erhob sich der Monolith des Herzens der Dunkelheit. Er war überwältigend in seiner Größe, seine Gravuren waren zerbrochen, und Aetherlinien zuckten um ihn herum wie zerrissene Fäden. Eine schwarze Aura umgab ihn, und ein tiefes Dröhnen erfüllte die Luft, das bis in ihre Knochen vordrang.

„Das ist die Quelle," sagte Ardan. „Der Kern der Dunkelheit. Wenn wir sie hier besiegen, wird sie für immer gebrochen sein."

„Oder uns brechen," murmelte Farrik.

Die Gruppe betrat die Insel, ihre Schritte hallten auf den fragmentierten Gravuren unter ihnen. Kael richtete den Kompass auf die Linien, und ein schwaches Licht begann, durch die Muster zu fließen. Doch bevor die Energie sich entfalten konnte, brach der Boden auf, und eine gewaltige Gestalt trat aus dem Monolithen hervor.

Die Dunkelheit war in ihrer reinsten Form erschienen – ein Wirbel aus Schatten und chaotischer Energie, deren Silhouette sich ständig veränderte. Ihre Augen, rot glühend, schienen durch sie hindurchzusehen.

„Das ist nicht nur Dunkelheit," sagte Ardan. „Das ist alles, was sie über die Äonen gesammelt hat – Angst, Hass, Verzweiflung. Sie ist die Essenz des Ungleichgewichts."

„Dann zerstören wir sie zusammen," sagte Lyria, ihre Stimme fest, während sie ihre Waffe zog.

Theron und Lyria führten die ersten Angriffe, doch die Gestalt absorbierte die Energie ihrer Waffen und formte sich immer wieder neu. Farrik und Ardan arbeiteten verzweifelt an den Gravuren, während Kael den Kompass an den Monolithen richtete, doch das Licht wurde verschluckt.

Kaels Entscheidung: Opfer für die Balance

Kael spürte, wie die Dunkelheit stärker wurde, je mehr sie kämpften. Plötzlich hörte er die Stimme der Balance – ein Flüstern, das keine Worte brauchte. Es zeigte ihm die Wahrheit: Die Dunkelheit konnte nicht zerstört werden. Sie war ein Teil der Balance, ebenso wie das Licht.

„Wir dürfen sie nicht vernichten," sagte Kael, seine Stimme ruhig, aber eindringlich.

„Was?" rief Theron. „Das Ding will uns töten!"

„Weil sie getrennt wurde," sagte Kael. „Die Dunkelheit ist außer Kontrolle, weil sie vergessen hat, was sie ist. Wir müssen sie zurück zur Balance bringen."

Kael richtete den Kompass auf den Monolithen, und ein sanftes, harmonisches Licht begann sich zu entfalten. Doch das Flüstern der Balance wurde lauter – es verlangte mehr.

„Ein Teil von dir. Ein Teil von ihr. Für die Ewigkeit."

Kael verstand. Um die Dunkelheit zu bändigen, musste er einen Teil von sich selbst opfern – seine Freiheit, seine Wünsche, vielleicht sogar seine Zukunft.

„Es verlangt mehr," sagte er leise. „Es verlangt mich."

„Kael, das kannst du nicht tun!" rief Lyria, während sie die Schattenwesen zurückdrängte.

„Die Balance braucht einen Anker," sagte Kael. „Ich habe das gespürt, seit wir diese Reise begonnen haben. Alles hat mich hierhergeführt."

Er sah seine Freunde an, eine Mischung aus Angst und Entschlossenheit in ihren Gesichtern. „Das ist meine Wahl," sagte er. „Und ich treffe sie für euch. Für alle."

Kael ließ die Essenz der Balance tiefer durch den Kompass fließen, und das Licht des Geräts wurde zu einer Flut aus Harmonie, die den Monolithen durchdrang. Die Dunkelheit schrie – ein Klang, der die Luft zerriss, als sie gegen die Balance kämpfte.

Doch Kael hielt stand. Er spürte, wie die Energie ihn durchflutete, seine Erinnerungen, Ängste und Wünsche durchdrang. Stück für Stück gab er sich der Balance hin, bis er nicht mehr nur Kael war – er war Teil von ihr.

Die Dunkelheit begann, sich zu beruhigen, ihre Form löste sich auf und verschmolz mit den Aetherlinien, die den Monolithen durchzogen. Die Gravuren leuchteten in einem klaren, harmonischen Muster, und die Insel wurde still.

Die Gruppe stand schweigend vor dem Monolithen, der nun in einem reinen, goldenen Licht erstrahlte. Der Kompass in Kaels Hand war verschwunden, und er stand mit geschlossenen Augen, ein Teil der Balance.

„Kael…" flüsterte Lyria, ihre Stimme brach.

„Er hat es getan," sagte Ardan, seine Augen glänzten vor Ehrfurcht. „Er ist die Balance geworden."

Kael öffnete langsam die Augen. Sein Blick war anders – ruhig, wissend, und doch fern. „Die Balance lebt durch uns," sagte er, seine Stimme klang wie ein Echo. „Sie wird immer durch uns leben."

Die Sturmfalken kehrte durch die Strömungen zurück, und die Dunkelheit war verschwunden. Die Gravuren des Schiffs pulsieren in einem harmonischen Rhythmus, das Licht war heller und klarer als je zuvor.

Epilog: Das Erbe der Balance

Die Strömungen Kytheras hatten sich verändert. Das Flüstern der Dunkelheit, das die Aetherlinien einst durchzogen hatte, war verstummt, ersetzt durch ein sanftes, harmonisches Pulsieren. Die Gravuren, die einst chaotisch und zerbrochen waren, leuchteten nun in einem ruhigen Rhythmus, der die Essenz der Balance widerspiegelte.

Die schwebenden Inseln, die lange durch Misstrauen und Isolation getrennt gewesen waren, begannen, sich wieder zu verbinden – nicht nur durch die Aetherlinien, die sie umgaben, sondern auch durch die Menschen, die sie bewohnten. Händler, Gelehrte und Reisende kehrten zurück, getrieben von einer neu entfachten Hoffnung, die sich wie ein Flüstern durch die Welt zog.

Die **Sturmfalken** glitt sanft über eine endlose, leuchtende Ebene aus Aetherlicht. Die Crew stand am Bug des Schiffes, schweigend, doch verbunden durch das, was sie gemeinsam erreicht hatten.

Ein neues Kythera

Kael hielt den Kompass in der Hand, dessen Licht nun ruhig und gleichmäßig pulsierte. Es war nicht länger ein Werkzeug des Kampfes, sondern ein Symbol der Harmonie. Er spürte die Wärme, die von ihm ausging, und ließ den Blick über die Strömungen schweifen.

„Es fühlt sich anders an," sagte Lyria leise, ohne ihren Blick von der schimmernden Landschaft zu lösen. „Wie ein neues Kythera. Oder vielleicht... wie das, was es immer hätte sein sollen."

Kael nickte. „Die Balance hat uns gelehrt, dass wir verbunden sind – nicht nur durch die Strömungen, sondern durch unsere Entscheidungen. Alles, was wir tun, formt diese Welt."

„Es war kein einfacher Weg," sagte Lyria. „Die Dunkelheit hat uns an unsere Grenzen gebracht. Aber vielleicht war das nötig. Ohne sie hätten wir nie erfahren, wie stark wir sein können."

Theron trat zu ihnen, ein zufriedenes Grinsen auf seinem Gesicht. „Das Schiff ist in gutem Zustand, und Farrik hat die Gravuren verstärkt. Es sieht aus, als könnten wir wieder aufbrechen."

„Und wohin?" fragte Kael, ein schwaches Lächeln in seinen Augen. „Das Abenteuer ruft dich schon wieder, oder?"

Theron lachte. „Vielleicht. Aber ich denke, wir haben uns eine Pause verdient. Zumindest bis der nächste Sturm kommt."

In der Ferne lag Ismae, die schwebende Stadt, deren Plattformen und Türme nun von harmonischen Gravuren durchzogen waren. Ihr Licht spiegelte sich in den Strömungen und erinnerte an das, was die Balance zurückgebracht hatte. Die Menschen dort hatten sich verändert – nicht nur durch die Rückkehr der Balance, sondern durch das Bewusstsein, dass sie Teil eines größeren Ganzen waren.

„Ismae sieht friedlich aus," sagte Lyria. „Aber wir wissen beide, dass Frieden nicht ewig hält."

„Nein," stimmte Kael zu. „Aber das bedeutet nicht, dass wir aufhören sollten, ihn zu bewahren."

Das Vermächtnis der Karte

Die Sturmfalken landete sanft auf einer Plattform in Ismae, und die Crew wurde von den Menschen mit einer Mischung aus Ehrfurcht und Dankbarkeit empfangen. Die Gelehrten und Kartographen, die sich in den Hallen von Ismae versammelten, betrachteten die Karte aus Vaelyris mit staunenden Augen.

Farrik trat neben Kael und klopfte ihm auf die Schulter. „Ich hoffe, du denkst beim nächsten Mal zweimal nach, bevor du eine Karte öffnest, die uns alle in ein Chaos stürzt."

Kael lächelte schwach. „Ich verspreche nichts."

Die Karte, nun vollständig enthüllt, zeigte mehr als nur die Strömungen. Ihre Gravuren verbanden die Inseln Kytheras auf eine Weise, die niemand zuvor verstanden hatte. Sie war nicht nur ein Wegweiser, sondern ein Spiegelbild der Balance selbst – und vielleicht mehr.

Kael ließ den Finger über eine Gravur wandern, die in einer leuchtenden Linie über den Rand der Karte hinausführte. Ein Hinweis? Eine Warnung? Er wusste es nicht. Doch in ihm regte sich ein leises Flüstern – nicht der Dunkelheit, sondern der Neugier.

„Die Balance lebt durch uns," sagte Kael, als er den Gelehrten gegenüberstand. „Und sie verlangt, dass wir sie schützen – nicht durch Kampf, sondern durch Verständnis."

Ein neuer Anfang

Als die Nacht über Ismae hereinbrach, schwebte die Sturmfalken wieder in den Strömungen, ihre Gravuren leuchteten wie ein Stern. Die Crew hatte sich zur Ruhe zurückgezogen, doch Kael stand allein am Bug, den Kompass in der Hand.

„Wohin jetzt?" fragte Lyria, die hinter ihm auftauchte.

Kael lächelte und blickte in die endlosen Strömungen. „Wohin die Balance uns ruft."

Das Schiff glitt in die Dunkelheit, die nun nicht mehr bedrohlich war, sondern ein Versprechen auf unendliche Möglichkeiten. Das

Licht der Gravuren schien heller als je zuvor – ein Symbol dafür, dass die Balance nicht statisch war, sondern lebendig.

Und so begann eine neue Reise, eine, die nicht nur von Kael und seiner Crew getragen wurde, sondern von allen, die Kythera ihr Zuhause nannten.

© 2024 Alexander Feichert
Verlag: BoD · Books on Demand GmbH, In de Tarpen 42,
22848 Norderstedt, bod@bod.de
Druck: Libri Plureos GmbH, Friedensallee 273,
22763 Hamburg
ISBN: 978-3-7693-1948-4